DAVID BRIN

Das Uplift-Universum 5

Ring der Sonnen

Buch

Die Besiedlung des Planeten Jijo ist von den Galaktischen Instituten verboten worden. Dennoch sind heimlich eine ganze Reihe unterschiedlicher Rassen hierhergekommen. Da werden die Siedler und die Besatzung des Raumschiffs *Streaker*, das auf der Flucht vor den Jophur hierher verschlagen wurde, eines Tages aufgeschreckt: Unvermittelt taucht eine Flotte von mechanischen Wesen im Sonnensystem Jijos auf. In ihrem Gefolge befinden sich Schiffe der mysteriösen Zang, der Rasse der Wasserstoff-Atmer. Die Delphin-Mannschaft der *Streaker* ist in höchster Alarmbereitschaft: Haben sich zu ihren vielen Verfolgern jetzt auch noch die Mechanoiden gesellt?

»Ring der Sonnen« setzt die visionäre Saga aus dem Uplift-Universum fort. Der Autor erzählt mit Weisheit und Leidenschaft von Menschen und Aliens, die sich im Überlebenskampf verbrüdern, um die Wahrheit über ihre mystische Herkunft zu entdecken.

Autor

David Brin, geboren 1950 in Glendale, Kalifornien, ist promovierter Astrophysiker, war als Ingenieur und Berater für die amerikanische Luft- und Raumfahrtbehörde (NASA) tätig und lehrte als Professor für Physik. Für seinen Roman »Sternenflut« erhielt er den Hugo, den Nebula und den Locus Award. Heute widmet er sich in Südkalifornien dem Schreiben hochgerühmter Science-fiction-Romane.

Von David Brin bereits erschienen:

Das Uplift-Universum 1: **Sternenriff** (24759)
Das Uplift-Universum 2: **Fremder der Fünf Galaxien** (24760)
Das Uplift-Universum 3: **Das Ufer der Unendlichkeit** (24761)
Das Uplift-Universum 4: **Die Botschaft der Delphine** (24803)
Das Uplift-Universum 5: **Ring der Sonnen** (24804)

In Kürze erscheint:

Das Uplift-Universum 6: **Am Grenzpunkt der Ewigkeit** (24805)

David Brin

Ring der Sonnen

Das Uplift-Universum 5

Aus dem Amerikanischen
von Marcel Bieger

BLANVALET

Die amerikanische Originalausgabe erschien 1998
unter dem Titel »Heaven's Reach« (Parts 1+2)
bei Bantam Books, New York

Umwelthinweis:
Alle bedruckten Materialien dieses Taschenbuches
sind chlorfrei und umweltschonend.
Das Papier enthält Recycling-Anteile.

Deutsche Erstveröffentlichung 5/99

Umschlaggestaltung: Design Team München
Umschlagillustration: Agt. Schlück/Young Artists
Satz: deutsch-türkischer fotosatz, Berlin
Druck: Elsnerdruck, Berlin
Verlagsnummer: 24804
Redaktion: Cornelia Köhler
V. B. Herstellung: Peter Papenbrok
Printed in Germany
ISBN 3-442-24804-3

1 3 5 7 9 10 8 6 4 2

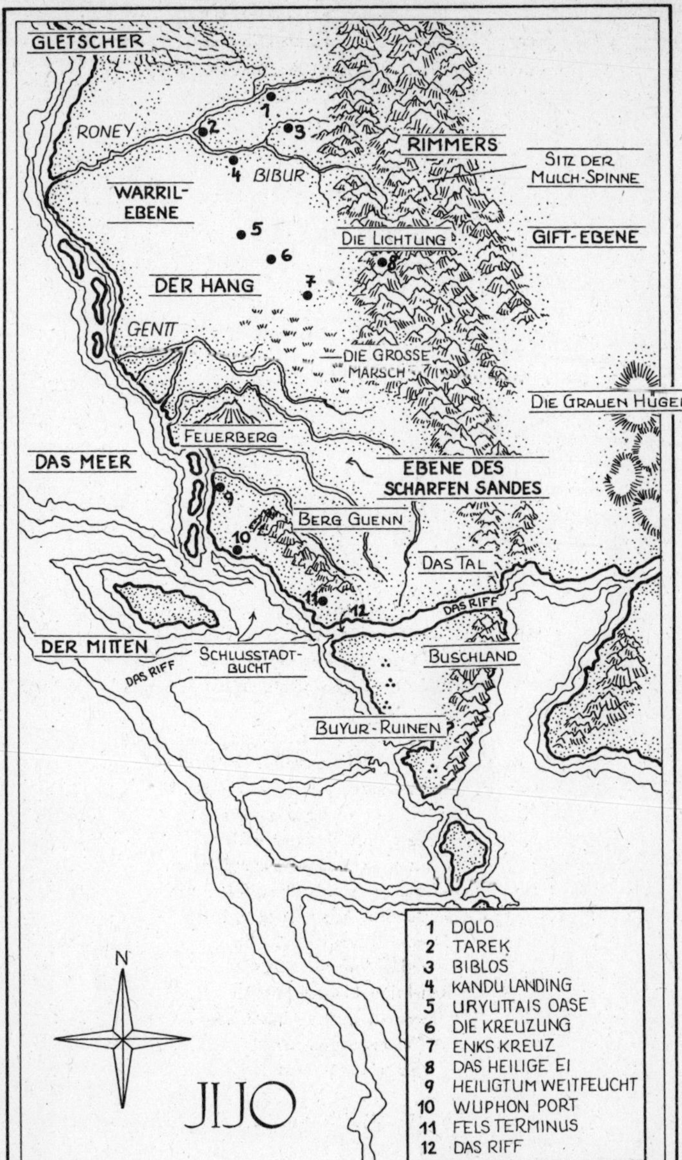
GLETSCHER
RONEY
BIBUR
RIMMERS
SITZ DER MULCH-SPINNE
WARRIL-EBENE
DIE LICHTUNG
GIFT-EBENE
DER HANG
GENTT
DIE GROSSE MARSCH
DIE GRAUEN HÜGEL
FEUERBERG
DAS MEER
EBENE DES SCHARFEN SANDES
BERG GUENN
DAS TAL
DAS RIFF
BUSCHLAND
DER MITTEN
SCHLUSSTADT-BUCHT
DAS RIFF
BUYUR-RUINEN
1 DOLO
2 TAREK
3 BIBLOS
4 KANDU LANDING
5 URYUTTAIS OASE
6 DIE KREUZUNG
7 ENKS KREUZ
8 DAS HEILIGE EI
9 HEILIGTUM WEITFEUCHT
10 WUPHON PORT
11 FELS TERMINUS
12 DAS RIFF
N
JIJO

Für
Terren Jacob Brin,
unseren
grenzenlosen
Forscher

TEIL EINS

DIE FÜNF GALAXIEN

Welche Embleme schmücken den starken Bug unserer Schnellschiffe?
Wie viele Spiralen drehen sich auf dem Heck unserer großen Raumer und drehen sich rund und rund, um unsere Verbundenheit miteinander darzustellen? Wie viele Glieder schmieden unsere Einheit?

Eine Spirale repräsentiert die Brachwelten, wo langsam kochend und brodelnd der steile Weg nach oben beginnt. Wo das Leben seinen langen und steinigen Aufstieg wieder anfängt. Neue Rassen entstehen dort, kämpfen sich aus der Ursuppe und stehen bereit für den Großen Schub.

Die zweite Spirale steht für die Kultur des Sternfahrens, für unsere schnellen Schiffe, die wie verrückt durch den Kosmos rasen. Zuerst als Klientenvölker, dann als Patronatsrassen jagen sie unermüdlich unseren Interessen hinterher – treiben Handel, kämpfen und debattieren …
Höher und höher streben sie, bis wir den lockenden Ruf der Gezeiten hören.

Drei Spiralen stellen die Alten dar, die Würdigen und Weisen, die ihre Sternenschiffe aufgegeben haben, um ein Leben der inneren Einkehr und Meditation zu führen. Sie sind des ständigen Rasens und Strebens müde. Und ziehen sich zur Selbstvervollkommnung zurück. Und bereiten sich darauf vor, dem Großen Schnitter zu begegnen.

Vier Spiralen symbolisieren die hohen Transzendentierten, die in ihrer erhabenen Majestät für uns nicht mehr wahrnehmbar sind. Dennoch existieren sie.
Und schmieden Pläne, die alle Ebenen des Raums und der Zeit umfassen.

Fünf Spiralen stehen für die Galaxien selbst, diese großen Wirbel von strahlendem Licht. Unsere Inseln in einem sterilen Kosmos, die umgeben sind von rätselhafter Stille. Wieder und wieder drehen sie sich und erhalten die verschiedenen Ordnungen des Lebens, die immerwährend und ewiglich miteinander verbunden sind.

So sagte man es uns wenigstens …

Harry

Alarmsirenen ertönten in einer Vielzahl von Melodien.

Einige schreien nach Aufmerksamkeit und reißen einen aus todesähnlichem Schlaf. Andere schicken Adrenalinstöße in unsere Adern. Auf allen Sternenschiffen kennt man diese Alarmsignale, die die Mannschaft vor einer Kollision, einem Leck, aus dem Sauerstoff strömt, oder vor einer der unzähligen anderen Gefahren warnen, die Tod und Verderben bringen.

Doch die Sirene, die jetzt an Harry Harms Schlaf zerrte, gehörte nicht dazu. Ihr schrilles Schnarren kratzte nur leicht über seine Nerven.

»Kein Grund zur Eile«, schien dieser Alarm zu besagen. *»Ich kann warten.*

Aber laß dir ja nicht einfallen, wieder einzuschlafen!«

Harry drehte sich auf die Seite, um blinzelnd nach der Konsole neben seinem Kissen zu schauen. Leuchtsymbole blinkten ihm entgegen. Doch die Partien seines Gehirns, die für das Lesen zuständig waren, hatte man nicht so perfekt entwickelt wie die anderen. Sie benötigten eine Weile zum Aufwärmen.

»Guh ...«, bemerkte er. »Wuh ...«

Die Schläfrigkeit hing wie ein Mühlstein an seinem Körper, der nach der langen, einsamen Wache immer noch vollkommen erschöpft war. Wie viele Duras mochten vergangen sein, seit er in seine Koje gekrochen war und sich geschworen hatte, nach dem Ende seiner Einsatzzeit den Dienst zu quittieren?

Der Schlaf hatte ihn zwar rasch übermannt, aber nicht erfrischt. Zu viele Träume stellten sich ein, vor allem hier im E-Raum.

Und um ganz ehrlich zu sein, das Träumen war Bestandteil seiner Arbeit.

Im REM-Stadium besuchte Harry oft wieder die Steppen von Horst, dessen staubiger Horizont zu den lebendigsten Erinnerungen seiner Kindheit gehörte. Eine verlorene Welt, wo dicke dunkle Wolken, in deren Innern ständig Lichter zuckten, den Himmel bedeckten. Doch sie hielten ihre Feuchtigkeit geizig fest, als seien sie nicht bereit, mit dem ausgedörrten Boden zu teilen.

Harry wachte gewöhnlich mit ausgetrocknetem Mund und großem Durst aus diesen Träumen auf.

In anderen Träumen fand er sich auf der Erde wieder, dieser lärmenden Stadtwelt, auf der es von hochgewachsenen Menschen wimmelte. Die Wolkenkratzer und die üppige Vegetation hatten sich tief in sein Gedächtnis eingegraben – damals bei seinem kurzen Besuch, vor vielen Zeitaltern, in einem anderen Leben.

Doch ihn suchten auch Alpträume heim, besonders von Schiffen. Von den Raumtitanen und mondgroßen Invasionsraumern, die entweder im Sternenlicht funkelten oder in die vollkommene Schwärze ihrer Schutzfelder eingehüllt waren. Gespenstische Fregatten, die im Traum noch unheimlicher und bedrohlicher wirkten als in der Realität.

Doch dabei handelte es sich noch um die *normalen* Traumbilder, die sich immer dann einstellten, wenn sein Bewußtsein Platz zwischen zwei weit merkwürdigeren Erscheinungen fand. Viel öfter waren Harrys Nachtgedanken angefüllt von sich drehenden, wirbelnden Allaphoren, die sich in der verqueren Halblogik des E-Raums ausbreiteten und vor sich hin murmelten. Selbst sein abgeschirmtes Quartier bot keinen Schutz vor den Tentakeln der Gegenrealität. Sie drangen durch die Schotte und fanden ihren Weg in den Schlaf des Träumers.

Kein Wunder, daß er völlig desorientiert aufgewacht und von der Sirene ganz durcheinander war.

Harry starrte auf die glühenden Buchstaben. Ein jeder drehte sich wie eine wahnsinnige, lebendige Hieroglyphe und gestikulierte in der ideogrammatischen Syntax der Galaktischen Sprache Nummer Sieben, kurz Galaktik Sieben. Er konzentrierte sich und übersetzte die Botschaft in das Englik, in dem er zu denken pflegte.

»Großartig«, bemerkte er trocken.

Offensichtlich hatte das Patrouillenschiff wieder einmal angedockt.

»Einfach super.«

Die Sirene schrillte schneller. Harry schob sich aus dem Bett, stellte sich mit nackten Füßen auf die eiskalten Deckplatten und fror und zitterte.

»Wie kommen die bloß dazu, mir zu sagen, ich hätte eine besondere Begabung für diese Art von Arbeit. Das muß man sich mal vorstellen!«

Eigentlich mußte man nur ein halbdebiler Vollidiot sein, sagte er sich, um sich für diese Arbeit zu qualifizieren.

Der Träumer schüttelte seine Lethargie ab und stieg die Leiter zur Observationsplattform hinauf, die sich direkt über seiner Schlafkammer befand. In dem sechseckigen Raum mit einem Durchmesser von zehn Metern stand im Zentrum ein Kontrollpaneel. Darauf schlurfte er zu, schaltete mit kaum geöffneten Augen die Sirene ab und hatte dabei noch das Glück, sofort den richtigen Knopf zu finden. Er hätte leicht etwas anderes auslösen oder gar die gesamte Atmosphäre der Station in den E-Raum hinauspusten können. Das enervierende Geräusch erstarb sofort.

»Ah, so ist es deutlich besser …«, seufzte er und wäre fast gleich wieder hier vor den Kontrollen, direkt hinter dem gepolsterten Kommandosessel eingeschlafen.

Aber wenn der Schlaf sich noch einmal einstellte, würde er auch wieder träumen …

Ich habe Hamlet *nie verstanden – bis man mich hierher versetzt hat. Jetzt ist mir klar, daß Shakespeare in den E-Raum geschaut hat, bevor er diese Sache mit »Sein oder Nichtsein« niederschrieb.*

… mich deucht, es ist ein Traum …

Der gute alte Willie aus dem guten alten England muß gewußt haben, daß es tatsächlich ein paar Dinge gibt, die schlimmer sind als der Tod.

Harry kratzte sich am Bauch und überprüfte die Statusschirme. Nirgends blinkte ein rotes Licht. Alles arbeitete im grünen Bereich. Keine Lecks oder sonstigen Störungen. Seufzend lief er um den Sessel herum und ließ sich darauf nieder.

»Monitor-Modus. Statusbericht der Station.«

Ein Holo-Display erschien vor ihm und projizierte ein schwebendes blaues M in Sans-serif-Schrift. Eine melodische Stimme bildete sich aus dem treibenden Buchstaben.

»Monitorstatus. Stationsintegrität normal. Ein Alarm wurde empfangen vom Superintendenten der Station, Harry Harms, um 4:48:52 interner subjektiver Zeit –«

»Ich bin Harry Harms. Warum erzählst du mir nicht etwas, was ich noch nicht weiß? Zum Beispiel, warum die Sirene ausgelöst wurde, du zotteliger Mop von einem Toupet aus der Rotkreuzkleidersammlung, du ... hah ... hah ...«

Ein Nieser machte seiner Beschimpfung ein vorzeitiges Ende. Harry wischte sich mit dem behaarten Handrücken die Tränen aus den Augen.

»Der Alarm zeigte eine Unterbrechung in unserer Patrouillenrundfahrt in der E-Ebene des Hyperspace an«, meldete die Monitorstimme ungerührt. ***»Die Station sitzt offensichtlich in einer Anomalie-Region fest.«***

»Mit anderen Worten, wir sitzen auf einem Riff fest. Vielen Dank, aber auch das weiß ich schon längst. Ich will wissen, was nun genau ... Ach, vergiß es, ich sehe selbst nach.«

Er begab sich zu einer Jalousie, einer von sechsen in diesem sechswandigen Raum, schob einen Finger zwischen zwei Lamellen und spreizte sie auseinander, bis eine schlitzartige Öffnung entstand. Einen Moment zögerte er, dann äugte er nach draußen.

Die Station sah immer noch so aus wie vorher. Jafalls sei Dank hatte sie nicht die Form eines Wals, einer Qualle oder eines unproportionierten Klumpens angenommen. Manchmal bewirkte dieses Kontinuum an physikalischen Objekten die abartigsten Veränderungen.

Einmal hatte die Kontrollkammer sich wie eine Glaskuppel auf einer verzogenen weißen Kugel dargestellt und einen Ausblick von dreihundertsechzig Grad auf eine endlose metaphorische Landschaft gewährt, auf eine sonderbare, gefährliche und absolut nicht monotone Region.

Zerklüftete schwarze Berge hüpften in der Ferne auf und ab, schwammen wie finstere Eisberge dahin und durchpflügten einen Ozean von lilafarbenem Gras. Der Himmel hingegen zeigte sich in einem Rotblau, wie man es nur auf der E-Ebene zu sehen bekam. Außerdem waren Löcher darin.

So weit, so gut.

Harry zog die Lamellen weiter auseinander, um sich die nähere Umgebung anzuschauen, und schluckte vor Überraschung. Die Station saß auf einer klebrig wirkenden, glänzend braunen Masse, die sich ungefähr einen Kilometer in alle Richtungen ausbreitete. Und überall darauf lagen Haufen von gelben Riesensternenfischen.

Das jedenfalls war sein erster Eindruck. Harry eilte zur nächsten Jalousie und schaute wieder hinaus. Auch auf dieser Seite lagen überall Sternenfische. Wie zufällig schienen sie hier gelandet zu sein, doch nirgends war ein Weg durch diese Massen zu erkennen.

»Mist.« Aus Erfahrung wußte er, wie sinnlos es sein würde, einfach über diese Wesen hinwegzufliegen. Wenn sie ein zweidimensionales Hindernis darstellten, konnte man das auch nur zweidimensional überwinden. Denn so wollte es die allaphorische Logik im E-Raum.

Er kehrte zum Kontrollbord zurück und drückte auf einen Knopf. Sofort wurden die Jalousien hochgezogen, und Harry erhielt einen Panoramablick auf die Berge und das lilafarbene Gras. Und natürlich auf die braune Masse mit den gelben Fischen.

Tatsächlich, die Station war von allen Seiten von diesen Wesen umzingelt. Wohin man auch sah, überall gelbe Sternenfische.

»Puh!« machte Harry. Die meisten dieser Monster besaßen sechs Arme. Andere fünf oder sieben. Allerdings schienen sie sich nicht zu rühren. Wenigstens ein Trost. Harry haßte ambulante Allaphoren.

»Piloten-Modus«, verlangte er.

Das Sans-serif-M wurde gegen ein kursives P ausgetauscht.

»Aye, aye, Mensch-Commander. Und was machen wir jetzt, Henry?«

»Du können mich ruhig Harry nennen«, knurrte er. Die Maschine sprach in Gal Sieben, und dieser Sprache mangelte es an Zwischentönen und Humor. In Englik hätte die Äußerung vielleicht frech oder ironisch geklungen, aber nicht so in Gal Sieben. Leider stand Harry hier als Alternative nur ein Chip mit Galaktik Zwei zur Verfügung, einer Sprache, die gern Gebrauch von Pfiffen, Zisch- und Klicklauten machte. Den wollte er nur im absoluten Notfall einbauen.

»Alles vorbereiten für flachen Kurs auf zweiundvierzig Grad, Schiffszentrum«, befahl er. »Und schön langsam.«

»Was immer du sagst, weiser Boss. Adaptiere Interface-Parameter jetzt.«

Er stellte sich wieder ans Fenster und verfolgte, wie aus dem Bauch der Station vier Räder mit großen Ballonreifen wuchsen, die sich bald zu drehen begannen. Ein Quietschen ertönte, als führe eine feuchte Hand über eine Glasscheibe.

Wie Harry befürchtet hatte, fanden die Räder nur wenig Halt auf der braunen Masse. Dennoch zögerte er noch damit, den Piloten zu overrulen. Lieber erst einmal abwarten, was sich noch tat.

Mählich und langsam erhöhte sich die Geschwindigkeit, und die Station näherte sich dem am nächsten liegenden Sternenfisch.

Erste Zweifel entstanden in Harry.

»Vielleicht hätte ich ja vorher nachschlagen sollen. Womöglich sind diese Viecher irgendwo aufgelistet.«

Vor langer Zeit, damals, als er als der erste freiwillige Rekrut in der Beobachtungsabteilung des Navigations-Instituts aufgenommen worden war und sich nach absolvierter Ausbildung voller Idealismus in die Arbeit gestürzt hatte, hatte er regelmäßig die Nachschlagewerke konsultiert; vor allem dann, wenn der E-Raum ihn mit einem neuen verrückten Symbol konfrontiert hatte. Schließlich hatte die Galaktische Zivilisation der sauerstoffatmenden Rassen seit einer halben Milliarde Jahre dieses bizarre Universum erforscht, registriert und katalogisiert. Die Informationen, die in seiner stationseigenen Bibliothekseinheit gesammelt waren, überstiegen bei weitem das gesamte Wissen der Menschheit vor deren erstem Kontakt mit den Aliens.

Ein beeindruckender Wissensschatz, der aber, wie sich rasch herausgestellt hatte, hier nur von geringem Nutzen war. Vielleicht machte er aber auch nur einiges falsch, wenn er mit der Bibliotheks-Persona in Verbindung trat. Oder aber sein Problem rührte daher, daß er von der Erde stammte. Wie dem auch sei, vor einiger Zeit hatte Harry sich dazu entschlossen, während seiner Mission im E-Raum lieber allein seinen Instinkten zu vertrauen.

Was jedoch einen anderen Nachteil mit sich brachte. Wenn etwas schiefging, konnte er niemandem die Schuld dafür in die Schuhe schieben.

Harry fiel auf, wie krumm er dastand. Reiß dich zusammen, ermahnte er sich und verschränkte die Finger ineinander, um sich am Kratzen zu hindern. Aber seine Nervosität brauchte ein Ventil, und so zupfte er an seinen Daumen. Ein Tymbrimi, den er einmal kennengelernt hatte, hatte gemeint, viele Menschen verhielten sich so, möglicherweise ein Symptom des langen und harten Schub-Prozesses.

Die Vorderreifen erreichten den ersten Gelbfisch. Zu dumm, daß man diese Wesen nicht einfach umfahren konnte. So blieb nur die Möglichkeit, über sie hinwegzurollen.

Harry hielt den Atem an, als Reifen und Fisch sich berührten. Das Wesen zeigte keine Reaktion. Das Hindernis blieb einfach liegen mit seinen sechs langen Armen, die von einem klumpigen Zentrum ausgingen. Die Vorderreifen rollten hinauf, wenn auch mit Schwierigkeiten, und die Station legte sich schief, angetrieben von den Hinterreifen.

Die Station rutschte zurück, und die Hinterreifen drehten sich um sich selbst. Harry hüstelte nervös, während er einen bestimmten Gedanken abzuwehren versuchte. Doch der ließ sich nicht abblocken.

Vielleicht war »Sternenfisch« nicht unbedingt die beste Beschreibung für diese Gebilde. Sie erinnerten ihn an etwas anderes.

Die Hinterreifen kreischten, als sie endlich das Gelb erreichten.

Von plötzlicher Erkenntnis übermannt, schrie Harry: »Nein! Halt! Sofort den Rückwärtsgang einlegen! Das sind keine Fische, sondern Ba–«

Zu spät.

Die Hinterreifen heulten wieder, als das Gelb zur Seite wegflog, die Station keinen Halt mehr fand und plötzlich umkippte. Harry riß es die Beine unter dem Hintern weg, und er rutschte auf eine Wand zu. Die ganze Zeit schrie er Befehle, während die Anlage rollte, wegrutschte und wieder anrollte, bis sie mit einem furchtbaren Knall aufprallte. Harry fand mit den Zehen Halt an einer Stange, bis das Schaukeln und Wackeln endlich aufhörte.

»Mein Kopf …«, stöhnte er und versuchte, sich aufzurappeln.

Er kroch zur Kommandokonsole und las ab, was auf dem Haupt-Display stand. Den Göttern sei Dank hatte die Station nur geringe Schäden erlitten. Allerdings schien Harry seine hausfraulichen Pflichten zu lange vernachlässigt zu haben, denn er war nun von Kopf bis Fuß von Staubmäusen bedeckt. Harry klopfte sie ab, erzeugte damit Staubwolken und erlitt einen Niesanfall.

Die Jalousien hatten sich automatisch geschlossen, als alles durcheinandergeraten war, um Harrys Augen vor potentiell gefährlichen Allaphoren zu schützen.

»Jalousien öffnen!« befahl er verschnupft. Vielleicht hatte der Vorfall ja draußen einige Änderungen in der Landschaft ausgelöst und womöglich sogar die mistigen Hindernisse verschwinden lassen. So etwas war schon vorgekommen.

Aber nein, solches Glück war ihm heute nicht beschieden. Noch bevor die Jalousien sich zurückgezogen hatten, konnte er schon erkennen, daß sich draußen rein gar nichts geändert hatte. Noch immer dasselbe Rotblau, der Schweizer-Käse-Himmel, die mauvefarbene Pampa und die schwarzen Berge, die am Horizont auf und nieder hüpften. Und die Station war immer noch auf der glänzenden braunen Masse auf Grund gelaufen, inmitten eines Sees aus vielarmigen gelben Gebilden.

»Bananenschalen«, murmelte Harry. »Gottverdammte Bananenschalen!«

Es gab einen guten Grund dafür, warum solche Stationen nur mit einem Beobachter bemannt wurden. Hielten sich mehrere Wesen auf einem solchen Observationsschiff auf, gab sich der E-Raum so richtig Mühe und erzeugte noch abstrusere Allaphoren. Die »Objekte«, die Harry zu sehen bekam, entstammten seinem eigenen Gehirn, fanden sich aber in einer Realität wieder, die kein normaler Verstand jemals ergründen konnte. Offenbar handelte es sich um eine Wirklichkeit, die unter dem Einfluß seiner Gedanken und Wahrnehmungen mutierte und transformiert wurde.

In der Theorie hörte sich das ja gar nicht einmal so schlimm an, und eigentlich hätte Harry sich mittlerweile daran gewöhnt haben müssen. Was ihn aber an diesen Bananenschalen so besonders störte, war der Umstand, daß er es nun einmal nicht mochte, von einem Stereotyp hereingelegt zu werden. Und so wie ihm ging es vielen anderen auch.

Er seufzte und kratzte sich. »Alle Systeme stabil?«

»Alle Systeme stabil, oberster Commander Harald. Zwar sitzen wir im Moment fest, doch ansonsten ist alles in der schönsten Ordnung.«

Warum klang Ironie in Gal Sieben nur so dröge? Er betrachtete die endlose Landschaft, die sich unter ihm erstreckte. Eins mußte man zugeben, die Aussicht war einmalig. Die Löcher im Himmel ließen sich klar und deutlich ausmachen.

Ein Gedanke entwickelte sich in seinem Kopf.

»Sag mal, müssen wir überhaupt von hier fort? Wir können doch von dieser Stelle aus alle Transit-Routen beobachten, bis unsere Dienstzeit abgelaufen ist, oder?«

»Das erscheint korrekt. Zur Zeit kann kein ungesetzlicher Verkehr ungesehen an uns vorbei.«

»Hmmmmm ... Na dann ...« Er gähnte. »Ich glaube, ich lege mich erst einmal aufs Ohr. Irgendwie habe ich das Gefühl, frisch und ausgeruht viel eher einen Ausweg aus diesem Dilemma finden zu können.«

»Eine gute Idee, bester aller Commander. Angenehme Träume.«

»Du hast gut reden«, murmelte er in Englik, als er das Deck verließ. »Und schließ die verdammten Jalousien! Zum Teufel, muß ich denn hier an alles denken? Nein, darauf brauchst du nicht zu antworten. Vergiß es einfach.«

Doch auch in geschlossenem Zustand boten die Blenden keinen ausreichenden Schutz. Flackernde Archetypen krochen durch die Lamellen, als triebe ein Drang sie an, sich in Harrys Geist einzunisten, während der sich im REM-Zustand befand.

Um sich dann wie Parasiten in seinen Träumen festzusaugen.

Aber dagegen ließ sich einfach nichts ausrichten.

Als Harry den ersten Auftrag in den E-Raum erhalten hatte, hatte der Patrouillenchef des Navigations-Instituts ihm erklärt, die ständige Empfänglichkeit für allaphorische Bilder sei für diese Arbeit unabdingbar. Dann hatte er in Galaktik Sechs und unter andauerndem Wedeln seines vielgliedrigen Arms seiner anfänglichen Verwunderung darüber Ausdruck verliehen, daß so einer wie Harry Harms es überhaupt so weit gebracht habe.

»Als man uns zum erstenmal mitteilte, daß deine Rasse möglicherweise über Fähigkeiten verfügen könnte, die uns von Nutzen sein könnten, waren wir doch sehr skeptisch.«

Er wedelte jetzt mit beiden vielfach geknickten Armen.

»Doch du konntest unsere Zweifel zerstreuen, Beobachter Harms.«

Der Chef verschränkte die Arme hinter dem Kopf.

»Deswegen ernennen wir dich hiermit zum ordentlichen und regulären Beobachter. Du bist der erste deiner Rasse, der auf diese Weise geehrt wird.«

Harry seufzte und wickelte sich wieder in seine Decke ein. Das weiche Bett des Selbstmitleids lockte ihn, in das man sich so herrlich hineinfallen lassen konnte.

Was für eine Ehre …

Aber wenn er ehrlich war, konnte er sich nicht ernstlich beschweren. Schließlich hatte man ihn gewarnt. Und außerdem war dies hier ganz gewiß nicht Horst. Wenigstens war er den dortigen trockenen und monotonen Wüsten entkommen.

Und schließlich konnte nur ein Wahnsinniger sich länger der Illusion hingeben, daß der Kosmos für ihn da sei und nicht umgekehrt.

Eine unübersehbare Anzahl von sich zum Teil diametral widersprechenden Geschichten wurden darüber erzählt, wer denn nun vor einigen Milliarden Jahren dieses irrwitzige Universum erschaffen habe. Doch noch bevor Harry überhaupt einen Gedanken daran verschwendet hatte, sein Leben in den Dienst der Institute zu stellen – und natürlich lange bevor er zum erstenmal vom E-Raum zu hören bekam –, war er sich schon über eines im klaren gewesen.

Trotz all Seiner Macht und Größe konnte der Schöpfer nicht mit Mitgefühl gesegnet sein.

Wenn man es genau bedachte, besaß sogar ein Neoschimpanse mehr davon.

Sara

Ein Wort-Rätsel.

Es geht um einen Ort, an dem sich die drei Aggregatzustände treffen. Die flüssige und die gasförmige Materie umfliegen diejenige, die so hart ist wie Stein.

An solchen Orten kann eine Art Schaum entstehen. Ein gefährlicher, trügerischer Schaum, der von den Gezeiten des Schicksals zu einem Kopf gepreßt werden kann.

Niemand betritt freiwillig ein solches Tohuwabohu.

Aber manchmal zwingt eine enorme Kraft namens Verzweiflung wagemutige Seeleute dazu, auf solche Untiefen Kurs zu nehmen.

Ein schlankes Gebilde schiebt sich durch die Außenränder des Riesensterns. Es weist Einschnitte wie ein Tausendfüßler auf, besitzt Reihen von krallenartigen Auswüchsen, die sich in die Raumzeit zu bohren scheinen, und kämpft sich drängend und unerbittlich gegen den bitteren Sturm vor.

Diffuse Flammen lecken an der schartigen Hülle aus uraltem Kerametall und fügen der merkwürdigen Rußbedeckung neue Schichten hinzu. Tentakel von Plasmafeuer greifen unentwegt an, können aber noch von den wabernden Schutzschilden abgewehrt werden.

Doch es ist nur noch eine Frage der Zeit, bis die Hitze sich hindurchgefressen haben wird.

In der Mitte des Schiffs dreht sich ein schmaler Ring. So ähnlich wie ein Ehering, den man nervös am Finger dreht. Er kommt immer wieder an denselben Fensterreihen vorbei. Doch aus deren Innern leuchtet kein Licht, und so reflektieren sie nur das Sternenfeuer.

Dann kommt ein Viereck in Sicht, das in künstlichen Farben erstrahlt.

Ein Spiegel, durch den man in zwei Richtungen blicken kann. In das Universum draußen und in das drinnen.

Sara sinnierte über den Mahlstrom und sprach ihre Gedanken laut aus:

»Meine kriminellen Vorfahren sind mit ihrem Schleichschiff durch eben dieses Inferno geflogen, um Jijo zu erreichen … und haben ihre Spur dank des Atems des Großen Izmunuti verbergen können.«

Während sie über die Kräfte nachsann, die nur eine Handbreit von ihr entfernt am Werk waren, strich sie mit den Fingerspitzen über die kristalline Scheibe, die die unsägliche Hitze daran hinderte, zu ihr vorzudringen. Ein Teil der jungen Frau – derjenige, der mit Büchern großgeworden war und sich in der Mathematik auskannte – konnte die Physik eines gewaltigen Sterns erfassen, dessen Radius größer war als die jährliche Umlaufbahn ihrer Heimatwelt. Der Rote Riese, angeschwollen im finalen Stadium seiner Existenz, schleuderte einen Eintopf aus nuklearzerkochten Atomen ins schwarze All hinaus.

Das abstrakte Wissen um solche Vorgänge war eine Sache, aber Sara erzitterte auch unter abergläubischer Ehrfurcht, die von ihrem Leben als Soonerin auf einer barbarischen Welt herrührte.

Das Erdenschiff *Streaker* mochte unrettbar verloren sein und zur Beute des vielfach größeren Raumers werden, der es verfolgte, dennoch kam seine Besatzung, die zur Hauptsache aus Delphinen bestand, Sara wie Götter vor. Ebenso wie das Schiff selbst, das mehr Masse besaß als alle Siedlungen am Hang zusammengenommen. In ihren kühnsten Träumen im Baumhaus neben dem Wasserlauf hätte sie sich nie vorstellen können, vom Schicksal auf eine solche Reise geschickt zu werden. Durch das Weltall und durch die flammenden Ränder eines Höllensterns.

Izmunuti. Schon der Name flößte den Soonern Furcht ein. Für die Sechs Rassen, die sich in gemeinsamer Angst vor Entdeckung auf Jijo verkrochen hatten, stand er für den Weg nach unten und galt als Tür, die sich nur in eine Richtung öffnen ließ.

Zweitausend Jahre lang hatten sich Emigranten an dem Stern vorbeigeschlichen, um Schutz auf Jijo zu finden. Zuerst die g'Kek, die sich auf Rädern fortbewegten und sich auf der Flucht vor Feinden befanden, die ihre gesamte Rasse auslöschen wollten.

Danach die Traeki, freundliche Stapel von wächsernen Ringen, die ihren tyrannischen Vettern zu entkommen trachteten.

Und diesen folgten die Qheuen, die Hoon, die Urs und am Ende die Menschen. Sie alle ließen sich auf dem Streifen Land zwischen dem Rimmer-Gebirge und dem steinigen Meergestade nieder.

Jede neu ankommende Gruppe nahm Abschied von ihrem Schiff, ihren Computern und allem anderen High-Tech. Sie warfen alle Gottmaschinen ins Meer, auf daß sie im Mitten versanken, dem Ort des Vergessens. Alle Völker brachen mit ihrer Vergangenheit, in der sie als Sternengötter gelebt hatten, um fortan ein einfaches, bäuerliches Leben zu führen und nie wieder über den Himmel zu eilen.

Bis die Zivilisation der Fünf Galaxien endlich doch noch über die Gemeinschaft der freiwillig Ausgestoßenen gestolpert war.

Natürlich hatten die Sooner gewußt, daß dieser Tag früher oder später kommen würde; denn so stand es schon in den Heiligen Schriftrollen geschrieben. Keine Bande von Verbrechern konnte darauf hoffen, ewig im Verborgenen zu bleiben. Schon gar nicht in einem Kosmos, der seit über einer Milliarde Jahren kartographiert und katalogisiert wurde. Nicht in einem Universum, wo Planeten wie Jijo in regelmäßigen Abständen zur Brachwelt erklärt wurden, um sich in aller Ruhe erholen zu können.

Dennoch hatten die Weisen der Gemeinschaften von Jijo gehofft, ihnen würde etwas mehr Zeit bleiben.

Zeit, damit die Exilantenrassen sich besser vorbereiten konnten. Um sich zu reinigen. Um Erlösung zu suchen. Um den galaktischen Terror zu vergessen, der sie erst zu Ausgestoßenen gemacht hatte.

Die Schriftrollen sagten voraus, daß die erhabenen Magistraten des Galaktischen Migrations-Instituts auch die Nachfahren der ursprünglichen Sünder vor Gericht stellen würden.

Doch das Sternenschiff, das endlich das Geheimnis von Jijo gelüftet hatte, hatte selbst eine Besatzung von Gesetzesbrechern an Bord gehabt. Gen-Piraten, mörderische Opportunisten und außerdem eine Bande von irdischen Flüchtlingen, deren Schicksal noch schlimmer war als das von Saras unglücklichen Vorfahren.

Ich habe davon geträumt, in einem Sternenschiff zu reisen, dachte die Mathematikerin, während sie weiterhin den Plasmasturm vor dem Fenster betrachtete. *Aber keine dieser Phantasien konnte mir all das vorhersagen. Daß ich meine Heimatwelt mit meinen Lehrern, meinem Vater und meinen Brüdern verlassen müßte, um mit Delphinen durch die ewige Nacht zu fliehen, verfolgt von einem Schlachtschiff voller zorniger, rachedurstiger Jophur.*

Die Meeressäuger und entfernten Verwandten der Menschen auf der Flucht vor den egozentrischen Vettern der Traeki.

Ein solches Zusammentreffen beschäftigte Saras Vorstellungskraft bis zur Überforderung.

Worte in Englik rissen sie aus ihren Grübeleien, und sie wurden auch noch von einer Stimme ausgesprochen, die Sara immer schon als enervierend sarkastisch vorgekommen war.

»Ich habe die Berechnungen der Hyperraumkontraktionen berechnet, o Weise.

Anscheinend hast du bei deinen ersten Kalkulationen richtig gelegen. Der mysteriöse Strahl, der vor einer Weile von Jijo ausgesandt wurde, hat mehr ausgelöst als nur die Disruptionen dieses Roten Riesen. Er hat auch einen Statuswandel in einem fossilen Dimensions-Nexus hervorgerufen, der nur einen halben Mictaar entfernt liegt und bislang schlief.«

Sara übersetzte diese Mitteilung in Gedanken in Begriffe, die sie von den archaischen Unterrichtstexten her kannte.

Ein halber Mictaar. Das bedeutete soviel wie ein Zwanzigstel Lichtjahr.

Wirklich ganz in der Nähe.

»Mit anderen Worten, der Strahl hat den alten Transfer-Punkt reaktiviert«, nickte sie. »Wußte ich's doch.«

»Deine Weitsicht wäre sicher noch beeindruckender, wenn mir deine Methoden bekannt wären«, höhnte die Stimme. »Menschen sagt man nach, gern ins Blaue zu raten und damit manchmal Erfolg zu haben.«

Sara wandte sich von dem tosenden Spektakel draußen ab. Das Büro, das man ihr zugeteilt hatte, erschien ihr wie ein Palast und war größer als die Empfangshalle in einem Gehege der Qheuen. Eine so luxuriöse Einrichtung hatte sie einmal in einem Buch gesehen, das mindestens zweihundert Jahre alt gewesen war. Diese Suite hatte einmal einem Mann namens Ignacio Metz gehört, einem Experten auf dem Gebiet des Delphin-Schubs. Der Wissenschaftler war bei einem der vielen Abenteuer ums Leben gekommen, die die *Streaker* auf ihrer Reise hierher bestanden hatte. Metz war ein wirklicher Wissenschaftler gewesen, keine Primitive mit akademischen Ambitionen, so wie Sara.

Aber nun stand sie hier in seinen Gemächern, hatte Angst, fühlte sich eingeschüchtert und war dennoch ungeheuer stolz auf den Umstand, der erste Jijoaner zu sein, der nach Jahrhunderten in den Weltraum zurückgekehrt war.

Von der Schreibtischkonsole trieb ein verdrehter blauer Klumpen heran, dessen Äußeres sie als ebenso unangenehm empfand wie seine freche Stimme.

»Deine sogenannte Wölflings-Mathematik reicht wohl kaum für einen so komplexen Vorgang wie die Voraussage profunder Effekte auf das Kontinuum aus. Warum gibst du nicht zu, einfach nur einen Glückstreffer gelandet zu haben?«

Sara biß sich auf die Unterlippe. Niemals würde sie der Niss-Einheit die Genugtuung verschaffen, zu heftig zu reagieren und eine empörte Antwort zu geben.

»Zeig mir die Kontraktionen«, befahl sie gepreßt. »Und eine Karte … eine graphische Darstellung, auf der alle drei Gravitationsquellen verzeichnet sind.«

Das wabernde holographische Wesen bekam so etwas wie eine übertriebene Verbeugung hin.

»Ganz wie die gnädige Frau wünschen.«

Ein Würfeldisplay von zwei Metern Seitenlänge leuchtete vor der Mathematikerin auf und wirkte weitaus lebendiger als die Diagramme auf Papier, mit denen sie aufgewachsen war.

Eine glühende Masse, die Izmunuti darstellte, entstand im Zentrum des Displays. Der Rote Riese strahlte die Farbe der Rache aus. Die Strahlen und Protuberanzen tanzten wie das Haar einer Meduse und reichten über die Grenzen eines normalen Sonnensystems hinaus. Doch diese Fäden und Tentakel vergingen rasch unter einer neuen Störung. Während der letzten Miduras hatte etwas den Stern zu einem abnormen Wutanfall aufgestachelt. Abrupte Zyklonenstürme spuckten wie ein Vulkan Plasmamassen aus. Gebilde, die aussahen wie flammende Tornados und die weit, sehr weit ins All hinausgriffen.

Und wir müssen mitten durch die Verheerung hindurch, dachte die Mathematikerin.

Wie eigenartig, sich vorzustellen, daß all dieses Beben und Toben von einem psi-aktiven Stein auf Jijo ausgelöst worden sein sollte. Dennoch war Sara sich sicher, daß das Heilige Ei für das alles hier verantwortlich sein mußte.

Nun erschien ein grüner Punkt in dem Display, der sich mit unvorstellbarer Geschwindigkeit auf Izmunuti zu bewegte. Er schien nahe an ihm vorbeifliegen zu wollen. Sein hyperbolischer Kurs verlief in einer scharfen Kurve um den Roten Riesen herum. In der einen Richtung führte seine Bahn direkt nach Jijo zurück – dorthin, wo die Flucht der *Streaker* vor zwei erschöpfenden Tagen ihren Anfang genommen hatte. Inmitten eines ganzes Schwarms von ausrangierten Schiffen – Schrottschiffen, die auf dem Grund des Mitten zu Bergen gestapelt gelagert hatten und die man für einen letzten glorreichen Flug durchs All reaktiviert und in denen man zu entkommen versucht hatte.

Einer nach dem anderen waren diese Täuschraumer ausgefallen, zusammengebrochen oder von den Schnappkisten der Feinde gefangengenommen und ausgeschaltet worden, bis nur noch die *Streaker* übrig gewesen war und sich in den Schutz des stürmischen Izmunuti zurückgezogen hatte.

Was aber die andere Richtung betraf … Aufgrund der Instrumentenablesungen, die die Niss-Einheit von der Brücken-Crew erhielt, konnte der wahrscheinliche weitere Kurs dargestellt werden. Anscheinend hatte Gillian Baskin eine Kurskorrektur vorgenommen, um den Gravitations-Schleuderschub des Sterns zu nutzen und sich und das Schiff in den galaktischen Norden und Osten werfen zu lassen.

Sara schluckte. Dieses Manöver war ursprünglich ihre Idee gewesen. Doch während sie jetzt darüber nachdachte, war sie sich mit einem Mal gar nicht mehr so sicher.

»Der neue T-Punkt sieht nicht sehr stabil aus«, bemerkte die Mathematikerin und folgte dem geplanten Kurs bis in die linke obere Ecke des Hologramms, wo ein engmaschiges Netz sich drehender Linien mitten in einer Leerzone des interstellaren Raums einen Trichter entstehen ließ.

Als sie sich dorthin beugte, kam ihr der Display-Monitor mit einer entsprechenden Ausschnittvergrößerung entgegen. Reihen von glühenden Symbolen beschrieben ihr die lokale Hyperraum-Matrix.

Oh ja, sie hatte dieses Wunder vorausgesagt: das Wiedererwachen von etwas sehr Altem. Und jetzt kam es ihr so vor, als bedürfe es schon eines echten Wunders, um ihnen weiterzuhelfen. Ein Geschenk vom Heiligen Ei. Den Ausweg aus einer furchtbaren Falle.

Doch als sie jetzt die Analysewerte studierte, mußte Sara zu dem Schluß gelangen, daß der Kosmos gar nicht daran dachte, ihnen zu helfen.

»Da sind Verbindungsröhren zu einem anderen Raumzeit-Ort. Aber die wirken wenig stabil …«

»Na ja, was kann man schon von einem Nexus erwarten, der erst wenige Stunden alt ist? Von einem Nexus, der erst vor kurzem aus tiefstem Schlummer gerissen wurde, und das von einer Kraft, die keiner von uns begreifen kann?«

Die Mathematikerin hatte den Eindruck, die Niss-Einheit habe eine Kunstpause eingelegt, als sie nach einem längeren Moment fortfuhr: »Die meisten Transferlinien, die von diesem Nexus fortführen, befinden sich immer noch innerhalb der Ordnung einer

Planck-Weite. Einige vielversprechende Routen bilden sich darunter und könnten für ein normales Raumschiff durchaus passierbar sein – allerdings erst in einigen Wochen. Aber das ist uns nur ein schwacher Trost, nicht wahr?«

Sara nickte. Das Schlachtschiff der Jophur würde der *Streaker* wohl kaum soviel Zeit lassen. Die riesige *Polkjhy* hatte bereits die Kette von eingefangenen Täuschschiffen abgeworfen, um ihre ganze Aufmerksamkeit auf das eigentliche Ziel ausrichten zu können – das Erdschiff, das in ihren weitreichenden Scan-Strahlen geradezu gebadet wurde.

»Damit dürfte alle Hoffnung Gillians dahin sein, noch rechtzeitig dort durchschlüpfen zu können ...«

Dann blinzelte sie, als ihr plötzlich etwas auffiel.

»Oh ...«

Die Mathematikerin trat einen Schritt zurück, und das Display zeigte wieder die normale Darstellung an. Am anderen Ende des Bilds, in der rechten oberen Ecke, waren die Muster eines weiteren Transferpunkts zu erkennen. Die verläßliche und berechenbare Stelle, die während der letzten zweitausend Jahre von den Schleichschiffen benutzt worden war, um Izmunuti zu erreichen und von dort aus nach Jijo zu gelangen. Die einzige Möglichkeit, rasch in diese Region von Galaxis Vier hinein- oder aus ihr herauszukommen.

Aber so war es anscheinend nicht immer gewesen. Früher, als Jijo eines der Zentren von Handel und Zivilisation dargestellt hatte, als die mächtigen Buyur noch dort geherrscht hatten, hatte sich der Raumverkehr durch zwei hyperdimensionale Nexi bewegt. Doch dann, als man Jijo zur Brachwelt erklärt hatte, ungefähr vor einer halben Million Jahren, hatte man das zweite Tor geschlossen. Zufälligerweise unmittelbar nach dem Abzug der Buyur.

Sara und ihr Mentor, der Weise Purofsky, hatten gemeinsam einen Verdacht gehegt. Demnach hatte es sich bei der Schließung des Tors keineswegs um einen Zufall oder eine Panne gehandelt.

»Dann dürfen wir also darauf schließen«, machte sich die Niss-Einheit wieder bemerkbar, »daß Gillian offensichtlich vorhat, die Jophur in eine selbstmörderische Falle zu locken.«

Die Mathematikerin suchte auf dem Display nach den Verfolgern. Die Jophur befanden sich einige Sternenradii hinter Izmunuti, und ihr Kurs wurde durch eine gelbe Linie angezeigt. Da waren die Feinde also, die so begehrlich hinter dem Erdschiff und seinen Geheimnissen her waren. Nachdem die bösen Vettern der Traeki die Ablenkung durch die Schrottschiffe überwunden hatten, eilten sie so schnell wie möglich zum regulären T-Punkt, um dort dem Erdenschiff den einzigen Fluchtweg abzuschneiden.

Und jetzt hatte sich unerwartet ein zweites Sternentor aufgetan, sicher eine herbe Überraschung für die riesigen Wulststapel. Die gelbe Linie knickte scharf ab, als die Jophur noch mehr beschleunigten, um die *Streaker* jenseits der Flammen Izmunutis abzufangen, ehe sie die neue Tür in der Raumzeit erreichen konnte.

Ein Tor, das noch nicht benutzbar ist, dachte die Mathematikerin. Aber die Feinde würden doch sicher ebenfalls über die entsprechenden Instrumente verfügen, um die Wahrscheinlichkeitsströme abzulesen. Und dann mußte ihnen klar werden, wie lebensgefährlich es war, sich in einen neugeborenen Transferpunkt zu stürzen.

Oder besaßen die Jophur andere Möglichkeiten, die sie in die Lage versetzten, auf solche Gegebenheiten keine Rücksicht nehmen zu müssen? Die *Streaker* war klein und wendig. Und das Schiff wurde von Delphinen gesteuert, die in dem Ruf standen, die besten Piloten in allen Fünf Galaxien zu sein.

Außerdem half den Erdlingen die Kraft der Verzweiflung weiter.

Die Jophur werden sicher annehmen, wir wüßten etwas über diesen Transferpunkt, das ihnen noch nicht bekannt ist. Womöglich glauben sie sogar, wir hätten den Nexus erst herbeigerufen. Und wenn wir auf dem schnellsten Wege darauf zu eilen, muß es für sie so aussehen, als ob wir dort einen Faden oder Pfad kennen, der uns sicher auf die andere Seite bringt.

Sie müssen uns den Weg abschneiden, sonst haben sie uns für immer verloren.

Sara nickte: »Gillian und die Delphine ... sie wollen sich opfern ... für Jijo.«

Das Niss-Hologramm zuckte auf seine Weise die Achseln.

»Von all den miserablen Alternativen, die uns zur Verfügung stehen, scheint diese noch die beste zu sein.

Angenommen, wir würden umkehren und uns zum Kampf stellen – entweder würden wir sterben oder gefangengenommen werden. Und um die Zivilisation auf Jijo wäre es damit auch geschehen. Die Jophur würden alle Geheimnisse der *Streaker* in Erfahrung bringen und die dann nach Hause an ihren Klan weitermelden.

Und dann würden sie auf Jijo reinen Tisch machen. Zuerst ginge es den g'Kek an den Kragen, und wenn die alle ausgelöscht wären, würden die Stapelwesen den Planeten in ihre ganz private Zuchtwelt umwandeln. Menschen, Traeki, Hoon und so weiter würden in Wesen umgemodelt, die exakt den perversen Bedürfnissen der Jophur entsprächen.

Aber indem Dr. Baskin die *Polkjhy* zwingt, uns in den neuen Transfer-Punkt zu folgen, stellt sie am ehesten sicher, daß die sechs Sooner-Rassen auf Jijo nicht an die Fünf Galaxien gemeldet werden können. Deine Mitexilanten können dann noch eine Weile länger ihr planetengebundenes, erbärmliches Leben fortführen und sich über den rechten Weg zur Erlösung streiten.«

Aus dem »Mund« der Niss-Einheit klang selbst so etwas Nobles wie der Weg zur Erlösung oder Gillians Bereitschaft, sich selbst zu opfern, wie eine primitive Spinnerei. Die Mathematikerin schüttelte den Kopf. Dr. Baskins Plan war ebenso edelmütig wie genial.

Auch wenn er bedeutete, daß Saras Stunden gezählt waren.

»Was für eine Verschwendung«, seufzte das Hologramm. »Dieses Schiff und seine Besatzung haben womöglich den Fund des Jahrtausends, ach was, der Jahrmillion gemacht, und in Kürze soll alles verloren sein.«

Beim fluchtartigen Abflug von Jijo war es so hektisch zugegangen, daß Sara immer noch keine Gelegenheit gefunden hatte, sich über den Grund für all das Sterben und die Verfolgung zu informieren. Was hatte die Besatzung der *Streaker* bloß angestellt, um soviel Wut und das Erscheinen von Schiffen mehrerer galaktischer Großmächte auszulösen?

Die künstliche Intelligenz schien der Mathematikerin anzusehen, was ihr durch den Kopf ging.

»Alles hat damit angefangen, daß Captain Creideiki in einer ziemlich abgelegenen Gegend herumgeschnüffelt und nach Relikten und Anomalien gesucht hat, die nicht in der Großen Bibliothek enthalten waren.

Dabei handelte es sich um einen kugelförmigen Sternhaufen, in dem es kaum Planeten gibt. Creideiki hat nie jemandem mitgeteilt, warum es ihn ausgerechnet dorthin gezogen hat. Aber sein Instinkt trog ihn nicht. Sein Schiff stieß auf eine Flotte ausrangierter Raumer, die in isolierter Stille durch das All trieb. Man nahm Proben und machte Aufnahmen von diesem schwebenden Schiffsfriedhof. Und man stieß auf Hinweise, daß sich in diesen Gefährten Antworten auf das älteste Geheimnis unserer Zivilisation finden ließen.

Natürlich hätte man diese Entdeckungen in aller Offenheit mit den Fünf Galaxien teilen müssen, und zwar im Namen aller sauerstoffatmenden Lebewesen. Unermeßlicher Reichtum und Ruhm wären damit über den armen Klan der Erdlinge gekommen. Und sicher auch über die Tymbrimi, meine Schöpfer. Doch auch alle anderen Rassen und Allianzen hätten davon profitiert und neue Erkenntnisse über den Ursprung unserer Milliarde Jahre alten Kultur gewonnen.

Doch es kam ganz anders. Einige mächtige Koalitionen interpretierten die tatsächlich abgegebene erste Meldung der *Streaker* als Erfüllung einer wenig erfreulichen Prophezeiung. Ihrer Ansicht nach würde diese Nachricht eine schreckliche Zeit des Aufruhrs und der Unruhen einläuten, in der nur der mit einem Vorteil rechnen durfte, der unsere Entdeckungen an sich brächte und mit niemandem teilte.

So kehrte unser Schiff nicht aus dem Shallow Cluster zurück, um einen begeisterten Empfang bereitet zu bekommen, sondern sah sich mit mehreren Flotten konfrontiert, die allesamt auf der Lauer lagen, um unsere Geheimnisse an sich zu reißen, bevor wir neutralen Boden erreichen konnten. Etliche Male hing unser Schicksal an einem seidenen Faden, und wir konnten nur deswegen in letzter Sekunde entkommen, weil unsere Gegner es vorzogen, sich lieber erst untereinander zu bekriegen. Jeder kämpfte sozusagen gegen jeden, um das alleinige Recht zu erringen, uns aufzubringen.

Doch so, wie es aussieht, dürfen wir zur Zeit nicht auf die Zwietracht unserer Feinde hoffen.«

Das war eine echte Untertreibung. Die Jophur konnten das Erdenschiff in aller Ruhe verfolgen, ohne das Eingreifen einer anderen Macht befürchten zu müssen. Was all die anderen Bündnisse anging, so hielt sich niemand von ihnen in der Nähe auf, weil diese Region als verbotene Zone galt.

»Wurde Emerson bei einer dieser Raumschlachten verwundet?« fragte Sara.

Sie sorgte sich um ihren Freund, den schweigsamen Sternenreisenden, dessen rätselhafte Verwundungen sie in ihrem Baumhaus behandelt hatte. Danach hatte die Mathematikerin ihn auf die epische Reise durch Jijo mitgenommen, an dessen Ende er seine alten Schiffskameraden wiedergefunden hatte.

»Nein. Bordingenieur d'Anite wurde von Mitgliedern der Rentner-Kaste gefangengenommen, und zwar an einem Ort namens Fraktal-Welt. Bei diesem Vorfall –«

Sara schüttelte den Kopf. Einige Rassen hatten sich vom immerwährenden Hader der Zivilisation zurückgezogen und wollten nie mehr etwas damit zu tun haben. Aber sie einfach als »Rentner« zu bezeichnen, wie die Niss-Einheit das gerade getan hatte …

Erst nach einem Moment fiel der Mathematikerin auf, daß das blaue Hologramm sich nicht mehr um sich selbst drehte. Und es vergingen einige Sekunden, bevor es weitersprach.

»Die Ortung meldet gerade etwas. Ein Phänomen, das bislang von den Flammen Izmunutis verborgen wurde.«

Das Display löste sich auf und zeigte im nächsten Moment Schwärme von orangefarbenen Punkten zwischen den Feuern und Protuberanzen des Roten Riesen.

»Was ist denn das?« fragte Sara.

»Kondensierte Objekte.

Künstliche, selbstangetriebene Raumgefährte.

Oder für Laien: Sternenschiffe.«

Sara öffnete und schloß den Mund zweimal, ehe sie ihre Sprache wiederfand.

»Bei Jafalls, das müssen Hunderte Raumer sein. Wie konnten wir die denn bislang übersehen?«

Die Niss-Einheit schien das als Vorwurf zu verstehen und antwortete noch giftiger als vorher:

»O du gebenedeite unter den weiblichen Weisen, normalerweise schickt man keine Suchstrahlen durch die Corona einer Sonne, weil man dort Raumschiffe vermutet. Selbstverständlich haben wir unsere Aufmerksamkeit auf andere Dinge konzentriert. Davon abgesehen haben diese Schiffe gerade erst ihre Triebwerke gestartet, um mit deren gravitronisch-temporalen Kräften den neuen Solarstürmen zu entkommen.«

Die Mathematikerin starrte immer noch auf die Punkte, und eine verwegene Hoffnung machte sich in ihr breit.

»Könnten die uns gegen die Jophur helfen?«

Die Einheit konsultierte erst einige Meßgeräte, ehe sie antwortete.

»Das erscheint mir unwahrscheinlich, verehrte Wissenschaftlerin. Ich fürchte, denen ist unser Gezänk schnurzpiepegal. Bei den Insassen dieser Schiffe handelt es sich nämlich um Wesen einer an-

deren Ordnung, die mit dem Leben, wie du es kennst, nicht d
geringste zu tun haben. Man könnte sie allenfalls als entfernte Verwandte von mir bezeichnen.«

Sara schüttelte erst verständnislos den Kopf und rief dann:

»Maschinenwesen?«

Selbst unter den Ausgestoßenen Jijos waren die Acht Ordnungen Sapienten Lebens noch geläufig. Die Sauerstoffatmer stellten nur eine davon dar, wenn auch die spektakulärste. Die Heiligen Schriftrollen hatten darüber hinaus nur Kryptisches zu vermelden und sprachen von synthetischen Wesen, die sich selbst entwickelten und bauten. Und dies in den tiefsten Tiefen des Kosmos, da sie weder eines Bodens bedurften, um darauf zu stehen, noch einer Atmosphäre, um zu atmen.

»Richtig geraten, meinen tiefempfundenen Glückwunsch. Die Anwesenheit dieser Maschinen an diesem Ort läßt auf Angelegenheiten schließen, die uns nichts angehen. Höchstwahrscheinlich werden die Mechanoiden aus kluger Vorsicht heraus jeden Kontakt mit uns meiden –«

Die Stimme legte wieder eine Pause ein.

»– Neue Daten kommen herein. Anscheinend hat die Flotte alle Hände voll damit zu tun, den neuen Stürmen zu entkommen. Einige ihrer Schiffe bedürfen wohl viel eher der Rettung als wir.«

»Zeig es mir!« verlangte die Mathematikerin.

Auf dem Display erschien sofort eine Ausschnittvergrößerung, und Sara fand sich unvermittelt inmitten langer Flammenzungen wieder. Eines der Mechanoidenschiffe war zu erkennen, das sich vor einer wütend hervorschnellenden Gaseruption in Sicherheit zu bringen trachtete.

Die Niss-Einheit vergrößerte den Ausschnitt bis zum Maximum, und nun sah man ein rautenförmiges Gebilde, auf dessen Hülle sich die Sonnenfeuer widerspiegelten. Der Raumer befand sich auf der Flucht vor heißen Ionen und entfernte sich rasch von Izmunutis Konvektionszonen. Daneben erschienen nun Zahlenkolonnen, die die Maße des Schiffes angaben. Anscheinend war es h, maß dafür aber in Länge wie Breite jeweils mehrere meter.

aum geriet vor dem Schiff in Bewegung, als habe man einen Stein in einen stillen Teich geworfen. Obwohl Sara sich mit solchen Dingen kaum auskannte, erkannte sie doch die charakteristischen Verzerrungen eines Gravi-Temporal-Feldes. Kein sonderlich großer Schutzschirm. Er mochte bei interplanetaren Geschwindigkeiten ausreichen, wehrte aber kaum die von einer Sonne heranrasende Zerstörung ab. Die Mathematikerin verfolgte voller Mitgefühl, wie das Schiff sich vergeblich aus dieser Falle zu befreien suchte.

Die erste Schockwelle traf den Raumer und riß ihn entzwei. Die nachfolgenden Stöße zerfetzten das Schiff in unzählige Teile, die sich rasch weiter auflösten, bis von dem Gefährt nur noch ein Schwarm glühender Punkte übrig war.

»Das war nicht das einzige Opfer. Sieh nur, wie das Schicksal mit den anderen verfährt, die sich zu spät auf den Weg gemacht haben.«

Das Display zeigte wieder die Gesamtdarstellung. Während die Mathematikerin zuschaute, wurden einige weitere orangefarbene Objekte von dem heranrasenden Plasma erfaßt. Andere Raumer versuchten immer noch verzweifelt, an Geschwindigkeit zu gewinnen und aus der Corona zu gelangen.

»Wer immer auch in diesen Schiffen sitzen mag«, murmelte Sara, »ich hoffe, daß sie durchkommen.«

Wie eigenartig, dachte sie, daß die Raumer der Maschinenwesen weniger aushielten als die *Streaker*, deren Schutzschilde einigen Miduras der Chromosphäre der Sonne und sogar deren Stürmen standhalten konnten.

Wenn sie nicht einmal einem Plasmastoß widerstehen können, haben sie gegen die Waffen der Jophur erst recht keine Chance.

Die Enttäuschung schmeckte um so bitterer, als sie gerade erst wieder Hoffnung geschöpft hatte. Nein, von diesen Wesen durfte man keine Rettung erwarten.

Die Mathematikerin glaubte, ein Muster in ihren Abenteuern während des letzten Jahres ausmachen zu können: Das Schicksal hatte sie aus ihrer Studierkammer im Baumhaus gerissen, um sie mit Aliens zu konfrontieren; danach galt es, Schlachten zu schlagen, auf Fabelwesen, sogenannten Pferden, zu reiten, in tiefes Meer hinabzutauchen und schließlich an Bord eines Sternenschiffes eine wilde Flucht mitzumachen – das Universum schien es darauf anzulegen, ihr solche Wunder aufzutun, daß sie sie mit ihrem Verstand und ihrer Phantasie kaum noch verarbeiten konnte: Riesensterne, Transfer-Punkte, sprechende Computer, Universal-Bibliotheken und nun sogar eine ganz und gar fremde Lebensform. Eine andere Ordnung, die sich radikal von der Zivilisation der Fünf Galaxien unterschied.

Solche Mirakel gehörten nicht zum Lebensrhythmus einer Weisen auf einer barbarischen Welt.

Und dennoch schien das Universum ihr nicht mehr als bloß einen Blick auf all dies gewähren zu wollen.

Du darfst die Ware anschauen, aber nicht berühren.

Denn deine Uhr ist abgelaufen.

Traurig verfolgte sie, wie orangefarbene Punkte verzweifelte Anstrengungen unternahmen, den Hitzetornados Izmunutis zu entwischen. Immer mehr Schiffe wurden von den Protuberanzen aufgesogen und verloschen wie Funken.

Aber Gillian und ihre Delphine scheinen davon überzeugt zu sein, daß wir diesem Chaos für eine kurze Frist standhalten können.

Angesichts der verglühenden Mechanoiden war die Mathematikerin sich da gar nicht mehr so sicher. Immerhin hieß es doch immer, daß Maschinen widerstandsfähiger waren als Fleisch.

Sie wollte gerade die Niss-Einheit danach befragen, als das Holo-Display sich schon wieder veränderte. Der Rote Riese flakkerte, und danach tauchte etwas Neues auf. Unterhalb der orangefarbenen Punkte erschienen drei neue Gebilde, die lilafarben erstrahlten. Sie lösten sich aus dem Flammeninferno und steuerten direkt auf das Erdenschiff zu.

»Wer ist denn das?« wollte die Mathematikerin wissen. »Noch mehr Mechanoide?«

»Nein«, antwortete die Niss-Einheit in einem ehrfürchtigen Tonfall. »Das scheinen ganz andere Wesen zu sein. Ich glaube …« Der blaue Klumpen verformte sich und bildete Zacken, deutliches Zeichen seiner Nervosität. »Ich glaube, das sind Zang.«

Sara lief es heiß und kalt den Rücken hinunter. Der Name war legendär und löste große Furcht in ihr aus. Auf Jijo sprach man ihn nur im Flüsterton aus. »Aber wie … warum … was haben die denn hier verloren?«

»Verzeihung, Teuerste, wenn ich nicht gleich darauf antworte, aber unser leitender Captain, Dr. Gillian Baskin, hat gerade eine Dringlichkeitssitzung des Schiffsrats einberufen, um über diese neuen Entwicklungen zu beratschlagen. Man rechnet mit deiner Teilnahme.

Ich könnte dich natürlich entschuldigen. Keine Bange, mir fällt schon etwas ein.«

Die Mathematikerin befand sich schon auf dem Weg zum Ausgang.

»Wag das ja nicht!« warnte sie die Niss-Einheit und verließ den Raum.

Der Gang, der sich vor ihr ausbreitete, führte in beide Richtungen bergauf und erinnerte an ein Segment verdrehter Raumzeit. Dieser Anblick hatte Sara noch nie gefallen. Doch für solche Empfindlichkeiten blieb jetzt keine Zeit. Sie rannte zum Konferenzraum.

Gillian

Aus irgendeinem Grund erinnerte der tumultuöse Stern sie an die Venus.

Und das rief ihr natürlich Tom ins Gedächtnis zurück.

Aber eigentlich erinnerte sie alles an Tom. Zwei Jahre war er nun nicht mehr bei ihnen, und der Schmerz darüber brannte wie eine offene Wunde in ihr. Jede Nacht sehnte sie sich nach seiner Wärme. Am Tag glaubte sie immer wieder, seine starke Stimme zu hören, die für alle Probleme eine Lösung parat hatte. So viele verdammte Probleme.

Willst du jetzt etwa ein Held sein, oder warum hast du vor zu sterben, um die Soonerwelt zu retten?

Solches Tun sagt man doch wohl Helden nach, oder?

Ja, aber die Welt dreht sich weiter und gerät in immer neue Situationen, aus denen sie gerettet werden muß.

Seit das Schicksal sie auf Kithrup getrennt hatte, sagte sich Gillian, daß Tom nicht wirklich tot sein konnte. Ich weiß es, ich weiß es, dachte sie sich so lange, bis sie daran glaubte.

Und sei er Galaxien und Megaparsecs entfernt, ich würde es spüren, wenn er stürbe. Da dieses Gefühl bislang ausgeblieben ist, muß Tom sich noch irgendwo dort draußen herumtreiben. Vermutlich zusammen mit Creideiki, Hikahi und all den anderen, die wir zurücklassen mußten.

Aber er wird einen Weg finden, zu uns zurückzukehren ... wieder bei mir zu sein.

Diese Gewißheit hatte ihr geholfen, während des ersten Fluchtjahrs den Schmerz zu ertragen. Und auch noch ein Weilchen länger, bis die letzten Monate konstanter Krise diesen Trost zertrümmert hatten.

Und ohne daß sie es sich erklären konnte, fing sie plötzlich an, von Tom in der Vergangenheit zu denken.

Er liebte die Venus.

Gillian betrachtete die tobende Sonne. Natürlich erstrahlte dieser Stern hell, während die Erdschwester sich nur als trübes Etwas zeigte, was von den Säurewolken herrührte, die sie immerwährend und geschlossen umgaben. Dennoch verbanden beide Gestirne einige Gemeinsamkeiten: enorme Hitze, lebensfeindliche Stürme und wenig Feuchtigkeit.

Und beide lösten beim Betrachter vornehmlich Verzweiflung aus.

Sie konnte ihren Geliebten wieder vor sich sehen, wie er in seinem Raumanzug beide Arme ausbreitete, um das ganze Panorama von Aphrodite Pinnacle einzufangen. Blitze umtanzten die titanischen Strukturen, die sich bis zum verschwommenen Horizont hin ausbreiteten, ein Riese neben und hinter dem anderen. Wunderbare neue Gerätschaften, die den Menschen die Arbeit abnahmen, die Hölle der Venus Schritt für Schritt zu transformieren.

Und noch eine Gemeinsamkeit: Venus und Izmunuti boten auch Anlaß zur Hoffnung.

»Ist das nicht großartig?« hatte Tom gerufen. »Dieses Werk beweist doch, daß unsere Rasse noch dazu in der Lage ist, große Gedanken zu entwickeln.«

Selbst mit der ausgeborgten Technologie der Galaktiker würde die Umwandlung des zweiten Planeten immer noch länger andauern als der Zeitraum, seit dem die Menschen die Schrift entwickelt hatten.

Zehntausend Jahre würden vergehen, ehe sich hier Meere gebildet hatten. Ein kühnes Projekt für die arme Wölflingsrasse. Gar nicht erst zu reden davon, daß die Buchmacher von Sa'ent und Kloornap dem Erdklan nur eine Chance von eins zu zehn einräumten, überhaupt so lange durchzuhalten.

»Wir müssen dem Universum beweisen, daß wir an uns selbst glauben«, pflegte Tom zu sagen. »Denn sonst tut das ja keiner.«

Seine Worte hatten wunderbar geklungen, so nobel und großartig. Damals hätte er Gillian fast von ihrer glorreichen Zukunft überzeugt.

Aber dann hatte sich alles geändert.

Vor einem halben Jahr, als die *Streaker* in der Fraktal-Welt Unterschlupf gefunden hatte, waren Gillian Gerüchte darüber zu Ohren gekommen, daß man Terra belagere. Und daß die Buchmacher von Sa'ent nun Wetten annahmen, daß die Erdlinge kaum noch ein Jahrhundert durchhalten könnten.

Rückblickend betrachtet, konnte es kaum etwas Irrelevanteres geben als das Venus-Projekt.

Tom und ich hätten uns besser irgendwo als Farmer niederlassen sollen. Oder wir hätten wieder in den Schuldienst zurückgehen oder bei der Besiedlung von Calafia mithelfen sollen. Aber wir hätten niemals Jake Demwa und Creideiki zuhören dürfen. Diese Mission hat jedem, der damit zu tun hatte, nur Unheil gebracht.

Inklusive der armen Kolonisten auf Jijo. Exilanten aus sechs unterschiedlichen Rassen, die zumindest die Chance verdient hatten, sich ihrem eigenen Schicksal ohne Störungen von außen zu stellen. Als die *Streaker* aufgetaucht war, um auf dieser verbotenen Welt Schutz zu finden, hatte sie auch deren Zukunft zerstört.

Anscheinend gab es nur eine Möglichkeit, das Universum vor weiterem Schaden zu bewahren.

Ob es uns gelingt, die Jophur hinter uns her in den neuen Transfer-Punkt zu locken? Kaa, unser Pilot, muß einen überzeugenden Kurs fliegen und so tun, als habe er einen Faden gefunden, der nach draußen führt. Einen Weg in die Sicherheit. Wenn wir es nur geschickt genug anstellen, werden diese widerlichen, öligen Stapelwesen uns einfach folgen müssen.

Die Rettung von Jijo rechtfertigte dieses Manöver, denn für die *Streaker* schien keine Möglichkeit mehr zu bestehen, ihre geheimnisvolle Fracht sicher auf die Erde zu bringen.

Und noch einen Grund gab es für dieses Selbstmordunternehmen.

Wenigstens nehmen wir die Feinde mit uns ins Grab.

Man sagt, der bevorstehende Tod schenke einem Klarheit der Gedanken, doch bei Gillian löste er nur Bedauern aus.

Ich hoffe, Tom und Creideiki sind nicht zu enttäuscht von mir.

Schließlich habe ich alles getan, was mir möglich war.

Der Schiffsrat hatte sich verändert, seit Dr. Baskin, wenn auch nur widerwillig, den Captains-Posten übernommen hatte, den Platz, auf dem zu besseren Zeiten noch Creideiki gesessen hatte. Am anderen Ende des langen Tisches befand sich der letzte verbliebene Delphinoffizier, Lieutenant Tsh't, die geschickt ihren sechsbeinigen Gehapparat bediente, um ihren grauen Leib in die Nische zu bewegen, in der einst Takkata-Jim seinen Platz gehabt hatte, bevor er bei Kithrup getötet worden war.

Tsh't begrüßte den menschlichen Bordingenieur, Hannes Suessi. Seine eigene Mutter hätte ihn nicht wiedererkannt, weil so viele seiner Körperteile durch Cyborgkomponenten ersetzt worden waren. Und dort, wo sich früher sein Kopf befunden hatte, erhob sich nun eine silberne Halbkugel. Doch ein Gutteil der glänzenden Oberfläche war unter Motorradteilen aus der Zeit vor dem Ersten Kontakt verschwunden. Eine Marotte des Mannes, die ihn seiner Truppe um so liebenswerter erscheinen ließ. Wenigstens hatte einer trotz all der Dauerkrisen seinen Sinn für Humor nicht verloren.

Gillian vermißte schmerzhaft ihre Freundin und Kollegin, Dr. Makanee, die sonst an allen Ratssitzungen teilgenommen hatte. Die Ärztin war zusammen mit zwei Gruppen von Delphinen auf Jijo zurückgeblieben. Die eine litt unter einem merkwürdigen Fieber, das eine Devolution bewirkte und sie in der Entwicklung weit zurückwarf. Die andere war für den Ausbruchsversuch der *Streaker* nicht erforderlich gewesen. So hatten die Delphine sich als siebte Sooner-Rasse auf dem Brach-Planeten niedergelassen. Ein weiteres Geheimnis, das unbedingt gewahrt bleiben mußte.

So viele Geheimnisse ... und dann noch die Rätsel, die sich nicht so leicht schützen lassen.

Dr. Baskin mußte an die Gegenstände denken, die sie während ihrer Reisen geborgen hatte und die jetzt in ihrem Büro standen. Einige davon hatten die interstellare Verfolgungsjagd ausgelöst. Schon der bloße Hinweis auf ihre Existenz hatte große Teile der Fünf Galaxien in Raserei versetzt.

Darunter war vor allem die Leiche zu nennen, der man den Spitznamen Herbie verliehen hatte. Ein Alien-Kadaver von unvorstellbarem Alter, dessen Gesicht ein verwirrendes Lächeln zeigte. Vielleicht wegen eines Witzes, der ihm vor einer Milliarde Jahren erzählt worden war? Andere Artefakte versetzten die Fünf Galaxien nicht gar so arg in Aufruhr, oder sie waren nicht ganz so verflucht.

Die Schwierigkeiten hatten sich eingestellt, seit die Besatzung des Erdenschiffes Gegenstände eingesammelt hatte, von denen sie nichts verstand.

»Artikel des Schicksals«, so hatte einer der Alten diese Fracht der Rätsel genannt, als die *Streaker* im Fraktalsystem Zuflucht gefunden hatte.

Vielleicht ist das ihnen ja vorherbestimmt. All die Schätze, mit denen wir beladen sind, werden zu Protonen zertrümmert, sobald wir in den neuen Transfer-Punkt eingetaucht sind.

Wahrscheinlich würde sie dann voller Genugtuung miterleben, wie Herbies Miene sich im allerletzten Moment veränderte, wenn die Fesseln der Realität aus zehn Dimensionen über sie hereinstürzten.

Eine holographische Darstellung der roten Sonne nahm eine Wand des Konferenzraums ein. Wirbelnde Hitze- und Plasmawolken waren dort zu erkennen, von denen fast jede eine größere Ausdehnung als der Orbit der Erde besaß. Die Niss-Einheit informierte in Galaktik Sieben alle Anwesenden über den neuesten Stand.

»Das Jophur-Schiff hat die letzten Täuscher, die es einfangen konnte, ausgeklinkt. Diese Schrottraumer treiben jetzt ziellos durchs All. Daher müssen wir jetzt von einer größeren Geschwindigkeit und Manövrierfähigkeit unseres Gegners ausgehen.

Die *Polkjhy* fliegt zur Zeit auf den neuen Transfer-Punkt zu. Ihr Ziel besteht eindeutig darin, vor uns dort einzutreffen.«

»Ist ihnen das möglich?« fragte Dr. Baskin.

Das Niss-Hologramm pulsierte, wie es das immer tat, wenn es Nachdenklichkeit zum Ausdruck bringen wollte. »Kaum anzunehmen. Es sei denn, sie setzen einen bestimmten, mit einigen Risiken verbundenen Wahrscheinlichkeitsantrieb ein, mit dem Jophur-Schiffe in der Regel jedoch nicht ausgestattet sind. Unsere

Freunde haben viel Zeit damit verloren, vor uns am alten T-Punkt einzutreffen. Die Gravitationsschleuder Izmunutis sollte uns eigentlich in die Lage versetzen, vor den Jophur das Ziel zu erreichen ... wozu das auch immer gut sein mag.«

Gillian ignorierte den Sarkasmus der Maschine. Die meisten Anwesenden schienen mit ihrer Entscheidung einverstanden zu sein. Da ihnen kaum eine Alternative blieb, erschien ihnen der Tod erträglicher, solange sie einen Schlachtkreuzer des Feindes mit in den Untergang locken konnten.

Die Gefahr durch die Stapelwesen war also nicht mehr unmittelbar, und so konnte Dr. Baskin sich einem anderen Thema zuwenden. »Was kannst du uns über die neu aufgetauchten Schiffe mitteilen?«

»Vor kurzem haben wir zwei Flotten in Izmunutis Corona entdeckt. Nach allem, was wir über ihre Manöver in Erfahrung bringen konnten, müssen sie gemeinsam operiert haben. Warum sonst sollten sie sich in solcher Nähe zueinander aufhalten? Warum fliehen sie gemeinsam vor dem unerwartet ausgebrochenen Plasmasturm? Nein, keine andere Erklärung erscheint logisch.«

Hannes Suessi meldete sich zu Wort. Sein Stimme klang dumpf aus der Silberkuppel.

»Mechanoiden und Wasserstoffatmer sollen zusammenarbeiten? So etwas habe ich ja noch nie gehört!«

Der blaue Klumpen versuchte sich an einem Nicken. »Das ist wirklich neu. Die verschiedenen Ordnungen des Lebens interagieren nur höchst selten. Aber nach dem, was von der erbeuteten Bibliotheks-Einheit zu erfahren ist, kommt so etwas doch gelegentlich vor. Besonders bei lebenswichtigen Projekten sind oft die Gaben und Fähigkeiten mehrerer Arten vonnöten.«

Das jüngste Ratsmitglied stieß einen Pfiff aus. Kaa, der erste Pilot, war nicht in einem Gehapparat erschienen, weil er jeden Moment an seinen Platz zurückgerufen werden konnte. Statt dessen befand er sich in einer mit Wasser gefüllten Röhre, die in eine Wand des Konferenzraums führte.

* Ist denkbar ein Grund
* In Gezeiten des Kosmos
* Für Anomalie?

Zur Unterstreichung seiner Worte schlug der Delphin mit den Flossen ins Wasser. Gillian übersetzte Sara Koolhan, die sich mit den Haiku-Äußerungen der Meeressäuger nicht auskannte, Kaas Frage.

»Er will wissen, welches Projekt so bedeutsam sein könnte, daß die vereinten Flotten zweier Lebensordnungen dafür in einen Stern eintauchen.«

Sara nickte. »Ich glaube, ich kenne einen Teil der Antwort darauf.« Die jijoanische Mathematikerin strich über einen schwarzen Würfel, eine Algorithmusmaschine, die Dr. Baskin ihr für die Dauer ihres Aufenthalts an Bord zur Verfügung gestellt hatte.

»Seit wir diese fremden Schiffe zum erstenmal erfaßt haben, beschäftigt mich die Frage, welche Besonderheit Izmunuti an sich haben mag, daß sie Schiffe auch aus fernen Systemen hierher lockt. Zum Beispiel sind meine eigenen Vorfahren ja auch zu diesem Stern geflogen. Nachdem sie durch den regulären Transfer-Punkt gelangt waren, flogen sie durch die Korona der Sonne. Und all die anderen Schleichschiffe, die vor ihnen hier angekommen sind, haben den gleichen Kurs gewählt. Und das vor allem, um ihre Spuren zu verwischen.«

Darauf haben wir auch gebaut, dachte Dr. Baskin unglücklich. *Aber irgend etwas muß ich dabei wohl falsch gemacht haben, denn die Rothen waren trotzdem in der Lage, uns zu folgen, und haben damit unser Versteck und die Existenz der Sechs Rassen entdeckt.*

Gillian fiel auf, daß Lieutenant Tsh't sie eigentümlich ansah. Lag Tadel in ihrem Blick, weil Dr. Baskin die *Streaker* in dieses Schlamassel geführt hatte? Als die Soonerin fortfuhr, wendete die Delphinin den Kopf.

»Laut dieses Lehrapparats hier verströmen Sterne wie Izmunuti gewaltige Mengen von schweren Atomen in ihre aufgeblähte Corona. Kohlenstoff findet sich darunter in großen Mengen und kondensiert auf allen festen Objekten, die nah genug an die Sonne herankommen. Als die Schiffe der Exilantenvorfahren auf Jijo landeten, waren sie über und über mit diesem Zeug bedeckt.

Die *Streaker* könnte das erste Schiff sein, das sich zweimal dermaßen einnebeln läßt, weil es die Route in beiden Richtungen geflogen ist. Ich nehme an, die Kohlenstoffschicht hat Ihnen einige Probleme bereitet.«

»Das können Sie laut sagen!« dröhnte Suessi aus seiner Kuppel. Der Bordingenieur hatte alles mögliche ausprobiert, um das Schiff von diesem schwarzen Mantel zu befreien. »Das Material ist schwer, besitzt seltsame Eigenschaften und setzt sich buchstäblich in jeder Ritze fest.«

Sara nickte. »Einmal angenommen, jemand könnte mit dieser Masse etwas anfangen, ja, daß sie sogar wertvoll für ihn sei. Wie könnte er am effektivsten daran gelangen?«

Sie streichelte über den schwarzen Kasten, der daraufhin Daten in das Haupt-Display einspeiste. Obwohl die Mathematikerin sich erst seit einigen Tagen auf dem Raumschiff befand, kam sie doch immer besser mit den verschiedenen Gerätschaften zurecht.

Ein spiegelartiges Viereck entstand in der Darstellung und reflektierte die Oberfläche eines Planeten.

»Ich mag zwar eine ungebildete Eingeborene sein«, sagte Sara, »aber mir kommt es so vor, als könne man Atome aus den Solarwinden sammeln, und zwar mittels einer sehr großen Oberfläche bei gleichzeitiger geringer Masse. Genauer gesagt ein Gefährt, das noch nicht einmal Eigenenergie verbraucht, sondern allein durch den Druck von Lichtwellen vorangetrieben würde.«

»Ein Solarsegel?« entfuhr es Tsh't.

»Nennt man das so?« fragte Sara zurück. »Stellen Sie sich bitte Maschinen vor, die als kompakte Objekte durch den Transfer-Punkt kommen, in Richtung Izmunuti fallen und dann solche Sonnensegel ausfahren und die Rückfahrt zum T-Punkt energiekostenfrei zurücklegen können. Und dabei Schichten von diesem molekular einzigartigen Kohlenstoff erhalten. Was für ein kostengünstiges Transportsystem!«

Die Niss-Einheit drehte sich schneller.

»Deine Hypothese geht von einer Ressourcen-Sammeltechnik aus, vorausgesetzt, die Mechanoiden können tatsächlich mit nur einem Hyperraumsprung hierher oder zurück in ihre Heimat gelangen. In den Industrieregionen der Fünf Galaxien finden sich genügend billige Alternativen. Und hier in der Galaxis Vier, die ja weitgehend für brach erklärt wurde, findet ja logischerweise überhaupt keine Industrie mehr statt –«

Das Niss-Hologramm hielt kurz in seiner Umdrehung inne.

»– die Mechanoiden wären natürlich ideal für diese Art der Kohlenstoffgewinnung geeignet. Sie könnten Sonderformen von sich herstellen, um die Arbeit noch effektiver zu erledigen. Und natürlich auch entsprechende Raumschiffe bauen ... Das könnte erklären, warum ihr Antrieb und ihr Schutzschild den Solarstürmen nicht gewachsen waren ... Man hat sie wahrscheinlich mit einem Minimum an Masse ausgestattet, und auf eine solche Entwicklung waren sie nicht vorbereitet.«

Dr. Baskin erkannte mit einem Blick auf die Holo-Karte, daß nur etwa die Hälfte der orangefarbenen Punkte übriggeblieben waren. Und viele von ihnen wurden immer noch von Plasmaeruptionen verfolgt. Die drei lilafarbenen Punkte hatten sich inzwischen von dem Mechanoiden-Konvoi abgesetzt.

»Und welche Rolle spielen die Zang?« wollte Gillian wissen.

»Vermutlich sind sie die Arbeitgeber der Maschinenwesen. Laut der Bibliotheks-Einheit werben die Wasserstoffatmer gar nicht so selten Mechanoide für besondere Arbeiten an. Einige Klans der Sauerstoffatmer tun das übrigens auch.«

»Tja, sieht ganz so aus, als sei bei ihrem schönen Plan einiges schiefgegangen«, bemerkte Suessi. »Diesmal bringen sie nicht sehr viel Frachtgut mit nach Hause.«

Pfeifen und Klicken ertönte aus dem Wassertunnel. Diesmal

äußerte der Delphin keine Haikus, sondern redete in seiner eigenen Sprache, dem Trinarisch – ein sicheres Anzeichen dafür, daß das Gehörte ihm Anlaß zum Nachdenken bot.

Dr. Baskin hatte ein schlechtes Gewissen, weil sie Kaa gedrängt hatte, sich freiwillig zu dieser Mission zu melden. Denn dadurch wurde er von seiner Liebsten getrennt, die auf Jijo zurückgeblieben war. Doch andererseits brauchte die *Streaker* den besten verfügbaren Piloten, wenn sie überhaupt eine Chance haben wollte.

Die Niss-Einheit hatte noch mehr von sich zu geben.

»Die Zang werden nach diesem Desaster ziemlich ungehalten sein.«

»Weil sie diesmal Verlust und keinen Profit gemacht haben?« fragte der Lieutenant.

»Nicht nur deswegen. Nach Angaben der Bibliothekseinheit reagieren Wasserstoffatmer sehr schlecht auf Überraschungen. Ihr Metabolismus verläuft langsamer als bei Sauerstoffatmern. Alles Unvorhergesehene ist ihnen daher höchst unangenehm.

Eine solche Haltung ist mir natürlich völlig unverständlich, bin ich doch von den Tymbrimi darauf programmiert worden, nach allem Neuen Ausschau zu halten. Ohne Überraschungen kann man aber nie etwas Neues erfahren, und dann könnte man gleich davon ausgehen, daß es sich beim Universum um nicht mehr als ein –«

»Einen Moment bitte«, unterbrach Dr. Baskin das Hologramm, bevor es sich in tiefschürfenden philosophischen Überlegungen ergehen konnte. »Man hat uns allen hier beigebracht, den Zang aus dem Weg zu gehen, weil sie so gefährlich sein sollen.«

»Das ist richtig.«

»Aber jetzt sagst du, sie seien auch noch sauer, vielleicht sogar stinkwütend?«

Das Hologramm verbeugte sich.

»Nach drei Jahren, die wir nun miteinander verbringen durften, Dr. Baskin, darf ich mir einbilden, mit Ihren Untertönen und Gedankenmustern doch einigermaßen vertraut zu sein. Ihre letzte Frage bringt mich zum Nachdenken.

Könnte es sein, daß die Übellaunigkeit der Wasserstoffatmer Ihnen in diesem Moment ganz gelegen kommt?«

Gillian sagte nichts, setzte aber ein gehässiges Grinsen auf.

Harry

Fünf Erdenjahre waren vergangen, seit er in den Dienst aufgenommen worden war. Zusammen mit Freiwilligen aus fünfzig anderen Rassen hatte er dagestanden und den auswendig gelernten Eid abgelegt, der vor so langer Zeit niedergeschrieben worden war, und das von einer Rasse, die schon ewig nicht mehr existierte.

Der Eintritt ins Beobachter-Korps veränderte sein Leben deutlich, ja geradezu radikal. Harry ließ nicht nur seine bisherige Existenz zurück, sondern verlagerte auch seine Loyalität von seiner Heimatwelt zu einer Bürokratie, die schon uralt gewesen war, als seine Vorfahren gerade den aufrechten Gang lernten, und das auch nur, um besser vor Säbelzahntigern fliehen zu können.

Während der Ausbildung verwunderte es ihn, wie oft die anderen Rekruten kamen und ihn mit Fragen nach dem Erden-Klan löcherten. Die Schwierigkeiten, die Terra auszufechten hatte, schienen allenthalben die Gemüter zu bewegen und die Klatschspalten zu füllen. Würden die schutz- und patronlosen Wölflinge rechtzeitig genug die Zivilisationsebene der Galaktiker erreichen können, oder würden sie das Schicksal so vieler anderer Emporkömmlinge erleiden? Obwohl Terra im galaktischen Konzert eine erbärmlich unbedeutende Rolle spielte, interessierte sich doch alle Welt für ihr Schicksal.

Wie lebte es sich denn so unter Menschen, so fragten die Mitrekruten, jenen Patronen, die sich selbst das Sprechen, die Raumfahrt und die Eugenik beigebracht hatten. Als Neo-Schimpanse stand Harry rangmäßig unter allen anderen in der Basis, und doch war er dort bekannt wie ein bunter Hund. Niemand behandelte ihn feindselig, vielmehr löste er überall Neugier aus, und manche bewunderten ihn sogar.

Eigentlich konnte er seinen Kameraden wenig über die Terragens-Zivilisation berichten, weil er gerade einmal ein Jahr unter den sapienten Neo-Schimpansen auf der Erde zugebracht hatte, bevor er die Universität verließ und sich im Navigations-Institut einschrieb.

Harry war im All geboren worden, genauer gesagt an Bord eines Terragens-Observationsschiffes. Seine Erinnerungen an die *TSS Pelenor* waren vage, aber der Raumer kam ihm immer noch wie ein verlorenes Paradies vor. Überall konnte man dort High-Tech-Komfort genießen, und es gab dort so viele Ecken und warme Stellen zum Spielen. Die Besatzungsmitglieder waren ihm wie Götter erschienen. Die menschlichen Offiziere, die Raumfahrer der Neo-Schimpansen und der Neo-Delphine und der lustige baumgroße Berater der Kanten. Sie alle waren mit großem Fleiß ihrer Arbeit nachgegangen und hatten damit nur innegehalten, wenn der kleine Harry mal wieder geknuddelt, gekitzelt oder in die Luft geworfen werden wollte.

Doch dann, eines schrecklichen Tages, hatten seine Eltern beschlossen, das Schiff zu verlassen und lieber die eigenartigen Gebräuche einiger Menschenstämme auf einer desolaten Koloniewelt zu studieren. Dem Planeten Horst. Damit war für den Jungen die Zeit auf der paradiesischen *Pelenor* zu Ende gewesen, und damals hatte sich auch der Verdruß in ihm entwickelt, der seitdem beharrlich gewachsen war.

Die Erinnerungen an Sternenreisen und summende Triebwerke verblaßte und wurde idealisiert. Während seiner Jugendjahre auf dem staubigen Planeten nahm die Vorstellung der Sternenreise für ihn etwas Magisches an. Als er dann diese Welt endgültig verließ, war er doch enttäuscht von der sterilen Leere, die sich zwischen den Himmelskörpern ausbreitete.

Das habe ich doch ganz anders in Erinnerung, dachte er während der Reise zur Erde. Natürlich war er damals noch ein

Kleinkind gewesen und hatte alles aus einer anderen Perspektive wahrgenommen. An der Uni brachte man ihm bei, daß subjektiven Eindrücken nicht zu vertrauen sei, da sie auf dem dringenden Wunsch des Geistes basierten, etwas für wahr zu halten.

Dennoch ließ sich das Sehnen in ihm nicht mehr wegdiskutieren. Und er nahm sich fest vor, das Paradies wiederzufinden, notfalls auch in anderen Versionen der Realität.

Die Bananenschalen hielten ihn mehrere Tage fest.

Wenn diese Allaphor nicht so persönlich gewesen wäre, hätte Harry vielleicht angestrengter nachgegrübelt. Aber dieses Bild ließ sich einfach nicht ignorieren. Nach dem ersten Debakel, als die Station beinahe umgekippt wäre, hatte er beschlossen, lieber erst in Ruhe abzuwarten, ehe er das Hindernis ein weiteres Mal angehen würde.

Abgesehen davon eignete sich diese Stelle recht gut zum Beobachten. In einer Synergieverbindung zwischen diesem fremden Kontinuum und seinem Geist manifestierte diese Region sich als Hochplateau, von dem aus man auf ein weites Meer purpurner Gräser blickte. Schwarze Berge hüpften in der Distanz auf und ab, und im rotblauen Himmel zeigten sich Löcher. Allerdings waren einige davon zerlaufen, als habe das Firmament sich dazu entschlossen, teilweise zu schmelzen.

Auch traf man hier Lebensformen an, meist Wesen der Memetischen Ordnung. Gebilde, die an Harrys achteckiger Station vorbeiflatterten, -krabbelten oder -glühten, um entweder zu grasen oder übereinander herzufallen. Oder um vor seinen Augen die wunderlichsten Transformationen durchzumachen.

Auf allen anderen Dimensionsebenen konnten die Memen nur als Parasiten in den Gehirnen oder Mentalprozessoren von Wirtskörpern existieren. Doch hier, im E-Raum, dem Reich der faßbaren Ideen, konnten sie sich frei bewegen.

»Deine Phantasie hilft dir dabei, deine Pflichten als Scout zu erfüllen«, hatte Wer'Q'quinn ihm während der Ausbildung erklärt. »Doch hüte dich vor Solipsismus und den Verlockungen des Glaubens, du könntest im E-Raum etwas allein durch deine Willenskraft bewirken. Diese Ebene kann nämlich dein Leben ziemlich rasch beenden, wenn deine Aufmerksamkeit nachläßt.«

Daran hatte Harry nie gezweifelt. Während er die Memen beobachtete, wie sie über die lilafarbene Steppe tollten, vertrieb er sich die Zeit mit der Überlegung, welche Konzepte sie enthielten. Wahrscheinlich war keines dieser Wesen sapient, weil man auf allen Ebenen der Realität nur selten wahre Intelligenz antraf. Doch jeder einzelne Meme, der da vor ihm hin- und hersauste, stellte einen einzelnen Gedanken dar, der frei von den Fesseln eines organischen oder elektronischen Gehirns war. Eine selbständige Idee, die genausoviel strukturierte Komplexität aufwies wie Harry in seinen Organen und in seinem genetischen Kode.

Der eine dort drüben zum Beispiel, der herumsprang wie eine zwölfbeinige Antilope – stellte er vielleicht eine Abstraktion dar, die irgendwie mit dem Begriff der Freiheit verbunden war? Als das gezackte Flugwesen niederstieß, um die Antilope zu jagen, fragte sich Harry, ob dies vielleicht so etwas wie Sehnen und Trachten darstellte.

Oder versuchte er hier nur wieder, das Unverständliche und Nichtfaßbare in begreifbare Bilder umzuwandeln, um dem Bedürfnis seines sapienten Geistes nach festen Mustern Genüge zu tun?

Na ja, es liegt nun einmal in der Natur des Menschen (und damit auch seiner Geschöpfe), zu trivialisieren und Stereotype herzustellen. Und sich selbst ein X für ein U vorzumachen.

Die hiesigen Memen zu beobachten, konnte ganz schön interessant sein, aber hin und wieder tauchte etwas anderes in seinem Blickfeld auf, das ein genaueres Hinsehen lohnte.

Einen Eindringling erkannte Harry immer sofort. Diejenigen, die von draußen kamen, bewegten sich umständlich, als passe ihre allaphorische Gestalt ihnen wie ein schlechtsitzender Anzug. Manchmal tauchten Raub-Memen auf und hielten nach einer leckeren Konzeptmahlzeit Ausschau, nur um sich dann rasch vor dem bitteren Geschmack fester Materie zurückzuziehen – wie metallenen Schiffen oder organischen Lebensformen. Andere Eindringlinge, die aus einer anderen Region der Realität kamen, hielten nicht inne und warfen keinen Blick auf diese Landschaft, sondern strebten gleich über die schwimmenden Berge auf die Löcher im Schweizer-Käse-Himmel zu.

Harry genoß diese Augenblicke, in denen er sich sicher sein konnte, etwas für sein Gehalt zu leisten. Langsam und deutlich sprechend, beschrieb er jeden Neuankömmling seinem Partner, dem Stationscomputer, der sich, abgeschirmt vor den verderblichen Einflüssen des E-Raums, unter seinen Füßen befand.

Im Hauptquartier bemühten sich dann die Experten, seine Augenzeugenberichte zu entziffern, um herauszufinden, welche Art von Gefährt gerade dort in den Transit gegangen und wohin es wohl unterwegs war. Doch auch Harry blieb nicht untätig. Zusammen mit dem Computer versuchte er das ebenfalls zu erraten.

»Die bordeigenen Speicher sind mit diesem Muster vertraut«, erklärte das schwebende M einmal, nachdem der Neo-Schimpanse ihm einen besonders bizarren Neuankömmling beschrieben hatte. Ein Wesen wie eine Sonne, das sich auf unzähligen Strahlenbeinen fortbewegte. *»Das scheint ein Mitglied der Quantenordnung der Sapiens zu sein.«*

»Aha.« Harry preßte die Nase ans Fenster. Das Gebilde wirkte fragil wie eine Zilm-Spore, die auf Horst vom unerbittlichen Wind von einer Ecke in die andere getragen wurde. Ständig brachen Beinchen ab und lösten sich in Nichts auf, während das Wesen (ein Schiff, ein Individuum?) sich beeilte, eines der Käselöcher zu erreichen.

»Ich habe noch nie ein Quant von solcher Größe gesehen. Was will es hier? Ich dachte immer, die Quanten würden den E-Raum nicht mögen.«

»Erinner dich doch bloß daran, wie ihr organischen Wesen im Vakuum reagiert. Dort schrumpft und vergeht ihr unweigerlich,

solange euch nicht ein technologischer Schutzmantel umgibt. Genau so beeinträchtigen die fluktuierenden Subjektivitäten dieser Ebene einige andere Lebensordnungen. Der E-Raum ist den Quanten-Wesen noch mehr zuwider als den Mechanoiden.«

»Tatsächlich? Und was will es dann hier?«

»Das kann ich nun wirklich nicht beantworten. Irgend etwas Dringliches wird es wohl dazu gezwungen haben, sich diese Mühsal aufzuladen, doch darüber kann ich höchstens spekulieren. Die meisten Quantenwesen leben in den Schaumzwischenzonen des Kosmos, wo die anderen Ordnungen sie nicht sehen können. So ähnlich wie Bakterien auf deiner Heimatwelt, die im Felsgestein hausen. Richtiger Kontakt zur Quantenordnung konnte erst einmal hergestellt werden. Vor nicht einmal hundert Millionen Jahren durch Experten des Bibliotheks-Instituts.

Ich möchte dir aber in aller Freundschaft raten, Scout Harms, höflicherweise den Blick von ihnen abzuwenden. Das Quant dort steckt offensichtlich in Schwierigkeiten. Wenn du so offen hinstarrst, vergrößerst du seine Probleme nur noch und machst es verlegen.«

Harry zuckte zusammen. Das hatte er für den Moment ganz vergessen. »Natürlich, du hast ja recht. Das Unsicherheits-Prinzip.« Er wandte gehorsam den Blick ab. Seine Aufgabe bestand darin, im E-Raum zu beobachten. Aber zu genau hinzusehen war nicht immer erwünscht.

Außerdem hatte er nach weniger exotischen Eindringlingen Ausschau zu halten.

Meist kamen hier Schiffe der Wasserstoffatmer vorbei, und die waren leicht zu identifizieren, behielten die ballonartigen Gefährte doch in jedem Kontinuum ihr Aussehen. Aus irgendeinem Grund wählten die Wesen dieser Ordnung auf dem Weg von einer jupiterähnlichen Welt zur nächsten gern die Abkürzung durch den E-Raum, obwohl man sich im A- und im B-Raum viel effektiver bewegen konnte, zumal es dort bei den Transfer-Punkten auch viel flotter vonstatten ging.

Bei den seltenen Gelegenheiten, bei denen Harry einen Vertreter seiner eigenen Ordnung zu Gesicht bekam – Sauerstoffatmer aus der mächtigen und gewaltigen Zivilisation der Fünf Galaxien –, kam nie eines dieser Schiffe seiner Station zu nahe. Vermutlich wollten sie allen Kontakt meiden, weil sie gerade wieder zu einer verbotenen Welt unterwegs waren.

Kein Wunder, daß man einen niederklassigen Neo-Schimpansen für diesen Job ausgesucht hatte. Selbst Kriminelle, die zu einer Brach-Zone unterwegs waren, wären von allen guten Geistern verlassen, wenn sie den Allaphor-Raum als Hintertür wählten.

Genauso wie ich von allen guten Geistern verlassen bin, hier meine Zeit abzusitzen.

Trotzdem ist es hier immer noch besser als auf dem windigen und staubtrockenen Horst.

Eigentlich war alles besser als Horst.

Seine Eltern und er waren die einzigen Vertreter ihrer Spezies auf jenem Planeten gewesen. Und das bedeutete, daß der lange Prozeß der Spracherlernung, der jungen Neo-Schimpansen besonders schwerfiel, sich noch schwieriger gestaltete. Während Marko und Felicitas ganz in ihren Forschungen aufgingen, mußte Harry sich mit den wildäugigen Probsher-Kindern abgeben, die ihn ständig wegen seiner langen, behaarten Arme und seines anfänglichen Stammelns hänselten. Mit ihren bemalten Gesichtern und ihrem Jähzorn besaßen sie wenig von der Geduld und Würde, die man, wie ihm beigebracht worden war, bei Vertretern der Patronatsrasse voraussetzen durfte.

Als Harry endlich herausgefunden hatte, wie anders die Menschen auf Horst sich verhielten, hatte er längst alle Illusionen verloren. So schwor er sich zu verschwinden, nicht nur von diesem Dreckloch, sondern gleich ganz aus der Terragens-Einflußzone.

Um das Fremde und Unbekannte zu suchen.

Jahre später erkannte er, daß seine Eltern einen ähnlichen Wunsch verspürt haben mußten. In seinen Jünglingsjahren hatte er ihre Bitten um Geduld, ihre umständlichen Zuneigungsbeweise und selbst ihren Abschiedssegen brüsk zurückgewiesen.

Doch Bedauern war nur Tünche, Vergebung eine Abstraktion der Zivilisation, kurz Schmerzen ohne Schmerz.

Andere Erinnerungen besaßen hingegen immer noch die Kraft, das Blut in seinen Adern rauschen zu lassen. Er war damit aufgewachsen, riesige Nachtwölfe unter vergoldeten Monden heulen zu hören. Oder beim Schein des Lagerfeuers die Knie zu umschlingen, während ein Probsher-Schamane unheimliche Geschichtenlieder sang. Sagen und Märchen, die Marko und Felicitas begierig studierten, weil sie die für authentische Folklore hielten. Dabei streiften diese Stämme doch noch nicht einmal seit sechs Generationen über Horst.

Aber war seine eigene sapiente Rasse denn nicht genauso jung? Erst wenige Jahrhunderte waren vergangen, seit die Menschen damit begonnen hatten, den Gen-Stock der Schimpansen zu manipulieren.

Wer hatte ihnen eigentlich das Recht dazu gegeben?

Nein, dafür mußte man sich keine Erlaubnis einholen. Die Galaktiker praktizierten diese Vorgehensweise schon seit Äonen. Jede Generation von Sternenreisenden erschuf die nächste mittels eines Prozesses, der Großer Schub genannt wurde.

Insgesamt gesehen waren die Menschen auch keine schlechteren Herren als die meisten anderen. Und eigentlich wollte Harry auch ganz gern sapient bleiben.

Nein, nicht die Herrschaft der Patrone hatte ihn fortgetrieben, sondern das Gefühl, nicht dazuzugehören. Das Geheule der Probsher-Schamanen interessierte ihn genausowenig wie die verzweifelten Manöver des Terragens-Rats, der versuchte, sich gegen die zermalmenden Kräfte eines übermächtigen Universums zu wehren.

Im Grunde genommen konnte man durchaus einen Funken, der von einem Lagerfeuer hochflog, mit den Sternen vergleichen, die über einem ihre Bahnen zogen. Auf den ersten Blick ließen sie sich kaum voneinander unterscheiden. Aber was bedeutete schon ein weiterer Funke oder Leuchtpunkt angesichts der Mächte und Kräfte, die den Kosmos regierten?

Interessierte es das Universum überhaupt, ob Neo-Schimpansen oder Menschen auf Dauer überlebten?

Schon auf der Universität hatte ihn dieser Gedanke beschäftigt. Alles, was sonst sein Leben ausmachte, war Stück für Stück vergangen. Und schließlich blieb nur noch der nebulöse Wunsch übrig, etwas Dauerhaftes zu finden. Etwas, das zu Recht Bestand hatte.

Als er zu Wer'Q'quinn und dem Navigations-Institut gegangen war, fand er tatsächlich etwas von Dauer. Und deswegen hatte er diese Entscheidung nie bereut.

Dennoch verwirrte es ihn, wenn er nach so vielen Jahren immer noch von der Ödniswelt seiner Jugend träumte. Horst schien untrennbar in seinem Gedächtnis festzusitzen. Die Geräusche des Windes, der durch das Gras fuhr. Die Gerüche, die einem die Tränen in die Augen trieben und sich wie Krallen in die Nase bohrten. Oder die Bilder, die die Schamanen ihm in den Geist eingepflanzt hatten. Von einem Hirsch, einem Vielläufer-Raubtier oder einem Speerjäger.

Selbst als offizieller Vertreter der Galaktischen Zivilisation, der die Ordnung der Sauerstoffatmer auf einer abwegigen Realitätsebene repräsentierte, wo Allaphore wie Dali-Kunstwerke an den Fenstern erschienen, sah er immer noch Funken und Hitze, die von Lagerfeuern aufstiegen und sich vergebens mit den Sternen am Himmel zu vereinen trachteten.

Lark

»Nein, nicht da lang!« rief Ling.

Ihr Schrei brachte Lark, der sich einige Meter weiter im nächsten Gang befand, abrupt zum Stehen.

»Aber ich bin mir ganz sicher. Das ist der kürzeste Weg zurück in unser Liebesnest.« Lark wies in einen schummrigen, kurvigen Tunnel, der sich zwischen grauen Keramikwänden entlangwand. Aus jedem verschlungenen Korridor in dem Irrgarten des Jophur-Schiffes schlugen einem starke Gerüche entgegen. Dieser hier lockte mit dem deutlichen Duft von GRÜN und SICHERHEIT.

»Das glaube ich auch«, nickte Ling. »Genau deshalb dürfen wir nicht in die Richtung laufen. Falls wir nämlich noch verfolgt werden.«

Die Biologin sah jetzt kaum noch wie eine Sternengöttin aus. Ihr dunkles Haar war kurzgeschoren, ihre blasse Haut rußgeschwärzt. Ling trug nur noch das verschlissene Unterzeug ihrer ehemals glänzenden Uniform und sah jetzt sogar wesentlich ungezähmter aus als die Eingeborenen auf Jijo, die sie selbst früher als »Wilde« bezeichnet hatte. In einer Stoffschlinge trug sie einen dunkelroten Wulst, aus dem Blut tropfte wie aus einer angeschnittenen Wurst.

Lark begriff sofort, was sie meinte. Seit sie die Sabotage in der Kontrollzentrale verübt hatten, wurden sie von riesigen Jophur und deren Dienstrobotern quer durch das große Raumschiff gejagt. Da sie auf der Flucht waren, durften sie ihre Verfolger nicht an den einzigen Ort führen, der ihnen Nahrung und Schutz bot.

»Wohin also dann?« Lark haßte es, ungeschützt zu sein. Er griff nach ihrer einzigen Waffe, einem runden, violetten Wulst. Dieser war größer und gesünder als der rote und außerdem der einzige Schlüssel, der ihnen verschlossene Türen öffnete und sie an unaufmerksamen Wachposten vorbeischleuste.

Ling kannte sich wesentlich besser mit Raumschiffen aus als er. Aber dieses Kampfschiff gab selbst ihr Rätsel auf. Sie spähte in einen halbdunklen Gang, einen kurvigen Tunnel, der eher organisch als künstlich angelegt zu sein schien.

»Such dir irgendeine Richtung aus. Schnell. Da kommt jemand.«

Mit einem sehnsüchtigen Blick zurück zum »Nest« nahm Lark ihre Hand und rannte im rechten Winkel in einen anderen Gang.

Die Wände glänzten ölig, und jede Öffnung und jeder Durchgang gaben ein individuelles Aroma ab. Normale Wegweiser waren daher weitgehend überflüssig. Obwohl er nur ein einfacher Sooner war, kannte Lark einige Traeki. Diese Verwandten der Jophur hatten zwar einen anderen Charakter, teilten aber viele ihrer physischen Eigenschaften. Als Eingeborener von Jijo konnte er viele Nuancen der Geruchssprache des Schiffes verstehen.

Trotz der merkwürdigen Wölbung der Hallen bekam er langsam eine Vorstellung von dem riesigen Raumgefährt – ein abgeflachtes Oval, vollgepfropft mit hochwirksamen Waffen und von Maschinen betrieben, die stark genug waren, den Raum auf vielerlei Arten zu ballen, zu falten oder sonstwie zu verzerren. Der Rest war ein Labyrinth aus Werkstätten, Labors und rätselhaften Zimmern, die sogar die sternenerfahrene Ling verblüfften. Seit sie so knapp aus der Jophur-Kommandozentrale entkommen waren, hatten sie sich ins Innere vorgearbeitet, zurück in Richtung ihres kleinen Paradieses, wo sie sich seit ihrer Flucht aus der Gefängniszelle versteckt hatten.

Dem Ort, an dem sie sich zuerst geliebt hatten.

Aber jetzt hatten die glitschigen Wulststapel alle axialen Fallrohre geschlossen und ihnen damit den einfachen Zugang durch die Nord-Süd-Achse *Polkjhys* versperrt.

»Dadurch läuft das ganze Schiff schlechter«, hatte Ling kurz zuvor zufrieden erklärt. *»Sie können weder schalten noch die Besatzung zu anderen Aufgaben einteilen. Wir behindern sie immer noch, Lark, solange wir frei sind.«*

Er war froh, daß sie ihrer jetzigen Misere noch etwas Positives abgewinnen konnte. Die Zukunft mochte noch so trostlos aussehen, Lark war damit zufrieden, solange er nur seine restliche Zeit mit Ling verbringen konnte.

Die Sternenweise blickte zurück und griff nach seinem Arm. Die raschelnden Geräusche wurden lauter: Ihre Verfolger näherten sich. Dann hörte Lark etwas aus der entgegengesetzten Richtung, direkt hinter der nächsten scharfen Kurve. »Wir sitzen in der Falle!« rief seine Geliebte.

Der Jäger rannte zur nächsten versiegelten Tür. Der starke Duft erinnerte ihn an die Markttage daheim, wo Traeki-Wulstbrüter ihre Küken in mulchgepolsterten Käfigen feilboten.

Lark zielte mit dem violetten Ring auf die nächstgelegene Duftplatte, und dünner Nebel schoß aus der sich windenden Kreatur. *Komm schon! Zeig, was du kannst,* drängte er leise.

Ihre einzige Hoffnung lag in diesem Geschenk von einem ehemaligen Traeki-Weisen. Asx hatte sich von der mentalen Gefangenschaft durch einen Jophur-Meister-Ring gerade lange genug befreien können, um zwei Babywülste hervorzubringen. Die menschlichen Flüchtlinge hatten keine Ahnung, wofür der verwundete rote taugte, aber der violette hatte es ihnen ermöglicht, ihren Verfolgern wider Erwarten mehrere Tage lang zu trotzen. Indessen hatte das Kampfschiff Jijo verlassen, um seinen irrsinnigen Auftrag im Weltraum zu erfüllen.

Natürlich war uns klar, daß es nicht ewig so weitergehen könnte.

Mit einem leisen Klicken akzeptierte das Türschloß den chemisch kodierten Schlüssel, und die Schranke glitt auf. Die beiden rannten durch beißende Dämpfe in eine schwach erleuchtete Kammer, die durch mehrere gläserne Wände aufgeteilt wurde. Aber Lark hatte keine Zeit, seine Eindrücke genauer zu analysieren, denn im Gang hinter ihnen hallten *menschliche* Rufe und das Stakkato rennender Füße.

»Stopp! Wißt ihr Dummköpfe denn nicht, daß ihr alles nur noch schlimmer macht? Kommt heraus, bevor sie anfangen …«

Das Schließen der Tür schnitt die wütenden Drohungen von Rann, Lings früherem Kommandanten, ab. Lark preßte den violetten Traeki an die innere Duftplatte, wo er aromatische *Mischer* verspritzte – Chemikalien, die den Schlüsselcode verstellten. Aus Erfahrung wußte er, daß es eine halbe Midura dauern konnte, bis ihre Verfolger hindurchkamen, es sei denn, sie brachten schweres Gerät mit.

Und warum sollten sie sich die Mühe machen? Sie wissen doch, daß wir hier in der Falle sitzen.

Es ärgerte ihn besonders, daß ausgerechnet Rann ihn erwischt hatte. Der dritte menschliche Gefangene hatte sich auf die Seite der Jophur geschlagen, vielleicht eine Gegenleistung für die Freilassung seiner Rothen-Patrone aus ihrer in der Zeit festgefrorenen Gefangenschaft auf Jijo. So hatte Lark keinerlei Alternativen, zumal der violette Ring auf den großen Danik-Krieger kaum eine Wirkung hatte.

Lark drehte sich um und sah, daß die gläsernen Wände – vom Boden bis zu einer hohen Decke – riesige *Brutkästen* darstellten, in denen Reihe um Reihe sich windender Wesen zappelten.

Winzige Traeki-Wülste!

Aus durchsichtigen Röhren tropfte eine breiige Masse in jede Zelle.

Vorverdautes, flüssiges Mulch. Babynahrung.

Wir sind auf der Säuglingsstation!

Auf sich gestellt waren Traeki-Ringe nicht besonders intelligent. In ihrer eigenen Welt, wo sie die übelriechenden Sümpfe als wurmartige Aasfresser bevölkerten, brachten sie es alleine nie zu viel. Erst wenn sich mehrere Traeki zusammenschlossen, sich aufeinanderstapelten und sich spezialisierten, entstand eine einzigartige Lebensform, die von den schneckenartigen Poa-Patronen adoptiert und schließlich durch den Großen Schub weiterentwickelt worden war.

Hier züchtet die Besatzung der Polkjhy *hochspezialisierte Ringe, randvoll mit genau den richtigen Fähigkeiten, um neue Mitglieder der Crew zu werden.*

Eine äußerst effektive Form der Fortpflanzung. Zweifellos waren einige der pulsierenden Doughnutformen *Meister-Ringe,* die vor Tausenden von Jahren friedliche, nachdenkliche Traeki in harte, angsteinflößende Jophur verwandelt hatten.

Ein menschlicher Schrei schreckte Lark auf. Sein Herz raste, und im Laufen rief er Lings Namen.

Ihre Stimme hallte von den gläsernen Wänden wider. »Beeil dich! Sie haben mich umzingelt!«

Lark stolperte um einen der Brutkästen herum, und da sah er sie endlich. Die Biologin versuchte, zwei riesigen Jophur-Arbeitern in eine Nische in der Wand auszuweichen. *Die Wachen der Säuglingsstation,* erkannte er. Jeder dieser Riesenstapel war aus mindestens dreißig einzelnen zischenden und schwankenden Wülsten zusammengesetzt, am unteren Ende etwa zwei Meter breit und fast eine Tonne schwer. Ihre blankpolierten Flanken glänzten vor Lebenskraft, was man von den Traeki daheim auf Jijo gar nicht kannte, und Licht und Dunkel zeichneten bedeutungsvolle Muster auf ihre Körper. Farbige Dämpfe stiegen aus ihren chemisch-synthetisierenden Poren auf, während Fangarme sich nach Ling ausstreckten.

Sie bewegte sich geschmeidig und schoß von links nach rechts und wieder zurück. Vielleicht bot sich eine Schwachstelle, oder Ling fand etwas, das sie als Waffe benutzen könnte. In ihren Augen war weder Panik zu erkennen, noch verriet sie Larks Anwesenheit durch Erleichterung.

Mit ihren Sehsensoren konnten die Jophur natürlich alle Richtungen gleichzeitig beobachten. Aber dieser Vorteil wurde durch einen Nachteil ausgeglichen – ihre Reaktionen waren ausgesprochen langsam. Der erste Stapel bewegte sich noch immer auf sein Opfer zu, als Lark von hinten angriff. Asxs Geschenk verspritzte so etwas wie ein saures Spray, welches ein edelsteinartiges Organ traf, das schnell anfing zu zucken und dann erlosch. Der ganze Stapel zitterte und fiel still in sich zusammen. Lark verschwendete keine Zeit und sprang nach dem anderen Feind – nur um von einem unnachgiebigen Fangarm festgehalten zu werden. Der abstoßende Geruch von TRIUMPH umschloß ihn, als der zweite Jophur ihn einwickelte, zu sich heranzog und ihn zu würgen begann.

Der violette Ring in Larks Hand zuckte, aber die ätzende Flüssigkeit konnte den Feind aus diesem Winkel heraus nicht treffen, und der ausladende Rumpf des Jophur versperrte ihm den Weg. Der Meister-Ring trieb die kleineren Wülste so scharf und intensiv an, wie Lark es noch nie bei einem der gelassenen Traeki auf Jijo gesehen hatte. Der Würgegriff wurde unerträglich, und er rang qualvoll nach Luft.

Ein Klirren drang an seine Ohren, als ein Regen nasser und messerscharfer Scherben auf seinen Rücken prasselte.

Der Jophur heulte schrill auf. Dann rief jemand eine scharfe Warnung in klapperndem, kurzem Galaktik Zwei.

»Den Mensch freilassen – müßt ihr.

Denn sonst andere Jungtiere – Verderben sein!«

Gerade als er langsam das Bewußtsein verlieren wollte, ließ der starke Druck auf Larks Brustkorb nach. Sein Gegner schnaufte und schwankte unsicher. Verschwommen erkannte Lark, daß der große Stapel mit Glassplittern übersät und alles naßgespritzt war. Dann sah er Ling einige Meter von sich entfernt mit einer gebogenen Metallstange in der Hand. Diese schwenkte sie drohend vor einem weiteren Brutkasten hin und her. Er hatte keine Ahnung, wo sie die Waffe gefunden hatte. Aber der Boden schwamm bereits von zappelnden Babyringen, die unsanft aus ihren Mulch-Nahrungsbehältern gerissen worden waren. Manche versuchten mühsam, auf ihren Flossenansätzen oder unterentwickelten Beinen vorwärts zu kommen. Winzige Meister-Ringe streckten ihre Neuralfühler auf der Suche nach anderen Wülsten aus, die sie dominieren konnten.

Lark spürte, wie der Wächter zitterte, weil er nicht zu wissen schien, wo er zuerst eingreifen sollte.

Der Lärm auf der anderen Seite der Tür ließ darauf schließen, daß die Crew der *Polkjhy* bereits daran arbeitete, das Türschloß zu dekodieren. Nun war es offensichtlich, daß die beiden Menschen in der Falle saßen.

Endlich traf der Jophur eine Entscheidung. Er ließ Lark los.

Obwohl seine Knie weich waren, konnte der Sooner sich gerade noch aufrechthalten und hob schwach den violetten Ring zu einem sauberen Schuß auf die Pheromon-Sensoren. Einen Moment später schlummerte der zweite Wächter ebenso süß wie der erste.

Meine Güte, fuhr es ihm durch den Kopf. *Wenn das eine zärtli-*

che Krankenschwester der Jophur war, dann hoffe ich, daß ich nie einem ihrer Krieger begegne.

Ling packte ihn am Arm, damit er nicht stolperte.

»Los, komm jetzt«, drängte sie. »Uns bleibt keine Zeit zum Ausruhen. Wir haben viel zu tun.«

»Wovon sprichst du?« versuchte Lark zu fragen. Aber man hörte nur einen gurgelnden Seufzer. Und Ling erlaubte ihm keinen Moment der Ruhe.

»Ich glaube, ich weiß, wie wir hier herauskommen«, antwortete sie. »Aber es wird verdammt eng werden.«

Genau wie sie vorhergesagt hatte, war der Frachtbehälter winzig. Selbst wenn er sich zusammenkauerte, paßte Lark nur gerade so hinein. Der violette Ring zappelte in einer Lücke zwischen seinem Brustkasten und einer Wand.

»Ich finde immer noch, daß du zuerst gehen solltest«, beschwerte er sich.

Ling gab schnell einige Befehle auf einer komplizierten Tastatur neben dem Versorgungsgefährt ein. »Weißt du denn, wie man so ein Ding programmiert?«

Da hatte sie recht, obwohl das Lark nicht besonders gefiel.

»Abgesehen davon begeben wir uns ins Ungewisse. Sollte da nicht unser bester Kämpfer vorangehen?«

Jetzt wollte sie ihn nur aufziehen. Egal, wer den Anfang machte, potentielle Gegner würde derjenige entweder mit Hilfe von Asxs violettem Geschenk besiegen oder zugrunde gehen. Körperliche Stärke war ziemlich nutzlos gegen einen Roboter oder einen ausgewachsenen Jophur.

Der Jäger spähte an ihr vorbei auf die Tür am anderen Ende der Säuglingsstation und sah das rote Leuchten eines Schneidbrenners, der von der anderen Seite aus eine bogenförmige Öffnung hineinbrannte. Wie es aussah, hatten Rann und die Jophur es aufgegeben, das Schloß zu dekodieren, und sich statt dessen für Brachialgewalt entschieden.

»Du kommst doch sofort nach?«

Als Antwort beugte sie sich hinunter und küßte ihn – einmal als Segen auf die Stirn und dann noch einmal leidenschaftlich auf den Mund. »Reicht dir das als Versprechen?« fragte sie, und er spürte ihren Atem auf seinem Gesicht.

Ling ließ ihn los, und ein durchsichtiger Schild glitt über die kleine Kammer – deren eigentliche Aufgabe es war, Ausrüstungsgegenstände und Proben innerhalb des Jophur-Schiffes zu transportieren. Eine einfachere Version dieses Systems hatte es in Biblos, dem Archiv auf Jijo, gegeben. Dort hatte man wertvolle Bücher und Nachrichten aus Papier durch dünne Röhren aus Bambus geschickt.

»He«, rief er. »Wohin schickst du –«

Ein Krachen, begleitet von einem grellen Blitz unterbrach ihn, und Ling drehte sich um. Der Schneidbrenner fraß sich schneller durch das Metall, so als ob der Feind irgendwie spürte, daß die Zeit knapp wurde. Zu Larks Entsetzen war der Bogen bereits mehr als halbfertig.

»Laß mich raus!« beharrte er. »Wir tauschen die Plätze!«

Ling schüttelte den Kopf und fuhr fort, die Konsole zu programmieren.

»Vergiß es. Mach dich bereit. Es wird ziemlich ungemütlich werden.«

Bevor Lark noch einmal protestieren konnte, stürzte plötzlich mit einem lauten Krachen ein Teil der Wand ein. Funkenflug und dichter Rauch füllten kurz den Vorraum. Aber bald würden Jophur Krieger folgen … und Ling hatte nicht einmal eine Waffe!

Wild hämmerte er gegen den transparenten Schild, als plötzlich mehrere Dinge gleichzeitig passierten.

Ling kniete sich auf den Boden, wo sich noch immer massenweise Baby-Traeki-Ringe in Panik zwischen den Trümmern der Brutkästen wanden. Sie leerte ihre Stoffschlinge und ließ dadurch sanft Asxs zweites Geschenk – den verwundeten dunkelroten Wulst – mitten zwischen die anderen gleiten.

Ein großer Umriß zeichnete sich durch die wabernde Rauchwolke in der glühenden Tür ab. Der keilförmige Körper gehörte eindeutig Rann, dem Anführer des Danik-Stammes menschlicher Rebellen, die den Rothen-Herren Treue geschworen hatten.

Ling stand auf. Sie schaute über ihre Schulter zurück zu Lark, der gegen die Scheibe hämmerte und vor Frustration und Angst um sie aufschrie.

Ruhig griff sie nach der Tastatur.

»Nein! Laß mich raus! Ich werde ...«

Plötzlich ging es los. Sein zusammengepferchter Körper wurde an die Wand des kleinen Fahrzeugs geworfen.

Lings Gesicht verschwand in einem Wirbel, als er nach Jafallsweiß-wohin hinweggefegt wurde.

Dwer

»Sind sie wirklich weg?«

Dwer beugte sich an eines der uralten, fleckigen Fenster. Er spähte in den flimmernden Sternenhimmel und spürte noch etwas von der Kälte des Universums, die nur eine Handbreit von ihnen entfernt war.

»Hier drüben ist nichts zu sehen«, rief er Rety zu. »Wie sieht es bei dir aus?«

Seine Begleiterin – ein vielleicht vierzehn Jahre altes Mädchen mit strähnigem Haar und einem vernarbten Gesicht – preßte sich an eine Scheibe auf der gegenüberliegenden Seite der staubigen Kammer. Früher war das die Kommandozentrale eines eleganten Raumschiffs gewesen, aber seitdem hatte es sich mehr zu einem trostlosen Wrack entwickelt.

»Nichts zu sehen – es sei denn, dich interessieren auch die Trümmer, die von dieser Rostlaube abfallen und da draußen herumschweben.«

Sie schlug mit der flachen Hand an das nächstbeste Schott. Ein Regen von Metallstaub ergoß sich aus den Ritzen der prähistorischen Wand.

Die ursprünglichen Eigentümer des Raumschiffs mußten recht merkwürdig ausgesehen haben, denn die Gucklöcher befanden sich auf Kniehöhe eines aufrecht stehenden Menschen, dagegen waren verrostete Instrumente auf hohen Säulen angebracht, die in dem rechteckigen Zimmer verteilt standen. Egal, welche Rasse dieses Schiff einmal benutzt hatte, irgendwann, vor mehr als einer halben Million Jahren, war es als Müll mit vielen anderen ausrangierten Raumern auf dem Schrottplatz in Jijos Meer gelandet.

Das eiskalte Wasser hatte offensichtlich einen konservierenden Effekt. Trotzdem hatte die Besatzung der *Streaker* ein wahres Wunder vollbracht, als sie eine ganze Reihe dieser Wracks für eine letzte Reise aktiviert hatte. Wenn man es recht bedachte, war Retys Bemerkung ziemlich unfair.

Es gibt Luft hier drin, dachte Dwer bei sich. *Und eine Maschine, aus der eine Paste kommt, die wir essen können ... wenn es sein muß. Wir halten den Tod in Schach. Im Moment zumindest.*

Nicht, daß er über ihre momentane Lage besonders glücklich gewesen wäre. Aber nach all den brenzligen Situationen der letzten Tage war er für Leben und Gesundheit dankbar und wollte sich nicht beschweren.

Rety hatte natürlich ihre eigene Sicht der Dinge. Ihr kurzes Leben war immerhin wesentlich beschwerlicher gewesen als seines.

»Ich riech all Eck in das alt Schiff«, ließ sich eine helle Stimme vernehmen, und ihr Englik klang triumphierend, »nix seh von Metallmonster. Nix! Wir sie jag in Flucht!«

Der Sprecher trabte auf vier winzigen Hufen durch den Raum – ein Vierbeiner mit zwei dünnen Zentaurenarmen und einem beweglichen schlangenartigen Hals. Mit hoch erhobenem Kopf trippelte der kleine »Yee« zu Rety hinüber und schlüpfte in ihre Gürteltasche. Die beiden betrachteten sich als »Mann und Frau«, eine Verbindung von verschiedenen Rassen, die anderen Jijoanern einleuchtete, aber jedes andere Wesen der Fünf Galaxien verblüffte. Der redselige Ursmann und das verwahrloste, vorpubertäre menschliche Mädchen gaben ein merkwürdiges Paar ab.

Dwer schüttelte den Kopf.

»Diese Roboter sind nicht vor unseren finsteren Mienen geflohen. Wir hatten uns doch im Schrank versteckt und vor Angst mit den Zähnen geklappert, weißt du noch?« Er zuckte die Achseln. »Ich wette, sie haben das Schiff nicht durchsucht, weil sie sofort erkannt haben, daß es eine leere Ruine ist.«

Hannes Suessi und seine cleveren Delphiningenieure hatten fast hundert verlassene alte Raumschiffe aus dem Unterwasserfriedhof geborgen, um die Flucht der *Streaker* zu tarnen und den Erdlingen eine kleine Chance gegen das überwältigende Schlachtschiff der Jophur zu geben.

Dwers Anwesenheit an Bord eines der Lockvögel war das Ergebnis einer ganzen Reihe dummer Zufälle. (Eigentlich sollte er jetzt im Moment mit einem Heißluftballon in den Grauen Hügeln auf Jijo landen, um damit eine alte Verpflichtung zu erfüllen, und nicht in der Dunkelheit herumsausen und sich von der ihm bekannten Welt entfernen.)

Aber Rety hatte von Anfang an vorgehabt, ins All zu fliegen. Der Plan, ein Raumschiff zu entführen, mußte schon wochenlang in ihrem verschlagenen Hirn gereift sein.

»Die Wulstwesen haben uns freigelassen, damit sie woanders auf Delphinjagd gehen können. Ich *wußte*, daß es so kommt«, jubelte Rety. »Jetzt müssen wir nur noch los in Richtung der Fünf Galaxien, eine Gegend mit viel Verkehr erreichen, ein vorbeifahrendes Handelsschiff anhalten und einen Tausch machen. Diese Schüssel muß doch etwas wert sein. Paß auf, Dwer! Mich kennenzulernen war das Beste, was dir je passiert ist. Du wirst mir noch dankbar sein, wenn du erst ein Sternengott geworden bist und es dir dreihundert Jahre lang gutgehen läßt.«

Er mußte über ihren Enthusiasmus lächeln. Wie leicht es Rety fiel, ihre akuten Probleme zu übersehen! Wie zum Beispiel die Tatsache, daß sie alle drei einfache Jijoaner waren. Eine Raumfähre zu steuern, wäre selbst für Dwers intelligente Geschwister – Lark oder Sara – eine überwältigende Aufgabe. Dabei hatten sie es immerhin zu Jungweisen der Gemeinschaft der Sechs Rassen gebracht. *Aber ich bin nur ein einfacher Förster! Wie soll uns denn die Fähigkeit, Tierfährten zu lesen, dabei helfen, von Stern zu Stern zu steuern?*

Was Rety betraf, die von einer Bande wilder Sooner aufgezogen worden war, so hatte sie vor ein paar Monaten noch nicht einmal lesen können.

»He, Lehrer!« rief Rety. »Zeig uns, wo wir hier sind!«

Auf dem Boden hatte man vier graue Kisten angebracht, die durch Kabel mit einer alten Kontrollsäule verbunden waren. Drei davon hatten die Delphine dort installiert und sie darauf programmiert, das Schiff durch das Täuschungsmanöver zu steuern. Die letzte war ein tragbarer »Tutor« – eine sprechende Maschine –, die Rety von der Besatzung der *Streaker* erhalten hatte. Sie hatte ihr Spielzeug Dwer schon gezeigt, bevor die Jophur-Roboter auftauchten.

»Passive Sensoren arbeiten nur zu sieben Prozent«, antwortete der Kasten. *»Aktive Sensoren sind unbrauchbar. Aus diesen Gründen wird die Darstellung entsprechend ungenau sein.«*

Ein Bild erschien plötzlich zwischen Rety und Dwer ... eines dieser magischen Hologramme, die gleichzeitig solide und beweglich zu sein schienen. In der unteren Ecke sah man einen Feuerball – *Izmunuti*, dachte er und schauderte unwillkürlich. Ein gelber Punkt genau in der Mitte symbolisierte das Unglücksschiff, in dem sie sich befanden. Nicht weit davon entfernt glommen noch einige gelbe Flecken, die sich langsam nach oben rechts bewegten.

Die Jophur haben alle Köderschiffe wieder freigelassen. Das bedeutet wohl, daß sie wissen, wo die Streaker *ist.*

Er dachte an Gillian Baskin, so traurig und schön zugleich, die eine Last trug, die er niemals würde verstehen können, so sehr er sich auch darum bemühte. Während seines kurzen Aufenthalts an

Bord des Erdenschiffs hatte er den Eindruck ... so ein Gefühl, daß sie nicht damit rechnete, diese Last noch sehr viel länger tragen zu können.

Wozu denn das alles? Wenn eine Flucht unmöglich war, warum führte Gillian ihre Crew dann durch so viel Schmerz und Leid?

»Und seht, das Jophur-Kampfschiff«, sagte Retys Lehrer. Ein verschwommener Punkt erschien oben rechts, bewegte sich schnell nach links und verfolgte den eigenen Weg zurück in spitzem Winkel auf Izmunuti zu.

»Es hat den Kurs völlig verändert und bewegt sich mit maximaler C-Level-Pseudogeschwindigkeit.«

»Kannst du die *Streaker* sehen?« fragte Dwer.

»Das kann ich nicht. Aber wenn man von Polkjhys *Verfolgungswinkel ausgeht, so ist es möglich, daß das Erdenschiff von dem großen roten Stern verdeckt wird.«*

Er spürte Rety neben sich: Sie saß im Schneidersitz auf dem Boden, und ihre Augen glänzten im Licht des Hologramms.

»Vergiß die Erdler«, befahl sie. »Zeig uns, wohin wir fahren!«

Das Bild veränderte sich, und Izmunuti und das Jophur-Raumschiff verschwanden. Am oberen Ende erschien ein flächiger Punkt, der bei näherem Hinsehen zu fließen schien. Ganze Reihen von Zahlen und Symbolen blitzten daneben auf – Informationen, die seine Schwester vielleicht hätte entziffern können, die Dwer jedoch Angst einflößten.

»Das ist der ... *Transferpunkt,* oder?« fragte Rety flüsternd. »Das Loch-Ding, das uns in die Fünf Galaxien bringen wird?«

»Es ist ein Loch, wenn man so will. Aber dieser Transferpunkt kann nicht als Ausgang von Galaxie Vier – der Galaxis, in der wir uns jetzt befinden – in eine der anderen benutzt werden. Dazu müssen wir bestimmten Übergangspfaden in andere hyperräumliche Verbindungspunkte folgen. Wir brauchen einen wesentlich größeren Nexus, mit dem bedeutendere Entfernungen überwunden werden können.«

»Du meinst, wir müssen von Strom zu Strom springen – mehrmals?« fragte Dwer und dachte an eine Kanufahrt durch ein Gebirge.

»Dein Vergleich ist in Maßen richtig. Nach den letzten Navigationsdaten gibt es Möglichkeiten, von dieser Galaxie aus dichter bevölkerte Regionen zu erreichen, und zwar durch eine Folge von fünf Transfers oder durch drei Transfers plus zwei große Sprünge durch A-Ebene-Hyperraum; oder zwei schwierige Transfers plus einen A-Ebene-Sprung und drei B-Ebene-Reisen; oder –«

»Das reicht«, unterbrach Rety den Monolog der Maschine und klatschte in die Hände. »Jetzt möchte ich nur noch wissen, ob wir es bis dorthin schaffen.«

Es folgte eine kurze Pause, während der Rechner über diese Frage nachdachte.

»Ich bin ein Lehrer und kein Raumschiffkapitän. Alles, was ich dir sagen kann, ist, daß unsere C-Ebenen-Pseudogeschwindigkeit wohl ausreicht, um die Peripherie des Verbindungspunktes zu erreichen. Die verschwindend geringe Energie, über die dieses Schiff noch verfügt, könnte dann gerade noch genügen, um einem der einfacheren Verbindungspfade zu folgen.«

Rety mußte kein Wort sagen. Man konnte es an ihrer zufriedenen Miene ablesen. Alles lief ganz nach ihrem durchtriebenen Plan.

Aber Dwer ließ sich nicht täuschen.

Sie mag ja pfiffig sein, dachte er bei sich. *Aber sie ist auch verrückter als eine Mulch-Spinne.*

Das wußte er schon, seit sie vor Monaten in den Rimmer-Bergen beide beinahe ums Leben gekommen waren. Ein versponnenes, uraltes Wesen mit Namen »Einzigartige« hatte sie in seinen Klauen gehabt. Seitdem grenzte Retys Kühnheit an Wahnsinn. Dwer schloß daraus, daß Jafalls die Verrückten mit einem ganz besonderen, gezinkten Blatt bedachte.

Er hatte keine Ahnung, was ein Transferpunkt war, aber es hörte sich gefährlicher an, als einem Ruolbuddler mit einem Fetor-Wurm vor der Nase herumzufuchteln.

Nun gut, seufzte Dwer. Im Moment ließ sich das nicht ändern.

Er als Fährtenleser wußte, wann man sich einfach zurücklehnen und in Geduld fassen mußte; wann es am besten war, den Lauf der Dinge abzuwarten. »Wie du willst, Rety. Aber laß uns das verdammte Ding abschalten. Gib mir noch mal die Essensmaschine. Vielleicht können wir sie dazu bringen, etwas Besseres auszuspucken als diese fettige Paste.«

Harry

Er rekonfigurierte die Station, um einen besseren Blick auf etwas werfen zu können, das wie ein marsianischer Arachnit aussah. Ein schwarzer, ovaler Körper auf langen, dünnen Beinen. Auch das gehörte zu Harrys Plan, endlich mit dem Problem der Bananenschalen fertigzuwerden.

Nachdem er lang und breit darüber nachgesonnen und sogar im Archiv das Nachschlagewerk für Symbole durchgeackert hatte, war Harry zu dem Schluß gelangt, daß es sich bei den Bananenschalen um allaphorische Darstellungen von kleinen Zeitverzerrungen handeln mußte, die sich durch mehrere Subraum-Dimensionen geschoben hatten.

Wenn man auf eines dieser Gebilde stieß, traf man zunächst auf wenig Widerstand. Doch dann geriet man ohne Vorwarnung an ein glitschiges, abstoßendes Feld, das einen an den Punkt zurückprallen ließ, an dem man gestartet war.

Wenn diese Theorie der Wahrheit entsprach, konnte er noch von Glück sagen, bei dieser ersten Begegnung mit einem blauen Auge davongekommen zu sein. Schon der nächste Schritt hätte zu einer heftigeren Gegenwehr führen können …

Da auf dieser Ebene der Memen ein Flug ausgeschlossen war, stellte die Spinnen-Morphologie die cleverste Lösung dar, auf die Harry verfallen konnte. Auf ihr ließen sich die Hindernisse am ehesten überwinden. Mit den langen dünnen Beinen konnte die

Spinne zwischen die gelben Haufen treten, und er selbst würde wie auf Stelzen davonkommen.

Natürlich war dieses Manöver mit Risiken verbunden, und so verschob Harry die Ausführung mehrere Tage lang, weil er insgeheim hoffte, die Anomalien würden sich einer weiteren Veränderung unterziehen. Nicht auszuschließen, daß diese höchst ärgerlichen Bananenschalen sich von einem Moment auf den anderen in Luft auflösten. Und solange er hier einen brauchbaren Ausblick auf das Beobachtungsgebiet hatte, konnte es nichts schaden, einfach herumzusitzen und zu warten.

Natürlich war ihm klar, warum man einen niederklassigen Erdling-Rekruten auf diesen Posten gesetzt hatte. Wer'Q'quinn hatte einmal gesagt, Harrys Testergebnisse ließen auf eine ideale Kombination von Zynismus und Originalität schließen. Und das mache ihn zum idealen Kandidaten für den Beobachtungsposten im Allaphor-Raum.

Doch in Wahrheit hatte kaum ein Sauerstoffatmer Lust, sich auf die E-Ebene zu begeben. Die Großen Klans der Fünf Galaxien hielten diesen Raum bestenfalls für eine drollige Merkwürdigkeit. Und schlimmstenfalls für etwas Gefährliches mit unvorhersehbaren Entwicklungen. Anders als die Ebenen A, B und C bot der E-Raum auch nur wenig Abkürzungen, um den immensen Vakuumwüsten des Normalraums zu entgehen. Jeder, der es eilig hatte – oder dem sonst sein Leben lieb war –, entschied sich lieber für andere Transfer-Punkte, den Hyperdrive oder das Weichquanten-Tunneln, statt sich in eine Region zu begeben, in der allein die Subjektivität regierte.

Natürlich stellten die Sauerstoffatmer nur die lustigste und frenetischste unter den acht Ordnungen dar. Harry registrierte akribisch das Auftauchen von Wasserstoffatmern, Quanten, Memen oder noch exotischeren Formen. Diese schienen weniger sorgenbelastet eine schnellere Verbindung zu suchen.

Wahrscheinlich stellt sich ihnen das hier etwas anders dar als uns Sauerstoffern.

Seine Chefs im Navigations-Institut waren ganz scharf auf die Daten über das Kommen und Gehen der anderen Ordnungen. Auch wenn er selbst sich keinen Grund dafür denken konnte. Die einzelnen Lebensordnungen interagierten so selten miteinander, daß man sich eigentlich gar nicht umeinander zu kümmern brauchte.

Allerdings ließ sich in dieser Anomalie einiges im Dunkeln treiben, und deswegen fanden auch Sauerstoffatmer von zwielichtigem Charakter manchmal den Weg hierher. Gelegentlich versuchte eine Partei oder eine Allianz, eine ganze Schlachtflotte durch den E-Raum zu schicken. Nur um dem Gegner eine unliebsame Überraschung zu bereiten, nahmen sie die Nachteile und Unannehmlichkeiten dieser Ebene in Kauf. Auch ganz gewöhnliche Kriminelle erhofften sich Vorteile, wenn sie sich hierher begaben.

Harry war besonders dazu ausgebildet worden, Sooner, Gen-Piraten, Syntac-Diebe und andere zu erspähen, die die strengen Gesetze für Migration und Schubwesen umgehen wollten. Denn diese Gesetze hatten bislang den bekannten Kosmos davor bewahrt, endgültig in Chaos und Ruin unterzugehen.

Der Neo-Schimpanse gab sich keinen Illusionen über seinen Status hin. Sein Job gehörte zu der Kategorie von gefährlichen oder langweiligen Tätigkeiten, mit denen die Großen Institute normalerweise die niederen Klienten eines unbedeutenden Klans betrauten. Dennoch nahm er den Eid sehr ernst, den er vor Wer'Q'quinn und dem Navigations-Institut abgelegt hatte. Schließlich wollte er allen Zweiflern beweisen, wozu ein Neo-Schimpanse in der Lage war.

Diese Entschlossenheit wurde einer harten Probe unterzogen, als er nach der nächsten Ruhephase aufstand und einen Blick aus dem Fenster warf. Vor seinen kaum halbgeöffneten Augen zeigten sich gezackte grüne Höhenzüge, die wohl während seines Schlafs gewachsen sein mußten. Wie sie sich da vor ihm erstreckten, erinnerten sie an den halb aufgetauchten Rücken einer riesigen Seeschlange, die von einem Ende des Horizonts zum anderen zu reichen schien – und ihm die Aussicht auf die lilafarbene Pampa versperrte.

Bei dem hier herrschenden Zeitablauf konnten mehrere Pseudotage vergehen, bis Harry wieder freie Sicht haben würde. Er starrte eine Weile darauf, und tatsächlich bewegten sich die einzelnen Glieder des Monsters auf und ab. Er fragte sich, welch wunderliche Kombination aus E-Raum-Realität und verdrehten Gedanken in seinem Kopf dieses Gebilde wohl erschaffen hatten. Dieses Memoid wirkte groß genug, um die meisten anderen Erscheinungen, die in der Nähe grasten, zu verschlingen.

Wenn ein Konzept groß genug anwächst, wird es dann zu einer Komponente der Landschaft? Verwächst es dann mit den Fundamenten der E-Ebene? Wird die »Seeschlange« Anteil an der Motivation dieses Kosmos haben?

Nur eins stand im Moment fest. Mit einem solchen Hindernis vor Augen konnte er kaum seiner Arbeit als Beobachter nachkommen.

Blöderweise umringten die verdammten Bananenschalen immer noch seine Station wie ein Minenfeld. Höchste Zeit, endlich von hier zu verschwinden.

Die Station schwankte bedenklich, als er die ersten Gehversuche auf den Stelzen unternahm. Offensichtlich stieß sein selbstgebauter Turm an die Vertikalitätsgrenzen dieser Region, deren physikalische Gesetze jede Flugbewegung verboten. Dreimal wäre Harry beinahe umgekippt, bevor er die Steuerung im Griff hatte.

Leider konnte er sich nicht dem Bordcomputer anvertrauen. Auf der E-Ebene konnte man den »Pilot Modus« glatt vergessen. Die Maschinen nahmen die Allaphore, die direkt vor ihnen lagen, meist nicht wahr, so als seien sie taub und blind.

»Also, auf geht's«, murmelte er und bewegte die Scout-Plattform vorsichtig voran. Zunächst das eine Spinnenbein erhoben, über eine gelbe, mittlerweile mit braunen Flecken versehene Bananenschale hinweg, und dann auf dem nächstbesten Stück freien braunen Bodens abgesetzt. Harry überprüfte die Standfestigkeit des Beins und verlagerte dann das Gravitationsgewicht des Zentrums nach vorn, bis er glaubte, das gleiche Manöver mit der zweiten Stelze versuchen zu dürfen.

Der ganze Vorgang erinnerte ihn stark an eine Schachpartie. Man mußte mindestens ein Dutzend Züge vorausdenken, denn ein Zurück war ausgeschlossen. »Umkehrbarkeit« besaß in diesem Universum keine Bedeutung, in dem *Tod* die Gestalt eines Lebewesens annehmen konnte und *Entropie* als Konzept nur in Form eines Raubtiers erschien, das über die Savanne der Ideen schlich.

Er kam nur langsam voran, verkrampfte sich und spürte die Last der konzentrierten Anstrengung. Harry haßte die Bananenschalen bald noch mehr als zuvor. Der Haß kam ihm zugute, konnte er mit ihm doch seine Konzentration verstärken. Im Schleichtempo bewegte er sich zwischen den Bananenschalen, diesen Symbolen für Glitschigkeit, und er wußte, daß schon der kleinste Fehltritt seine Station in diese Allaphorenmasse platschen lassen würde.

Irgendwann hatte er das Gefühl, die Bananenschalen spürten seinen Widerwillen. Unter seinem grimmigen Blick zogen sie sich etwas zusammen.

»Für diese Arbeit können wir keine leidenschaftslosen Beobachter gebrauchen«, hatte Wer'Q'quinn erklärt, als Harry dem Beobachter-Korps in der Kazzkark-Kaserne beigetreten war.

»Viele gibt es, die wir für eine solche Aufgabe auswählen könnten, Personen mit einem disziplinierten Geist. Beobachter, die mit Bedacht vorgehen und vermutlich auch intelligenter sind. Auch für diese Mitarbeiter gibt es entsprechende Aufgaben. Aber der E-Raum erfordert eher jemanden wie Sie.«

»Danke, Sir«, hatte Harry erfreut entgegnet. »Mit *anderen Worten, ich soll also da draußen alle Skepsis über Bord werfen.«*

Der Ausbilder hatte seinen großen, wurmartigen Kopf gesenkt. Segmentplatten in seiner Brust rieben aneinander und erschufen so Worte in Galaktik Fünf.

»Nur diejenigen, die mit Skepsis beginnen, können sich dem

wahren Abenteuer öffnen. Doch ist Skepsis nicht gleich Skepsis. Die Ihre ist hartnäckig und nachtragend. Sie nehmen alles persönlich, junger Erdenmann, als habe der Kosmos ein besonderes Interesse an Ihrem Unglück. Auf den meisten Realitätsebenen gereicht das zum Nachteil. Aber auf der E-Ebene dürfte das der geeignetste Weg sein, sich in einem Universum der Abnormitäten zurechtzufinden.«

Dieses Gespräch hatte Harry mit höchst gemischten Gefühlen zurückgelassen. Auf der einen Seite glaubte er, zutiefst beleidigt worden zu sein, und auf der anderen, gerade das schönste Lob entgegengenommen zu haben. Am Ende spürte er noch mehr Entschlossenheit in sich als vorher.

Vielleicht hatte der Ausbilder genau das mit seinen Worten bezweckt.

Ich hasse euch, schleuderte der Beobachter den beleidigenden Bananenschalen in Gedanken entgegen. Auf anderen Ebenen mochten sich neutrale Raumverzerrungen darstellen, die höchstens in Form von nüchternen Gleichungen beschrieben wurden. Doch so, wie sie sich hier präsentierten, wirkten sie als Provokation, die Harry jedoch zu seinem Vorteil nutzen konnte. Er steuerte die Station um und über diese Fallen, als würde er mit jedem ihn voranbringenden Schritt einen echten Feind zutiefst schmähen.

Ihm wurde warm, und er fing an zu schwitzen. Und während eine Stunde der Anstrengung von der nächsten abgelöst wurde, füllte sich die Kuppel mit einem unangenehmen Geruch.

Endlich, nach einem vorsichtigen Hüpfer, hatte Harry das letzte Hindernis hinter sich gebracht. Er seufzte vernehmlich und fühlte sich müde, siegreich und stinkend. Auf irgendeiner anderen Ebene wußten die Allaphore jetzt, daß sie verloren hatten; denn schon verloren sie ihre Bananenschalenform und entwickelten sich zu etwas Neuem ... mit Lockenwicklern und Haaren auf Zähnen ...

Der Beobachter wollte lieber nicht abwarten, um festzustellen, was nun aus den Allaphoren wurde. Er schaltete den Autopilot ein und befahl dem Computer, schleunigst von hier zu verschwinden.

Er brauchte auch eine Weile, um das Seemonster hinter sich zu bringen. Mit einiger Mühe gelang es ihm, durch eine Lücke zwischen zwei der sich träge auf und ab bewegenden Windungen zu gelangen. Ein wenig mulmig wurde ihm schon dabei, als er zwischen den beiden riesigen Leibteilen stand und sich fragte, ob dieses Wesen tatsächlich lebendig war, wenn auch nur auf dieser Ebene.

Doch dann hatte er alle Hindernisse überwunden und konnte endlich über offenes Terrain dahineilen. Die lilafarbene Savanne rauschte nur so an ihm vorüber, und er strebte einem stabil wirkenden braunen Hügel zu, der zu öde und zu langweilig wirkte, um hungrige Memoide anzulocken. Auf der anderen Seite erschien er hoch und breit genug, um die Station auf seiner Kuppe zu parken und das Geschehen in dieser Überwachungszone zu beobachten.

Die Anhöhe lag ein gutes Stück entfernt, mindestens einige Miduras würde er bis dorthin benötigen. Das ihn umgebende Land wirkte ruhig und schien ihn nicht wieder behelligen zu wollen. Im Gegenteil, die wenigen Allaphore, denen er begegnete, machten ihm eiligst Platz. Die meisten Raubtier-Memen mochten den Geruch von Metall und anderen harten Gegenständen nicht, die aus anderen Realitätsebenen in ihr Reich eindrangen.

Harry glaubte, die Lage sei sicher genug, um jetzt nach unten gehen und duschen zu können. Als der Neo-Schimpanse dann etwas später die Knoten aus seinem Fell bürstete, bestellte er sich bei der automatischen Bordküche etwas zu essen. Harry überlegte, ob er ein Verdauungsschläfchen halten sollte, spürte aber, daß er dafür noch viel zu aufgekratzt war. Unter solchen Bedingungen würde der Schlaf ihn kaum erfrischen, und außerdem bekam er dann bestimmt wieder die schlimmsten Träume. Außerdem sollte er langsam wieder nach oben und feststellen, welche Fortschritte sein Schiff machte. Schließlich konnte man sich im E-Raum nicht unbedingt auf den Autopiloten verlassen.

Oben erwartete ihn eine freudige Überraschung. Als er aus einem der Fenster schaute, entdeckte er, daß die Station dem Ziel schon viel näher gekommen war als erwartet.

Das ist ja wirklich rasch gegangen. Wir sind ja bereits halb den Hügel hinauf. Und tatsächlich, von hier oben hat man eine hervorragende Aussicht. Ein guter Beobachtungspunkt.

Doch plötzlich fingen einige der Konsoleninstrumente an zu tschirpen und zu fiepen. Er überprüfte die Anzeigen. Etwas aus fester Materie befand sich auf der anderen Seite des Hügels. Kein Objekt irgendeiner der anderen Ordnungen, sondern eindeutig, wie Harry dank seiner Ausbildung gleich erkannte, ein Schiff aus der Zivilisation der Fünf Galaxien.

Sauerstoffer!

Hab ich euch erwischt!

Mit wachsender Begeisterung aktivierte er seine Waffensysteme. Auf solch eine Begegnung hatte man ihn im Institut ganz besonders gut vorbereitet. Auf eine Konfrontation mit Lebewesen seiner Ordnung, die sich durch einen Raum bewegten, in dem protoplasmische Wesen nichts verloren hatten. Der Neo-Schimpanse malte sich schon aus, wie er ein Schiff irgendeines hochnäsigen, eingebildeten Klans, wie zum Beispiel der Soro oder der Tandu, anhielt und inspizierte. Womöglich drehte es ihnen vor Wut den Magen um (oder das entsprechende Verdauungsorgan), ausgerechnet von einem Neo-Schimpansen aus dem Wölflings-Klan von Terra erwischt worden zu sein. Und sich von ihm auch noch eine Strafe aufbrummen zu lassen.

Du bist nicht hier, um eine Schlacht zu schlagen, mußte er sich ins Gedächtnis zurückrufen, bevor es endgültig mit ihm durchging. Dennoch freute er sich darüber, daß alle Waffensysteme aufgeladen und bereit waren.

Deine Mission besteht darin, zu beobachten und zu melden.

Auf der anderen Seite war er aber hier der Vertreter des Gesetzes und besaß das Recht und die Pflicht, alle Sauerstoffatmer anzuhalten und zu befragen, die hier vorbeikamen. Und zu diesem Behufe konnte es doch nichts schaden, die Waffen scharf zu machen. Schon einige Male waren Scouts während ihrer Mission im E-Raum verschwunden. Von einer Bande Schurken niedergeschossen zu werden mochte angesichts von faßlich gewordenen Konzepten, die einen auffressen wollten, wenig spektakulär erscheinen, aber tot blieb man bei beiden Begegnungen.

Das Objekt bewegt sich ja gar nicht, stellte Harry mit einiger Verwunderung fest. *Sitzt einfach nur da, auf der anderen Seite, ein Stück unterhalb der Kuppe. Vielleicht haben sie einen Maschinenschaden oder stecken sonstwie in Schwierigkeiten. Oder aber ...*

Unter den vielen unangenehmen Dingen, die nun in sein Bewußtsein drangen, hielt sich vor allem ein Gedanke hartnäckig: Wenn die Burschen dort auf der Lauer lagen und ihm einen Hinterhalt gelegt hatten ...

Allerdings waren Harrys Sensoren und sonstige Instrumente ganz speziell auf die Bedingungen im E-Raum zugeschnitten. Eindringlinge, gleich woher sie kamen, besaßen in der Regel nicht mehr als ihr normales Sternenschiffinstrumentarium, das ihnen hier wenig nutzte. Gut möglich, daß sie den Beobachter noch gar nicht registriert hatten.

Ich könnte sie überrumpeln.

Doch dann dachte er angestrengt darüber nach, ob das wirklich eine so gute Idee wäre. Mehrere Duras vergingen darüber, und die Pseudoentfernung zu dem Objekt schrumpfte immer mehr zusammen. Dieses Kontinuum ging den meisten Sauerstoffern auf die Nerven, und die meisten bekamen dann einen nervösen Zeigefinger. Deswegen wäre das mit der Überraschung vielleicht dumm. Gut möglich, daß die Schurken dann in Panik gerieten und wild um sich schossen. Und jetzt fiel ihm auch wieder ein, daß die Station ja immer noch auf Stelzen stand und wie eine Spinne aussah. Von einer solchen Position aus besaß er natürlich einen viel besseren Überblick, aber wenn der Gegner bei einem Feuergefecht in Deckung lag, befand sich Harry eindeutig im Nachteil ...

Tja, das läßt sich jetzt nicht mehr ändern. Bringen wir es also hinter uns!

Als der Beobachter die höchste Stelle erreichte, sandte er sofort sein Kennsignal aus, das seinen offiziellen Status als Beauftragter eines der Hochinstitute der Galaktischen Zivilisation auswies.

Nun kam der Eindringling in Sicht und füllte eines der Fenster aus. Ein klobiges, rechteckiges Gebilde, das entfernt an einen gepanzerten Käfer erinnerte und sogar über kräftige Beißer oder Fühler verfügte. Über dem Kopf ragten dünne Sende- und Empfangsantennen in die Höhe – und aus denen kamen freche bis unverschämte Entgegnungen auf Harrys Anruf.

Die Antennen beugten sich auf ihn zu und schlossen bald die Lücke zwischen den beiden Gefährten. Als die erste auf eine seiner Fensterscheiben traf, entstand ein lautes, widerhallendes Geräusch.

Und die Antennenspitze fing an, etwas an die Scheibe zu schmieren.

»ERGIB DICH, ERDLING! WIDERSTAND IST ZWECKLOS! KAPITULIERE, ODER STIRB!«

Harry blinzelte. Zwei bis drei Duras lang starrte er auf das Gekrakel, während seine Rechte auf den Waffenknöpfen ruhte. Neue Schmähungen erschienen.

»DU JÄMMERLICHER WURM! DEIN LETZTES STÜNDLEIN HAT GESCHLAGEN! DU HAST DIE HOSEN SICHER SCHON GESTRICHEN VOLL! JETZT RUFST DU NACH DEINER MAMA, WAS! LASS DIE WAFFEN SINKEN, IM NAMEN DES GESETZES!«

Der Neo-Schimpanse stöhnte leise.

Das muß Zasusazu sein – meine Ablösung. Ist meine Dienstzeit hier denn schon abgelaufen?

Dafür sprach auch der Umstand, daß wohl niemand außer einem anderen Trottel aus Wer'Q'quinns Truppe auf die Idee verfallen wäre, sich in der E-Ebene hinter einem Hügel zu verstecken und in aller Seelenruhe auf Harry zu warten.

Immer mehr Antennen erreichten nun die Fensterscheiben, schrieben klackend ihre Drohungen und ließen die ganze Kuppel widerhallen. Der Neo-Schimpanse gab schließlich eine ganze Schimpfkanonade ab. Er bedachte Zasusazu mit ganzen Breitseiten von terranischen Flüchen und wußte, daß sein Kamerad die farbigen Schmähungen der Wölflinge über alles liebte.

»Lach, solange du noch kannst, Froschgesicht! Nimm dies, du verlauste Nachgeburt eines Gorillas! Unter welchem Stein bist du hervorgekrochen!« Die Sache machte ihm immer mehr Spaß, und er schickte gleich noch einige Gemeinheiten über Zasusazus Eltern und Ahnen hinterher. Er lachte, halb aus Erleichterung und halb über die kindische Freude seines Kameraden.

Na ja, jeder, der für Wer'Q'quinn arbeitet, kann geistig nicht ganz stabil sein. Und es gibt Schlimmere als Zasusazu. Wenigstens liebt er hin und wieder eine kleine Überraschung.

Schließlich erstattete er seiner Ablösung Bericht und überließ ihm das Reich der dinglich gewordenen Ideen und Konzepte. Danach fragte er sich aber verwundert, warum er sich nicht erleichtert fühlte. Schließlich hatte Harry eine sehr anstrengende Mission hinter sich und die Ablösung und etwas freie Zeit redlich verdient.

Aber trotz aller Gefahren, Frustration und Einsamkeit im E-Raum löste die Vorstellung, daß der Dienst jetzt zu Ende war und er wieder nach Hause mußte, Leere in ihm aus.

Nach Hause müssen …

Möglicherweise war das ja sein Problem.

Er betrachtete diese Worte, als seien sie ein Wesen, das über die lilafarbene Ebene wanderte.

Zuhause bedeutet für mich ganz bestimmt nicht Horst, denn dort habe ich jede einzelne Minute gehaßt. Und auch sicher nicht die Erde, denn in dem Jahr, das ich dort verbracht habe, fühlte ich mich nur einsam und verwirrt.

Vielleicht die Kazzkark-Kaserne? Viel bleibt mir ja sonst nicht mehr.

Erfüllt das Navigations-Institut die Kriterien für ein richtiges Zuhause? Immerhin habe ich mich ihm verpflichtet und einen Eid darauf abgelegt.

Der Neo-Schimpanse erkannte, daß er diesen Begriff nicht definieren konnte.

Die Landschaft hier hatte sich deutlich verändert, seit er seinen ersten Diensttag angetreten hatte. Doch die Grundgestaltung war im wesentlichen gleichgeblieben, und Harry hatte in der E-Ebene nie Angst gehabt, sich zu verirren.

Es überraschte ihn auch überhaupt nicht, als der rotblaue Himmel sich an einer Stelle nach unten senkte und schließlich den Boden berührte, bis eine Art Rampe entstanden war.

Er übernahm vom Autopiloten und steuerte die Station per Hand hinauf und durch das erstbeste Loch im Himmel, das ihm gefiel.

Sara

Die Hochweisen lehren uns, daß mit der Resignation ein besonderer Frieden über einen komme.

Indem man die Kümmernisse des Lebens hinter sich läßt.

Indem man alle Hoffnung losläßt.

Sara verstand zum erstenmal, was die Weisen damit meinten, als sie jetzt Gillian Baskin beobachtete, die vor der Entscheidung zwischen Leben und Sterben stand.

Niemand bezweifelte, daß die blonde Terragens-Offizierin das Recht, die Pflicht und auch die nötige Weisheit besaß, um diese Entscheidung zu treffen, und zwar nicht nur für sich, sondern für alle an Bord. Niemand, weder Hannes Suessi noch die Delphine oder die Niss-Einheit.

Sogar Saras stummer Freund Emerson schien das zu wissen, auch wenn sie sich fragte, wieviel der kopfverletzte frühere Bordingenieur überhaupt von den Lichtern auf dem Holo-Display mitbekam, die durch die Flammen Izmunutis auf und ab tanzten.

Selbst die Kinder vom Hafen Wuphon – Alvin, Huck, Ur-ronn

und Schere – akzeptierten die Autorität der Schiffskommandantin. Wenn Dr. Baskin meinte, es sei das Beste, die *Streaker* in einen noch unentwickelten T-Punkt stürzen zu lassen, um das Schiff der Jophur anzulocken und mit in den Tod zu ziehen, dann würde sie kaum jemand an Bord dafür verfluchen. Wenigstens hätten dann die endlosen Sorgen und Nöte ein Ende.

Wir haben uns dem Schicksal ergeben. Ich bin im Frieden mit mir selbst. Und ebenso ergeht es Gillian.

Doch seit einigen Momenten kann man nicht mehr einfach zwischen Schwarz und Weiß entscheiden. Ein Grauton ist hinzugekommen.

Dr. Baskin sieht eine Alternative … auch wenn die noch fürchterlicher sein dürfte als die Hölle.

Sara empfand das Treiben der Besatzung größtenteils als verwirrend, und das nicht nur auf der wassergefüllten Brücke, sondern auch auf den trockenen Gängen, über die die Delphine sich auf rollenden oder sechsbeinigen Apparaten bewegten.

Natürlich waren die Kenntnisse der Mathematikerin über Galaktische Technologie gut zweihundert Jahre alt und keineswegs vollständig, hatte sie sich doch aus den wenigen auf Jijo erhältlichen Büchern darüber informieren müssen, doch ihre theoretischen Grundlagen halfen ihr sehr, wenn sie vor dem Problem stand, Bedingungen im lokalen Raumzeit-Kontinuum zu erfassen.

Viel größere Verwunderung bescherte ihr die Art und Weise, wie die Mannschaft sich an die Lösung praktischer Angelegenheiten machte. Sie übermittelten Statusberichte über Kabel, die mit den Gehirnen verbunden waren. Oder sie schickten sich Infopakete, die aus nichts als kleinen Kugeln aus semiintelligentem Licht bestanden.

Wenn Delphine laut sprachen, dann in der Regel in Form von Klick-Geräuschen und schrillen Schreien, die mit keiner der Galaktischen Standardsprachen etwas gemein hatten.

Doch am meisten beeindruckte es Sara, wenn Dr. Baskin sie einlud, mit ihr zu der erbeuteten Bibliotheks-Einheit zu kommen, um dieser mit einer List wieder einige Informationen zu entlocken.

Der große Würfel stand in einem eigenen Raum, war ständig in kalten Nebel gehüllt und wies auf der Vorderseite das Spiralensymbol auf, das sogar den Wilden auf Jijo bekannt war. Zwischen seinen zwölf Kanten und sechs Seiten befand sich so viel Wissen, daß dagegen die Bibliothek von Biblos wie ein Tropfen angesichts eines Ozeans wirkte.

Gillian näherte sich der Einheit unter einem gespenstischen Illusionsmantel. Genauer gesagt, ihre schlanke menschliche Gestalt steckte unter dem computererzeugten Abbild eines Thennanianers. Sara verbarg sich in der Nähe im Schatten und verfolgte mit großem Staunen, wie die Kommandantin in dieser unheimlichen Verkleidung auf die Bibliotheks-Einheit zuging und sie im gutturalen Galaktik Sechs allerlei über die mysteriösen Zang fragte.

Doch Dr. Baskin erhielt nicht unbedingt die gewünschte Antwort.

»Hüte dich davor, die Lebensordnungen zu vermischen«, dröhnte die Maschine mit eisiger Stimme, und die Mathematikerin glaubte, es handele sich dabei um eine zeremonielle Warnung.

»Die klügste Form des Kontakts stellt man in den Tiefen der Majestätischen Schüssel her, wo diejenigen, die getrennt voneinander geboren wurden, sich wieder vereinen dürfen.

An diesem tiefen Ort verschmelzen die Unterschiede, und es wird Einheit geschaffen.

Doch hier, im schwarzen Vakuum, wo der Raum flach ist und die Lichtstrahlen gerade fliegen, sollten sich junge Rassen nicht leichtfertig mit anderen Ordnungen einlassen. In diesem Außen verhalten sie sich wie gefährliche Gase. Aus einem Funken kann ein Großbrand entstehen.«

Sara war zutiefst beeindruckt von dieser Antwort und überlegte fieberhaft, wie man diese Parabel mit den Heiligen Schriftrollen in

Einklang bringen konnte, aus denen die frommen Siedler auf Jijo sich an Feiertagen vorlesen ließen. Die gleiche rätselhafte Sprache fand sich im übrigen auch in den religiösen Schriften in Biblos, die meist noch aus den Erdzeiten vor dem Ersten Kontakt stammten. Diese Traktate unterschieden sich zwar sehr voneinander, wiesen aber diese Gemeinsamkeit der obskuren und allegorischen Darstellung auf.

In der Wissenschaft hingegen fand sich immer eine Möglichkeit, eine gute Frage zu verbessern, damit man sie nicht mit Ausflüchten und nebulösen Andeutungen beantworten konnte. Die Natur gab zwar nicht immer explizite Antworten, aber man konnte leicht feststellen, ob man irgendeinen Sermon vorgesetzt bekam oder nicht.

Doch auf der anderen Seite ging von der mystischen Vieldeutigkeit etwas Großes, Erhabenes und Bewegendes aus. Tatsächlich war es Sara dabei schon einige Male heiß und kalt den Rücken hinuntergelaufen.

Auch wenn unter dem Strich wieder nur Ausflüchte dabei herausgekommen waren.

Doch die alten Erdlinge und auch die frühen Weisen Jijos hatten dafür eine Entschuldigung parat. Das eigene Unwissen. Vagheit und Parabeln sind ganz natürliche Ausdrucksmöglichkeiten für Primitive, die keine besseren Mittel zur Hand haben.

Allerdings hätte ich so etwas nie von einer mobilen Außenstelle der Galaktischen Zentralbibliothek erwartet.

Schon seit frühester Jugend hatte die Mathematikerin davon geträumt, einmal vor einem solchen Kasten zu stehen, um alle schweren Rätsel gelöst zu bekommen und in die Wolken des Wissens aufzusteigen, die von den großen Denkern von über einer Million Rassen in Milliarden Jahren entwickelt worden waren.

Doch jetzt kam sie sich vor wie Dorothy in *The Wizard of Oz*, die feststellen mußte, daß sie von einem Scharlatan betrogen worden war.

Natürlich, der schwarze Würfel verfügte über alles Wissen. Irgendwo in seinen eisigen Tiefen war es abgespeichert. Nur gab die Bibliotheks-Einheit es nicht eben bereitwillig her. Nicht einmal dem falschen Kriegsfürsten eines bedeutenden Klans, in dessen Gestalt Gillian vor sie getreten war.

Dr. Baskin versuchte es nicht einmal in der Maske des thennanianischen Admirals.

»Wir wissen, daß die Zang von Natur aus Überraschungen verabscheuen. Teil mir doch mit, wie sie wahrscheinlich reagieren werden, wenn sie nach dem ersten Schock ein zweiter, viel schlimmerer befällt.«

Der Kasten erwies sich auch jetzt nicht als ausgesprochen auskunftsfreudig.

»Der Begriff Zang meint nur eine Unterabteilung innerhalb der Ordnung der Wasserstoffatmer. Eben die Gruppe, der die Sauerstoffatmer in der Regel im offenen Raum begegnen. Die überwiegende Mehrheit jener Wesen zieht es aber vor, die dichte und stürmische Atmosphäre ihrer Heimatwelten niemals zu verlassen ...«

Und so fuhr die Bibliothekseinheit endlos mit ihren lexikoneintraggleichen Ausführungen fort. Normalerweise hätte Sara das alles hochinteressant gefunden, aber jetzt blieb ihnen dafür einfach keine Zeit. In weniger als einer Midura mußte eine folgenschwere Entscheidung getroffen werden.

Sollten sie es wirklich wagen, mitten hinein in den wiedererwachten Transfer-Punkt zu fliegen, der eine halbe Million Jahre inaktiv gewesen war – seit man nämlich die Vierte Galaxis für Sapiente Wesen zur Tabu-Zone erklärt hatte. Höchstwahrscheinlich war dieser Punkt noch nicht geeignet für den normalen Raumverkehr. Dennoch bot der zurückgekehrte Nexus den Terranern eine Alternative.

Wie weiland Samson bei den Philistern. Wenn er die Säulen des Tempels zum Einsturz brachte, würde er damit die verhaßten Feinde töten – sich selbst allerdings auch.

Doch vor kurzem war eine weitere Möglichkeit hinzugetreten. Zang-Schiffe und Sammlerraumer der Mechanoiden waren wie aus dem Nichts aufgetaucht. Noch immer hatte man nicht genau klären können, was diese Wesen hier wollten. Im Moment flohen sie voller Verzweiflung vor den Ausbrüchen der roten Riesensonne.

Aber wenn wir sie dazu bringen könnten, für uns die Jophur zu erledigen?

Die Befehle vom Terragens-Rat waren eindeutig. Die *Streaker* führte einen echten Schatz mit sich. Relikte, deren Fund die Fünf Galaxien selbst destabilisieren könnte – vor allem,wenn ein fanatischer Klan sie an sich brächte. Und die arme kleine Erde konnte es sich nicht leisten, dafür verantwortlich zu sein, daß eine Allianz von religiösen oder Political-Correctness-Eiferern sich mit diesem Schatz Vorteile über alle anderen verschaffte. Die anderen hätten dann unausweichlich ihre Wut an Terra ausgelassen. Da empfahl es sich, Schiff und Fracht zu opfern, damit sie nicht den böswilligen Jophur in die Hände fielen. Nicht zu vergessen, daß die lange vorhergesagte Zeit des Wandels unmittelbar bevorstand.

Und wenn es der *Streaker* mit unverschämt viel Glück gelingen sollte, die Relikte auf die Erde zu bringen? Im Idealfall wären die Großen Institute und die moderateren Klans dann gezwungen, sich ihrer Verantwortung zu stellen.

Bislang hatte die endlose Verfolgung des Erdenschiffes und der allgemeine Zusammenbruch von Recht und Ordnung dem entgegengestanden. Neutrale Mächte hatten sich als feige erwiesen oder aus anderen Gründen den Terranern nicht helfen wollen. Doch wenn die *Streaker* am Ende doch noch triumphieren sollte, würde dieser Erfolg dem Erden-Klan Ruhm und Einfluß von epischen Ausmaßen bescheren.

Aber leider half die Befragung der Bibliotheks-Einheit Dr. Baskin kein bißchen weiter. Als sie sich schließlich voller Frustration eingestehen mußte, daß der Kasten einfach nichts Verwertbares von sich gab, unterbrach sie dessen Redeschwall.

»Du mußt mir nicht noch einmal erzählen, daß die Zang keine Überraschungen mögen! Ich will von dir einen praktischen Rat hören. Eröffnen die Wasserstoffatmer sofort das Feuer, wenn wir uns ihnen nähern? Oder geben sie uns die Chance, vorher noch etwas zu sagen?

Am besten schaust du mal in den Kontakt-Protokollen nach!«

Der Würfel blieb auch jetzt noch vage und versorgte Gillian lediglich mit weiteren unwichtigen Details. Sara sah, wie die Schiffskapitänin sich vor Wut immer mehr verkrampfte.

Aber wir haben doch noch eine andere Informationsquelle, sagte sich die Mathematikerin. *Jemand, der hier an Bord ist.*

Bislang hatte sie gezögert, diese Möglichkeit zu erwähnen. Immerhin galt ihre Quelle vielen als suspekt. Wesen, deren Vorfahren sich eines schweren Verbrechens schuldig gemacht, sich von der Sapienz abgewandt hatten und schon seit langem keine Kenntnis mehr über die Entwicklung im zivilisierten Raum besaßen, wurden bestenfalls nicht ernst genommen.

Doch die Mathematikerin spürte, daß man darauf jetzt keine Rücksicht mehr nehmen durfte.

Wenn die Außenstelle des Wissens uns nicht weiterhilft, sollten wir uns vielleicht an einen Vertreter des Unwissens wenden.

Alvins Tagebuch

Seit wir Tapferen freiwillig an Bord des Erdenschiffs gegangen sind, um an seiner hoffnungslosen und gefährlichen Reise teilzunehmen, habe ich diese Fahrt mit unserem früheren Abenteuer in dem selbstgebauten U-Boot verglichen. Ursprünglich als Sommerexpedition gedacht, waren wir in deren Verlauf zuerst auf den Grund des Ozeans und später hinauf zu den Sternen gelangt.

Unser kleines Boot, die *Wuphons Traum,* war, ich gebe es ja zu, nicht mehr als ein ausgehöhlter Baumstamm mit einer gläsernen Nase und bot kaum Platz genug für eine Urs, einen Hoon, einen Qheuen und eine g'Kek, und wir kamen eigentlich nur zurecht, wenn wir uns beim Atmen abwechselten.

An Bord der *Streaker* findet sich jedoch so viel Platz, daß man leicht den ganzen Hafen Wuphon darin unterbringen könnte. Das Schiff weist einen Komfort auf, den selbst ich, der ich in meiner Kindheit am liebsten terranische Weltraumabenteuer gelesen habe, mir in meinen kühnsten Träumen nicht ausgemalt habe.

Dennoch lassen sich beide Reisen miteinander vergleichen.

In beiden Fällen haben wir das Schicksal herausgefordert, uns in eine lichtlose Tiefe gestürzt und die unglaublichsten Wunder gesehen.

Und auf beiden Expeditionen hatten meine Freunde und ich die unterschiedlichsten Aufgaben zu erfüllen.

Und aufgrund irgendeiner mir unbekannten Gesetzmäßigkeit habe ich hier auf der *Streaker* wie vorher schon auf der *Wuphons Traum* den allermistigsten Job zu erfüllen.

Ich bin der Tierhüter.

Ur-ronn darf ihrer Leidenschaft für Maschinen frönen. Sie hilft Suessis Truppe bei allem, was an Bord so anfällt.

Schere erledigt für die Brücke Botengänge. Er hat eine prima Zeit, wenn er zwischen den wassergefüllten und den trockenen Abteilungen des Schiffes hin- und hersaust. Er klappert dann mit seinen Scheren und ist vor Begeisterung kaum zu bremsen.

Huck kommt sich ebenfalls furchtbar wichtig vor. Sie darf spionieren, und zwar bei den Jophur-Gefangenen, die unten in einer Zelle festgehalten werden. Dann dreht sie ihre vier Augenstiele so, daß sie alle Stapelwesen im Blickfeld hat. Einen lebenden g'Kek vorgesetzt zu bekommen, versetzt die Jophur in Raserei, sind sie doch ausgezogen, um alle Mitglieder dieser Räderrasse auszulöschen. Ein geschickter Zug von unserer Kapitänin, die Gefangenen mit Hucks Anblick zu provozieren, denn in ihrer Wut kommt ihnen viel mehr über die Lippen als bei einem normalen Verhör.

Alle drei kommen auch viel mit der Delphinbesatzung zusammen und helfen, wo sie nur können. Wenn wir, wie zu erwarten steht, bald in Stücke geschossen werden, haben meine Freunde wenigstens noch eine tolle Zeit gehabt.

Aber ich?

Ich stecke unten im Laderaum und muß auf zwanzig blökende Glaver und ein paar ungezogene Noor aufpassen. Alle zusammen besitzen diese Wesen nicht einmal den Wortschatz eines neugeborenen Qheuen.

Laut Auskunft der Niss-Einheit müßte zumindest einer dieser Noor ein richtiger Plauderer sein. Schließlich handelt es sich bei ihm nicht nur um einen Noor, sondern um einen Tytlal – und damit stammt er von einer sternenfahrenden Rasse ab, die wie Noor aussieht, wie Noor stinkt und so launisch ist wie diese. Irgendwie hat man sie zwischen uns auf Jijo versteckt, und wir sind in all den Jahren nicht dahintergekommen, wer da in unserer Mitte weilt. Man kann die Tytlal durchaus als siebte Sooner-Rasse bezeichnen. Natürlich haben sie alle Privilegien der Gemeinschaften genossen, ohne sich jedoch um die Pflichten zu scheren oder überhaupt nur mal einen Handschlag, pardon, einen Pfotenschlag für das Allgemeinwohl zu tun.

Ich muß zugeben, dazu gehört schon eine gehörige Portion Cleverneß. Aber Schmutzfuß, so heißt derjenige, welcher, läßt sich nichts mehr von einem Tytlal anmerken und benimmt sich genauso kindisch wie mein kleines Schoßhündchen Huphu. Er treibt sich am liebsten dort herum, wo er nichts verloren hat, frißt alles, was nicht niet- und nagelfest ist, und leckt sich immer noch ganz ungeniert den Pelz ab.

Alle glauben, ich sei Experte auf dem Gebiet des Umgangs mit den Noor und könne sie zu Dingen bewegen, die anderen nie glücken. Und das nur, weil wir Hoon geborene Seeleute sind und diese Wesen gern auf unsere Segelschiffe mitnehmen. Die Noor machen sich dort tatsächlich ganz nützlich und geben sich als Lohn mit Kraulen, lieben Worten und ein paar leckeren Bissen zufrieden. Aber ich weiß es besser. In Wahrheit nutzen die Noor uns nur aus, und daran kann man mal wieder sehen, wie leicht man einen Hoon hinters Licht führen kann. Seit tausend Jahren nehmen wir sie schon auf unseren Schiffen mit, und nicht einmal ist einem von uns etwas an diesen Wesen aufgefallen.

Und jetzt erwartet man ausgerechnet von mir, daß ich Schmutzfuß dazu bewege, noch einmal zu sprechen.

Ja klar, genauso, wie dieses Tagebuch von mir einmal auf der Erde verlegt werden und den Sheldon-Preis gewinnen wird.

Huphu und Schmutzfuß bedenken sich immer noch mit giftigen Blicken und zischen sich eifersüchtig an. Das übliche Verhalten von zwei Noor, die untereinander noch keine funktionierende Hierarchie ausgemacht haben. Bis sie soweit sind, versuche ich, meine Tätigkeiten hier unten nicht allzu anstrengend ausfallen zu lassen.

In meiner Heimatstadt an der vulkanischen Küste des Hangs haben wir nie viele Glaver zu Gesicht bekommen. Sie schnüffeln am liebsten in Abfällen herum und sind ganz verrückt nach umgekippten und faulenden Baumstämmen, aus denen sie für sie köstliche Käfer ausbuddeln. Nun, hier an Bord des Erdenschiffes findet man weder herumliegende Abfallhaufen noch umgestürzte Bäume.

Dr. Baskin hat mit Uriel der Schmiedin einen Handel abgeschlossen und diese Glaver-Herde hier gegen einige Dutzend Delphine eingetauscht, die auf Jijo bleiben, dort eine Siedlung gründen und ordentliche Mitglieder der Gemeinschaften werden sollen.

Irgendwie kommt mir dieser Tausch nicht sehr klug vor. Wenn ich diese kuhähnlichen Wesen betrachte, wie sie dumm in der Ecke stehen und blöken, oder wenn zwei von ihnen sich gegenüberstehen und die beiden nicht wissen, wie sie aneinander vorbeikommen sollen – tja, dann kann ich mir nur schlecht vorstellen, daß ihre Vorfahren einmal mächtige Sternenreisende gewesen sein sollen.

Mit ihren riesengroßen, chamäleonartigen Augen spähen sie in alle Ritzen in den Metallwänden und hoffen, dort einen Wurm oder Käfer aufzuspüren. Wer würde solchen Wesen schon abnehmen, irgend etwas mit Sapienz am Hut zu haben?

Laut den geheiligten Schriftrollen auf Jijo macht sie gerade das zu gesegneten Wesen. Sie haben das höchste Ziel aller Sooner-Rassen erreicht, den Pfad der Erlösung bis zum Ende beschritten und die vollkommene Ahnungslosigkeit erreicht.

Erneuert und gereinigt von allen Erbsünden treten sie dem Universum mit wiedergeborener Unschuld entgegen, um ganz von vorn anzufangen.

So erzählen es wenigstens die Weisen.

Man möge mir verzeihen, aber ich sehe die Dinge ein wenig anders. Ich muß nämlich das saubermachen, was diese stinkigen Viecher überall fallenlassen. Wenn jemals eine Patronenrasse die ehrenwerte Aufgabe auf sich nimmt, den Glavern zum zweitenmal den Großen Schub zu verleihen, sollte sie sich besser vorher genauestens über Putzmittel und Hygiene informieren.

Auf den ersten Blick würde niemand annehmen, diese trägen, schmutzigen Biester hätten auch nur irgend etwas mit den agilen und fixen Noor gemein. Doch beide mögen es, wenn ich meinen Kehlsack aufblase und eines meiner tiefen, tiefen Lieder singe. Seit ich mein Erwachsenenrückgrat besitze, habe ich eine Resonanz entwickelt, auf die ich mit Fug und Recht stolz sein kann. Zumindest hilft sie mir, meine Herde zu beruhigen, wenn die *Streaker* mal wieder ein plötzliches Manöver fliegt und ihre Schwerkraftfelder ins Schleudern geraten.

Ich mag mir gar nicht vorstellen, wo das Erdenschiff sich gerade aufhält. Es fliegt irgendwo mit halsbrecherischer Geschwindigkeit herum und saust durch die Flammen eines wütenden Sterns.

Zu meinem Glück kann ich beides, sowohl meine Lieder singen wie auch gleichzeitig mein Tagebuch fortführen, und zwar auf dem kleinen Schreibgerät, das Dr. Baskin mir freundlicherweise zur Verfügung gestellt hat. Mittlerweile habe ich mich daran gewöhnt, daß die Buchstaben per Knopfdruck vor mir erscheinen, statt wie vorher auf dem Rücken zu liegen und mit Tinte ein Blatt vollzuschmieren. Außerdem kommt es mir sehr gelegen, daß ich in meinem Text hin und her fahren kann, um hier etwas zu verbessern oder dort einen Satz an eine andere Stelle zu setzen. Das läßt sich ganz einfach mit der Hand oder mit mündlichem Befehl bewerkstelligen. Trotzdem wäre es mir lieber, die verdammte Maschine würde damit aufhören, ständig meine Orthographie oder den Satzbau zu verbessern.

Ich mag zwar kein Mensch sein, gehöre aber sicher zu den besten Englik-Kennern auf Jijo, und ich brauche keinen neunmalklugen Computer, der mich ständig unterbricht, um mir zu sagen, meine Sprache sei »archaisch«. Wenn das Tagebuch jemals auf einer zivilisierten Welt veröffentlicht werden sollte, wird mein etwas antiquierter Stil sicher zum Charme der Geschichte beitragen, so wie bei Defoe oder Swift. Dessen bin ich mir ganz sicher.

Mit der Zeit fällt es mir immer schwerer, der Frustration darüber Herr zu werden, daß meine Freunde oben stecken und mitten im Geschehen drin sind, während ich hier unten meine Zeit mit Viechern verbringen muß und nur die nackten Wände anstarren kann. Ich weiß ja, daß diese Arbeit getan werden muß, und indem ich sie erledige, kann ein anderes Mitglied der unterbemannten Besatzung für etwas Wichtigeres eingesetzt werden. Aber manchmal überkommt einen hier unten doch das Gefühl, die Decke fiele einem auf den Kopf.

»Was gibt's denn da zu gucken?« schnauzte ich Schmutzfuß an, den ich plötzlich dabei ertappte, abwechselnd mich und die Seiten meines Tagebuchs anzuschauen. »Möchtest du das etwa lesen?«

Ich drehte den Schreibautomaten und schaltete auf visuelle Wiedergabe, damit der Noor die Worte besser erkennen konnte.

»Wenn ihr Tytlal so gescheit seid, wie man sagt, kannst du mir vielleicht erklären, wie ich die Geschichte jetzt fortsetzen soll.«

Schmutzfuß studierte die Buchstaben, und als ich seine Miene sah, schwante mir Schlimmes.

Wie groß ist eigentlich das Gedächtnis dieses geheimen Klans von Supernoor? Wann haben die Tymbrimi eigentlich diese Kolonie ihres Klientelvolks in unserer Mitte angesiedelt? Sie müssen schon vor den Hoon auf Jijo angelangt sein ... vielleicht sogar noch vor den g'Kek?

Ich hatte schon viele Geschichten über die klugen bis gerissenen Tymbrimi gehört. Diese Rasse genießt übrigens bei den eher konservativen Klans einen denkbar schlechten Ruf; eben weil sie eine Bande von Schlitzohren sind. Dieser Charakterzug hat aber auch dazu geführt, daß Menschen und Tymbrimi Freundschaft schlossen – gleich nachdem die Wölflinge anfingen, die Sternenstraßen zu befahren. Unwissen kann sich in diesem gefährlichen Universum rasch als tödlich erweisen, und Terra wäre sicher längst untergegangen, wenn die Tymbrimi ihr nicht zur Seite gestanden hätten.

Doch mittlerweile befinden sich die Fünf Galaxien in einer Krise. Die mächtigen Allianzen wollen Rache nehmen für vergangenes Unrecht. Die Erde und ihre wenigen Freunde könnten durchaus immer noch ein unangenehmes Ende nehmen.

Schon bevor sie die Menschen kennenlernten, mußten die Tymbrimi geahnt haben, daß einmal der Tag kommen würde, an dem all ihre Feinde sich gegen sie vereinigen würden. Deswegen kam ihnen wohl die Idee, eine kleine Gruppe ihrer Population an einem abgelegenen Ort zu verbergen, bevor ein Krieg, ein Unfall oder schlicht Betrug die gesamte Rasse auslöschen konnte.

Oder ging es ihnen etwa darum, selbst den Weg der Sooner zu beschreiten?

Ich bin zwar kein Experte, aber nach allem, was ich gelesen habe, läßt die Natur der Tymbrimi es nicht zu, daß sie sich auf einer Hinterwäldlerwelt wie Jijo niederlassen, um ein friedlich beschauliches Leben zu führen. Das ist ja den Menschen kaum gelungen, und die sind bei weitem nicht so umtriebig wie die Tymbrimi.

Doch wenn es ihnen schon nicht möglich war, eine Volksreserve als Sooner zu verstecken, dann traf das keinesfalls auf ihre geliebten Klienten zu. Hinzu kam, daß die Tytlal im Kosmos weitgehend unbekannt und ihren tierischen Wurzeln noch sehr verhaftet sind. Ein kleiner Gen-Pool könnte heimlich auf Jijo deponiert worden sein. Je länger ich darüber nachdachte, desto mehr Sinn ergab das für mich. Und wenn man die Tytlal auch noch innerhalb einer anderen Rasse verstecken konnte – eben einem Rudel vollkommen unsapienter Noor … Die einen konnten auf die anderen aufpassen, denn wachsame schwarze Augen besaßen beide.

Während ich Schmutzfuß betrachtete, kamen mir die Geschichten wieder in den Sinn, die Jäger Dwer während seines kurzen Aufenthalts auf dem Schiff erzählt hatte. Die *Streaker* lag damals noch auf dem Grunde des Meeres verborgen. Schmutzfuß war Dwer über den halben Kontinent gefolgt, hatte überall seine Nase hineingesteckt und sich auch sonst in alles eingemischt. Der Jäger hatte sehr über dieses ebenso rätselhafte wie nervende und absolut nicht hilfsbereite Wesen geschimpft. Das Verhalten dieser Kreatur hatte durchaus dem eines ganz gewöhnlichen Noor entsprochen, wenn auch seine Aufmerksamkeit überdurchschnittlich gering gewesen war.

Doch als Schmutzfuß jetzt meine Zeilen betrachtete, als könne er sie tatsächlich lesen, breitete sich so etwas wie Spott auf seinen Zügen aus. Selbstverständlicher- wie ironischerweise bekam er die letzten Absätze zu sehen, eben meine Überlegungen zum Schicksal der Tytlal. Er verkrampfte sich, und ich glaubte schon, das geschehe aus Interesse an meinen Schlußfolgerungen. Halb rechnete ich damit, gleich statt des gewohnten Wimmerns und Kläffens einen geistreichen Kommentar zu hören – oder auch einen brutalen Verriß meiner Ergüsse.

Doch plötzlich machte Schmutzfuß einen Satz und sprang mitten hinein in die Wortwolken. Er schlug mit seinen Pfoten danach, biß hinein, zerfetzte Sätze und zertrümmerte ganze Absätze, ehe die Schwerkraft ihn wieder auf dem Deckboden landen ließ. Das Wesen wirbelte sofort herum, stieß ein Triumphgeheul aus und bereitete sich auf die nächste Attacke vor.

»Speicher diese Änderungen bloß nicht!« schrie ich den Schreibautomaten an. »Umschalten auf holographische Wiedergabe!«

Schmutzfußens nächster Angriff brachte ihm weniger Befriedigung ein. Die Worte waren nun ihrer Semisolidität beraubt und erschienen als Hologramm. Mit Pfoten und Zähnen ließ sich da wenig ausrichten. Enttäuscht bellend flog der Noor durch das Bild und kam auf der anderen Seite wieder heraus.

Schon wenige Momente später hockte Schmutzfuß wieder auf meiner rechten Schulter. Huphu, der es sich längst auf der anderen bequem gemacht hatte, warf ihm träge einen finsteren Blick zu. Die beiden leckten sich für eine Weile, vor allem an den Stellen, bei denen man normalerweise nicht hinsieht, und rieben dann die Köpfe an meinem Hals, damit ich wieder für sie sang.

»Nein, nein, von euch lasse ich mich nicht so leicht herumkriegen.«

Doch was blieb mir im Endeffekt anderes zu tun übrig, als den Schaden am Text zu beheben, den Tagebucheintrag fortzuführen und den zwei Quälgeistern das zu geben, was sie von mir verlangten.

Ich sang gerade für die beiden Noor und eine Herde andächtig glotzender Glaver, als die Niss-Einheit mit einer Nachricht hereinplatzte.

Ganz ehrlich, ich habe keine Ahnung, warum dieser Apparat einen immer auf diese Weise stören muß, nämlich ohne Vorwarnung oder Gruß. Mehrfach habe ich ihm bereits erklärt, daß solche Überraschungsbesuche der hoonschen Natur wenig zuträglich sind. Und dieser herumwirbelnde Tornado schadet irgendwie auch meinen Augen. Bei Jafalls, es ist für unsereins ja schon schwierig genug, sich an die Vorstellung eines sprechenden Computers zu gewöhnen, auch wenn ich in den Klassikern von Bieger und Köhler darüber gelesen habe.

Könnte es sein, daß die Niss-Einheit mit Schmutzfuß in irgendeiner Verbindung steht? Immerhin haben ja beide mit den Tymbrimi zu tun, und da liegt der Verdacht doch auf der Hand. Außerdem haben sie mehr als nur den Mangel an Höflichkeit gemein.

»Ich bringe eine Nachricht von der Brücke«, verkündete das wirbelnde Etwas. »Auch wenn ich keinen Sinn darin erkennen kann, will man oben einen oder zwei von deinen Schützlingen sehen. Du mußt sie sofort hinbringen. Ein Besatzungsmitglied ist schon auf dem Weg hierher, um dich für die Zeit deiner Abwesenheit zu vertreten.«

Huphu setzte ich auf dem Boden ab, und Schmutzfuß nahm ich in die Armbeuge, und zwar so, daß er sich nicht befreien und davonspringen konnte. Der Noor machte zwar einen gutmütigen Eindruck, aber von so etwas ließ ich mich schon lange nicht mehr täuschen. Das hätte uns gerade noch gefehlt, wenn er sich jetzt losgerissen hätte, um in der Kombüse alles auf den Kopf zu stellen oder sich in einem Vorratsraum zu verstecken.

»Willst du mir nicht sagen, worum es geht?« fragte ich.

Die wirbelnden Linien vollzogen eine Bewegung, die man mit einigem guten Willen als Achselzucken interpretieren konnte.

»Aus irgendeinem Grund unterliegen Dr. Baskin und Sara Koolhan der Illusion, diese Kreaturen hier würden wieder anfangen zu sprechen und uns helfen, mit potentiell tödlichen Gegnern fertigzuwerden.«

Ich lachte aus vollem Kehlsack.

»Die machen mir Spaß. Dieser verwünschte Tunichtgut von einem Tytlal redet nur, wenn er gerade Lust dazu hat. Und wenn er keine hat, kann ihn nichts und niemand dazu bewegen, mag auch das Universum untergehen.«

Die Linien verzogen sich zu einem straffen Bündel.

»Ich habe nicht von den Tytlal gesprochen, Alvin. Setz den kleinen Störenfried ab und hör mir zu.«

»Aber …« Ich schüttelte nach Art der Menschen den Kopf. »Wen soll ich denn dann zur Brücke führen?«

Das Hologramm drehte sich zur Wand und verbog ein paar von seinen Linien, als wolle es dorthin zeigen.

»Man erwartet von dir, zwei von diesen zu bringen.«

Fassungslos starrte ich auf die blödsinnigen Glaver, die gerade mit leisem Muhen ihre eigenen Fäkalien nach etwas Eßbarem durchsuchten. Jeder konnte erkennen, daß das »gesegnete« Vergessen über sie gekommen war.

Verständlicherweise endet dieser Tagebucheintrag mit blankem Erstaunen.

Gillian und Sara wollen, daß ich Glaver auf die Brücke bringe!

Lark

Blind stolperte er durch die verschlungenen, darmartigen Gänge des Schiffs, und nur gelegentlich hielt er inne, lehnte sich an eine der nachfedernden Wände und schluchzte. Widerwärtig süßliche Jophur-Duftmarken vermischten sich mit seinem eigenen Gestank von Selbstverachtung und Trauer.

Ich hätte bei ihr bleiben sollen.

Larks ungepflegter Körper, der immer noch vom Schleim des ekelhaften Säuglingszimmers bedeckt war, rannte trotz Erschöpfung und Hunger weiter, angetrieben von gelegentlichen Geräuschen seiner Verfolger. Aber sein Geist war betäubt, und Bedauern überschattete seine Gedanken. Mehrmals hatte er bereits versucht, seine Frustration abzuschütteln und eine Möglichkeit zum Gegenschlag zu finden.

Du mußt nachdenken! Ling zählt auf dich!

In Wirklichkeit wußte Lark nicht einmal genau, wo er nach seiner Geliebten suchen sollte. Für ihn war die *Polkjhy* ein einziges Durcheinander von sich schlängelnden Gängen, die von einem merkwürdigen Raum zum nächsten führten. Das Ganze gestaltete sich chaotischer als das aberwitzige Innere eines Damms der Qheuen. Einmal angenommen, er fand tatsächlich den Weg zurück in den Gefängnisteil, aus dem Ling und er vor ein paar Tagen entkommen waren. Inzwischen wären die Wachen dort verdreifacht worden. Mit Jophur-Wulststapeln, Robotern und dem großen menschlichen Überläufer.

Rann wird mich schon erwarten. Er weiß genau, was ich denke ... daß ich seine Rothen-Genossin am liebsten retten würde.

Leider war Lark kein Mann der Tat wie sein Bruder Dwer. Die miserablen Aussichten lähmten ihn förmlich. Viel zu gut konnte er sich die Nachteile und Fehler eines jeden möglichen Plans ausmalen.

Solange ich noch frei bin, gibt es Hoffnung für Ling. Ich habe nicht das Recht, ihr diese Hoffnung zu nehmen, indem ich in eine Falle tappe. Als erstes muß ich einen Ort finden, an dem ich mich ausruhen kann ... und vielleicht etwas zu essen ... dann muß ich einen Plan fassen.

Mit Hilfe des violetten Rings als Universalschlüssel untersuchte Lark mehrere Räume entlang seines verschlungenen Weges. Immer hoffte er, auf ein Werkzeug oder eine Information zu stoßen, die er gegen seinen Feind einsetzen konnte. Manche Zimmer waren leer. In anderen befanden sich Mitglieder der Jophur-Besatzung, aber das Öffnen und Schließen einer Tür wurde von ihnen kaum wahrgenommen. Genau wie ihre Verwandten, die Traeki auf Jijo, waren Jophur eher aufgabenorientiert und reagierten nur langsam auf Unterbrechungen.

Nur einmal gelang es Lark nicht, sich rechtzeitig zu verstecken.

Er durchstöberte gerade ein Labor mit gebogenen Glasschläuchen, in denen wabernde Dämpfe zischten. Plötzlich trat ihm ein breiter Wulststapel in den Weg. Der Jophur beschäftigte sich mit einer Instrumentenanzeige, und sämtliche Sensorringe waren aktiviert.

Die Spitze des Jophur stieß Rauchschwaden aus, die anzeigten, daß er über den menschlichen Eindringling äußerst entrüstet war. Seine fettigen Ringe schimmerten vor unterdrückter Wut in hellen und dunklen Mustern.

Hätte er einen Moment darüber nachgedacht, wäre es Lark

wohl nie in den Sinn gekommen, sich auf diese angsteinflößende Masse zu stürzen und mit seiner einzigen Waffe an einem Dutzend sich nach ihm reckender Fangarme vorbeizuzielen. Die Fühler schlossen sich zusammen, um ihn zu packen, und klatschten auf seine Schultern.

Die Meister-Ringe machen die Jophur ehrgeizig und entschieden, dachte der belesene Teil seines Gehirns. *Aber Jafalls sei Dank sind sie in anderer Hinsicht wie die Traeki. Ihre langsamen Nervenbahnen sind nie von Fleischfressern in der Savanne auf die Probe gestellt worden.*

Aber leider hatten die Jophur dafür andere Vorteile. Pulsierende Fangarme wanden sich um seinen Hals und seine Arme, sogar dann noch, als der Wulst in seiner Hand – das letzte Geschenk des sanften Asx – eine Schlafdroge versprühte.

Diesmal reagierte der massige, verbundene Stapel nicht. Sein Griff wurde fester und zog Lark an seine glänzenden, öligen Flanken.

Er spürte, wie sich der violette Ring zusammenzog und noch drei weitere Spritzer abgab, jedesmal ein anderes beißendes Gift, das in seinen Augen brannte und ihm die Kehle zuschnürte … bis er schließlich in der Umklammerung der Fangarme nicht mehr atmen konnte.

Vielleicht funktioniert die Sache einfach nicht mehr. Oder es hat sich herumgesprochen, und sie haben Gegengifte entwickelt …

Plötzlich erzitterte der ölige Titan. Die Schlingen zogen sich zusammen … und lockerten sich schließlich, als der Jophur tief seufzte und in seiner ganzen Masse auf den Boden sank, wobei er einen ranzigen Geruch ausströmte. Lark erstickte fast an seinem ersten scharfen Atemzug. Er schüttelte die grausige Umarmung ab und stolperte, nach frischer Luft schnappend, davon.

Sie lernen. Jedesmal, wenn der violette Ring einen von ihnen erwischt hat, geben sie die Information und das Gegengift weiter. Nicht einmal Asx konnte jeden möglichen Geruchscode der Jophur voraussehen.

Der große Stapel mochte ruhiggestellt sein, aber es war möglich, daß er noch Alarm gegeben hatte. Lark durchsuchte schnell die Kammer nach weiteren Arbeitern, aber die Kreatur hatte hier allein gewirkt.

Gerade wollte Lark in den Gang zurücklaufen, als er fasziniert innehielt: Die Konsole des Jophur war noch immer aktiviert. Hologramm-Bildschirme flimmerten in Spektralfarben, die für seine Augen verschwommen aussahen. Trotzdem trat er neugierig näher – und bald verwandelte sich sein Interesse in helle Aufregung.

Das ist ein Lageplan! Er erkannte einen Querschnitt der abgeflachten Form des Kampfschiffs, auf dem man den Irrgarten der Gänge im Inneren sehen konnte. Langsam drehte sich die Darstellung. Währenddessen veränderten sich langsam einige Schattierungen.

Ich wünschte, ich wüßte etwas mehr über Galaktische Technologie. Bevor die Rothen-Danik-Expedition nach Jijo gekommen war, hatten Computer dem Reich der Legende angehört, über die man bestenfalls in dicken Wälzern im Archiv von Biblos lesen konnte. Sogar jetzt betrachtete er sie noch aus dem Blickwinkel von zwei Jahrhunderten Angst und Aberglauben. Aber selbst die Sternenweise Ling hätte mit diesem Gerät der Jophur Schwierigkeiten gehabt. Deshalb beschloß Lark, keinen der Knöpfe und Sensoren zu berühren.

Aber manchmal konnte man auch vom bloßen Zusehen eine Menge lernen.

Der helle Kasten hier drüben … ich weiß, daß ich in diesem Quadranten des Schiffes bin. Ist das vielleicht dieses Zimmer?

Die Symbole waren in Galaktik Zwei verfaßt, aber er fand den Dialekt sehr technisch und schwer verständlich. Trotzdem gelang es ihm, die Sicherheitszone zu finden, wo Ling und er gefangengehalten worden waren, als man sie von Jijo an Bord gebracht hatte. Ein dunkelblaues, wucherndes Etwas überzog das Gebiet und verteilte sich langsam »nordwärts« entlang der Hauptachse des Schiffs. Ein Deck nach dem anderen wurde ausgefüllt.

Ein Suchprogramm. Sie drängen mich in ein immer kleineres Gebiet ... zurück in die Kommandozentrale.

Und immer weiter weg von Ling.

Aus der bedächtigen, sorgfältigen Vorgehensweise schloß Lark, daß die Jagdroboter den Raum, in dem er sich befand, in weniger als einer Midura erreichen würden. Obwohl diese Aussicht entmutigend war, ließ dieses Wissen ihn dennoch ruhiger werden: Nun wußte er wenigstens Bescheid. Außerdem hatte er etwas Zeit, um mit Hilfe des Lageplans eventuelle Fehler in ihrer Strategie aufzudecken.

Bitte laß den Hunger nicht als erstes mein Gehirn lähmen! Dummerweise trieben ihn seine Verfolger auch immer weiter von dem einzigen ihm bekannten Ort weg, an dem es für einen Menschen Nahrung gab.

Lark drehte sich um und betrachtete nachdenklich den schlummernden Jophur. *Nun, es gab noch einen Ort.* Aber er war noch nicht hungrig genug, um ernsthaft daran zu denken.

Der Jungweise sah sich im Labor um und fand ein Waschbecken mit einem Wasserhahn. Ling hatte das als Konstante auf beinahe jedem Raumschiff aller sauerstoffatmenden Lebensformen bezeichnet. Die Flüssigkeit war zu völliger Reinheit destilliert und schmeckte entsprechend seltsam. Aber Lark trank trotzdem gierig und versuchte Myriaden komplexer Jophur-Geschmacksrichtungen aus seinem Mund zu entfernen, bevor er sich abermals mit den Datenbildschirmen beschäftigte.

Abgesehen von dem Modell des Schiffs waren die meisten Anzeigen rätselhaft: flimmernde Graphiken oder Kaskaden schmerzender Farben, die man unmöglich verstehen konnte. Außer einem einzigen, auf dem ein mit glitzernden Lichtpunkten gesprenkeltes schwarzes Feld zu erkennen war.

So etwas Ähnliches haben wir doch auch in der Kommandozentrale gesehen. Ling hatte es als Sternenkarte bezeichnet, und man konnte darauf erkennen, wo wir uns im Weltraum befinden und was um uns herum geschieht.

Lark fühlte sich immer noch schwindelig, wenn er daran dachte, daß er mit mehrfacher Lichtgeschwindigkeit durch die luftleere Schwärze geschleudert wurde. Anders als Sara hatte er niemals davon geträumt, Jijo zu verlassen. Seine Lebensaufgabe bestand darin, auf Jijo die unzähligen Lebensformen einer vielfältigen Welt zu untersuchen. Lediglich Krieg und Chaos hatten ihn dort wegreißen können. Und nur seine wachsende Leidenschaft für Ling entschädigte ihn für seinen Verlust und das Gefühl der Fremde.

Aber nun war sie nicht mehr an seiner Seite. Es war, als hätte man ihm einen seiner Arme amputiert.

Er starrte den Bildschirm an – endlose Schwärze, durchbrochen von ein paar funkelnden Staubkörnern – und fühlte sich ziemlich entmutigt von der schieren Größe, in der der riesige Planet Jijo wie eine Schneeflocke untergehen würde.

Ein Punkt leuchtete gleichmäßig im Zentrum des Bildschirms: das Raumschiff der Jophur, wie er vermutete. Und ein großer knäuelartiger Ball unten links stellte wohl eine Sonne dar. Aber ohne seine weitgereiste Freundin war Lark nicht in der Lage, die verschiedenen anderen bunten Objekte zu identifizieren, die dazwischen hin- und herschossen. Galaktik-Zwei-Symbole blitzten auf, aber er besaß nicht genug Erfahrung damit, um sie zu begreifen.

Frustriert wollte sich Lark abwenden, als er doch noch eine Kleinigkeit erkannte.

Der große Punkt da drüben, bei dem Stern ... so wie es aussieht, kommt er direkt auf uns zu.

Ich frage mich, ob das Freunde oder Feinde sind.

Emerson

Nichts kam ihm natürlicher oder vertrauter vor, als sich eine Sternenkarte anzuschauen. Genausogut hätte er sein eigenes Gesicht im Spiegel betrachten können.

Jetzt kam ihm die Karte noch mehr wie ein alter Freund vor, hatte Emerson doch gerade ein Jahr auf einer primitiven Welt hinter sich, wo er sein Spiegelbild höchstens in grob bearbeiteten, polierten Metallplatten hatte erblicken können, während er sich gefragt hatte, wer das wohl war, der ihn da mit einem Loch im Kopf und einem leeren Ausdruck in den Augen anstarrte. Bis vor ein paar Wochen hatte er nicht einmal mehr seinen Namen gewußt. Doch seitdem meldeten sich immer neue Puzzleteile aus seiner Vergangenheit zurück.

– Erinnerungen an die wunderbare Erde; an eine Jugend, in der er sich mit einer ruhigen Entschlossenheit vorbereitet hatte, auf die seine Eltern nur mit ehrfürchtigem Staunen reagieren konnten. Er war der Verlockung der Fünf Galaxien erlegen.

– Erinnerungen an sein Leben als Bordingenieur; er hatte die beste Ausbildung erhalten und gelernt, wie man Sternenschiffe dazu brachte, durch geheimnisvolle Falten im Raumzeit-Kontinuum zu springen.

– Erinnerungen an den Ruf des Abenteuers; die weite Reise mit dem berühmten Captain Creideiki; das Angebot, das er nicht ausschlagen konnte, auch wenn er wußte, daß die Fahrt mitten hinein in den Hades führen würde.

All das und noch viel mehr kehrte in seine Gedanken zurück, sobald Emerson gelernt hatte, den gräßlichen Schmerz zurückzudrängen, der sein Gedächtnis gefangenhielt. Seitdem hatte er viel von dem zurückerlangt, was man ihm geraubt hatte.

Doch an dem Wichtigsten mangelte es ihm noch. Die wunderbare, reiche Kraft des Sprechens war noch nicht zurückgekehrt. Der Strom der Worte, mit dem auch der subtilste Gedanke ausgedrückt werden und alles Wissen innerhalb der Gesetze der Syntax aufgenommen werden konnte, blieb ihm weiterhin versagt.

Ohne Sprache blieb sein Geist ein Land der Ödnis, ein Loch, genauso tief wie das an der linken Seite seines Kopfes.

Wenigstens wußte er jetzt, daß die Verwundung ihm bewußt beigebracht worden war. Ein Akt reiner Boshaftigkeit, die er nicht erfassen konnte – genausowenig wie er ermessen konnte, welche Rache ausreichte, um sich für diese Qual zu revanchieren.

Und dann geschah es wieder, unerwartet und unaufgefordert wie stets. Irgendein Zusammentreffen von Wahrnehmung und Emotion bewirkte in seinem Innern eine Öffnung, aus der sofort etwas an die Oberfläche trieb. Augenblicklich kamen ihm Töne und Musik in den Sinn, die er mehr fühlte als hörte.

* Mit jeder Drehung
    * Des Zykloids
* In Dimensionen
    * Ohne Zahl
* Rollen sie heran
    * Diese Würfel
* Mit ihren vielen Seiten
    * Und endlosen Kanten

    * Niemals fair … und nie wie erwartet

* Sieh, wie sie sich drehen
    * So kapriziös
* Weiß und mit Punkten
    * Und stets gezinkt
* Doch du, Elender,
    * Greifst nach ihnen
* Wirfst sie
    * Hoffst auf Gewinn
* Bestraft den Hochmut
    * Jafalls Würfel …

Emerson lächelte, als das merkwürdige Lied in seinem Kopf entstand und Kreisläufe in seinem Gehirn benutzte, an die nicht einmal die bösen Alten ihr Messer gelegt hatten. Wie der Gesang eines Träumers hallte es in seinem Kopf wider und erfüllte ihn.

Dennoch wußte Emerson, daß ihm die Wahrheit, die es verhieß, nur wenig Trost bieten konnte. Wer wollte schon darauf seine Hoffnung gründen? Als wenn das Universum ihm je die Chance gewähren würde, sich an seinen Peinigern zu rächen. Wann hatten je die Schwachen, Beladenen und Verfolgten Genugtuung erfahren?

Aber er war dankbar für diese Gabe. Auch wenn das Lied nicht in der Sprache der Bordingenieure verfaßt war, enthielt es doch eine tröstliche Ironie.

Er beobachtete durch ein breites Fenster, wie die Neo-Delphine hin- und herrasten, die Brücke des Schiffes durchquerten und sprudelnde Streifen im Wasser hinterließen. Andere Meeressäuger lagen auf ihren Rampen vor Kontrollstationen. Helme steckten auf ihren schlanken Köpfen, und Neuralkabel verbanden ihre Gehirne mit Computern und anderen Instrumenten.

Die Scheibe vibrierte unter seinen Fingerspitzen und übertrug Sonarklicken und anderen Informationsaustausch von der anderen Seite. Die Musik einer erfahrenen, eingespielten Crew. Ganz ohne Zweifel gehörten diese Delphine zu den besten der Besatzung. Und der ganzen Erde. Sie stellten den Höhepunkt und die Elite der Bemühungen der Terraner um den Großen Schub dar. Captain Creideiki hatte sie zu den hervorragendsten Piloten ausgebildet.

Tsh't, ihr Lieutenant, traf beherzt Routineentscheidungen und delegierte andere Aufgaben an die Brücke. Kaa, der Steuermann, lag neben ihr und bewegte das Sternenschiff mit einer Selbstverständlichkeit, als sei es Bestandteil seines Körpers. Dreißig Millionen Jahre Instinkt leiteten ihn – seit der Zeit, an dem seine fernen Vorfahren das Land verlassen hatten, um ins Meer zurückzukehren.

Auch in Emersons Raum herrschte emsiges Treiben. Hier bewegten sich die Delphine auf Rollen oder Gehapparaten, die sie neben den Zweibeinern wie mächtige Riesen erscheinen ließen.

Und doch waren es die Menschen, die hier den Ton angaben und das scheinbare Chaos steuerten. Zwei Frauen, die sich normalerweise wohl nie begegnet wären und die das Schicksal zusammengeführt hatte.

Emerson liebte sie beide, auch wenn er nicht in der Lage war, ihnen das jemals zu sagen.

Er spürte die Veränderung im Tonfall der mächtigen Triebwerke. Das Schiff stemmte sich gegen die Anziehungskraft des Roten Riesen und änderte wieder seinen Kurs, um ein neues Abenteuer anzutreten, für das Gillian sich entschieden hatte.

Emerson hatte einen hohen Preis für eine ihrer früheren Unternehmungen bezahlt. Damals, in der höchst kompliziert strukturierten Fraktal-Welt, dem Reich der Eiszapfen, deren kleinster breiter war als ein Planet. Aber er hatte Dr. Baskin nie einen Vorwurf daraus gemacht. Wer außer ihr hätte die *Streaker* drei Jahre lang erhalten können, obwohl ein Dutzend feindlicher Flotten von fanatischen Allianzen sie verfolgten? Das einzige, was er bedauerte, war der Umstand, daß sein Opfer vergebens gewesen war.

Der Raumfahrer hätte ihr jetzt gern geholfen. Wäre am liebsten hinunter in den Maschinenraum gegangen, um Hannes Suessi dabei zu unterstützen, mehr Pseudogeschwindigkeit aus den Gravitatoren herauszuholen. Aber seine Verletzung war dafür viel zu schwer. Die Symbole auf den leuchtenden Displays blieben ihm unverständlich.

Seine Kameraden hatten ihn immer freundlich behandelt und ihm sogar ein paar einfache Tätigkeiten übertragen. Aber er hatte rasch genug eingesehen, daß er ihnen damit nicht wirklich half und es besser für ihn wäre, sie in Ruhe zu lassen.

Emerson spürte, daß Gillian und Sara etwas im Sinn hatten. Spannung erfüllte den Raum, als die beiden Frauen mit der Niss-Maschine debattierten.

Die Hologrammlinien zogen sich zusammen. Etwas Entscheidendes stand bevor.

Der Raumfahrer beschränkte sich auf die Rolle eines Zuschauers und verfolgte, wie eine Karte entstand, die Kurs und Standort des Schiffes anzeigte. Die *Streaker* sauste dicht an Izmunuti vorbei, durchflog Stürme von ionisierter Hitze, die den Schutzschilden arg zu schaffen machten, und bog jetzt ab, um auf einen Schwarm von blaß flackernden Lichtern zuzusteuern.

Ein Schiffskonvoi.

Er hörte Sara einen Begriff in der sonderbaren Sprache Gal Sechs äußern. Ein Wort, das man ansonsten nur ehrfürchtig flüsterte.

Zang!

Emerson begriff sofort, welchen Rat die Mathematikerin Dr. Baskin gab. Er fing an zu zittern. Von allen Herausforderungen, denen das Schiff sich je gestellt hatte, war dies die ungeheuerlichste. Selbst wenn man mitten hinein in den neuentstandenen Transfer-Punkt geflogen wäre, hätten die Chancen günstiger gestanden.

Und während er sich fürchtete, gelangte ein neues Wort aus den verschütteten Tiefen seines Gehirns an die Oberfläche.

Verzweiflung.

Die neue Taktik der *Streaker* konnte nicht lange unbemerkt bleiben.

Das Jophur-Schiff, das sich nur zwanzig Paktaar entfernt befand, drehte sofort, um den Erdenraumer vor Erreichen seines Ziels abzufangen.

Aber noch mehr Schiffe hielten sich hier auf.

Blaue Punkte stellten Erntemaschinen dar. Emerson erinnerte sich an Bilder von diesen Gefährten und erkannte auch die Segel wieder. Mittlerweile war die Hälfte des Konvois von den sich unfaßbar schnell ausdehnenden Protuberanzen verschluckt worden. Der Rest strebte nach Kräften dem alten T-Punkt zu.

Inmitten dieses Verbands fielen vier gelbe Punkte auf, die versuchten, einigen der bedrängten Mechanoidenschiffe zu helfen. Dieser Vorgang wurde durch den abrupten Kurswechsel der *Streaker* unterbrochen.

Zwei der gelben Punkte setzten die Rettungsmaßnahmen fort,

flogen von einem Ernter zum nächsten, zogen den glitzernden Nukleus heraus und ließen die breiten Segel zurück, um in den Stürmen zu vergehen.

Der dritte gelbe Punkt flog dem Jophur-Schiff entgegen.

Der vierte steuerte den Erdenraumer an.

Alle in dem Raum hielten in ihrer Tätigkeit inne, als ein schrilles Krackeln aus den Lautsprechern ertönte. Auch wenn Emerson durch die Kopfverletzung sein Sprachzentrum verloren hatte, so funktionierten seine Ohren doch immer noch einwandfrei. Er hörte sofort, daß es sich bei diesen Tönen um keine der bekannten Galaktik-Sprachen handelte.

Die Laute klangen nervös und aggressiv.

Selbst die Niss-Einheit zuckte unter jeder neuen Äußerung zusammen. Die Delphine stöhnten, und Sara hielt sich die Ohren zu.

Aber Dr. Baskin stand ganz ruhig da und versuchte ihre Kameraden zu beruhigen. Und tatsächlich, wenig später konnten die Meeressäuger wieder lachen. Sara grinste, und die Linien der Niss-Maschine begradigten sich.

Der Raumfahrer wünschte, er hätte verstanden, was Gillian den anderen mitgeteilt hatte. Wie konnte man eine in Panik geratene Crew so leicht umstimmen? Aber ihre Worte waren ihm so fremd wie Wellensalat – oder wie das Krächzen aus den Lautsprechern.

Nun äußerte sich die Niss-Einheit und Emerson schloß, daß sie mit dem gelben Punkt zu kommunizieren versuchte. Dabei handelte es sich um eine dieser flüssigen Kugeln, mit denen die rätselhaften Wasserstoffatmer durchs All flogen. Emerson erinnerte sich daran, daß man sie in der Ausbildung dringend vor einer Kontaktaufnahme mit den unberechenbaren Zang gewarnt hatte. Selbst die Tymbrimi wurden plötzlich still und zurückhaltend, wenn die Sprache auf die Wasserstoffatmer kam.

Wenn diese Zang die *Streaker* als Bedrohung betrachteten oder wenn sie gerade schlechte Laune hatten, fielen die Überlebenschancen der Besatzung auf Null.

Bald offenbarten die Strahlen der weitreichenden Sensoren das

Gesicht des Unbekannten. Ein vage kugelförmiges Objekt war zu erkennen, dessen Seiten sich wellenförmig wie Wasser bewegten. Emerson erinnerte das an einen Wackelpudding während eines Erdbebens oder an eine Seifenblase, die von heißer Luft umwabert wurde.

Eine kleinere Blase löste sich von diesem Gebilde, trieb ein Stück davon weg und flog dann längsseits.

Und explodierte einen Moment später.

Ein Feuerball entstand, aus dem sich ein nadeldünner Strahl direkt auf die *Streaker* zubewegte.

Überall auf dem Schiff schrillten Warnsirenen. Auf der Sternenkarte konnte man nun eine feine Linie beobachten, die rasch ein Gebiet von der Größe des Erdorbits durchquerte. Emerson hatte eine solche Waffe noch nie gesehen.

Er bereitete sich darauf vor, im nächsten Moment in seine Atome aufgelöst zu werden …

… und atmete erst wieder aus, als der Strahl dicht am Bug des Raumers vorbeifuhr.

* Glück gehabt, oder nicht
  * Taten besser als Worte
    * Nur Warnschuß diesmal.

Während Emerson versuchte, einen Sinn in dieses Haiku zu bekommen, öffnete sich die Tür zur Brücke, und drei Gestalten kamen herein.

Der erste war ein großer zotteliger Zweibeiner mit einem Rückgrat voller Spitzen und einem Kehlsack. Zwei bleiche Vierbeiner mit großen runden Köpfen und Chamäleonaugen, die in alle Richtungen gleichzeitig zu blicken schienen, folgten ihm.

Der Raumfahrer wußte, daß sich Hoon und Glaver an Bord aufhielten, und maß so ihrem Erscheinen wenig Bedeutung bei. Gillian und Sara fingen aber sofort an, miteinander zu tuscheln.

Die Mathematikerin preßte danach die Lippen fest zusammen,

und Emerson verstand. Nur ein Ausweg blieb dem Schiff noch. Der funktionierende T-Punkt stand nicht mehr zur Debatte. Die *Streaker* würde ihn niemals vor den Jophur erreichen können. Auch eine Flucht in die Weiten des Alls schied aus, denn die *Polkjhy* besaß die stärkeren Triebwerke und würde den Raumer über kurz oder lang einholen.

Die Zang brauchten sich gar nicht mehr die Mühe zu machen, das Erdenschiff zu beschießen. Wenn sie den Raumer ignorierten, würden die blöden Sauerstoffatmer ihren Streit schon untereinander lösen.

Vielleicht waren die Zang zu genau diesem Schluß gelangt. Sonst hätten sie dem Warnschuß ein paar gezielte Treffer folgen lassen. Doch dann geschah etwas, das all diese Gedanken aus Emersons Kopf verbannte.

Das Niss-Hologramm schob sich vor die Neuankömmlinge. Die Glaver muhten ängstlich und zogen sich vor der Erscheinung zurück. Aber die Einheit gab nun genau die Laute von sich, die gerade eben aus den Lautsprechern gekommen waren.

Die Kuhwesen glotzten und wiegten sich. Emerson erkannte, daß sie genauso erschrocken waren wie er vorhin. Aber die Geräusche schienen etwas bei ihnen auszulösen, denn nach einer Weile antworteten sie in ihrer eigenen Sprache darauf. Zögernd und leise zuerst, doch dann mit immer kräftigeren Stimmen.

Nun staunte die Besatzung. Der Waffenmeister, ein kräftiger Delphin mit gefleckten Flanken, marschierte mit seinem sechsbeinigen Gehapparat auf die Glaver zu und hätte sie wohl auch erreicht, wenn Gillian ihn nicht zurückgehalten hätte. Die Kapitänin schien ganz und gar fasziniert zu sein.

Sara klatschte in die Hände und stieß einen lauten, befriedigten Ruf aus, als habe sie mit genau diesem Ergebnis gerechnet.

Auf dem Gesicht des jungen Hoon breitete sich langsam Erkenntnis aus, und ein Satz entfuhr seinem Kehlsack, von dem Emerson ein Wort verstehen konnte.

»... die Legende ...«

Aber er wußte kaum etwas damit anzufangen. Wenn er sich nur stark genug konzentrieren könnte. Eine Antwort schien in Reichweite zu sein und entzog sich ihm doch immer wieder.

Neues Katzenjammern wurde von den Zang ausgesandt, und wieder bildete sich an der Kugel eine Ausbuchtung, die sich von der Blase löste und wütend aufflammte.

Die Glaver muhten lauter. Emerson hatte solche Wesen auf Jijo gesehen und sie für einfältige Tiere gehalten. Doch diese hier hatten plötzlich ein Licht in den Augen stehen, als erinnerten sie sich einer lang zurückliegenden Tat, die nun ihrem Ende zugeführt werden mußte.

Die Geräusche von den Wasserstoffatmern vermischten sich mit denen der Vierbeiner. Währenddessen trieb die neue Blase längsseits und glühte immer bedrohlicher.

Kaum vorstellbar, daß es sich bei ihr wieder nur um einen Warnschuß handelte.

Rety

»Ist wohl doch nicht so einfach, wie ich dachte, diese Transferpunkte zu benutzen.«

Rety wollte Frieden schließen. Ein seltenes Eingeständnis, daß sie einen Fehler gemacht hatte. Aber so einfach ließ Dwer sie nicht davonkommen.

»Ich kann nicht fassen, daß du geglaubt hast, ein paar Wilde könnten so mir nichts, dir nichts wie Sternengötter durch das Universum sausen. *Das* war dein Plan? Ein Schiffswrack, an dem noch Seetang klebt, vom Schrottplatz im Großen Mitten zu stehlen und sich gut festzuhalten, bis wir mitsamt dem Raumschiff in *ein Loch im Weltall fallen?«*

Diesmal verkniff sich Rety eine bissige Antwort. Sicher, sie hatte Dwer nicht aufgefordert, sie an Bord des erbeuteten Raumers zu begleiten. Außerdem kamen von seiner Seite auch nicht gerade irgendwelche brillanten Vorschläge, was man mit einem Millionen von Jahren alten Wrack anfangen konnte, das kaum die Luft zum Atmen halten, geschweige denn fliegen konnte.

Dennoch verstand sie, warum er sich ärgerte. Im Angesicht des Todes war es zu erwarten, daß der Hangmensch etwas gereizt reagierte.

»Als Besh und Rann darüber gesprochen haben, klang es ganz einfach. Man zielt einfach mit dem Schiff so darauf, daß ...«

Dwer schnaubte verächtlich. »Da hast du dir aber ganz schön was vorgenommen, Rety. Auf einen Transferpunkt *zielen?* Hast du mal darüber nachgedacht, wie viele Generationen es unsere Vorfahren gekostet hat, das zu lernen? Und *wir* sollen dieses Kunststück in einer Midura oder zwei hinkriegen?«

Diesmal blieb Rety eine Antwort erspart. Der kleine Yee schlängelte seinen langen Hals aus ihrer Gürteltasche und knabberte an Dwers Arm.

»He!« rief er und zuckte zurück.

»Sieh«, lispelte der kleine Ursmann, »nix gut komm davon, wenn ihr euch zank. Zeit lieber nutz zu lern. Oder mecker bis sterb.«

Dwer rieb sich einen dreieckigen Striemen und starrte das kleine Männchen an. Aber Yees Zähne waren nicht in die Haut eingedrungen. Jeder Einwohner von Jijo wußte genug über Yeebisse, um eine Warnung zu erkennen.

»Also gut«, sagte er zu Rety. »Du bist hier der Lehrling und willst Sternengöttin werden. Bring diesen selbstzufriedenen Computer dazu, uns zu retten.«

Rety seufzte. Zu Hause in der Wildnis war es Dwer gewesen, der für alles eine Lösung hatte und niemals aufgab. So hatte er ihr besser gefallen – besser als jetzt, eingeschüchtert von der unwesentlichen Tatsache, daß sie in einem Metallsarg festsaßen und flammendem Tod und Verderben entgegenrasten. *Ich hoffe, das bedeutet nicht, daß ich ihn jetzt den ganzen Weg durchs All be-*

muttern muß, bis wir eine zivilisierte Welt erreichen. Wenn wir alles überstanden haben – und in unseren schönen Wohnungen sitzen mit Sklavenmaschinen, die uns jeden Wunsch erfüllen –, dann schuldet er mir aber noch was!

Rety hockte sich vor die kleine schwarze Kiste, die Gillian Baskin ihr an Bord der *Streaker* gegeben hatte: ein Lerncomputer, der für junge menschliche Kinder programmiert war. Den vorgesehenen Zweck erfüllte er recht gut: nämlich einem ungehobelten Mädchen aus der Wildnis von Jijo die Grundlagen der modernen Gesellschaft zu erklären. Es hatte sie selbst am meisten überrascht, aber sie hatte sogar etwas lesen und schreiben gelernt. Doch wenn es darum ging, ihnen Anweisungen zu geben, wie man ein Raumschiff fliegt … nun, da schien der Kasten überfordert zu sein oder nicht mehr mitspielen zu wollen.

»Lehrer«, begann sie.

Ein kleines, würfelförmiges Hologramm erschien oberhalb des Kastens und zeigte das rundliche Gesicht eines Mannes mit einem dünnen Schnurrbart und einem fröhlichen Lächeln.

»Hallo, da sind wir ja wieder! Immer noch guter Dinge? Hast du die Spiele ausprobiert, die ich dir beigebracht habe? Denk daran, es ist wichtig, immer beschäftigt und fleißig zu sein und positiv zu denken, bis Hilfe kommt.«

Rety trat mit dem rechten Fuß nach dem Bild, traf jedoch nur leere Luft.

»Hör jetzt zu, du Schlaumeier. Ich hab doch schon gesagt, daß niemand uns zu Hilfe kommen wird, selbst wenn du ein Notsignal aussenden könntest, was ich bezweifle, da die Delphine nur die Teile repariert haben, die notwendig sind, damit dieser Pott fliegt.«

Die vorgespiegelten Lippen des Hologramms verzogen sich ärgerlich, um Mißbilligung auszudrücken.

»Nun, das ist aber kein Grund, pessimistisch zu werden. Denk daran, immer wenn man einen schwierigen Punkt erreicht, ist es viel besser, einen Weg zu finden, wie man die Risiken in Chancen verwandeln könnte! Also, warum können wir nicht …«

»Warum kommen wir nicht noch mal darauf zurück, wie wir dieses Stück Schrott hier *steuern«*, unterbrach Rety die Maschine. »Ich hab dich schon mal darum gebeten, mir beizubringen, wie man es durch die T-Punkte da vorne manövriert. Laß uns da weitermachen.«

Der Lehrer runzelte die Stirn.

»Wie ich bereits sagte, Rety, dieses Schiff ist momentan in keinem Zustand, um einen Transfer durch den Hyperraum zu wagen. Es gibt kaum Navigationssysteme, und die vorhandenen sind nicht in der Lage, den Verbindungspunkt auf Informationen über den Zustand der Transferstrecke zu durchleuchten. Das Getriebe klemmt, und so kann man entweder volle Fahrt voraus oder gar nicht fahren. Der Antrieb kann auch völlig ausfallen, wenn wir ihn das nächste Mal hochfahren. Und der Überwachungscomputer ist bis auf Gedankenlevel sechs degeneriert. Das liegt unterhalb der Grenze dessen, was man normalerweise benötigt, um eine Flugbahn durch einen Tunnel im Hyperraum zu berechnen. All dies bedeutet, daß ein Anpeilen des Transferpunktes überhaupt nicht in Frage kommt.«

»Aber wir können nirgendwo sonst hin. Bevor uns das Jophur-Schlachtschiff losgelassen hat, hat es uns in diese Richtung geschleppt. Du hast bereits festgestellt, daß wir nicht genug Saft haben, um uns rechtzeitig loszureißen. Also haben wir nichts zu verlieren, wenn wir es versuchen.«

Der Lehrer schüttelte seinen virtuellen Kopf.

»Der normale Verstand sagt uns, daß jegliches Manöver unsererseits es lediglich Eltern/Freunden/Verwandten schwerer machen würde, uns zu finden …«

Jetzt explodierte Rety.

»Wie oft muß ich es dir noch sagen? Keiner wird uns suchen. Niemand weiß, daß wir hier sind. Und es interessiert auch keinen, wo wir sind. Und wenn es jemanden interessierte, so könnten sie uns doch nicht erreichen!«

Das Lehrerbild schaute verdutzt drein. Sein Blick wandte sich an Dwer, der mit seinem Dreitagebart etwas erwachsener aussah. Das machte Rety natürlich noch wütender.

»Sir, ist das wahr? Es ist keine Hilfe in Reichweite?«

Dwer nickte. Obwohl er ebenfalls einige Zeit an Bord der *Streaker* verbracht hatte, fiel es ihm immer noch schwer, mit einem Geist zu sprechen.

»Nun gut«, antwortete der Tutor. *»Dann gibt es wirklich nur noch eine Möglichkeit.«*

Rety atmete auf. Endlich wandte sich das unheimliche Ding den praktischen Fragen zu.

»Ich muß mich zurückziehen und noch einmal mit dem Bordcomputer reden, egal, in welchem Zustand er ist. Ich bin für solche Aufgaben nicht konstruiert oder programmiert, aber es ist von höchster Wichtigkeit, alles zu versuchen«

»Genau!« murmelte Rety.

»In der Tat. Irgendwie müssen wir einen Weg finden, die Kommunikationssysteme aufzurüsten und dann einen stärkeren Hilferuf aussenden!«

Rety sprang auf.

»Was? Hast du nicht verstanden, du Rostlaube? Ich habe doch gerade gesagt ...«

»Macht euch, während ich weg bin, keine Sorgen. Seid tapfer. Ich bin so schnell wie möglich zurück!«

Mit diesen Worten verschwand der kleine Würfel, und Rety blieb schwankend, frustriert und wütend zurück.

Daß Dwer in schallendes Gelächter ausbrach, machte die Sache auch nicht gerade besser. Er prustete und schnaufte und hörte sich dabei an wie ein Urs. Da nichts Komisches passiert war, schloß Rety, daß er aus purer Gehässigkeit lachte. Oder es war vielleicht ein weiteres Beispiel für diese sogenannte *Ironie*, die die Leute manchmal erwähnten, wenn sie eine Entschuldigung für ihr dämliches Verhalten suchten.

Wenn du nicht den Mund hältst, Dwer, dann werde ich dir etwas Ironie in deinen blöden Schädel prügeln.

Aber er war größer und stärker ... Und er hatte ihr innerhalb der letzten drei Monate mindestens dreimal das Leben gerettet. Deshalb ballte Rety nur die Fäuste und wartete, bis er endlich aufhörte zu glucksen und sich die Lachtränen aus dem Gesicht wischte.

Eine ganze Weile schwieg der Lehrer, und auf sich selbst gestellt hatten die beiden menschlichen Schiffbrüchigen keine Möglichkeit, die Raumfähre zu steuern.

Es *gab* zwar provisorische Steuergeräte, die die Delphin-Crew der *Streaker* installiert hatte, als sie das uralte Buyur-Wrack aus dem Haufen rostender Schiffe am Meeresgrund von Jijo wieder aktiviert hatten. Rätselhafte Kisten waren durch Kabel mit den Kontrollkreisläufen verbunden worden. Sie führten das Programm aus, das dieses Schiff mit einem ganzen Schwarm anderer Köder in den Himmel schoß, um den Ausbruch der *Streaker* zu tarnen. Aber da die Delphine natürlich nicht mit blinden Passagieren gerechnet hatten, gab es nur wenige Knöpfe und Schalter. Ohne den Tutor hatten die beiden keine Möglichkeit, das Raumschiff von seiner gegenwärtigen, unkontrollierten Flugbahn abzubringen.

Da sie nichts Besseres zu tun hatten, gingen Rety und Dwer nach vorne und sahen aus den Bogenfenstern, die eine halbe Million Jahre lang im Großen Mitten Rost angesetzt hatten. Gemeinsam hielten sie Ausschau nach diesem geheimnisvollen Punkt, nach dem »sich drehenden Loch im All«, das die Illegalen auf Jijo nur noch aus Sagen aus den alten Tagen kannten – das mächtige Tor, das jedes Schleichschiff passieren mußte, das eine neue Welle Flüchtlinge/Siedler auf einen verbotenen Planeten in einer brachliegenden Galaxie brachte.

Zunächst sah Rety nichts Besonderes in dem funkelnden Sternenhimmel. Dann deutete Dwer auf etwas.

»Da drüben, siehst du? Der *Frosch* ist ganz aus seiner normalen Form gebogen.«

Rety war bei einem primitiven Stamm in einer schmuddeligen,

rauhen Gegend aufgewachsen, wo es nicht einmal die bescheidenen Annehmlichkeiten von Dwers Heimat, dem Hang, gab. Sie lebten in grobgezimmerten Hütten, und nur ihre Lagerfeuer boten nachts Wärme und Licht, so daß sie die Sternzeichen jede Nacht über sich hatten. Aber während ihre Verwandten sich kunstvolle Jagdgeschichten über die glitzernden Muster ausdachten, lag Retys einziges Interesse darin, die praktische Bedeutung der Sterne als Kompaß zu erlernen, damit sie ihr den Weg nach Westen zeigen konnten, wenn sie eines Tages endlich ihren armseligen Stamm verlassen würde.

Andererseits war Dwer Oberpfadfinder der Gemeinschaft von Jijo und darin ausgebildet, jeden Fleck am Himmel zu kennen. Die Sechs Rassen erwarteten schon immer Entdeckung und Verderben von dort oben. Es würde Dwer also auffallen, wenn etwas nicht stimmte.

»Ich sehe nichts ...« Sie spähte in Richtung der Gruppe glitzernder Pünktchen, auf die er zeigte. »Oh. Einige davon ... sie klumpen sich zu einem Kreis zusammen und ...«

»Und in der Mitte ist nichts«, beendete er ihren Satz. »Gar nichts.«

Eine Weile schauten sie schweigend nach draußen. Für Rety sah die ovale Schwärze aus wie das offene Maul eines Raubtieres, das schnell auf sie zukam, um das Raumschiff mit allem, was darin war, zu verschlingen.

»Es sieht so aus, als ob die Sterne um das Loch herum zerfließen«, fügte sie hinzu.

Dwer nickte und ließ ein hoonsches Grummeln hören.

»Hr-rm. Meine Schwester hat das mal eine Art Biegung im Universum genannt, wo der Raum sich zu einem Knoten zusammenzieht.«

Rety schauderte.

»Raum ist *Leere*, Dummchen. Das hab ich bei den Daniks in der unterirdischen Station gelernt. Uns wird schon nichts zusammenziehen.«

»Gut. Dann erkläre *du* mir mal, in was wir da gleich hineinrasen.«

Der kleine Yee ließ sich dazu herab, zu ihnen zu sprechen.

»Nix schwer, das erklär, groß Erdmann.
Was sein Leben?
Kriech aus ein Loch in nächst und dann in noch eins.
So sein besser. Kriech rein. Yee wird riech Bau.
Gut Bau sein größt Glück.«

Dwer warf dem Ursmann einen säuerlichen Blick zu, aber Rety lächelte und streichelte Yees winziges Köpfchen.

»Du sagst es, mein Gatte. Wir werden glatt wie eine Ölsardine durch dieses Ding durchflutschen und auf der Hauptspirale von Galaxis Eins herauskommen, wo die Lichter hell sind und der Verkehr so dicht wie ein Biberpelz. Dort, wo die Sterne so nah zusammenstehen, daß sie einander Geschichten erzählen, und jeder so reich ist, daß sie Computer brauchen, um ihre Computer zu zählen.

Solche Leute brauchen jemanden wie uns, Dwer«, versicherte das Mädchen. »Sie sind nachgiebig, während wir hart im Nehmen und risikofreudig sind! Wir werden Jobs annehmen, für die die Sternengötter zu zimperlich sind – und wir werden mehr Geld verdienen, als deine ganze Gemeinschaft von Jijo wert ist. Bald sind wir fein raus, wart's nur ab. Du wirst den Tag noch segnen, an dem du mich kennengelernt hast.«

Dwer starrte sie an. Dann stahl sich gegen seinen Willen ein Grinsen auf sein Gesicht. Und diesmal war es ein freundliches Lächeln.

»Jetzt mal im Ernst, Rety. Ich würde wirklich lieber nach Hause gehen und ein paar Dinge erledigen, die ich versprochen habe. Aber da das ja jetzt wohl nichts mehr wird …« Er sah zu dem schwarzen Kreis, der vor ihnen lag. Sie hatten zusehen können, wie er größer und größer wurde. »Vielleicht hast du recht. Wir werden einfach das Beste daraus machen. Irgendwie.«

Es war ihr klar, daß er bluffte. In Wirklichkeit war der Oberpfadfinder der Meinung, daß sie bald von Kräften zerfetzt würden, die ausreichten, um ganz Jijo in einem Moment zu zerstören.

Er sollte wirklich optimistischer sein, dachte sie bei sich. *Es wird sich schon etwas ergeben. So wie immer.*

Nun gab es nichts mehr zu tun, außer die verstreichenden Duras zu zählen und einander zu bestätigen, wie merkwürdig die Sterne sich zu strecken und zu verschwimmen schienen, je näher sie an das unheimliche Ding vor ihnen kamen. Als Retys »Tutor« endlich wieder oberhalb der schwarzen Kiste auftauchte, hatte sich die Größe des Transferpunktes verdoppelt, so daß er ein Viertel des Sichtfensters ausfüllte. Die Miene des kleinen Lehrers drückte Triumph aus.

»Geschafft!« jubelte er.

Rety blinzelte.

»Hast du etwa eine Möglichkeit gefunden, die Kiste hier zu steuern?«

»Etwas viel Besseres. Es ist mir gelungen, mehr Energie und Reichweite aus dem Kommunikationssystem herauszuholen.«

»Ja?« Dwer rückte etwas näher. »Und?«

»Und ich habe endlich eine Antwort bekommen!«

Die beiden Menschen sahen einander verwirrt an. Dann fing Rety an zu fluchen.

»Du hast uns hoffentlich nicht das verdammte Jophur-Schiff wieder auf den Hals gehetzt, oder?«

Das würde vielleicht der Besatzung der *Streaker* helfen. Aber sie hatte keinerlei Interesse daran, wieder den Köder zu spielen. Lieber wollte das Mädchen das Risiko des Transferpunktes eingehen, als sich den stinkenden Wulstbergen zu ergeben.

»Das Schlachtschiff ist außerhalb unserer Reichweite und fliegt auf den riesigen roten Stern zu. Dort sind auch noch einige andere mächtige Schiffe, die energieintensive Aktivitäten aufrechterhalten, welche ich nicht genau erkennen kann.

Die Retter, die ich meine, kommen aus einer ganz anderen Richtung.«

Der Lehrer legte eine Pause ein.

»Sprich weiter«, drängte Dwer ihn mißtrauisch.

»Die Aktivscanner waren zuerst noch holprig und schwer zu bedienen. Aber dann hab' ich sie doch flottbekommen. Da habe ich ganz in unserer Nähe mehrere Raumschiffe gesehen, die ebenfalls in Richtung des Transferpunktes fliehen, genauso wie wir! Mit einer weiteren Kraftanstrengung ist es mir gelungen, das am nächsten fliegende auf uns aufmerksam zu machen ... worauf es seinen Kurs etwas veränderte und nun auf uns zufliegt!«

Rety und Dwer stolperten beinahe übereinander in ihrer Eile, die hinteren Sichtfenster zu erreichen. Sie starrten eine ganze Weile nach draußen, aber selbst mit Hilfe des Tutors konnte Rety zunächst außer der riesigen roten Sonne nichts erkennen. Selbst aus dieser Entfernung war sie noch größer als der Nagel ihres Daumens, wenn sie den Arm von sich wegstreckte. Und Izmunutis wütende Eruptionen schossen wie glühende Fangarme weit ins All hinaus.

Dwer deutete auf etwas.

»Da. Drei Punkte oberhalb von der roten Sonne und zwei Punkte nach links. Es ist nicht zu übersehen.«

Rety versuchte, dort etwas zu erkennen, fand es aber trotz allem schwierig, eine Veränderung auszumachen. Die Sterne strahlten hell ...

Einige bewegten sich im Gleichklang wie ein Vogelschwarm. Erst flatterten sie etwas nach links, dann ein wenig nach rechts, aber immer gemeinsam, gerade so, als ob ein Teil des Himmels herumrutschte und nicht stillhalten konnte.

Dann endlich erkannte sie es – die Sterne, die in Bewegung waren, bildeten eine Raute.

»Das sind keine echten Sterne ...«, flüsterte sie.

»Es sind Reflexionen«, beendete Dwer ihren Satz. »Wie von einem Spiegel. Aber wie ist das möglich?«

Der Lehrer war überglücklich, ihnen etwas Grundlegendes erklären zu dürfen.

»Das Bild, das ihr da seht, wird von einem riesigen Reflektor- und Energiebündler erzeugt. In Galaktik Sieben sagt man dazu ntove tunictun. *Oder in Erdler-Sprache – ein Sonnensegel.*

Die Methode wird hauptsächlich von Wesen angewendet, die Zeit als weniger bedeutend wahrnehmen als die sauerstoffatmenden Lebensformen. Aber im Moment benutzen sie obendrein noch eine Gravitationsmaschine, um den Prozeß zu beschleunigen und dem unerwarteten Chaos in diesem Sonnensystem zu entkommen. Bei dieser Pseudogeschwindigkeit sollte es dem Schiff durchaus möglich sein, uns aufzulesen, sich dann optimal für das Manöver durch den Transferpunkt zu positionieren und dabei seinen Kurs zu halten.«

Dwer hob die Hände.

»He! Hast du gesagt, daß die Kreaturen, die dieses Ding fliegen, keinen Sauerstoff atmen? Meinst du damit, daß sie nicht einmal in unsere, ähem ...«

»Zivilisation der Fünf Galaxien gehören? Nein, Sir, das tun sie nicht. Das sind Maschinen *mit einer ganz eigenen Weltraumkultur, so ganz anders als ich selbst oder die Roboter-Soldaten an Bord des Jophur-Schiffs. Sie sind ziemlich merkwürdig. Trotzdem scheinen sie damit einverstanden zu sein, uns durch den Transferpunkt mitzunehmen. Das ist immerhin besser als die Situation, in der wir uns noch vor kurzem befunden haben.«*

Rety betrachtete unbehaglich das »Segel«. Bald erkannte sie eine flimmernde Ansammlung komplexer Strukturen genau im Zentrum der glatten, spiegelnden Fläche. Der T-Punkt wuchs auf einer Seite und das Raumschiff der Maschinen auf der anderen, und sie konnte sich des Gefühls nicht erwehren, daß sie hier die Wahl hatten zwischen erschossen oder erhängt werden.

»Dieses Ding ...«, begann sie mit trockenem Mund, »also dieses Ding, das uns *retten* soll. Weißt du, was es hier gemacht hat, bevor Izmunuti explodiert ist?«

»Es ist zwar selten einfach, andere Lebensformen zu verstehen,« antwortete der Lehrer, *»aber diesmal fällt die Antwort leicht. Wir haben es hier mit einer Klasse von Apparaten zu tun, die man* Ern-

ter *nennt. Diese Maschinen sammeln alle möglichen Rohstoffe, um sie bei verschiedenen Bau- und Konstruktionsprojekten zu verwenden. Wahrscheinlich haben sie, als der Sturm aufkam, gerade mit Hilfe des Segels Metallatome aus dem kräftigen Sternenwind gesammelt. Aber wenn sich die Gelegenheit bietet, liest ein Ernter das gesuchte Material auch aus jeder anderen Quelle auf, sei sie zerstückelt oder zusammengesetzt ...«*

Die künstliche Stimme verlor sich, und der Tutor riß die Augen auf. Es entstand eine Pause, die mehrere Duras dauerte.

»Aus jeder anderen Quelle«, wiederholte Dwer leise die Formulierung.

»Wie zum Beispiel einem verlassenen Schiff, das durch das Weltall treibt?«

Rety fühlte sich wie betäubt.

Der Lehrer sagte nicht »Ups«.

Nicht ganz.

Das war auch nicht nötig.

Zwei junge Menschen sahen hilflos zu, wie Klauen, Greifarme und sensenartige Klingen ausgefahren wurden, während ein starkes Magnetfeld ihr Schiff einfing und in eine dunkle Öffnung im Zentrum der großen Lichtfläche zog.

Lark

Irgend etwas ging hier vor sich.

Das Deck bebte und vibrierte. Durch die gepolsterten Wände drangen dumpfe Schläge, was ihn zunächst verwirrte.

Dann fiel Lark wieder ein, wann er solche Geräusche schon einmal gehört hatte: kurz nachdem Ling und er gefangengenommen worden waren, als die Sechs Rassen von Jijo ihre Peiniger durch einen Angriff mit primitiven Raketen verblüfft hatten.

Auf einem Bildschirm hatte er beobachten können, wie mit

Sprengstoff gefüllte Baumstümpfe den Himmel oberhalb des Hangs in ein flammendes Inferno verwandelten. Die besten Handwerker der Sechs Rassen hatten Hunderte Geschosse hergestellt, die nun zur Rache an den Eindringlingen eingesetzt wurden. Der Jungweise erinnerte sich daran, wie er gebetet hatte, daß einige der Feuerbälle ihr Ziel träfen – und damit sein eigenes Leben und das der vielen widerwärtigen Jophur an Bord des Raumschiffs beendeten.

Kurz darauf ertönte dieses gedämpfte Grollen.

»Die Abwehrraketen.« Ling hatte das Geräusch der Jophur-Waffen erkannt. Eine nach der anderen waren die so stolzen Geschosse der Eingeborenen verglüht, lange bevor sie ihr Ziel erreichten ... und Lark mußte sich an die Vorstellung gewöhnen, doch noch am Leben zu sein.

Die Erschütterungen, die das Schiff diesmal hin- und herwarfen, waren vielleicht zehnmal so stark.

Das hört sich aber ziemlich verzweifelt an. Gegen wen die fettigen Stapel wohl diesmal kämpfen?

Leider ließen seine Verfolger ihm keine Zeit, dieser Frage länger nachzugehen. Was immer sich da draußen im Weltall abspielte, die Jagdroboter setzten ihre unerbittliche und systematische Suche fort. Jeder Versuch, ihnen zu entkommen, wurde vereitelt, und man trieb ihn immer weiter nordwärts entlang der Achse des großen Kampfschiffs.

Zischende Jophur-Soldaten arbeiteten in Gruppen zu dreien oder noch mehr und vervollständigten den Suchtrupp. Und mehrmals hörte Lark auch eine *menschliche* Stimme, die Anweisungen brüllte, um bei der Jagd auf einen Artgenossen zu helfen.

Rann.

Larks Chancen waren sehr begrenzt. Da der Verräter an der Jagd teilnahm, wollte er es nicht noch einmal mit dem violetten Ring versuchen, zumal dessen Einsatzmöglichkeiten wahrscheinlich ohnehin ausgeschöpft waren. Also rannte er dorthin zurück, wo Ling und er ihre kleine Sabotage durchgeführt hatten. Sie hatten eine erbärmlich kleine Bombe mitten in das Nervenzentrum des Schiffes geworfen und waren anschließend durch Rauchwolken geflohen. Sie lachten triumphierend und spielten Räuber und Gendarm. Mit Hilfe des violetten Ringes konnten sie fast überall hin, und kein Gegner konnte sie ergreifen.

Zu dem Zeitpunkt war das natürlich kein Spaß gewesen. Aber verglichen mit dem Schlamassel, in dem Lark nun steckte, schien es ihm eine recht sorglose Zeit gewesen zu sein. Ein Fest.

Zu dieser Zeit zurückzukehren – dafür würde er alles geben. Sogar als er halbnackt wie Ungeziefer durch das fremde Raumschiff kroch, war er mit Ling an seiner Seite glücklich gewesen.

Es mußte schon mehr als ein Tag vergangen sein, seit er sich das letztemal ausgeruht hatte. An Nahrung konnte er sich nur noch dunkel erinnern, und er hatte auch keine Zeit mehr, unterwegs verschiedene Zimmer zu erkunden – nur die angespannte Wachsamkeit eines gehetzten Tieres blieb ihm, das verzweifelt versucht, das Unabwendbare hinauszuzögern.

Das merkwürdige Vibrieren verstärkte sich und wurde von anderen knallenden und krachenden Geräuschen in weiter Entfernung untermalt. Der beißende Geruch der Jophur-Gänge wurde von neuen Duftstoffen verstärkt, die aus der Lüftungsanlage drangen. Einige waren zu fremd oder komplex, als daß er sie hätte einordnen können, aber *Angst* und *Ekel* waren fast identisch mit den Traeki-Aromen, die er von Jijo kannte.

Irgend etwas machte der Mannschaft große Sorgen.

Ein mulmiges Gefühl in der Magengegend sagte Lark, daß die künstliche Schwerkraft innerhalb des Schlachtschiffes verändert wurde. Der Boden schien zu schwanken und dann unter seinen Füßen wegzusacken. Das ständige Brummen der Maschinen im Hintergrund wurde lauter und lauter. Lark war fast versucht, in das nächstbeste Zimmer zu schleichen und einen Bildschirm zu aktivieren, nur um herauszufinden, was eigentlich los war. Aber jeder Raum konnte zu einer Falle werden, jetzt, da ihm seine Verfolger so dicht auf den Fersen waren.

Einige Duras später spürte er ein nervöses Prickeln im Nacken, das ihn vor anrückenden Robotern warnte – eine hellseherische Sensibilität auf ihre Magnetfelder, die ihn bereits mehr als einmal gerettet hatte. Der Geruch sich nähernder Jophur-Soldaten beschleunigte seine Entscheidung.

Zurück in die andere Richtung!

Trotz seiner Erschöpfung beeilte er sich, eine der Rampen zu erreichen, die zum nächsten Stockwerk führten. Allerdings engte sich sein Bewegungsspielraum immer mehr ein, je weiter er nach Norden kam, und er besaß immer weniger Alternativen. Bald würden sie ihn in eine Ecke getrieben haben, aus der es kein Entrinnen mehr gab ...

Lark stolperte um eine Biegung, bremste scharf und stöhnte überrascht auf.

Nur ein paar Meter weiter rief Rann dem restlichen Trupp etwas zu. Der große Danik-Krieger brüllte in ein goldenes Armband an seinem Handgelenk. »Ich hab den Dreckskerl!«

Lark machte kehrt und floh in den einzigen Gang, der noch nicht vor Feinden zu wimmeln schien. Hinter ihm hörte er, wie Rann ins Gal Zwei wechselte – sinnvoller als einfache Englik-Flüche, wenn man mit Jophur kommunizieren wollte.

»An diesen Ort, kommt schnell und dringend. Ziel ist nah!«

Kurz dachte Lark daran, anzuhalten und Rann in einen Hinterhalt zu locken. Vielleicht war es besser, sich dem Rothenknecht zu stellen, als darauf zu warten, daß ein Schwarm Jophur und ihre Roboter auftauchten, die er unbewaffnet niemals besiegen konnte.

Aber dann entschied er sich doch für die Freiheit, auch wenn sie ihm nur für ein paar Augenblicke erhalten bliebe, und rannte den einzig verbleibenden schmalen Tunnel hinunter – wahrscheinlich führte er nirgendwo hin.

Genau wie er befürchtet hatte, hörte er jubelnde Schreie und wußte, daß er in der Falle saß. Keine vierzig Meter weiter endete der Weg in einer Sackgasse.

Er hielt an einer verschlossenen Tür und versuchte mit zitternden Händen, den violetten Ring an das Türschloß zu bringen. Ein weicher Nebel stieg daraus auf, aber entweder war der Wulst müde, oder die Jophur-Besatzung hatte ihre Lektion gelernt. Die Tür blieb erbarmungslos verschlossen.

Lark hörte einen Triumphschrei, als Rann ihn von der letzten Weggabelung aus erblickte. Aber der Danik wartete auf Verstärkung – die Jophur und ihre Maschinen –, bevor er näherkam.

Plötzlich hörte er von der anderen Seite einen leisen Widerhall und spürte schwelende Hitze. Er drehte sich um und trat von der Wand am Ende des Tunnels zurück. Die flache Mauer begann zu glühen und sich nach außen zu biegen. Eine Flüssigkeit tropfte von den Rändern eines grell blendenden Ovals, so daß er seine Augen mit beiden Händen abschirmen mußte. Lark würgte und erinnerte sich an den Geruch, den er von Besuchen bei der Gilde der Sprengmeister kannte: Wasserstoffschwefelgas.

Als das Oval nach innen wegkippte, erhaschte er einen Blick auf einen *weiteren* Gang dahinter, der in einem unheimlichen Licht glühte. Lark wollte fliehen, aber eine Welle heißer Dampfschwaden brandete gegen seinen Rücken und brachte ihn zu Fall. Seine Unterarme schlugen schmerzhaft auf dem Boden auf, und eine Woge kochend heißer Luft schwappte über seinen Kopf hinweg auf Rann und seine Freunde zu.

Im ersten Moment waren Larks Sinne so aufgewühlt, daß er sich wie betäubt fühlte. Er nahm nichts wahr außer Schmerz ... und der Tatsache, daß er noch am Leben war. Als es ihm gelang, die Augen zu öffnen, blinzelte er ungläubig.

In dem Gang, wo noch wenige Augenblicke zuvor seine Häscher hinter ihm her und ihrer Beute sicher gewesen waren, konnte er gerade noch sehen, wie der letzte von ihnen um die Ecke floh. Rann blickte sich mit angsterfüllten Augen um, und Jophur-Krieger wälzten ihre schweren Körper außer Sichtweite. Nur zwei Roboter blieben an der Weggabelung zurück und gingen in Abwehrhaltung, ohne jedoch zu feuern – gerade so, als ob ihnen das zuwider wäre.

Lark wußte zwar, daß er sich über alles freuen sollte, was seine Feinde in die Flucht schlug. Trotzdem war ihm nicht danach, sich umzudrehen und herauszufinden, was da erschienen war. *Ich bin mir ziemlich sicher, daß es mir nicht gefallen wird,* ging es ihm durch den Kopf.

Er lag noch immer auf dem Bauch, und langsam wurde der Geruch nach faulen Eiern, der sich von hinten über seinen Körper zog, überwältigend. Ein sanftes Licht schimmerte im Raum, und ein leises, flüsterndes Summen war zu hören.

Schließlich nahm Lark all seinen Mut zusammen, stützte sich mit seinem versengten Arm ab und rollte sich auf den Rücken.

Es stand ein paar Schritte hinter ihm, auf dieser Seite des Lochs, das in der Wand entstanden war. Eine glühende *Kugel* von etwa drei Metern Durchmesser, die kaum durch den Tunnel paßte. Obwohl sie die Farbe von Bronze hatte, schien der Eindringling zu *tropfen* und zu *plätschern,* während er sich weiter vorschob, eher einer Blase voll Flüssigkeit als einem Ballon ähnlich. Lark erinnerte sich an die lebenden Zellen, die er mit Hilfe seines geliebten Mikroskops betrachtet hatte, damals, als er und die anderen Weisen noch Muße gehabt hatten, zu forschen und das zu betreiben, was in der primitiven Welt des Hangs als Wissenschaft galt.

Eine lebende Zelle. Um ein Vielfaches größer als er selbst.

Und trotzdem wußte Lark plötzlich …

Das hier ist etwas ganz anderes als alle Lebensformen, die mir je begegnet sind.

Das Gebilde gab klatschende Geräusche von sich und kroch träge auf Lark zu. Es glitt über seinen Fuß, bahnte sich einen Weg nach oben und machte den Weisen bewegungslos. Dann spürte er, wie sich in seinen Knochen eine kühle Taubheit ausbreitete.

TEIL ZWEI

DIE ORDNUNGEN DES LEBENS

Viele Zeitalter lang, seit die gesegneten Progenitoren von uns gegangen sind, haben nachdenkliche Vertreter der Sauerstoffatmer sich die Frage nach der »Vielfalt« gestellt.
Wenn das Leben hier in den Fünf Verbundenen Galaxien den Normalfall darstellt und in so verschwenderischer Fülle auftritt, sollten wir dann nicht auch an anderen Orten Leben antreffen?
Astronomen haben bis heute siebenhundert Milliarden andere Galaxien gezählt, die in Spiral-, Oval- oder ungeordneter Haufenform den Kosmos bevölkern. Manche von ihnen sind sogar größer als unsere Galaxis Eins. Es widerspräche doch jeglicher Logik, wenn wir die einzige Region im Universum wären, die Sapienz hervorgebracht hätte.
Was für eine Verschwendung von Potential, wenn dem wirklich so wäre.
Natürlich denken nicht alle so. Unter den vielen sozialen oder religiösen Allianzen, die unsere Religion ausmachen, finden sich genügend, die behaupten, wir seien einzigartig; denn jede andere Annahme würde die ultimative Größe der Progenitoren verhöhnen.
Andere sehen in den Milliarden anscheinend leerer Galaxien die Himmelreiche, zu denen sich die erhabenen Transzendenten zurückziehen. Erst dort seien sie in der Lage, den langen Prozeß der Selbstperfektionierung abzuschließen.
Wieder andere haben versucht, den Schleier mit wissenschaftlichen Instrumenten, wie zum Beispiel Teleskopen, zu durchdringen, und lange versucht, unsere schweigenden Nachbarn zu studieren.

Dabei sind einige Anomalien zutage getreten. Zum Beispiel senden einige Galaxien rhythmische Pulse von überragender Komplexität aus. Andere Galaxien hingegen wirken vollkommen ausgebrannt, als sei es dort zu einer unvorstellbaren Katastrophe gekommen, die jedes Planetensystem zur selben Zeit zerstört hatte.
Und doch bleiben alle gewonnenen Daten vieldeutig und lassen viele Interpretationsmöglichkeiten offen. In der Großen Bibliothek finden sich ungezählte Beispiele für die Diskussionen, die zu allen Zeiten darüber geführt worden sind.
Sind die anderen Galaxien auch durch Hyperraum-Transferpunkte miteinander verbunden, so wie das bei unseren Fünfen der Fall ist?
Unsere besten Berechnungen und Beobachtungen können darauf leider keine Antworten geben.

Von Zeit zu Zeit wird eine der jungen Rassen ungeduldig und stellt den Alten diese Fragen. Die Alten sind eine Rasse von Weisen, die die Raumfahrt aufgegeben haben, um ihre Seelen innerhalb der Gezeiten weiterzuentwickeln und so die nächste Stufe des Daseins zu erreichen.
Je nachdem, wie die Alten gerade gelaunt sind, ignorieren sie solche Anfragen entweder völlig oder geben frustrierend vieldeutige Antworten.
Wir sind allein, erklärt die eine Gruppe dieser Weisen.
Nein, sind wir nicht, entgegnet eine zweite. Die anderen Galaxien sind genauso beschaffen wie die unseren, und dort wimmelt es ebenso von sapienten Rassen, die es als ihre heilige Pflicht betrachten, anderen den Großen Schub zu verleihen – um sich dann nach einer Weile der Transzendenz zuzuwenden, so wie wir das hier tun.
Andere Gruppen der Alten behaupten, ganz neue Antworten darauf zu wissen. Daß zum Beispiel fast alle dieser Inseln im Universum zu einer Ordnung finden, sobald sich dort die erste raumfahrende Rasse entwickelt hat. Diese ziehen dann von einem Sternensystem zum nächsten, um die dortigen Lebensformen zu vernichten oder zu versklaven. Solchen Galaxien mangelt es an Vielfalt und Einsicht, wurden sie

doch nicht mit der Weisheit unserer Progenitoren gesegnet, als diese die ersten Glieder der Schubkette schmiedeten.
Alles falsch, erwidert eine vierte Gruppe unter den Alten. Die Einheit des Ziels, die wir in solchen Galaxien wahrnehmen, kann nur bedeuten, daß die dortigen Bewohner das große Einssein erreicht haben. Die höchste Stufe des Daseins, in der sich alle sapienten Wesen zu einem gigantischen Geist zusammengeschlossen haben.

Irgendwann ist dann schließlich allen klar geworden, daß diese einander widersprechenden Antworten nur zwei Dinge bedeuten können.
Entweder haben die Alten keine Ahnung, wovon sie eigentlich reden.
Oder man muß alle Antworten zusammenführen, um dadurch zu einer Grundlektion zu gelangen.
Und die lautet: Die anderen Galaxien gehen uns nichts an. Wir sollten uns auf unsere eigentliche Aufgabe beschränken, nämlich den jungen Rassen zur Seite zu stehen, die sich da bemühen, die miteinander ringen und die Erfahrung und Kraft sammeln, um die nächste Stufe zu erreichen.
Neue Antworten werden uns zuteil, wenn wir dereinst vor dem hellen Licht des großen Sensenmannes stehen.

Harry

Anscheinend war der E-Raum nicht der einzige Ort, an dem Ideen zu einem eigenen Leben erwachten. Bei seiner Rückkehr nach Kazzkark fand Harry die Kaserne in heller Aufregung vor. Merkwürdige Gerüchte breiteten sich wie eine Vireninvasion aus, sprangen von einem zum anderen und gediehen in dieser Atmosphäre des Tuschelns und der Nervosität prächtig.

Harry steuerte sein Scoutschiff zum Nordpol des Planetoiden, dockte im Hangar des Navigations-Instituts an und schaltete die Triebwerke aus. Jetzt wollte er nur noch ein paar Tage lang schlafen, ohne von Träumen geplagt zu werden. Doch kurz nachdem er ausgestiegen war und das Rückkehr-Protokoll über sich ergehen ließ, fand er sich schon inmitten der Gerüchteküche wieder.

»Angeblich soll die Abdanker-Allianz in mehrere Häretiker-Parteien zerfallen sein, die sich alle bis aufs Messer bekämpfen«, murmelte ein Handelsvertreter, der vor Harry in der Schlange stand. Wie immer ging es vor dem Schalter der Einwanderungsbehörde nur langsam voran. »Und die Liga der Klugerweise Neutralen Klans soll mobil gemacht und ihre Flotten unter dem Kommando der Pargi vereinigt haben.«

Der Neo-Schimpanse starrte den Mann – einen hageren Tourmuj mit hängender Haut, der nur aus Ellenbogen und Knien zu bestehen schien – erst lange an, ehe er entgegnete:

»Angeblich? Wer behauptet denn so etwas? Wo ist das gemeldet worden? Und wieviel ist da dran?«

»Gar nichts!« erklärte ein Oulomin-Diplomat entschieden. Er hatte bunte Kappen auf seine Tentakelenden gesetzt, um sich vor dem Pollenflug zu schützen. Der Mann, der direkt hinter Harry stand, drückte seinen Ärger über den Tourmuj mit einigen Strahlen orangefarbenen Speichels aus, die den Neo-Schimpansen nur knapp verfehlten.

»Ich habe aus absolut zuverlässiger Quelle erfahren«, fuhr der Diplomat fort, »daß die ehrwürdigen und allseits respektierten Pargi beabsichtigen, sich aus der Liga zurückzuziehen, weil ihnen das momentane allgegenwärtige Chaos zuwider ist. Deswegen wollen sie mit den Galaktischen Angelegenheiten nichts mehr zu tun haben. Diese lautere und vornehme Rasse wird sich in Kürze aufs gesegnete Altenteil zurückziehen und sich zu ihren uralten Patronen begeben, die sich längst in der glücklichen Umarmung der Gezeiten befinden. Nur ein geistig zurückgebliebener Volltrottel kann etwas anderes behaupten.«

Harry wunderte sich, solche Äußerungen aus dem Munde eines Diplomaten zu hören.

Eine solche Zurechtweisung ließ der Tourmuj sich natürlich nicht gefallen. Der Handelsvertreter faltete seine langen Beine und die beiden Armpaare so rasch auseinander, daß er mit dem Kopf an die Decke stieß. Beschämt und vor Schmerz stöhnend zog der Mann sich dann rasch zurück und gab seinen Platz in der Schlange auf.

Das fängt ja gut an, dachte Harry bitter und warf einen Blick auf den hinter ihm stehenden Diplomaten, der offensichtlich Erfahrung darin besaß, wie man schneller vorankam. *Fang jetzt bloß nicht mit mir an. Ich mache dir nicht Platz, auch wenn du mich Bananenfresser schimpfst.*

Der Botschaftsangehörige schien das zu spüren, winkte mit zwei Tentakeln, um seinen guten Willen zu demonstrieren, und bewegte sich dann schweigend und zusammen mit Harry einen Platz weiter.

Harry nahm seine tragbare Dateneinheit heraus, fuhr mit leichtem Finger über die Knöpfe und erhielt rasch Zugang zur Bibliothekseinheit des Planetoiden. Die Bibliothek war ausgezeichnet bestückt, was angesichts der vielen Institutsniederlassungen auf Kazzkark nicht verwundern konnte.

Er versorgte sich mit den neuesten Nachrichten. Der Masterindex gab an, nichts über ein Schisma im Abdanker-System zu wissen. Und auch die Pargi beteiligten sich immer noch rege in allen galaktischen Gremien. Sie hatten sogar kürzlich einen Aufruf an alle militanten Gruppen erlassen, die Waffen ruhen zu lassen und die momentane Krise durch Meditation zu lösen.

Hatten denn beide Gerüchteverbreiter gesponnen? Zu anderen Zeiten hätte Harry keinen Moment an den Auskünften des Masterindex gezweifelt. In den Fünf Galaxien erzählte man sich, daß etwas erst geschehen sei, sobald es seinen Eintrag in der Großen Bibliothek gefunden habe. Ein Planet mochte vor den Augen mehrerer Zuschauer zerplatzen, er galt erst dann als vernichtet, wenn man die entsprechende Information aus der Bibliothek auf den Schirm rufen konnte.

Aber gegenwärtig herrschten keine normalen Zeiten.

Während der Neo-Schimpanse dem Schalter immer näher kam, hörte er, wie eine Talpu'ur-Samenhändlerin sich bei einem Guldingar-Pilger darüber beschwerte, wie viele übelkeiterregende Straßenverdrehungen sie beim Flug von Galaxis Drei zu erleiden gehabt habe. Harry hatte einige Mühe, ihrer Aussprache zu folgen – das Wesen rieb die Flügel an den Seiten und erzeugte damit Synkopenrascheln –, doch allem Anschein nach hatten mehrere traditionelle Transferpunkte ihr Oszillationsmuster verändert und infolge davon ihren Zusammenhalt verloren oder sich ganz aus dem Transportsystem verabschiedet.

Der schlanke, spinnenartige Guldingar antwortete ihr durch einen Metallkasten, den er sich ans Bein gebunden hatte.

»Diese Erklärungen kommen mir doch recht dubios vor. Meiner Ansicht nach sind das nur Entschuldigungen, die die großen Mächte vorbringen, weil sie wichtige Hyperraumverbindungen unter ihre Kontrolle bringen und monopolisieren wollen. Wozu, können Sie sich ja denken, meine Liebe.«

Harry runzelte die Stirn und machte sich jetzt solche Sorgen, daß ihm das Fell unter der Uniform zu jucken begann. Wenn tatsächlich an den T-Punkten herummanipuliert wurde, mußte das Navigations-Institut doch darüber Bescheid wissen. Wieder befragte er den Datenträger und erhielt erneut keine Bestätigung – nur Staumeldungen und Umleitungsempfehlungen.

Wer'Q'quinn wird mich sicher aufklären können. Wenn jemand weiß, was gespielt wird, dann der alte Schlangenmann.

Der Neo-Schimpanse hätte gern etwas über die Belagerung Terras erfahren, aber darüber schien keiner der Ohrenbläser etwas zu sagen zu haben. Als er vor Wochen in den E-Raum abgereist war, hatte man die Schlinge um die Erde und die Kanaan-Kolonien gerade enger gezogen. Alle Unterstützung durch die Tymbrimi und die Thennanianer hatte wenig genutzt, denn zum ersten Male verzichtete ungefähr ein Dutzend der fanatischen Allianzen darauf, sich gegenseitig zu bekriegen, und hatte seine Flotten vereinigt, um die Erde in den Würgegriff zu nehmen und erst einmal von aller Kommunikation und allem Handel abzuschneiden.

Obwohl die Versuchung groß war, verzichtete er darauf, den Masterindex danach zu befragen. In der momentanen politischen Lage – schließlich war sein Status alles andere als geklärt – sollte er sich lieber in vornehmer Zurückhaltung üben und nicht zu viele Fragen über seinen alten Klan stellen.

Man erwartet von mir, kein Interesse mehr am Schicksal des Erden-Klans zu zeigen. Schließlich ist das Navigations-Institut jetzt offiziell mein Zuhause.

Nachdem er die Einwanderungsbehörde hinter sich gebracht hatte, erwartete ihn das nächste, nur allzu vertraute Ungemach in Form eines sauertöpfischen Hoon-Zollbeamten vom Migrations-Institut. Inspektor Twaphu-anuph hielt eine elektronische Tafel in der Hand und las die eingehenden Werte ab, während Sensoren Harrys Schiff scannten.

Jedesmal, wenn er von einer Mission zurückkehrte, mußte er den finsteren Blick dieses Beamten über sich ergehen lassen, der alles und jeden verdächtigte, illegale genetische Fracht an Bord zu haben. Dabei blähte er seinen Kehlsack leicht auf, um einen mit leisen Drohungen einzuschüchtern.

Harry hätte sich beinahe unfreiwillig auf den Hintern gesetzt, als der Zöllner ihn zum erstenmal direkt ansprach, und das auch noch in Galaktik Sieben, der bevorzugten Sprache unter den irdischen Raumfahrern.

»Ich lese aus deinen Papieren, daß du gerade vom E-Raum kommst. Schön, daß du wieder da bist. Ich hoffe, du hattest eine angenehme und interessante Reise.«

Der Neo-Schimpanse wußte nicht, ob er lachen oder weinen sollte. Warum wurde er nicht, wie üblich, angeraunzt und wie ein Schwerverbrecher behandelt?

Alle Migrationsbeamten behandelten andere von oben herab. Immerhin beschäftigte man sich in ihrem Institut mit Angelegenheiten von größter kosmischer Bedeutung wie zum Beispiel der Frage, wo sauerstoffatmende Kolonisten sich niederlassen durften oder welche Sauerstoffwelt für brach erklärt werden mußte.

Harrys Institut galt in ihren Augen nur als lästige Notwendigkeit, als Fortsetzung der alten irdischen Küstenwache und Verkehrspolizisten. Die Navigationsbeamten hatten sich um den Zustand der Hyperraumverbindungen, um die Kondition des Raumzeit-Kontinuums und die Offenhaltung der großen Galaktischen Handelsstraßen zu kümmern.

»Der E-Raum ist eine Ebene voller Überraschungen«, antwortete der Neo-Schimpanse vorsichtig. »Doch um auf deine Frage zurückzukommen, meine Mission verlief den Umständen entsprechend zufriedenstellend. Danke für dein Interesse.«

Ein kleiner, pelziger Roter – Mitglied einer Diener-/Klientenrasse der Hoon – krabbelte über seinen Herrn und richtete unentwegt einen Rekorder auf den Neo-Schimpansen. Harry wurde es recht mulmig zumute. Erst recht, als der Inspektor sich über ihn beugte und seine Befragung fortsetzte.

»Verzeih bitte, und es ist wirklich nur persönliche Neugier, aber könntest du mir wohl eines mal erzählen? Sind dir während deiner

Dienstzeit im E-Raum irgendwelche besonders großen Memoiden aufgefallen? Möglicherweise sogar eines, das sich über seine ganze Ebene ausdehnen und andere Realitätsebenen erreichen konnte?«

Harry wurde sofort mißtrauisch. Wie viele Sauerstoffatmerrassen konnten auch die Hoon die Bedingungen im E-Raum nicht ertragen, und auch die dort vorkommenden Allaphore waren ihnen zuwider. Das konnte allerdings niemand überraschen, wenn man wußte, daß es den Hoon an Phantasie und erst recht an Humor mangelte.

Warum nur interessierte dieser Beamte sich jetzt so sehr für solche Dinge?

Der Neo-Schimpanse spürte, daß er sein Heil jetzt nur noch in einer Kombination aus Schmeicheleien und Ausflüchten finden konnte. Allerdings hatte er schon während seiner Ausbildung gelernt, Amtspersonen am besten immer recht zu geben.

»Es ist wahr, daß Memen den E-Raum bevölkern wie Vakuummuscheln einen langsamen Frachter, aber ich habe während meiner dortigen Mission nur Gebilde von der Art gesehen, wie sie mein armes, nur mit halbem Schub versehenes Gehirn wahrzunehmen in der Lage war. Zweifellos waren diese Erscheinungen zu krude, um eine so gebildete und weltgewandte Person wie dich interessieren zu können.«

Harry hoffte, der Beamte sei mit keinerlei Antenne für Sarkasmus gesegnet. Theoretisch hatte jeder, der den Instituten den Treueid leistete, alle alten Loyalitäten und rassischen Vorurteile hinter sich zu lassen. Aber seit der Katastrophe bei NuDawn war allseits bekannt, wie die Hoon über die menschlichen Emporkömmlinge dachten. Als Neo-Schimpanse gehörte Harry zum Terra-Klan und erwartete deshalb, von dem Beamten schikaniert zu werden.

»Damit hast du sicher recht«, entgegnete der Hoon. »Doch ich kann dir nur noch einmal versichern, daß ich aus im Grunde unwichtigen Gründen doch an deinen Beobachtungen in der E-Realität interessiert bin. Sind dir vielleicht außergewöhnlich große

Memen oder komplexe memoide Strukturen aufgefallen, die in Gesellschaft von Transzendenten herumgereist sind?«

Der Inspektor hielt seine Anzeigetafel zwar von Harry abgewandt, aber der Neo-Schimpanse konnte doch erkennen, daß alle Felder blau aufleuchteten – zum Zeichen dafür, daß der Check abgeschlossen war und man kein illegales Frachtgut entdeckt hatte. Eigentlich hätte der Beamte ihn jetzt gehen lassen müssen. Daher beschloß Harry, auf Englik zu antworten, der Sprache der Wölflinge.

»Ich sag dir was, Twaphu-anuph. Ich tu dir gern den Gefallen und richte eine offizielle Anfrage darüber an mein Institut. Selbstverständlich in deinem Namen.«

Er zückte seinen eigenen Datenträger und gab schon den Namen des Inspektors ein, bevor der protestieren konnte.

»Nein, nein, das ist nicht notwendig. Ich habe doch nur ganz informell gefragt, sozusagen um –«

Harry hatte seine Freude daran, den Hoon bewußt mißzuverstehen. »Aber, aber, mein Freund, du brauchst dich doch nicht bei mir zu bedanken. Wir in den Instituten haben doch alle geschworen, uns gegenseitig in jeglicher Hinsicht behilflich zu sein. Natürlich bekommst du bei der Anfrage auch den üblichen Befreundeten-Mitarbeiter-Rabatt. Ich kann die Antwort auch im Hauptquartier des Migrations-Instituts für dich hinterlegen lassen, wenn dir das so lieber ist.«

Der Hoon war sprachlos und konnte nur den Mund auf und zu klappen.

»Macht überhaupt keine Umstände. Siehst du, die Sache läuft schon. So, ich glaube, wir beide sind fertig miteinander. Deine freundliche Erlaubnis vorausgesetzt, werde ich mich jetzt entfernen.«

Der kleine Roter huschte beiseite, als der Neo-Schimpanse auf ihn zu marschierte. Dabei hätte es Harry wenig ausgemacht, wenn das kleine Wesen unter einen seiner Stiefel geraten wäre.

Die Straßen von Kazzkark standen ihm jetzt offen.

Vielleicht mußte man das als pervers bezeichnen, aber der Beobachter genoß es, in Zeiten des Wandels und der Gefahr zu leben.

Für ungefähr eine halbe galaktische Rotation – etwa ein paar Millionen Jahre – war dieser ausgehöhlte Steinklumpen nicht mehr als ein verschlafener Außenposten des öffentlichen Dienstes gewesen. Die hierher versetzten Beamten hatten nur einen Bruchteil der prähistorischen Tunnelanlagen genutzt, die irgendeine längst ausgestorbene Rasse hier irgendwann einmal gegraben hatte.

Doch in den fünfzehn Kaduras, die Harry jetzt hier stationiert war, vollzog sich auf Kazzkark ein grundlegender Wandel. Ungenutzte Katakomben erwachten zu neuem Leben, als jeden Tag neue Gruppen hier eintrafen. In gerade einmal einem halben Dutzend Erdenjahren entstand auf dem Planetoiden eine kosmopolitische Stadt, in der jede Höhle und jeder Gang neue Stimulationen für die Sinne boten. Kurz gesagt, man traf hier das gesamte Spektrum der Sauerstoffatmerkultur an.

Was für ein Zufall, dachte Harry sarkastisch, *gerade so, als hätte hier alles auf mich gewartet, um endlich zu erblühen.*

Natürlich sah die Wahrheit deutlich anders aus. Der Neo-Schimpanse stand in der Wichtigkeitsskala der hier lebenden freien Sapienten ziemlich weit unten.

Auch deren Variantenreichtum war erstaunlich. Manche liefen, andere glitten, wieder andere rutschten, manche krabbelten, und einige hüpften. Diejenigen, die zu schwach waren, um die Schwerkraft von einem halben G aushalten zu können, fuhren in kleinen Wägelchen herum. Manche hatten ihr Gefährt wie ein Miniatur-Raumschiff herausgeputzt. Harry sah sogar langarmige Wesen mit lilafarbenen, verkehrt herum sitzenden Gesichtern, die sich an den Stangen und Henkeln in der Decke entlanghangelten. Er wollte instinktiv lächeln und sie bei ihrem Schabernack anfeuern, als ihm einfiel, daß diese Wesen wahrscheinlich schon Raumschiffe gesteuert hatten, als die Menschen noch auf den Bäumen saßen. Und im Zweifelsfall sollte man davon ausgehen, daß die Galaktiker keinen Humor hatten.

Bis vor kurzem hatten noch alle Beamten die Uniform ihres jeweiligen Instituts getragen, doch heutzutage traten nur noch die wenigsten in Dienstkleidung auf. Die anderen bevorzugten überhaupt keine Kleiderordnung. Einige zogen sich ökologisch wertvolle Ganzkörpersäcke über, andere hatten sich Runen aufgestickt, die auf ihre Rasse und ihre Patrone hinwiesen. Manche liefen nackt herum, wieder andere bedeckten lediglich ihre Blöße mit einem Stofflappen, und so bekam man bei einem Spaziergang viel Haut, viele Schuppen, viele Federn oder viel Borke zu sehen.

Als Harry im Institut angefangen hatte, hatten ihn viele von ihnen nicht von einem Staubwedel unterscheiden können. Und selbst wenn er sich vorgestellt hatte, wußten viele nichts mit ihm anzufangen. So klein und unbedeutend war nämlich der Erden-Klan damals gewesen. Doch seitdem hatte sich einiges geändert. Manch einer drehte sich sogar nach Harry um, wenn er vorbeiging. Die meisten stießen sich in die Seite und zeigten auf ihn oder murmelten Unfreundliches. Der Neo-Schimpanse schloß daraus, daß die *Streaker*-Krise während seiner Abwesenheit noch nicht gelöst worden war. Bei solchen Gelegenheiten fiel ihm häufig ein galaktisches Sprichwort ein:

»Hüte dich vor der Gefahr, die du heraufbeschwörst, indem du unerwünschte Aufmerksamkeit der Mächtigen auf dich ziehst.«

Doch nicht alle starrten ihn an, und so verlor er sich auf dem Weg ins Hauptquartier rasch in der Menge. Er hatte sich für die lange Route entschieden, weil es auf der mehr zu sehen gab. Wie viel geschäftiger es hier doch seit seinem Aufbruch zuging.

Er aktivierte seinen Datenträger und ließ sich Auskunft über die Passanten geben. Bei den meisten handelte es sich um Botschaftsgesandte oder Handelsdelegationen, die von ihrem Klan losgeschickt worden waren, um ihm irgendeinen Vorteil zu verschaffen; denn mittlerweile war jedermann offenkundig, daß die Zivilisationsroutine der Fünf Galaxien in Auflösung begriffen war. In diesem Chaos konnte, wer findig genug war, so manche Gelegenheit für sich nutzen. Deswegen war hier bald jeder in irgendwelche Spielchen oder Intrigen verwickelt. Und man konnte nie sicher sein, von wem man gerade ausspioniert oder observiert wurde.

Verträge wurden nur geschlossen, um bei der erstbesten Gelegenheit gebrochen zu werden. Treueerklärungen waren das Papier nicht wert, auf das man sie geschrieben hatte. Selbst kleine Klans, die kaum Einfluß auf galaxopolitische Entscheidungen hatten und es nicht wagen durften, sich mit anderen in einer Schlacht zu messen, schickten dennoch ihre Agenten und Attachés aus, um sich bei den Großen einzuschmeicheln, die ihrerseits gern davon Gebrauch machten, konnten sie bei der anstehenden Entscheidung doch gar nicht genug Verbündete haben.

Soviel Bestechungen und Geldgeschenke waren auf Kazzkark in Umlauf, daß daraus eine eigene Ökonomie entstanden war. Händler, Dienstleistende und Gewerbetreibende kamen hinzu, weil sich an den Wünschen und Bedürfnissen so vieler offizieller, halboffizieller oder geheimer Bevollmächtigter prächtig verdienen ließ.

Eigentlich ist es ja ganz gut, daß wir Schimpansen einen Teil unseres Geruchssinns aufgeben mußten, weil die entsprechenden Gehirnpartien dringend für die neue Sapienz gebraucht wurden, dachte Harry, als er über die Große Straße spazierte, einem Einkaufszentrum, das sich unter der Oberfläche des Planetoiden von einem Pol zum anderen erstreckte. Alle fünf Kilometer durchbrach eine Kuppel die Decke, aus der man einen faszinierenden Blick auf einen Spiralarm von Galaxis Fünf werfen konnte.

Als der Neo-Schimpanse seine Grundausbildung abgeschlossen hatte, war das hier noch ein gespenstisch leerer Tunnel gewesen. Doch heute war jede Nische mit einem Geschäft oder Restaurant gefüllt. Gerade aus letzteren strömten so unterschiedliche Gerüche, daß buchstäblich jede Spezies einen Grund fand, sich über Umweltverschmutzung zu beklagen. So unterzogen sich die meisten Besucher vor ihrem Eintreffen lieber einer Antiallergen-Behandlung. Dennoch sah man hier ungewöhnlich viele Personen, die ein Atemschutzgerät aufgesetzt hatten.

Harry wurde von den verschiedenen Düften, die sich alle paar Meter wandelten, oft schwindlig. Darunter fanden sich auch Aromen, die Appetit auf irgendeine Delikatesse oder ganz einfach Heißhunger auslösten.

Irgendwie wie New York, dachte er und erinnerte sich an seinen kurzen Aufenthalt auf der Erde.

Auch seine Ohren drohten unter dem allgegenwärtigen Input zu kollabieren. Das gute Dutzend Standardsprachen ließ sich auf dieser Welt in Hunderten verschiedener Dialekte vernehmen. Und da mündliche Weitergabe das Haupttransportmittel für Verhandlungen oder Gerüchte war, brodelte es geradezu auf der Großen Straße. Gar nicht erst zu reden von den dazugehörigen Gesten. Gesichter falteten sich zusammen, tanzten oder glühten auf, und zwar in einer Weise, die der Neo-Schimpanse abwechselnd abstoßend oder wunderschön empfand.

Und nicht zu vergessen PSI.

Die Gedankenübertragung unterlag strengsten Regeln und war darüber hinaus nicht im Freien gestattet (insofern man das Innere eines ausgehöhlten Planetoiden als »Freies« bezeichnen konnte), und an den Straßen angebrachte Detektoren spürten so manchen Übeltäter auf. Dennoch glaubte Harry, daß die hier festzustellende allgemeine Anspannung hauptsächlich von PSI-Kommunikationen herrührte.

Zu seinem Glück waren Neo-Schimpansen telepathisch taub. Die gleichen Hirnwindungen, die ihn für den Posten eines Beobachters im E-Raum auszeichneten, machten ihn auch immun gegen den mentalen Austausch.

Die Mehrheit der Restaurants verfügte über besondere Vorrichtungen, die es Delegationen ermöglichten, in völliger Abgeschirmtheit zu verhandeln. So kamen hier sogar Vertreter von Sternen-Klans zusammen, die offiziell als Todfeinde galten. Der Neo-Schimpanse konnte sogar einen flüchtigen Blick auf eine eidechsenartige Soro werfen, die in Begleitung zweier Klienten eines dieser Lokale betrat. Der Besitzer ließ daraufhin gleich das Schild mit der Aufschrift »Geschlossen wegen einer Familienfeier« aufleuchten. Dennoch blieb die Tür offen, als warte man noch auf jemanden ...

Harry sagte sich, daß es ganz interessant sein müßte, einfach hier stehenzubleiben, um festzustellen, wer sich unbedingt mit der Soro-Matriarchin treffen wollte. Doch als er sich umsah, stellte er fest, daß hier bereits mehrere Personen herumstanden, die so taten, als würden sie gerade ein Plakat studieren oder Auslegeware begutachten. Dabei ließen sie die offene Tür keinen Moment aus den Augen.

Den Beobachter erinnerte das an den plumpen Versuch des Hoon-Beamten, Informationen über den E-Raum aus ihm herauszukitzeln. In dem Maße, wie die Autorität der Institute nachließ, schien jeder ganz begierig darauf zu sein, sich eigene Informationsquellen zu erschließen – wohl in der Hoffnung, daraus an der richtigen Stelle Kapital schlagen zu können.

Als Uniformträger durfte Harry es sich nicht erlauben, für einen Spion oder sonst jemand gehalten zu werden, der über irgendwelches Wissen verfügte. Einige der anderen Institute mochten ja Mitglieder in ihren Reihen aufweisen, die unter Streß etwas ausplauderten und so Stück für Stück ihre Vertrauenswürdigkeit und ihr Berufsethos abbauten. Das traf jedoch nicht für die Navigation zu, die eine ganz besondere Reputation aufrechtzuerhalten hatte.

Er überquerte eine belebte Kreuzung, und zwei synthianische Händler fielen ihm ins Auge. Dieses Volk hegte eine große Vorliebe für irdische Kunst und Kultur. Die beiden waren zu weit entfernt, um ihn zu bemerken, aber der Anblick lenkte ihn so ab, daß er einen Moment später in einen stacheligen Xitanni lief.

Verdammte Scheiße, fluchte er, an mehreren Stellen gestochen und angesichts der wütenden Miene seines Gegenübers. Harry verlor keine Zeit, verschränkte zum Zeichen seiner Demut die Arme vor der Brust und zog sich, rückwärts gehend, rasch zurück, während der Xitanni eine Schimpfkanonade vom Stapel ließ.

»Erklären diese unverschämte Belästigung! Schämen er sich,

und entschuldigen er sich! Weiterer Vorfall in der endlosen Kette von Beleidigungen deines wertlosen Klans von …«

Die Xitanni waren keine bedeutende Macht, und eingedenk seiner eigenen Bedeutungslosigkeit schien ihm der Neo-Schimpanse gerade recht gekommen zu sein, um an ihm seinen Ärger abzulassen.

»Melden in drei Miduras in meiner Wohnung für weiteren Tadel –«

Er wollte gerade seine Adresse bekanntgeben, als ein massiger Vriiilh des Wegs gestampft kam und nach allen Seiten denen Entschuldigungen zurief, die seinen zwei Meter breiten Füßen nicht rechtzeitig ausweichen konnten.

Das Geschimpfe des Xitanni ging in einem langgezogenen Jaulen unter, und der Beobachter nutzte die Gelegenheit, um rasch in der Menge unterzutauchen.

In diesem Moment wünschte sich Harry, über PSI-Kräfte zu verfügen, um dem Xitanni ein paar Flüche zu übersenden. Noch lieber aber hätte er ihm das Maul gestopft und die Gelenke umverteilt.

Warte nur, Bürschchen, vielleicht treffen wir beiden uns ja mal in einer dunklen Gasse wieder.

Aber nein, Selbstdisziplin war die erste Pflicht für jeden Erdenbürger. Die hatte man ihm eingebleut, noch bevor er die Erlaubnis erhalten hatte, ins Weltall hinauszuziehen. So klein und schwach wie der Terra-Klan war, konnte er sich keine unliebsamen Zwischenfälle leisten.

Genau! Man sehe sich nur einmal an, wie weit uns diese Politik der vornehmen Zurückhaltung bislang gebracht hat.

Sie haben Delphine in ein Schiff gesetzt, und was haben die klugen Meeressäuger getan? Uns die schlimmste Katastrophe seit soundsovielen Millionen Jahren beschert.

In Momenten absoluter Wahrheitsliebe mußte Harry sich eingestehen, daß er doch ein ganz klitzekleines bißchen eifersüchtig auf diese Delphine war.

In Kazzkark hielten sich nicht nur Bevollmächtigte, Repräsentanten und andere Regierungsvertreter auf, sondern auch Flüchtlinge, Glücksritter und mystische Spinner.

Vor allem letztere schienen sich seit seiner Abreise rasend vermehrt zu haben.

Auf den meisten Welten wurden philosophische und religiöse Fragen in Ruhe und Geduld diskutiert. Generationen beschäftigten sich damit, und die Patrone gaben häufig den aktuellen Stand an ihre Klientelvölker weiter.

Doch hier auf dem Planetoiden ging etwas Hektisches und Frenetisches von den Wanderpredigern aus. Vor allem eine Gruppe Missionare fiel ihm auf, die sich vor der Kuppel Siebenundsechzig aufgebaut hatten. Oben waren Cluster und Sternnebel zu sehen, und unten die Roben der Erben, der Erwarter, der Transzender und sogar der Abdanker, die keinesfalls den Eindruck erweckten, sich in mehrere Sekten aufgespalten zu haben. Im Gegenteil, sie gingen recht lebhaft auf die Passanten zu, um sie vom Letzten Willen der Progenitoren zu überzeugen.

Harry erkannte wieder einmal, daß die Galaktische Zivilisation etliche Züge aufwies, die er wohl nie verstehen würde. Warum zum Beispiel bekriegten sich Große Allianzen äonenlang über minimale Differenzen in der Auslegung ihres Glaubens bis aufs Blut?

Zu seinem Trost befiel nicht nur ihn allein darüber Verwirrung. Viele der größten Denker der Erde standen kopfschüttelnd vor Streitfragen wie: Haben die Progenitoren den Großen Schub vor zwei Milliarden Jahren als Manifestation der physikalischen Gesetze begonnen – oder in Form von selbstorganisierten Systemen in einem Universum der Pseudogeschwindigkeit?

Eines war dem Neo-Schimpansen mittlerweile klar geworden. Fast alle Dispute drehten sich um die Frage, wie das sauerstoffatmende Leben an seine Sapienz gelangt war und welches letztendliche Schicksal ihm in der Evolution des Kosmos bevorstand.

»Nicht gerade ein Problem, für das es sich zu töten lohnt«, murmelte er. »Oder für das man sterben sollte.«

Allerdings hatten auch die Menschen in der Zeit vor dem Ersten Kontakt ihre Brüder und Schwestern abgeschlachtet, und das aus den blödsinnigsten Gründen und Idealen.

»Na, was haben wir denn da?« fragte er sich, als er das andere Ende der Kuppel erreicht hatte.

Abseits der glitzernden Stände der Großkirchen hatten sich Vertreter der weniger reichen Glaubensgemeinschaften breitgemacht und Nischen und Ecken besetzt. Einige liefen sogar die Große Straße auf und ab, um ihre unkonventionelle Lehre zu verkünden.

»Verschwindet von diesem Ort!« kreischte ein mürrisch dreinblickender Pee'oot mit Spiralhals und Glotzaugen. »Für jeden von euch bietet nur ein Ort Schutz vor der großen Unrast. Und das ist die Quelle eures Beginns!«

Der Mann hatte Galaktik Drei gesprochen, und in Englik übertragen bedeuteten seine Worte, daß er die Errettung von Spezies, nicht aber von Einzelindividuen im Sinn hatte.

Aber was meint er damit? Soll jede Rasse auf ihren Heimatplaneten zurückkehren? Auf die Welt, auf der seine Vorfahren zuerst aus dem Urschlamm gekrochen waren, bevor eine Patronenrasse kam, um ihr den Großen Schub zu schenken?

Oder meint der Mann das eher allegorisch?

Vielleicht will er ja sagen, daß jede Schubkette das Wissen um ihr eigenes Vermächtnis anstreben soll, und zwar unabhängig von den anderen. Das hieße ja, die Großen Institute aufzulösen und jeden Klan allein herumwurschteln zu lassen.

Natürlich war Harry damit überfordert, die subtilen Schwachstellen dieser Religion herauszufiltern. Und bei Licht besehen interessierte ihn das auch nicht sonderlich. Außerdem schien der nächste Eiferer viel interessanter zu sein.

Ein Komahd-Evangelist, der auf drei Beinen stand, aber oberhalb der Gürtellinie durchaus humanoid wirkte, strahlte im Gegensatz zu seinen Kollegen Heiterkeit und Freundlichkeit aus. Der breite Mund schien zu einem Dauergrinsen verzogen zu sein, und während er predigte, trommelte das dicke Hinterbein einen monotonen Takt dazu. Seine düsteren Worte straften das joviale Äußere rasch Lügen.

»Alle unsere gegenwärtigen sozialen Verwerfungen wurzeln in einer gemeinen Verschwörung der Feinde aller Sauerstoffatmer!

Seht nur, wie die großen Mächte sich gegenseitig ausbluten, ihre Streitkräfte verschwenden und sich auf der Suche nach vagen Hinweisen auf eine höchst unwahrscheinliche Wiederkehr der längst vergangenen Progenitoren abstrampeln!

Dies alles dient nur den Interessen der skrupellosen Wasserstoffatmer, die uns unsere Agilität, unseren höheren Metabolismus und unsere Reaktionsschnelligkeit neiden. Sie fürchten uns schon seit dem Anbeginn der Zeit, und ebensolange schmieden sie ihre finsteren Pläne.

Und nun sind sie endlich bereit. Seht nur, wie die durchtriebenen Wasserstoffer uns auf unser kollektives Ende zusteuern!

Wer erinnert sich nicht daran, daß wir erst vor kurzem eine unserer Fünf Galaxien aufgeben mußten! Vor einer knappen halben Million Jahre wurde die gesamte Galaxis Vier zur Brache erklärt und von aller sternenfahrenden Sauerstoffatmerkultur entleert.

Nie zuvor hat das Migrations-Institut einer so verräterischen Preisgabe unseres Territoriums zugestimmt.

Man hat uns erzählt, im Gegenzug hätten die Wasserstoffer die gesamte Galaxis Fünf verlassen. Aber hören wir nicht täglich Berichte von sonderbaren Sichtungen und Störungen im Normalraum? Und können die von jemand anderem als den niederträchtigen Zang bewirkt worden sein?

Und was ist mit den gestörten Transfer-Punkten? Oder mit den großen Straßen im Hyperraum der A-und der B-Ebene, die in sich zerfallen und für uns unbrauchbar geworden sind? Warum sagen die verdächtig schweigsamen Institute uns nicht endlich die Wahrheit?«

Der Eiferer beendete seine Predigt, indem er mit ausgestrecktem Finger auf Harry zeigte, der zu seinem Unglück der einzige im weiten Umkreis war, der eine Uniform trug. Der Neo-Schimpanse errötete und zog sich rasch zurück.

Wie dumm. Der Mann fing gerade an, Interessantes zu verbreiten. Endlich beschwert sich mal jemand über die blödsinnige Art, wie die Großen Mächte sich gegenseitig das Leben schwermachen. Und die Worte des Komahd drehten sich um die Zukunft. Er schien nicht wie die anderen von der Vergangenheit besessen zu sein. Na gut, ein bißchen paranoid war er schon. Aber wenn mehr Personen sich mit diesen Fragen beschäftigen würden, ließe wohl der Druck auf die Erde nach, und die armen Delphine bekämen doch noch die Chance zur Heimkehr.

Harry kam das eigentümlich vor, denn normalerweise mochten die Komahd die Terraner nicht. Was ihn selbst anging, so empfand er diese Wesen durchaus nicht als unangenehm und mochte sogar ihren Geruch. Zu schade, daß das nicht auf Gegenseitigkeit beruhte.

Ein Getümmel hinter ihm ließ ihn herumfahren. Und keinen Moment zu früh. Harry konnte sich gerade noch der Menge anschließen, die zur nächsten Wand eilte. Und dann entdeckte er, was die Wesen so in Panik versetzt hatte.

Zwanzig furchteinflößende, mantaähnliche Tantu-Krieger trabten in leichtem Marschtritt heran. Sie trugen zwar keine Waffen, aber bei ihren rasiermesserscharfen Klauen benötigten sie die eigentlich auch gar nicht. Die Spitzen der Stielaugen dieser Riesenwesen erreichten fast die Rundung der Kuppel.

Jeder, der einen Tantu auf sich zukommen sah, machte ihm sofort Platz. Man ließ sich mit diesen Wesen auch auf keinen Streit ein, und auch die Händler verstummten und unterließen es, ihnen ihre Waren anzupreisen.

Bevor Harry zu seiner letzten Mission aufgebrochen war, hatte er mit eigenen Augen gesehen, wie ein Tantu einem Paha den Kopf abbiß, bloß weil dieser zu stolz gewesen war, ihm aus dem Weg zu gehen. Der Offizier der Truppe hatte daraufhin den Übeltäter mit seinen scharfen Krallen zerstückelt, ganz langsam und methodisch.

Auf diese Weise, nach dem Motto: Auge um Auge, taten die Tantu der Gerechtigkeit Genüge und hinderten die Behörden daran, gegen sie einzuschreiten. Doch alle, die Zeuge dieses Vorfalls geworden waren, hatten ihre Lektion begriffen.

Laß dich nicht mit einem Tantu ein.

Tatsächlich kam es nicht einmal zu einer Untersuchung. Selbst der Kommandant der Paha erklärte, das Verhalten seines Mannes sei selbstmörderisch gewesen.

Harrys Herz pochte noch, als der Tantu-Zug längst in eine Seitenstraße abgebogen und nicht mehr zu sehen war.

Ich bummel' besser nicht mehr, sagte er sich und fühlte sich plötzlich von der Menge bedrängt. *Wer'Q'quinn spuckt Gift und Galle, wenn ich ihm nicht bald meinen Bericht vorlege.*

Der Neo-Schimpanse wollte den alten Schlangenmann auch nach den Dingen befragen, die er zu hören bekommen hatte. Seit wann interessierten sich Hoon für den E-Raum? Warum fielen plötzlich T-Punkte aus? Und wie kam ein Prediger dazu, zu behaupten …

Sein Herz setzte für einen Schlag aus, als sich plötzlich eine knochige Hand auf seine Schulter legte, die größer war als sein Unterarm. Die Finger waren mit Saugnäpfen versehen, und aus ihrem Griff konnte man sich nur schwer befreien.

Er drehte sich um und sah sich einem Riesen in einem silbernen Gewand gegenüber, der mindestens eine halbe Tonne wog. Sein Gesicht ähnelte einem Schiffsbug, und er besaß zwei übereinander angeordnete Augenpaare. Folgerichtig erinnerte sein spitzes, langes Kinn an den Rammsporn einer Trireme.

Ein Skiano! erinnerte sich Harry aus dem Unterricht. Er hätte nie erwartet, ein solches Wesen jemals zu Gesicht zu bekommen, geschweige denn, ihm leibhaftig gegenüberzustehen.

Was habe ich jetzt schon wieder angestellt? fragte er sich besorgt und machte sich auf einen neuen Tadel oder eine Zurechtweisung gefaßt. *Wenigstens kann dieser wandelnde Wolkenkratzer mir nicht vorwerfen, ich hätte ihm in der Sonne gestanden.*

Ein bunter Vogel, einem irdischen Papagei nicht unähnlich, ließ sich auf einer Schulter des Skianos nieder.

»Ich möchte mich entschuldigen, wenn ich dich erschreckt habe, Bruder«, erklärte der Turm mit überraschend sanfter Stimme. Er sprach durch einen Apparat, den er in der Hand hielt. Sein Mund hingegen bewegte sich nicht. Nur ein Licht glänzte in seinen Augen. »Aber es kam mir so vor, als würdest du dich verloren fühlen.«

Der Neo-Schimpanse schüttelte den Kopf. »Vergebung, älterer Patron, wenn ich dir widerspreche, und deine Fürsorge wärmt mein armes Klientenherz. Aber ich weiß sehr wohl, wo ich bin und wohin ich will. Deswegen sei bedankt, und jetzt möchte ich weiter –«

Der Papagei mischte sich kreischend ein.

»Idiot! Doofkopf! Blödian! Nicht dein Körper, sondern deine Seele! Deine Seele, kapiert? Seee-leee!«

Erst jetzt erkannte Harry, daß sie dieses Gespräch in Englik führten, und er betrachtete den Papageien genauer.

Aufgrund der Erfordernisse des Fliegens sahen gefiederte Tiere auf allen Sauerstoffwelten ziemlich gleich aus. Doch bei diesem hier konnte es keinen Zweifel geben – das war tatsächlich ein Papagei. Ein echter. So wie diejenigen, die Piraten früher auf der Schulter gesessen hatten. Wie kam der Skiano zu diesem Wesen?

Eigentlich fehlt dem Eiffelturm hier eine Augenklappe. Über mindestens einem Auge. Besser noch über dreien. Und ein Holzbein … und ein Haken anstelle einer Hand.

»In der Tat, mein liebes Äffchen«, ertönte es wieder aus dem Handapparat. »Deine Seele scheint in Gefahr zu sein. Hast du dir schon einmal über ihre Errettung Gedanken gemacht?«

Harry konnte nur blinzeln. Er hatte noch nie von einem Skiano-Prediger gehört, und erst recht noch nie von einem, der Englik sprach und einen vorlauten Papageien als Gehilfen hatte.

»Du meinst wirklich mich?« fragte der Neo-Schimpanse, weil ihm nichts Gescheiteres einfiel.

»Ja, genau dich.«

»Mich?« Harry konnte es nicht fassen.

Der Papagei gab ein Geräusch von sich, das menschlichen Verdauungsstörungen sehr nahe kam.

»Ah, endlich mal jemand, der sofort das Konzept versteht. Aber warum verwundert mich das bei einem Vertreter deiner vornehmen Linie?«

»Hä?« machte Harry. So etwas hatte man ihm noch nie vorgeworfen.

»Natürlich. Du stammst von der Erde, der gesegneten Heimat von Moses, Jesus, Buddha und Mohammed! Der Ort, an dem Wölflinge durch Jungfrauengeburt zur Sapienz gelangen, also ohne Eingreifen einer dieser galaktischen Sünderrassen. Euch wurde das makellose Geschenk des Kosmos zuteil!«

Harry zog sich lieber einen Schritt zurück, doch der Skiano folgte ihm.

»Eine Welt, von der die Weisheit kommt, mit der das ganze Universum auf immer geheilt werden wird. Ein Konzept, geliebter Bruder, das du unbedingt mit uns teilen mußt!«

Der Wolkenkratzer beugte sich zu ihm herab, war sichtlich von Eifer erfüllt und hatte nun ein feuriges Glühen in den Augen.

»Die Idee eines Gottes, der jeden einzelnen als Individuum liebt. Dem nicht die Rasse oder der Klan wichtig ist, aus der jemand stammt, sondern jedes Wesen mit eigenem Bewußtsein und dem Vermögen, zwischen Gut und Böse zu unterscheiden.

Ich spreche vom Schöpfer des Weltalls, der uns Segen verspricht, wenn wir uns Ihm am Omega-Punkt anschließen.

Der Allmächtige, der Rettung verheißt, und dies nicht einer Zivilisation, sondern jedem einzelnen.«

Harry wußte überhaupt nichts mehr. Sein Gehirn und seine Kehle schienen zugefroren zu sein.

»Amen!« krächzte der Papagei. »Halleluja!«

Alvins Tagebuch

Ausnahmsweise hatte ich einmal die beste Sicht auf das, was sich hier tat. Meine Kumpel – Ur-ronn, Huck und Schere – hielten sich alle in anderen Teilen des Schiffes auf und mußten sich damit zufriedengeben, die Ereignisse auf einem Bildschirm zu verfolgen. Ich aber befand mich nur eine Armlänge von Dr. Baskin entfernt und konnte genau das sehen, was auch sie erblickte.

Alles spielte sich direkt vor mir ab.

Ich durfte dabeisein, weil ich die stinkigen Glaver hochgebracht hatte, die meiner Obhut anvertraut waren. Die Arbeit mit den Tieren war recht langweilig und setzte sich hauptsächlich daraus zusammen, sie zu füttern, hinter ihnen sauberzumachen und mich zu fragen, was ich davon meinem Tagebuch anvertrauen sollte.

Und nun dies. Ich muß gestehen, nicht einmal die spannendsten Abenteuer aus den alten terranischen Romanen hatten mich darauf vorbereitet, wie es tatsächlich auf einem Raumschiff oder im Weltraum zuging.

Einiges konnte ich von Sara abschauen. Sie ist ebenso Soonerin von Jijo wie ich und hat bis vor einigen Wochen noch nie ein richtiges Sternenschiff oder einen leibhaftigen Computer zu Gesicht bekommen. Dennoch hört man ihr hier an Bord zu, angefangen von der Kapitänin bis zur Delphinbesatzung. Auch scheint die gelernte Mathematikerin alles zu verstehen, wenn man mit Fremdwörtern um sich wirft, von denen ich nicht mal weiß, wie man sie schreibt. Doch damit ist sie mir ein ständiger Ansporn. Wenn ein anderer Sooner so etwas kann, dann ich doch wohl auch, oder?

Allerdings hat Sara es bis zur Weisen gebracht, im Gegensatz zu mir. Und sie ist schon ein paar Jährchen älter als ich, dem gerade erst sein Erwachsenenrückgrat gewachsen ist. Also bleibt mir wohl nichts anderes übrig, als die Aktionen der terranischen Sterngötter in meinem Tagebuch festzuhalten – und ebenso das, was wir hier draußen zu sehen bekommen, auch wenn es mitunter meine Vorstellungskraft übersteigt.

Ich verfasse diese Chronik übrigens in Englik, denn dank des Umstands, daß die Erdlinge uns Bücher mitgebracht haben und die Bibliothek von Biblos hauptsächlich mit diesen Werken bestückt ist, spricht man auf dem Hang diese Sprache in Wissenschaftler- und Technikerkreisen. Allerdings hält man es hier auf der *Streaker* anders. Wenn man einen technischen Vorgang präzise wiedergeben will, bedient man sich des Galaktik Sieben und Zwei – und da komme ich erst recht kaum noch mit.

Das Muhen und Jaulen der Glaver ist mir allerdings vollkommen fremd. Verstärkt und ausgesandt von der Niss-Einheit dringen ihre Laute hinaus zu den Zang, deren Schiff sich uns nähert und offensichtlich vorhat, die *Streaker* in ihre Atome zu zerblasen.

Doch auch wenn die Wasserstoffer nur blufften und uns im letzten Moment vorbeiziehen ließen, wären wir damit noch lange nicht aus der Gefahrenzone hinaus. Das Schlachtschiff der Jophur rast nämlich heran, um uns den Weg zum Sternentor abzuschneiden, dem einzigen Weg hinaus aus diesem System.

Die Glaver stoßen die ganze Zeit über ihre Laute aus.

Und tatsächlich antworten die Zang nach einer Weile.

Deren Gekreische klingt uns noch schrecklicher in den Ohren. Nur Sara nicht, denn sie schlägt mit einer Hand auf den Tisch und frohlockt.

»Die Legende ist also wahr!«

Ja gut, diese Geschichte ist mir nicht so recht geläufig. In meiner Jugend habe ich zu viele Erdenromane verschlungen und die Werke unserer jijoanischen Weisen links liegenlassen. Vor allem die Sammlung der mündlich weitergegebenen Geschichten und Sagen, unsere einzige Literatur, bevor die Erdlinge auftauchten und den Buchdruck bei uns einführten.

Nun will ich das wiedergeben, was mir darüber bekannt ist. Die ersten Glaver, die nach Jijo kamen, haben den bereits anwesenden g'Kek erzählt, welche Gründe sie dazu bewogen haben, aus der Zivilisation der Fünf Galaxien zu fliehen. Und warum sie sich gleich darangemacht haben (und als einzige Sooner-Rasse erfolgreich), den Weg der Erlösung zu beschreiten.

Allem Anschein nach haben sie ein Talent besessen, das ihnen früher im Zusammenspiel der Galaktischen Völker eine besondere Rolle zuwies. Sie gehörten nämlich zu den wenigen Rassen, die mit den Wasserstoffatmern kommunizieren konnten. Die Glaver dienten als Mittelsmänner in den Handelsbeziehungen zwischen den beiden Lebensordnungen und haben daraus ihren enormen Reichtum gewonnen.

Irgendwann muß ihnen diese Gabe aber zu Kopf gestiegen sein. Sie wurden arrogant und ließen es an der nötigen Umsicht mangeln. Und so etwas sollte man nie tun, wenn man sich mit Wasserstoffern abgibt.

Eines Tages war es dann mit ihrem Glück vorbei. Entweder haben sie jemanden hintergangen, sich von einem anderen bestechen lassen oder ihre Schulden nicht zurückgezahlt, so genau weiß ich das nicht. Auf jeden Fall aber bekamen sie enorme Schwierigkeiten.

Die Zang verlangten von ihnen das einzige, das ihnen geblieben war.

Die Glaver selbst.

Ich muß zugeben, daß das meiste nicht von mir stammt, sondern von Sara, die den Sternenreisenden eine kurze Zusammenfassung der alten Legende gab. Die ganze Zeit über muhten die Glaver weiter, während die Miduras vertickten und uns das große Schiff immer näherkam.

Laut der Mathematikerin kommunizierten unsere beiden Glaver nicht mit den Wasserstoffatmern. Wie hätten sie das auch tun können. Schließlich haben sie sich in einen präsapienten Zustand zurückentwickelt und sind gar nicht mehr in der Lage zu sprechen.

Aber anscheinend haben die Wasserstoffer ein langes Gedächtnis und erkennen in dem Gejaule der Glaver zumindest eine Bedeutung:

»Hallo, wir sind's. Wir sind hier. Ja, richtig, Glaver.«

Die Niss-Einheit brauchte dieser Aussage nur noch etwas hinzuzufügen.

»Was früher war, tut uns furchtbar leid, aber jetzt müßt ihr uns helfen.

Seid doch bitte so freundlich, uns dieses blöde Jophur-Schiff vom Hals zu schaffen.

Und helft uns, von hier fortzukommen.«

Die Nervosität auf der Brücke war körperlich spürbar. Mir selbst stellte sich das schöne neue Rückgrat auf, als das Zang-Schiff noch näher herankam.

Ich kam mir vor wie eine Urs am Strand, die plötzlich eine Welle auf sich zurasen sieht.

Und während wir schon befürchteten, die Botschaft sei nicht bei den Wasserstoffern angekommen (oder sie seien noch wegen damals beleidigt), drehte das Zang-Schiff plötzlich ab und entfernte sich dann von uns. Ein entsetzliches Kreischen strömte aus den Lautsprechern. Die Niss-Einheit brauchte eine Weile, um mit Hilfe der Galaktischen Bibliothek eine ungefähre Übersetzung hinzubekommen.

»Folgt uns.«

Und so wurde aus unserem Zerstörer unsere Eskorte. Die Wasserstoffer zeigten uns den Weg hinaus aus dem wütenden Chaos der Sonne Izmunuti.

Wir schlossen uns dem Konvoi aus geretteten Ernteraumern an, der unter Führung der Zang zum alten Transfer-Punkt flog.

Eines aus dem Trio der Wasserstoffer-Schiffe nahm derweil einen neuen Kurs ein und wandte sich gegen unsere Jophur-Bedränger.

Die Langstreckensensoren versorgten uns mit Bildern vom Showdown zwischen den beiden Raumtitanen.

Trotz der ungeheuren Entfernung verfolgten wir den Entscheidungskampf mit angehaltenem Atem. Lieutenant Tsh't beschrieb Sara, was sich dort tat, und ich lauschte gespannt.

»Das sind Höllenfeuer-Raketen«, erklärte die Delphinin, als die *Polkjhy* sich nicht lange bitten ließ und glitzernde Punkte auf ihren Gegner abfeuerte.

Die Stapelwesen müssen wirklich ganz versessen auf die Erdlinge sein, dachte ich, *wenn sie schon bereit sind, sich ihren Weg freizuschießen, bloß um an die* Streaker *zu gelangen.*

Dabei war die Zang-Kugel sogar noch größer als der Jophur-Schlachtkreuzer – und wirkte eher wie ein Gelatine-Gebilde oder wie etwas, das aus einem Traeki-Stapel tropfte. Einmal glaubte ich, Bewegungen hinter der halbtransparenten Hülle auszumachen, so wie Wolken oder riesige Wesen, die dort irgendwohin trieben.

Kleine Tropfen lösten sich von der Kugel, bewegten sich aber weit langsamer als die Höllenfeuer-Raketen, blähten sich unterwegs auf und setzten sich genau zwischen die beiden Schiffe.

Der Jophur-Steuermann bewegte den Raumer hierhin und dorthin, um an den kleineren Kugeln vorbeizukommen, während die alle Geschosse auffingen, um in der Explosion zu vergehen.

»Die Zang stoßen Teile ihrer Schiffssubstanz ab«, kommentierte Tsh't. »Dies ist aber nur eine Abwehrmaßnahme. Bislang verzichten die Wasserstoffatmer darauf, offensiv zu werden.«

In diesem Moment sagte ich mir, daß die Zang wohl eher friedliche Wesen sein mußten und die brutale Gewalt nicht schätzten, die ihnen in unseren Sagen und Geschichten nachgesagt wurde. Vielleicht ging es ihnen auch nur darum, die Jophur lange genug aufzuhalten, bis wir aus der Gefahrenzone gelangt waren.

Doch dann dachte ich noch einmal genauer nach.

Wenn die Streaker *durch die Hilfe der Wasserstoffer entkommt, mag das wunderbar für den Erden-Klan und sicher auch für die Fünf Galaxien von Vorteil sein, aber was wird dann aus Jijo? Die Jophur rufen sicher Verstärkungen herbei und lassen dann ihren ganzen Zorn an den Bewohnern des Hangs ab. Sie werden alle g'Kek töten und sämtliche Traeki umwandeln. Dann brennen sie sicher auch die Bibliothek von Biblos nieder und verwandeln den*

Hang in ihr ganz privates Gen-Zuchtgelände, um aus den armen Soonern neue Klientenrassen zu gewinnen …

Gillians früherer Plan, das Schlachtschiff hinter uns her in eine tödliche Falle zu locken, hätte zwar mein Ende und das der ganzen Besatzung zur Folge gehabt, dafür aber vermutlich meine Heimatwelt gerettet.

Die neue Lösung wollte mir mit einem Mal gar nicht mehr gefallen, und ich bedauerte schon, daß Dr. Baskin mein Leben schonte.

Und auch die Zang kamen mir jetzt nicht mehr friedfertig, sondern eher träge vor.

Worauf wartet ihr noch? Das Ziel liegt direkt vor euch. Also ran an die Geschütze!

Die Jophur waren Sauerstoffatmer wie wir und führten ihre Rasse ebenfalls auf die Progenitoren zurück. Dennoch wünschte ich mir in diesem Moment ihre Vernichtung durch Wesen, die uns absolut fremd waren.

Nun macht doch, ihr Zang. Gebt's den Ringwülsten. Zerkocht sie!

Doch die Schiffe flogen weiter aufeinander zu, und keine wesentliche Veränderung war zu beobachten. Die Kugel sonderte immer mehr Tropfen ab, um die Raketen und Geschosse vom Jophur-Schlachtschiff abzufangen. Die Stapelwesen schalteten auf Sperrfeuer um, und so konnten einige ihrer Waffen den Abwehrgürtel durchbrechen. Sie trafen das Zang-Schiff, und ganze Fontänen einer eitrigen Flüssigkeit spritzten ins All. Die Masse glühte auf und verging dann. Zuckende Wellen rasten über die Hülle. Dennoch änderte die Kugel ihre Taktik nicht. Nur die Glaver jaulten weiter und schienen die Wasserstoffatmer anzufeuern.

»Nähern uns T-Punkt. Eintritt steht kurz bevor«, meldete die Delphinin. »Alles für Transit bereitmachen. Kaa meldet, unser Führer fliege einen sonderbaren Kurs und nähere sich dem Ziel aus einem eigenartigen Winkel. Alle festhalten, ich kann für nichts garantieren.«

Gillian und Sara klammerten sich an ihren Sessellehnen fest. Die Delphine in den Gehapparaten spreizten deren Beine und verankerten sie magnetisch. Nur die Glaver und ich hatten nichts, woran wir uns festhalten konnten. Auf dem Sichtschirm entdeckte ich nun einen schwarzen Kreis, in dem kein einziges Sternenlicht brannte. Der Computer zeigte mit verschiedenen Linien allerlei an, und die Mathematikerin murmelte aufgeregt vor sich hin.

Ich verfolgte, wie das erste Zang-Schiff aus einem steilen Winkel auf die Schwärze zustürzte.

Dann spürte ich einen Zug, wie ich ihn beim besten Willen nicht beschreiben kann und von dem ich nie geahnt hatte, daß er existierte.

Rasch warf ich einen Blick zurück. Auf dem hinteren Schirm war zu erkennen, wie das andere Zang-Schiff schon wieder getroffen wurde. Der Jophur-Raumer war nun nahe genug heran, um die verheerenderen Kurzstreckenwaffen einzusetzen.

Mehrere Geschosse fuhren gleichzeitig in die Kugel ein und rissen sie auseinander.

Schon glaubte ich, der Kampf sei entschieden.

Doch dann ließen sich zwei Fragmente des Zang-Schiffes, die wieder Kugelform angenommen hatten, auf der Hülle der *Polkjhy* nieder und breiteten sich dort aus.

Ich hatte den Eindruck, sie suchten nach einem Weg hinein.

Dann verschwand das Bild unvermittelt.

Wir befanden uns im Transit.

Kaa

Ein Sternenschiff durch die verzerrte Geometrie eines Transfer-Punkts zu steuern hat schon etwas von Kunst an sich. Mit Maschinenlogik oder Mathematik allein ist so etwas nicht zu bewältigen.

Man muß im rechten Moment wissen, wann man die Flankenfelder losläßt, die einen an einem leuchtenden Pfad festhalten, und wann man sich an den nächsten hängen muß. Dazwischen vergehen nur Sekunden, die aber den Unterschied zu den unendlichen Weiten des Vakuums ausmachen. Und das so oft, bis man in der Diskontinuität die richtige Straße erreicht hat, ohne über deren Rand zu geraten, die einen ans gewünschte Ziel bringt.

Selbst in einem ausgesprochen ruhigen T-Punkt geht es immer noch wie in einem Mahlstrom zu. Bögen und Falten im kosmischen Gewebe, die in mehrere Dimensionen hineinreichen, vermengen sich hier zu einem Gebilde, das man nur mit Spaghetti umschreiben kann.

Man wähnt sich in einem Labyrinth der Unordnung.

So als würde man in einen Spiegel voller Sprünge schauen.

Für diejenigen, die sich auf den Umgang damit verstehen, bieten die Straßen eine bequeme und flotte Möglichkeit, von einem Ort zum anderen zu gelangen. Noch schneller als durch den Hyperraum kann man von einer der verbundenen Galaxien zur nächsten springen.

Doch die Unerfahrenen, die Narren und die Unachtsamen finden hier leicht ihr Ende.

Kaa gefiel an seiner Steuermannstätigkeit vor allem das Hüpfen zwischen den Straßen, sprach das doch beide Seiten der Neo-Delphin-Natur an.

Dank der neuen Gehirnschichten, mit denen die menschlichen Gen-Ingenieure ihn ausgestattet hatten, erschien ihm jede Straße als Fehler im Quanten-System, der noch aus der Zeit stammte, als das Universum langsam abgekühlt war und die verschiedenen Realitätsebenen und den Hyperraum geschaffen hatte. Dabei war es zu Verwerfungen und Defekten gekommen, bei denen die physikalischen Gesetze nur noch in abgewandelter Form galten und es immer wieder zu Kurzschlüssen kam.

Kaa konnte das alles erfassen und bedenken, besaß er doch den disziplinierten Verstand, den Captain Creideiki den Ingenieursgeist genannt hatte.

Gleichzeitig empfing der Steuermann mit Hilfe der älteren Organe in seinem Gehirn das Rauschen einer Strömung und empfing gleichzeitig den zyklischen Rhythmus einer Welle. Diese Organe nahmen Daten in Form von Sonarbildern auf. Intuitiv spürte Kaa, wann es Zeit wurde, eine Straße zu verlassen, und welcher er sich als nächstes zuwenden sollte.

Thomas Orley hatte dieses Manöver einmal folgendermaßen beschrieben: »Man springt von einer Achterbahn zur nächsten, und das inmitten eines heftigen Gewitters.«

Creideiki hatte das etwas anders gesehen:

* *Naturs Umwandlung*
* *Beginnt, endet, lebt und stirbt*
* *Wo Flut trifft beides.*

In der ersten Zeit der Expedition, als Creideiki immer noch in ihrer Mitte weilte und der ausgezeichnete Keepiru der Chefsteuermann gewesen war, hatte man gern Kaa die waghalsigeren Manöver fliegen lassen, und er war mit jeder neuen Aufgabe gewachsen. Noch heute erzählte man sich an Bord, daß nichts einem Flug durch einen T-Punkt gleichkam, wenn Kaa ihn durchführte.

Einmal hatte er in so absurd scheinender Folge die Straßen gewechselt, daß er den Millionen Jahre alten Rekord gebrochen hatte. In fünfeinviertel Mictaar war das Schiff von Tanith nach Calafia gelangt. Damals hatte die Crew ihm einen Spitznamen verliehen.

Lucky.

In Trinarisch, Delphinsprache, drückte dieses Wort viel mehr aus als im Englik und bedeutete eine besondere Beziehung zum Meer und ein paar glückliche Würfe von Jafalls' Würfeln.

Natürlich empfand er das als Auszeichnung. Doch ihm erging es bald, wie es so schön im Sprichwort heißt: Einen Titel zu gewinnen ist nicht schwer, ihn zu behalten dagegen sehr.

Das Glück verließ ihn zum erstenmal während des Fiaskos bei

Oakka, und von da an regelmäßig. Als die *Streaker* endlich völlig geschafft die Schrottberge auf dem Grund des Jijo-Ozeans erreichte, nannte ihn niemand mehr Lucky.

Und damit nicht genug, das Schicksal hielt noch eine weitere grausame Wendung für Kaa bereit. Er verliebte sich in eine Krankenschwester ... und die Liebste wurde ihm entrissen, weil die Pflicht von ihm verlangte, das Schiff zu steuern, während die Jophur hinter ihnen her waren. Peepoe blieb auf Jijo zurück, und mit jeder Minute vergrößerte sich die Entfernung zwischen den beiden Liebenden.

So konnte es nicht verwundern, daß er heute wenig Freude und Erregung dabei empfand, das Schiff von Straße zu Straße hüpfen zu lassen.

Kaa empfand seinen Spitznamen schon seit langem als Fluch.

Im wassergefüllten Kontrollraum herrschte Schweigen. Während Kaa sich auf seine Arbeit konzentrierte, spürte er, wie die anderen Delphine ihre Sonarorgane unter Kontrolle hielten, um ihn nicht zu stören.

Und sie hatten auch allen Grund, sich zu ängstigen; denn dieser Transit verlief anders als die vorangegangenen.

Der Grund dafür befand sich relativ nahe vor der *Streaker* – ein gigantisches Objekt, das Kaa mal als Qualle, mal als Krabbe wahrnahm, deren Scheren größer waren als das Erdenschiff. Die Kugelform, die hervorragend an die Reisen über die T-Punkt-Straßen angepaßt war, machte den Steuermann nervös. Sein Instinkt drängte ihn dazu, sich so weit wie möglich von diesem Gebilde zu entfernen und auf die nächstbeste andere Straße zu hüpfen, ganz gleich, wohin sie auch führen mochte.

Aber dieses bedrohliche Etwas ist unser Führer. Wenn wir ihm zu entkommen versuchen, werden die Zang sicher ihre Waffen sprechen lassen.

Kaa hörte das Muhen aus dem trockenen Kontrollraum. Mittlerweile wußte er, daß diese Laute von den degenerierten Jijo-Glavern stammten, die sich freiwillig in den Zustand der Präsapienz zurückentwickelt hatten. Das allein ließ es dem Steuermann schon unbehaglich zumute werden, da bedurfte es gar nicht mehr der bizarren Fähigkeit dieser Wesen, mit einer vollkommen fremden Lebensordnung kommunizieren zu können. Dank dieses Talents war die *Streaker* den schrecklichen Jophur entkommen, doch zu welchem Preis?

Wir wurden vor einem tödlichen Feind gerettet, aber nur um mit einer anderen Gefahr konfrontiert zu werden, die in allen Fünf Galaxien gefürchtet ist.

Eigentlich waren solche Zwickmühlen ja schon zur Routine für das Delphinschiff geworden. Das ganze Universum schien eine einzige Ansammlung von Falltüren und Hinterhalten zu sein.

Es ist wieder soweit, dachte Kaa, als die Riesenkrabbe vor ihm sanft erzitterte. Zweimal hatte er das vorher schon beobachten können, stets vor einem neuen Sprung. Beide Male hatte es all seines Könnens bedurft, um den Zang zu folgen und nicht auf einer falschen Straße zu landen.

Die Wasserstoffatmer bedienten sich im Transit eines Flugstils, wie er ihn noch nie erlebt hatte. Sie schienen sich mehr an den Zeit- als an den Raumlinien zu orientieren und lösten Kausalitäts-Mikrowellen aus, unter denen jedem an Bord speiübel wurde. Kaa hielt diese Methode keineswegs für besser, und bei jedem neuen Manöver wünschte er sich, das auf seine Weise durchführen zu können.

Ich könnte die Strecke in der Hälfte der Zeit schaffen, wenn ihr mir nur sagen würdet, wohin wir unterwegs sind.

Er mußte den Wasserstoffatmern allerdings zugute halten, daß die Resonanzen dieses T-Punkts sich verändert hatten, seit er zum letzten Mal hindurchgeflogen war. Damals, als die *Streaker* von der Fraktal-Welt floh, weil Dr. Baskin ihr Heil nur noch darin sah, dem Weg der Sooner zu folgen und sich auf der abgelegenen Welt Jijo zu verbergen. Als der zweite Transfer-Punkt sich nahe der

Sonne Izmunuti aufgetan hatte, mußte er den alten gehörig durcheinandergebracht haben.

Dennoch gab es doch bestimmt einen einfacheren und effektiveren Weg ...

Die Sonarbilder verschmolzen zu einem Ganzen, und Kaa erblickte vor sich einen wahren Gordischen Knoten von T-Straßen.

Dieser Wirrwarr ist bestimmt ihr Ziel. Verdammte Zang!

Doch als er aufmerksam lauschte und die Klangrhythmen abklopfte, glaubte er, etwas Eigentümliches in dem Knoten wahrzunehmen.

Ich glaube, ich weiß, was ihr vorhabt.

Kaa war wieder ganz Aufmerksamkeit. Hier ging es nicht nur um die Pflicht oder um ihr Überleben, sondern auch um die Wiederherstellung des Rufs, den die Delphine sich in den Fünf Galaxien erworben hatten.

Für den Steuermann kam es jetzt nur noch darauf an, seine Arbeit richtig zu erledigen und Dr. Baskin und ihre Fracht sicher abzuliefern. Und danach zurück nach Jijo. Zu Peepoe. Auch wenn das bedeuten würde, nie wieder zu fliegen.

Die Kugel bereitete sich auf den letzten Sprung vor.

Alvins Tagebuch

Tut mir leid, aber ich sehe mich außerstande, auch nur einen Moment unserer Reise durch den T-Punkt wiederzugeben.

Wie sollte ich diesem unbeschreiblichen Gebilde schriftstellerische Gerechtigkeit zuteil werden lassen?

Vielleicht durch ein Bild, eine Metapher. Also da wäre unser Feuerwerk am Gründertag. Oder ein ursischer Schausteller, der während seiner Darbietung Explosionsfunken in die Luft wirft. Oder ...

Gib es auf, Alvin.

Ehrlich gesagt, heute ist mir von dem ganzen Unternehmen nur noch meine große Übelkeit im Gedächtnis geblieben. Kein Wunder, wenn man einen Blick auf die sich kreuzenden Lichtbänder warf, die auf jedem Bildschirm gezeigt wurden.

Sara hingegen schrie vor Ekstase, als sie ihre geliebte Mathematik lebendig werden sah. Gillian hingegen murrte vor enttäuschter Überraschung – ein Geräusch, das mir nicht gefiel.

Die Gravitationsfelder zogen sich zusammen und dehnten sich aus. Funken flogen zwischen den Instrumenten hin und her. Die Delphine auf ihren Gehhilfen eilten heran und löschten die Flammen mit Trägheitsgas.

Aber ehrlich gesagt, Ihr werter erstmaliger Reisender durch Raum und Zeit spürte ganz deutlich, daß wir hier keinen normalen Transit zurücklegten.

Ehrlich gesagt, mir ging es so schlecht, daß ich kaum etwas von den Geschehnissen mitbekam. Ich breitete die Arme weit aus, damit die Glaver bei mir Schutz und Geborgenheit finden konnten, und wollte es dabei belassen. Und selbst das Kehlsacklied, das ich zu ihrer und vor allem meiner Beruhigung anstimmte, wollte mir nicht gelingen, gaben mir die fürchterlichen Geräusche um uns herum doch keine Chance, mich zu konzentrieren.

Ohne Zweifel handelte es sich bei diesen Miduras um die schlimmsten in meinem ganzen Leben. Nicht einmal der Moment, als meine Freunde und ich in unserem winzigen Tauchboot in die kalte Tiefe des Mitten stürzten, war annähernd so gräßlich.

Der Steuermann rief irgendwann: »Achtung, jetzt geht's los!«

Und danach wurde alles rasch noch schrecklicher.

Die Eingeweide preßten gegen mein Herz, und ich konnte nicht mehr atmen, als mit einem Schlag jegliches Geräusch verstummte.

Für einen ziemlich langen Moment glaubte ich, in einem Baumwollballen festgeschnürt zu sein. Und es kam mir so vor, als blicke ich in das Ende eines Tunnels – oder aus einem Brunnenschacht nach oben.

Und dann war alles vorüber.

Wir befanden uns wieder im normalen Kosmos. Ein großes Gewicht löste sich von meinem Erwachsenenrückgrat, und jetzt konnte ich auch wieder frei atmen.

Wir jijoanischen Hoon lieben das Wasser und unsere Segelschiffe, und Seekrankheit ist uns völlig unbekannt. Aber wenn unsere Vorfahren durch den Weltraum gereist sind, müssen sie eigentlich die ganze Zeit gekotzt haben. Kein Wunder, wenn man sich erzählt, wir wären früher rechte Griesgrame gewesen.

Gillian und Sara waren schon wieder auf den Beinen und liefen auf das große Display zu. Die Delphine aktivierten ihre Gehapparate und bauten sich hinter den beiden Frauen auf. Mit butterweichen Knien gesellte ich mich zu ihnen.

Die Farben und Bänder verließen den Schirm. So etwas wie ein Vorhang zog sich vor unseren Augen zurück, und wir erblickten ...

... Sterne.

Was für eigenartige Konstellationen.

Diese Himmelskörper mußten Jafalls wie weit von den Sternbildern entfernt sein, die ich von meiner Heimat kannte.

Was soll man eigentlich fühlen, wenn für einen ein unmöglicher Traum wahr geworden ist?

Alvin, alter Freund, du bist verdammt weit weg von zu Hause.

Während ich noch auf den Schirm starrte, drehte sich die *Streaker* langsam, und das ganze fremde Firmament zog an uns vorbei. Sternen-Cluster, -nebel und Spiralarme, deren Licht Jijo in einer Million Jahre noch nicht erreicht haben würde.

Und dann bekamen wir unseren Führer, die Zang-Kugel, zu sehen. Und auch den Ort, zu dem sie uns brachte.

Ein kollektives Stöhnen erfüllte den Kontrollraum, als die Erdlinge erkannten, wohin die Reise ging.

»Oh, nein!« ächzte Tsh't. »Das darf doch nicht wahr sein.«

Dr. Baskins Schultern sackten herab.

»Das glaube ich einfach nicht. Nach all dem, was wir durchgemacht haben ... kommen wir ausgerechnet hier wieder an!«

Meinen Augen bot sich ein Anblick, den ich einfach nicht in Worte fassen konnte. Ein Gebilde, fast so schwarz wie der Weltraum. Als Gillian diesen Raumsektor vergrößerte, starrte ich hin und schüttelte mich.

Eine Kugel, aber voller Stacheln, so wie bei den Burr-Samen, die sich einem ans Bein heften, wenn man, nichts Schlimmes ahnend, durch Feld und Flur wandert. Zuerst glaubte ich, wir hätten ein weiteres Riesenraumschiff vor uns.

Doch dann bemerkte ich, daß wir immer noch mit hoher Geschwindigkeit flogen und das Gebilde nur sehr langsam größer wurde.

Das ist ja wirklich groß, dachte ich, dagegen wirkt ja selbst die Zang-Kugel klein.

Die Wasserstoffatmer flogen jetzt neben uns her, und ich konnte immer nur ganz kurz danach sehen, weil das Rippeln und Wackeln auf der Oberfläche der Hülle mir wieder Übelkeit bereitete. Aus den Lautsprechern kamen wieder diese eigenartigen Laute. Die Glaver wiegten die Köpfe dazu und muhten.

»Sie sagen uns, wir müssen folgen«, übersetzte die Niss-Einheit.

»Sollen wir nicht lieber zum Transfer-Punkt zurück?« schlug Tsh't mit zitternder Stimme vor. »Wir bräuchten nur zu wenden, dann rasch hinein und den Rest Kaa überlassen.«

Gillian schüttelte den Kopf.

»Die Zang würden uns keine zwei Meter weit kommen lassen.«

Sie ließ die Schultern in einer Weise absacken, wie selbst ein mit allem Menschlichen vertrauter Hoon es nicht nachahmen kann. Mir schwante, daß die Stachelkugel, auf die wir uns zubewegten, für die Besatzung der *Streaker* kein unbekannter Ort war.

Ich warf einen Seitenblick auf Sara. Zum erstenmal schien meine Mitjijoanerin genauso ratlos zu sein wie ich. Die Mathematikerin starrte nur auf das Gebilde, und ihrer Miene war anzusehen, daß sie keine Ahnung hatte, was sie sich darunter vorstellen sollte.

Der einzige Menschenmann in diesem Raum, Emerson d'Anite, gab ein eigenartiges Geräusch von sich. Er spricht nie und war während unserer Reise durch den T-Punkt noch stiller als sonst. Dabei starrte er auf die eigenartigen Farben, als besäßen sie für ihn eine Bedeutung, die uns anderen fremd war.

Als er jetzt den stacheligen Ball zu sehen bekam, verzerrten sich die Züge des Kopfverletzten. Sara trat besorgt an seine Seite, legte ihm eine Hand auf den Arm und redete beruhigend auf ihn ein.

Wenn dieser Ort die Terraner dazu bewegt hat, nach Jijo zu fliehen, dann kann ich mir so ungefähr vorstellen, was jetzt in ihnen vorgeht.

Doch dann riß mich eine vertraute Stimme aus Verzweiflung und Ehrfurcht.

»Mann, ist ja rattenscharf!«

Ich drehte mich um und entdeckte Huck, die hereingerollt kam und alle vier Augenstiele auf den Bildschirm richtete.

»Das Ding sieht ja cool aus. Was ist das denn?«

Wieder ging die Tür auf, und Ur-ronn schob ihren kleinen Kopf und den langen Hals herein. Sie rümpfte gleich das einzige Nasenloch, als sie den strengen Geruch terranischer Furcht wahrnahm.

Weil die Urs stehenblieb und ihm den Weg versperrte, schob Schere sie rüde beiseite. Er drehte seinen Kopf und schlug die Scheren gegeneinander.

Natürlich hätte ich mit ihrem Besuch rechnen müssen. Niemand hatte sie hinzugebeten, aber wenn meine Freunde eins gemeinsam haben, dann den untrüglichen Instinkt, Ärger zu finden und aufzusuchen.

»He, Zottelbein!« Huck stieß mich mit zwei Augenstielen an, während sie die beiden anderen so weit wie möglich ausgefahren hatte, um doch noch einen Blick auf den Schirm zu erhaschen. »Setz deine vielen Pfunde in Bewegung und schaff mir Platz zwischen diesen Fischeimern, damit ich auch was sehen kann!«

Ich zuckte zusammen und hoffte, die Delphine wären gerade zu beschäftigt, um die Frechheiten der g'Kek mitzubekommen. Da ich die Crew nicht stören wollte, packte ich Huck an der Achse und hob sie hoch, damit sie mehr erkennen konnte. Eine junge g'Kek wiegt nicht allzuviel, aber mein Erwachsenenrückgrat war noch ziemlich neu, und jedesmal, wenn meine Freundin vor Aufregung und Begeisterung herumzappelte, knackten die Knochen verdächtig.

»He, Dicker, was ist denn das?« wollte sie mit Blick auf die Stachelkugel wissen.

Lieutenant Tsh't drehte sich auf ihrem Gehapparat halb um und sah meine Freundin mit einem dunklen Auge an.

»Das ist ein Ort, an dem wir Fischeimer viel Not gelitten haben, bevor wir zu deiner Welt gekommen sind.«

Wäre ich ein Mensch gewesen, wäre ich jetzt am liebsten vor Scham im Boden versunken. Als Hoon blähte ich den Kehlsack auf und murmelte Entschuldigungen.

Huck dagegen ließ sich davon überhaupt nicht beeindrucken.

»Sieht aber mächtig groß aus. Ist ja kraß!«

Die Delphinin stieß schnaubend Wasser aus ihrem Luftloch aus.

»Ja, kraß trifft es vielleicht auch. Dieses Gebilde stellt eine Hülle dar, die ein Gebiet von etwa dreißig Astronen umschließt.«

Huck zuckte mit den Augenstielen.

»Tja, muß ja wohl mächtig viel sein, oder? Ich sag dir mal, woran mich das Ding erinnert. Sieht nämlich genauso aus wie der Panzer von einer Wüstenmuschel.«

»Man sollte sich nie vom Augenschein täuschen lassen«, mahnte Tsh't. »Die Hülle ist so weich, daß man sie mit einem Holzlöffel durchstoßen kann. Und wenn du darauf ausatmest, würde die betreffende Stelle sofort verdampfen. Die durchschnittliche Dichte dieser Masse ähnelt der einer Wolke in einem Schneesturm.«

Warum fürchten sie sich dann? Das hört sich doch nicht sehr bedrohlich an, dachte ich. Doch dann fiel mein Blick auf die Mathematikerin. Sara hatte die Stirn gerunzelt, und sie starrte abwechselnd auf die Datenanzeigen und den Lieutenant.

»Die Infrarotwerte ... die Emissionsprofile ... Das bedeutet doch wohl nicht, daß sich in diesem Hohlraum ...«

Sie konnte nicht weitersprechen. Tsh't verzog bitter das Gesicht.

»Doch, genau das. Im Herz dieser weichen Hülle steht eine Sonne. Man sollte sich von der Schneehaut nicht täuschen lassen. Willkommen in der Fraktal-Welt, liebe jijoanische Freunde.«

Lark

Kalt war ihm nicht. Nicht so richtig. Obwohl er eigentlich hätte frieren müssen.

Ein widerwärtig süßer Nebel hüllte Lark ein. Er war von allen Seiten von Membranen umgeben, die sich an ihn preßten und seinen Körper in einer gebeugten Haltung mit dem Kinn auf den Knien festhielten.

Lark stellte sich vor, daß es sich so anfühlen mußte, wieder im Mutterleib eingezwängt zu sein.

Bald fiel ihm dazu noch eine Ähnlichkeit auf.

Er atmete nicht mehr.

Tatsächlich war sein Mund fest versiegelt und seine Nasenflügel von dicken Stöpseln verschlossen. Das rhythmische Heben und Senken des Brustkorbs, das leise Seufzen der Luft, all diese wahrnehmbaren Hintergrundgeräusche seines normalen Lebens ... waren verschwunden!

Kaum war ihm das klar geworden, geriet Lark in Panik. Ein roter Schleier legte sich über seine Augen und verengte sich zu einem Tunnel, während er kämpfte und um sich trat. Obwohl sein Körper sich zunächst dagegen wehrte, gelang ihm der Versuch einzuatmen ... und er erreichte damit rein gar nichts.

Der Jungweise zwang sich noch einmal dazu, ein Kraftakt für den Brustkorb in seinem schneckenhausartigen Gefängnis. Larks Rückgrat krümmte sich vor Anstrengung, bis schließlich der Hauch eines Gases an einem der Nasenstöpsel vorbeigelangte – vielleicht waren es nur ein paar Moleküle –

– die beißenden Gestank mit sich brachten!

Plötzliche Krämpfe brannten in seinem Körper. Seine Glieder zuckten, und seine Eingeweide zogen sich zusammen, als er versuchte, sich in die ihn umschließende, trübe Masse zu übergeben.

Glücklicherweise war sein Magen leer – er hatte seit Tagen kaum etwas gegessen. Ein wattiges Gefühl verteilte sich wie eine Droge in seinen Gliedmaßen und verlieh ihnen lindernde Taubheit. Als der Anfall vorüber war, blieb nur ein fauliger Geschmack in seinem Mund zurück.

Lark hatte eine wertvolle Lektion gelernt.

Solltest du noch einmal in Embryonalhaltung in einem stinkenden Sack eingeschlossen sein und kein Bedürfnis haben zu atmen, dann laß es. Nimm es, wie es kommt.

Lark fühlte seinen Puls und überprüfte, ob wenigstens sein Herz noch schlug. Das hartnäckige Stechen in seiner Nase – ein vertrauter, übler Geruch – reichte aus, um klarzustellen, daß das Leben weiterging, so schmerzhaft es sich auch gestalten mochte.

Als er den Kopf drehte und sich umschaute, stellte Lark rasch fest, daß sein Gefängnissack nur einer von vielen war, die in einem wesentlich größeren umherschwammen. Er konnte noch andere Membranbehältnisse im trüben Nebel ausmachen. In den meisten steckten große, konische Jophur gefangen – verbundene Stapel triefender Wülste, die matt pulsierten und deren unterste Ringsegmente sinnlos auf der Suche nach festem Halt umherstießen. Einige der traekiartigen Wesen sahen vollständig aus, aber andere waren eindeutig in kleinere Stapel oder sogar einzelne Wülste zerlegt worden.

Kabel, verworren wie die pulsierenden Fangarme einer Mulch-Spinne, wuchsen aus jeder Zelle ... auch aus seiner eigenen. Tatsächlich schob sich eines durch die nahe durchsichtige Wand, schlängelte sich um Larks linkes Bein und endete schließlich an der Innenseite seines Oberschenkels, direkt unterhalb seiner Hoden.

Dieser Anblick erzeugte eine neue Welle der Panik, der er diesmal mit Hilfe seiner zuverlässigsten Quelle, seinem Wissen als primitiver Forscher, beizukommen versuchte. Jijo lag vielleicht am Ende der Zivilisation und war von den intellektuellen Ressourcen der Fünf Galaxien abgeschnitten, aber auch aus Büchern konnte ein funktionierendes Gehirn eine Menge lernen.

Benutze dein Wissen. Finde eine Erklärung dafür!

Also gut.

Erstens ... Das Kabel, das aus seinem Bein kam, schien in seine Schlagader zu führen. Vielleicht ernährte es sich *von* ihm, wie ein Space-Egel in einer grellen, vorzeitlichen Science-fiction-Geschichte. Aber dieses Horrorszenario war so lachhaft, daß es einfach nicht in Frage kam.

Einfache Lebenserhaltungssysteme. Ich befinde mich in einer giftigen Atmosphäre, also können sie mich nicht atmen, essen oder trinken lassen. Sie müssen Sauerstoff und Nahrung direkt in mein Blut schleusen.

Wer auch immer »sie« sein mochten.

Was die schwimmenden Behältnisse betraf, so war Lark lange genug Biologe gewesen, um *Probencontainer zu* erkennen, wenn er welche sah. Obwohl ihm nicht zum Lachen zumute war, konnte man die Ironie des Schicksals nicht übersehen. Er hatte in seiner Karriere als Forscher mehr als genug hilflose Kreaturen in solche Behältnisse eingesperrt, als er die komplizierten Zusammenhänge und Abhängigkeiten der Lebewesen auf Jijo untersuchte.

Wenn die Natur für derartige Taten Karma verteilte, dann hatte Lark sich sein Fegefeuer durchaus verdient, das in dieser Weise über ihn kommen mochte.

Er strengte sich an, um in dem Nebel besser sehen zu können, und hoffte, Ling nicht als eine der Gefangenen zu entdecken. Dennoch fühlte er sich einsam, als er sie nirgends ausmachen konnte.

Vielleicht konnte sie Rann und den Jophur entkommen, als diese gelben Monster die Polkjhy *besetzten. Wenn sie es bis zum Kern des Lebens geschafft hatte, könnte sie durch den Blätterdschungel ge-*

krochen sein und in unserem alten Nest Sicherheit gefunden haben. Zumindest für eine kleine Weile.

Jenseits der trüben Brühe konnte er Wände ausmachen. Er schätzte, daß der Raum größer war als der Versammlungsbaum in seinem Heimatdorf. An der Einrichtung und den Geräten erkannte er, daß er sich immer noch an Bord des Jophur-Schlachtschiffs befand, aber die Invasoren hatten diesen Teil des Schiffes in ihre Gewalt gebracht und ihn mit ihrer eigenen Atmosphäre gefüllt.

Das war ein Hinweis. Der schreckliche Gestank. Ein Gift, das das Atmen unmöglich machte. Larks mitgenommenes Gehirn kam erst einmal zu keinen weiteren Schlüssen. Für einen Jijoaner – sogar für einen sogenannten »Wissenschaftler« – erschien der ganze Weltraum als ein Reich schrecklicher Wunder.

Haben sie das ganze Schiff unter ihre Kontrolle gebracht?

In Anbetracht der Stärke der mächtigen Jophur schien das etwas weit hergeholt, aber Lark versuchte sich trotzdem mit dieser Vorstellung zu trösten. Die Vettern der Traeki waren eine Plage für alle Sechs Rassen auf Jijo, besonders für die armen g'Kek. Für Larks Zuhause war es sicher am besten, wenn das Schlachtschiff *Polkjhy* seine Heimat niemals erreichte, um dort zu berichten, was es in der dunkelsten Gegend von Galaxis Vier entdeckt hatte.

Trotzdem konnten die Invasoren kaum hoffen, daß er mit seiner neuen Situation zufrieden oder seinen neuen Gegnern dankbar war.

Es dauerte eine ganze Weile, aber dann bemerkte Lark, daß einige von ihnen sich in der Nähe aufhielten!

Zunächst hielt er die blubbernden Schatten für Klumpen in dem alles einschließenden Nebel, die einfach etwas dichter waren. Aber diese bestimmten Flecken blieben kompakt und in sich abgeschlossen, nur von außen schienen sie flüssig. Er fand, sie sahen so ähnlich aus wie treibender Teichschlamm … oder schnelle Gewitterwolken, die gefährlich zwischen kleineren Wolken dahinzogen. Einige dieser amorph gestalteten Körper drängten sich um einen

Probensack in der Nähe und untersuchten den darin gefangenen Jophur.

Untersuchen? Wie kommst du denn darauf? Siehst du irgendwelche Augen? Oder andere Sinnesorgane?

Die fließenden Gebilde bewegten sich träge und krochen durch die zähe Brühe, indem sie so etwas wie temporäre Arme oder Pseudogliedmaßen ausstreckten oder zusammenzogen. Sie schienen keine dauerhaften Organe oder Strukturen innerhalb ihrer durchsichtigen Membran zu haben, nur rhythmische Bewegungen von kleinen tropfengroßen Untereinheiten, die sich aneinanderreihten, ineinanderflossen oder aufteilten und einem komplexen Muster zu folgen schienen, welches er nur in Ansätzen erkennen konnte.

Der Forscher erinnerte sich an ein frühes amöbenartiges Wesen, noch um einiges größer als dieses hier – den Invasoren, die durch eine Schiffswand gedrungen waren und Rann und die anderen Verfolger, die Lark in eine Falle gejagt hatten, vertrieben hatten. Es kam ihm so vor, als hätte der eine ihn direkt angeschaut, bevor er schnell auf ihn zukroch, um ihn zu verschlucken.

Was kann das bloß sein? Hat Ling irgendwann einmal so etwas erwähnt? Ich weiß es nicht mehr …

Auf einmal wußte Lark wieder, woher er den fauligen Geruch kannte. In Biblos … der Halle der Wissenschaften … in einem Flügel des großen Archivs, wo man das Buchregal entfernt und ein Chemielabor eingerichtet hatte. Dort arbeitete eine kleine Gruppe Weiser daran, uralte Geheimnisse wiederzuentdecken, finanziert und unterstützt von der Sprengmeister-Innung auf Jijo.

Sie wollten alte Fertigkeiten wiederentdecken und auch einige neue Dinge lernen. In dieser Zunft wimmelte es von Häretikern wie Sara. Sie alle glaubten an den »Fortschritt«.

Ich habe nie darüber nachgedacht, aber am Hang wimmelte es nur so von abtrünnigem Gedankengut, zum Teil sogar noch merkwürdiger als meine eigenen Vorstellungen. Im Laufe der Zeit hätten wir uns sicher in religiöse Widersprüche verstrickt – oder sogar in einen Bürgerkrieg – wenn nicht dieses Jahr die Götter vom Himmel gekommen wären.

Er dachte an Harullen und Uthen, seine beiden Freunde, die durch den Verrat der Aliens umgekommen waren. Und an Dwer und Sara – die zu Hause in Sicherheit waren, wie er hoffte. Um ihretwillen würde er dieses majestätische Raumschiff sprengen, wenn dadurch Jijo nur wieder in den Tiefen seliger Unsichtbarkeit versinken könnte.

Larks unerfreuliche Gedanken streiften von einer melancholischen Vergangenheit über eine unverständliche Gegenwart bis in die ungewisse Zukunft.

Die Zeit ging weiter, aber er konnte sie lediglich durch das Zählen seiner Herzschläge messen. Das wurde schnell langweilig, aber er blieb trotzdem dabei, um wenigstens irgend etwas zu tun.

Wasserstoffschwefelgas ... diese Wesen müssen Zang sein. Aber ich bin immer noch am Leben! Sie müssen mich irgendwie interessant finden.

Lark nahm sich vor, ihre Neugierde zu schüren, koste es, was es wolle.

Alvins Tagebuch

»Willkommen in der Fraktal-Welt, liebe jijoanische Freunde!«

Das wäre natürlich ein phantastisches Ende für diesen Tagebucheintrag.

Dieser Spruch hatte etwas unheimlich Dramatisches an sich. Ich spürte, wie der Besatzung erst jetzt so richtig klar wurde, was sie die ganze Zeit schon befürchtet hatte. Sie waren so lange vor den mächtigen Flotten geflohen, hatten sich auf dem Meeresgrund von Jijo verborgen und so viele Kameraden verloren, nur um an den Ort zurückzugelangen, an dem sie so viel Leid erfahren hatten.

»Vielleicht ist das ja hier ein ähnliches, aber dennoch ganz anderes Gebilde«, bemerkte Akeakemai, einer der technischen Offiziere. »Es heißt doch schließlich, davon gäbe es allein in dieser Galaxis eine Million.«

Doch Tsh't schob solchem Wunschdenken gleich einen Riegel vor, als sie mitteilte, daß die Sternenkonfigurationen gleich seien.

»Davon abgesehen, wie hoch mag wohl die Wahrscheinlichkeit sein, daß noch so ein Schneeball so nah an einem Transfer-Punkt liegt? Die meisten dieser Phänomene befinden sich innerhalb eines Globulat-Clusters.

Nein, die Zang haben uns aus irgendeinem verdammten Grund hierher zurückgebracht, mögen sie dafür in der Hölle schmoren.«

Wir vier Jijo-Jugendlichen versammelten uns in einer Ecke und tauschten uns aus. Ur-ronn hatte mit ihren Freunden im Maschinenraum gesprochen und teilte uns jetzt aufgeregt mit, was sie in Erfahrung gebracht hatte.

»Der Sssneeball issst innen hohl, und sssein Radiusss issst dreimal ssso grosss wie der Orbit von Jijo. Im Sssentrum sssteht ein kleiner roter Ssstern. Ausssen issst die Kugel voller Ssspitsssen und Sssacken, um eine möglissst grossse Oberflässse sssu sssaffen, von der Hitssse in den Raum abgessstrahlt werden kann. Und auf der Innenssseite verhält esss sssisss ähnlisss. Die unebene Oberflässse fängt ssso jeden einssselnen Ssstrahl von der Sssonne auf.«

»Das könnte eine glatte Kugelstruktur auch bewirken«, warf die Niss-Einheit ein und erzeugte ein Hologramm von einer runden Hülle, die einen roten Punkt umschloß.

»Einige Präkontakt-Erdlinge haben solche Gebilde bereits vorausgesehen und nannten sie –«, begann die Niss-Einheit.

»Dyson-Sphären!« unterbrach Huck sie.

Wir alle starrten sie an.

»Was ist los mit euch, Leute? Habt ihr etwa all die Science-fiction-Romane schon vergessen, die wir verschlungen haben?«

Hoon waren im Nachdenken immer schon langsamer als andere, und so dauerte es eine Weile, bis ich bedächtig nickte.

»Hrrm, ja, ich erinnere mich, darüber gelesen zu haben, aber ich weiß noch, daß diese Idee mir damals zu phantastisch vorgekommen ist ...« Ich unterbrach mich, weil mir kein vernünftiger Schluß für meinen Satz einfallen wollte. Schließlich sah ich die damalige Theorie ja hier in der Praxis vor mir.

»Wie ich gerade erklären wollte«, fuhr die Niss-Einheit, gereizt über die ständigen Unterbrechungen, fort, »fehlte es dem Konzept der Dyson-Sphäre an einigen essentiellen geometrischen Erfordernissen, um in ihrem Innern einen Stern zu beherbergen. Paßt auf, ich zeige es euch.«

Ein neues Gebilde löste die glatte Kugel ab. Wir sahen jetzt einen stachligen Ball vor uns, so ähnlich wie eine Quill-Koralle, die sich manchmal in unseren Fischernetzen findet. Vor unseren Augen öffnete sich die Sphäre, und wir erblickten eine große Leere mit einem winzigen Stern im Zentrum. Und wir erkannten auch, daß die Stacheln sich nicht nur außen befanden, sondern ebenso aus der Innenseite ragten. Sie bildeten einen regelrechten Wirrwarr, so dicht wie das Geflecht in einem Regenwald.

»Auf der Erde hat man so etwas Criswell-Struktur genannt. Die Zapfen bilden eine Fraktalform. Die Innenseite verfügt über etwas mehr Fläche; denn ihre Aufgabe besteht darin, ein Maximum an Oberfläche der Sonnenbestrahlung auszusetzen und auch noch die Strahlen einzufangen, die in einem breiten Winkel einfallen.«

»Wieso?« wollte Schere wissen.

»Um die Anzahl von Fenstern zu maximieren«, antwortete die Niss-Einheit, als würde das schon alles erklären.

»Die Energie bildet hier den entscheidenden Faktor. Die kleine Sonne stößt pro Sekunde etwa zehn bis dreißig Ergs aus. Wenn man das alles einfangen kann, steht jedem Bewohner ein Megawatt an Energie zur Verfügung, und das bei einer Bevölkerung von einhundert Billionen. Wenn man die individuelle Energiemenge entsprechend vermindert, ließen sich sogar bis zu zehn Billiarden Bürger versorgen.«

Wir konnten nur noch staunend die Augen weit aufreißen. Sogar Huck wußte einmal nichts zu sagen.

Ich hatte alle Mühe damit, mir mit meinem schwerfälligen Verstand solche Zahlen vorzustellen.

Versuchen wir es einmal so: Wenn alle Bürger der Sechs Rassen auf Jijo sich plötzlich in ihre Zellen auflösten und aus jeder dieser Zellen ein neues, vollständiges Wesen erwüchse, wäre ihre Anzahl immer noch nicht so groß wie die, von der die Niss-Einheit gerade gesprochen hatte. Und wer es lieber so mag: Dieser Wert übersteigt sogar die Anzahl aller Sonnen und Planeten in den Fünf Galaxien.

(Darauf bin ich erst viel später gekommen. In jenem Moment konnte ich erst einmal nur dumm aus der Wäsche schauen.)

Unsere ursische Freundin fand als erste ihre Sprache wieder.

»Dass hört sssisss aber sssiemlisss überfüllt an.«

»Nun, die Menge einer Bevölkerung richtet sich nach der zur Verfügung stehenden Energie und sonnenzugewandter Oberfläche. Der Lebensraum des einzelnen stellt in diesem ›Schneeball‹ kein großes Problem dar. Tatsächlich dürfte jeder Bewohner über eine großzügige Wohnfläche verfügen. Nach meinen Berechnungen steht jedem Individuum Raum in der Größenordnung der Fläche eures jijoanischen Vulkans Guenn zur Verfügung.«

»Äh ... äh ... äh ... äh ... äh ...«, stotterte Schere aufgeregt aus allen fünf Beinmündern gleichzeitig. »Leute haben diese Kugel gebaut, um darin zu wohnen?«

Das Niss-Hologramm verdrehte seine Linien zu einem Bündel – seine Art, Erheiterung zum Ausdruck zu bringen. »Die Bewohner würden den Ausdruck ›Leute‹ sicher als Beleidigung ansehen, mein junger, barbarischer Freund. Sie stehen nämlich auf einer höheren Stufe als du oder ich. Fraktal-Kolonien werden in der Regel von Mitgliedern der Klans bewohnt, die ihr ›Rentner-Kaste‹ nennt.

In diesem Schneeball wie auch in den vielen Millionen anderen, die über die Fünf Galaxien verstreut liegen, verbringen die älteren Rassen ihren Lebensabend in Ruhe und Frieden. Und das, weil sie sich nicht mehr um das Getöse und Gezänk der jüngeren Klans kümmern.«

Ein Delphin, der das mitgehört hatte, schnaubte verächtlich, obwohl mir in diesem Moment die bittere Ironie in den Worten der Niss-Einheit noch nicht recht aufgehen wollte.

In diesem Moment kam Sara zu uns.

»Aber woraus besteht diese Sphäre?« wollte sie wissen. »Welche Materialien muß man verwenden, um ein so gewaltiges Gebilde dauerhaft errichten zu können?«

Die Darstellung wandelte sich erneut. Eine kleine Ecke wurde aus dem Ball herausgeschnitten, und wir erblickten Streben, die zu dem Stern hin und von ihm fort verliefen und sich dabei in Seitenarme teilten, die sich wiederum vermehrten, bis man die kleinsten mit bloßem Auge nicht mehr erkennen konnte.

»Die Innenseite besteht im wesentlichen aus gesponnenem Kohlenstoff, der von verschiedenen Quellen hierhergeschafft wurde. Wie übrigens auch der Stern sozusagen importiert ist. Wasserstoff-Helium-Fusionsreaktoren haben im Verlauf von vielen Millionen Jahren noch mehr davon produziert. Kohlenstoff kann nämlich direkter Sonnenstrahlung standhalten. Außerdem hält er eine Menge zentrifugale Spannung aus.

Die Außenseite befindet sich in subkeplerschen dynamischen Strukturen. Weil sie einem starken Zug nach innen ausgesetzt ist, verfügt sie über eine starke Kompressionsabwehr ... Bienenwabenstruktur ... feldstabilisierter metallischer Wasserstoff ...« Mir schwirrte der Kopf, und ich bekam nur noch Bruchstücke mit.

»... magnetische Induktion ... andere Komponenten des protoplasmischen Lebens ... Criswell-Struktur ... Rückstrahlung ...«

Ich gab endgültig auf. Meine Ohren weigerten sich einfach, noch ein Wort aufzunehmen. Für die Niss-Einheit hat das alles sicher viel Sinn ergeben, aber wir Jugendlichen haben nur Bahnhof verstanden. Später haben wir darüber diskutiert, ohne zu einem Ergebnis gekommen zu sein. Und dann haben wir alles, was wir noch behalten haben, meiner Schreibmaschine eingegeben.

Ur-ronn meinte, sie habe mehr davon kapiert als wir anderen zusammen.

Ich für meinen Teil kam zu dem Schluß, daß wir im Reich der Götter angekommen sein müßten.

Eine andere Frage beschäftigte mich viel mehr als das technische Drum und Dran, mit dem die Niss-Einheit uns so detailliert versorgte.

Wenn dieses monströse Gebilde für Milliarden und Abermilliarden von Lebewesen geschaffen worden war, wer wohnte dann hier? Warum packte man derartig viele Wesen in einen Riesenschneeball, in eine so weiche Hülle, daß schon ich sie mit meinem Atem zum Schmelzen bringen konnte?

Und die Einheit hatte Wasserstoff erwähnt. Hatten die Zang vielleicht etwas damit zu tun?

Und warum fürchtete die Besatzung der *Streaker* diesen Ort so sehr?

Ich warf einen Blick auf Gillian. Sie stand vor zwei großen Displays. Das eine zeigte die Fraktal-Welt in Echtlicht, als schwarze Scheibe, die sich in das Sternenmeer hineingefressen zu haben schien.

Das andere bildete den Schneeball in Infrarot ab. Er sah jetzt aus wie der Schädel eines mittelalterlichen Drachens und glühte so rot wie hoonsches Blut.

Ich fragte mich, wie viele Augenpaare aus gefrorenen Fenstern das Erdenschiff beobachteten, das auf sie zukam. Wie mochten sie uns wohl sehen? Waren wir für sie nicht mehr als Larn oder Insekten?

Unser Führer, das Zang-Schiff, sonderte Objekte von seinen Flanken ab. Die Ernteraumer, die es aus den Sonnenstürmen hatte retten können, schwärmten vor uns aus und strebten sofort dem Schneeball zu, als hätten sie dort eine dringende Verabredung.

In diesem Moment wurde mir bewußt, wie privilegiert ich mich fühlen durfte, vier der großen Lebensordnungen auf einem Fleck versammelt beobachten zu können: Wasserstoffatmer, Mechanoiden, Sauerstoffatmer und Rentner. Letztere faszinierten mich irgendwie, dachten sie doch in viel größeren Dimensionen. Statt eines Ofens nutzten sie gleich eine ganze Sonne, um es bei sich zu Hause schön warm zu haben.

Wir jijoanischen Sooner standen natürlich meilenweit unter der Zivilisation der Fünf Galaxien, aber für die Rentner waren wohl selbst die Großen Institute kaum mehr als Ameisenhaufen.

Der dunkelhäutige Emerson stellte sich neben Dr. Baskin und tauschte mit ihr einen Blick aus, der mehr zu sagen schien als tausend Worte.

»Du spürst es also auch?« fragte sie leise. »Irgend etwas ist diesmal anders, und ehrlich gesagt, ich habe kein gutes Gefühl.«

Der Stumme kratzte sich an der Hand, grinste unvermittelt und fing an, ein Lied zu pfeifen. Mir sagte die Melodie nichts, aber Gillian fing ebenfalls an zu grinsen.

»Ja, du hast recht, das Leben ist voller Veränderungen. Und warum sollten wir zur Abwechslung nicht mal ein wenig optimistisch sein? Möglicherweise haben die Alten sich ja seit unserem letzten Besuch eines Besseren besonnen.« Aber ihr humorloses Lächeln verriet, daß sie nicht ernsthaft damit rechnete. »Oder irgend etwas ist bei ihnen passiert, und darüber haben sie uns Wichte ganz vergessen.«

Zu gern hätte ich mehr darüber erfahren, aber dann kam es mir doch ungehörig vor, sie in ihrer jetzigen Stimmung zu stören. Also blieb ich an meinem Platz und verfolgte auf dem Schirm, wie die Mechanoiden hinter der Fraktal-Welt verschwanden.

Etwas später meldete sich eine nervöse Stimme über Interkom. Olelo, unser Ortungsoffizier, rief die Brücke.

»Schon seit einer ganzen Weile melden die Sensoren erhöhte Gas- und Partikelsignaturen. Mittlerweile sind daraus körnchengroße Gebilde geworden. Daneben messen wir Ionenströme, wie sie für Solarwinde typisch sind.«

»Was für Körnchen?« wollte Dr. Baskin wissen.

»Die Spektralprofile entsprechen der direkten Bestrahlung durch einen Zwergstern der Klasse Acht.«

Emerson und ich verstanden kein Wort. Er aus gesundheitlichen

Gründen und ich wegen meiner barbarischen Herkunft. Aber Gillian schien sehr viel damit anfangen zu können.

»Direkte Bestrahlung ... aber das hieße ja ...« Sie riß die Augen weit auf. »Gütiger Himmel!«

Alarmsirenen gellten auf, und alle im Kontrollraum stellten ihre Gespräche ein, sogar Huck. Der große Bildschirm zeigte jetzt nur noch den Raumsektor zwischen der *Streaker* und dem Schneeball an.

Huck richtete alle vier Augenstiele nach vorn. »Bei Jafalls!«

Die Delphine bewegten sich unruhig auf ihren Gehapparaten.

Ur-ronn klapperte nervös mit den Hufen.

Schere sagte nur: »Jungejungejungejunge. Jungejungejunge ...«

Ich bemerkte nichts dazu, fing aber instinktiv an, eines meiner beruhigenden dunklen Lieder zu summen. Wie üblich war ich wieder einmal der letzte, bei dem der sprichwörtliche Groschen fiel.

Eine Delle hatte sich in der Sphärenoberfläche gebildet, die sich immer weiter verdünnte.

Rotes Licht drang plötzlich aus der Hülle. Begleitet von blitzenden Pünktchen wie Funken bei einem brennenden Haus.

Unsere tapfere jijoanische Weise trat einen Schritt vor.

»Da reißen ja Löcher auf!«

Olelo meldete sich wieder auf der Brücke.

»Bestätigung ... Wir registrieren ein Loch in der Criswell-Struktur ... Nicht besonders groß, doch, halt, es dehnt sich sehr schnell aus ... hat im Moment den Durchmesser von einem Astron ... Genaue Werte liegen noch nicht vor, aber ich vermute ...«

Eine lange Pause folgte, in der niemand ein Wort sprach oder auch nur zu atmen wagte.

»Ja, jetzt liegen die Daten vor ... Das Gebilde steht davor zu kollabieren.

Wir wissen nicht, was dieser Sphäre zugestoßen ist ... aber der Prozeß scheint nicht umkehrbar zu sein.«

Gillian

Das Panorama des Todes hielt sie gefangen.

»Eins muß man euch Erdlingen ja lassen«, bemerkte die Niss-Einheit. »Wo immer ihr auftaucht, hinterlaßt ihr einen bleibenden Eindruck.«

Gillian wußte nicht, was sie der Maschine hätte antworten sollen. Außerdem hoffte sie, wenn sie den Mund hielte, würde der Zerfall vielleicht aufhören.

Aber das Hologramm näherte sich ihr und flüsterte ihr auf Englik ins Ohr:

»Zwei Millionen Jahrhunderte.

Laut Großer Bibliothek existiert diese Struktur bereits so lange, zieht ihre Bahn durch den Kosmos und gewährt ihren Bewohnern Ruhe und Frieden.

Bis eines Tages ein paar Wölflinge zu Besuch kommen.«

Dr. Baskin holte aus und schlug nach der Einheit, doch ihre Hand fuhr widerstandslos durch die Linien. Das Hologramm drehte sich weiter und warf flackernde Reflektionen auf ihr Gesicht.

Natürlich hatte die Einheit mit ihren Äußerungen absolut recht. Die *Streaker* schien einen Fluch mit sich zu bringen und überall Unheil zu hinterlassen.

Doch was sich hier tat, übertraf bei weitem alles, was Gillian bisher erlebt hatte.

Die Instrumente zeigten immer neue Symptome der Zerstörung an, während das Erdenschiff in Begleitung der Zang-Kugel durch einen großen Riß in der Fraktalhülle drang und in rotem Sonnenlicht gebadet wurde, das zum erstenmal seit Äonen seine Grenzen verlassen durfte. Atome und Partikel flogen explosionsartig durch das Loch. Der Druck dieses Sturms war groß genug, um von den Instrumenten erfaßt zu werden, reichte aber noch nicht aus, um die *Streaker* in ihrer Bewegung zu hindern.

Bald kamen ihnen auch größere Stücke entgegen, und Kaa mußte schließlich sein Bestes geben, um nicht mit ihnen zu kollidieren. Fragmente, in denen man noch sechseckige Räume erkennen konnte, die wie Waben miteinander verbunden waren, taumelten durch das Loch und zogen einen Schweif von Staub und Ionen mit sich. Tausende von diesen Kometen mußten unterwegs sein.

Die Lücke war mittlerweile so gewaltig, daß die Erde mitsamt dem Mond bequem hindurchgepaßt hätte.

»Widerwillig muß ich zugeben, daß ich beeindruckt bin, Dr. Baskin«, bemerkte die Niss-Einheit. »Meinen aufrichtigen Glückwunsch.«

Im Kontrollraum herrschte Gedränge. Alle, die zur Zeit dienstfrei hatten oder auf Freiwache waren, schienen hierherzuströmen, um sich das Spektakel auf den Bildschirmen anzuschauen. Nur rings um Gillian blieb alles frei, als sei sie von einem unsichtbaren Burggraben umgeben, den niemand überschreiten konnte – mit Ausnahme natürlich der spöttischen Tymbrimi-Maschine.

Doch auch wenn die Fraktal-Welt der Besatzung viel Qual und Pein beschert hatte, jubelte niemand über ihren Untergang. Die Katastrophe war zu gewaltig, um darüber dumme Witze zu machen.

Und Schadenfreude wäre sicher nicht fair gewesen. Nur einzelne Gruppen unter den Alten hatten hinter dem Verrat gesteckt, der die *Streaker* vor etwa einem Jahr dazu bewogen hatte, ihr Heil in der Flucht zu suchen. Andere Gruppen hatten den Terranern sogar dabei geholfen, rechtzeitig zu entkommen. Und warum sollten jetzt hundert Milliarden Wesen ihr Leben verlieren, bloß weil ein paar von ihnen gefehlt hatten?

Steigere dich jetzt nicht in etwas hinein, ermahnte Gillian sich. *Bislang gibt es keinen Beweis, daß wir irgend etwas mit diesem Desaster zu tun haben. Der Zusammenbruch kann alle möglichen Ursachen haben.*

Aber so recht überzeugte sie das nicht. Dr. Baskin erinnerte sich daran, wie ihr Besuch in der Fraktal-Welt geendet hatte.

Wir sahen, wie hinter uns Gewalt ausbrach, selbst dann noch, als jemand uns eine Tür öffnete, durch die wir zu dem Transfer-Punkt gelangen konnten. Ich habe damals mit eigenen Augen gesehen, wie einige der Streben beschädigt wurden und ein paar der Fenster zerbarsten, während die Feinde sich über Emersons kleines Aufklärungsschiff hermachten und ihn daran hinderten, uns zu folgen.

Gillians Freund hatte einen hohen Preis dafür bezahlt, der *Streaker* den Rücken freigehalten zu haben. Man hatte ihn grausamster Folter unterzogen, bevor er auf geheimnisvolle Weise nach Jijo gelangt war. Der ehemalige Bordingenieur hatte während der Mißhandlungen sein Sprachzentrum verloren und würde nie erklären können, was ihm widerfahren war.

Wer hätte gedacht, daß die Alten sich nach unserer Flucht weiter untereinander bekämpfen würden? Worum geht es bei ihrer Auseinandersetzung? Welches Ziel oder Ideal könnte sie so fanatisiert haben, daß sie lieber die Apokalypse in Kauf nehmen, als sich wieder zu verständigen? Unsere mysteriöse Fracht kann doch wohl nicht die Ursache gewesen sein, oder?

Und dennoch gab es keine andere Erklärung. Die Flucht der Erdlinge hatte einen Bürgerkrieg ausgelöst, dessen schreckliche Folgen man hier zu sehen bekam. Die Hülle löste sich immer weiter auf, in Bruchstücke, die so klein waren wie eine Schneeflocke bis hin zu solchen von der Größe von Monden.

Dr. Baskin dachte an ihre verwünschte Fracht. An die Schätze wie zum Beispiel Herbie, die uralte mumifizierte Leiche. So gut wie alle großen Mächte waren hinter ihm her, hofften, ihn in ihren Besitz zu bringen und sich so in der Zeit des Wandels einen enormen Vorteil zu verschaffen.

Das mußte unter allen Umständen verhindert werden. Der Terragens-Rat hatte Captain Creideiki eindeutige Befehle gegeben. Später, als Gillian seinen Posten übernommen hatte, hatte sie sich ihnen ebenfalls unterwerfen müssen.

Die Entdeckungen, die die *Streaker* gemacht hatte, mußten allen Rassen und Völkern der Fünf Galaxien zugänglich gemacht werden. Die Groß-Klans glaubten, dieses Gesetz brechen zu dürfen, aber die kleine und schwache Erdgruppe wagte solches nicht und tat auch gut daran.

In einer Zeit des Chaos bleibt den Schwachen und einzelnen kein anderer Schutz als das Gesetz. Den Menschen und ihren Klienten blieb gar nichts anderes übrig, als weiter auf die Galaktischen Institutionen zu bauen. Andernfalls hätten sie auch noch das Wenige verloren, das ihnen geblieben war.

Doch Gillians Versuch, die Schätze einer neutralen Macht zu übergeben, hatte in einer Katastrophe geendet. Auf Oakka hatten selbst die Institute sich als korrupt erwiesen.

Danach hatte es für sie nur noch eine Lösung gegeben.

Sie brachte die Fracht hierher, zu der Zitadelle einer Spezies, die die Wirren und Zänkereien der Zivilisation der Fünf Galaxien hinter sich gelassen hatte. In einer der legendären Fraktal-Welten, so sagte sich Dr. Baskin, würden die Terraner wohl endlich Hilfe und Unterstützung finden. Denn den Bewohnern dieses Zufluchtsortes wurde nachgesagt, nicht nach persönlichem Profit zu schielen.

Gillian erwartete, daß die ehrwürdigen Alten die Verantwortung für die Schätze übernehmen und die Klans der Sauerstoffatmer dazu zwingen würden, die Relikte aus ferner Vergangenheit gerecht untereinander zu teilen.

Danach konnten die erschöpften Delphine endlich in ihre Heimat zurück.

Und ich würde mich auf die Suche nach Tom machen können.

Ja, das hatte sie damals ernsthaft erwartet und inständig gehofft.

Zu dumm, daß die Alten ihrem Ruf nicht gerecht geworden waren und sich als genauso korrupt erwiesen hatten wie die jungen Klans, deren Lebensweise sie doch angeblich entsagt hatten.

Man könnte meinen, wir hätten die Pest an Bord oder würden sonst eine schlimme Gefahr aus der Vergangenheit mit uns führen. Wo immer wir auch auftauchen, verwandeln sich vernunftbegabte Wesen binnen kurzem in Wahnsinnige.

Die Monitore zeigten in einer Vergrößerung den Rand der klaffenden Wunde. Die Hülle war tausend Meilen dick, nicht mitgerechnet die Spitzen und Stacheln, die innen wie außen aufragten. Noch während Dr. Baskin hinsah, brachen neue Stücke heraus, taumelten durchs All, kollidierten mit anderen und lösten eine Kettenreaktion aus.

Die massiven Spitzen an der Innenseite erinnerten Gillian an ihren ersten Besuch.

Fenster ... Als man uns damals durch einen schmalen Spalt hineingelassen hatte, erschien mir die Innenfläche wie aus Glas gemacht ... und unter diesen immensen Scheiben ...

Sie schloß die Augen, und die vergangene Zeit kehrte in ihr Gedächtnis zurück. Jede dieser Spitzen hatte eine eigene Welt gebildet. Darunter auch Treibhäuser von der Größe ihres Heimatstaates Minnesota. Dschungel hinter Glas, schwimmende Paläste auf Seen, Ebenen aus funkelndem Sand. Gillian hätte Jahre damit zubringen können, sich die einzelnen Habitate anzuschauen, und dabei immer wieder etwas Neues entdeckt.

Der majestätischste und schönste Ort, den sie je besucht hatte.

Und das alles brach jetzt vor ihren Augen zusammen.

Die Dunstwolke, die auf uns zudriftet ... besteht nicht nur aus Trümmern und Gas ... Nein, darunter sind auch Lebewesen, zusammen mit ihrer Einrichtung, ihren Haustieren, ihrer Kleidung und ihren Fotoalben ... oder was auch immer die Alten besessen haben ...

Welcher Mensch konnte schon erahnen, wonach Wesen strebten, die bereits alles gesehen und erlebt hatten, um sich dann dafür zu entscheiden, sich von allem zurückzuziehen.

Was immer sie auch gedacht, geträumt oder sich gewünscht hatten, damit war es nun unwiederbringlich vorbei. Während die *Streaker* durch das Loch geflogen war, mußten hier mehr Wesen ihr Leben verloren haben, als die Erde Einwohner zählte.

Dr. Baskin zuckte vor dieser Vorstellung zurück. Sich ihr weiter zu stellen hätte sie unweigerlich um den Verstand gebracht.

»Macht sich irgendwer die Mühe, diesen Wahnsinn aufzuhalten?« fragte Gillian mit rauher Stimme.

Die Niss-Maschine brauchte eine Weile, ehe sie antwortete.

»Tatsächlich, einige versuchen es. Sehen wir uns ihre Anstrengungen an.«

Die *Streaker* befand sich nun in der Fraktal-Welt. Wie beim erstenmal stand Dr. Baskin auch jetzt wieder unter dem Eindruck, in eine hell erleuchtete Höhle voller Stalaktiten geraten zu sein. Obwohl die Wände mehrere hundert Millionen Kilometer entfernt lagen, konnte Gillian doch Einzelheiten ausmachen.

Der Monitor lenkte ihren Blick auf eine bestimmte Stelle.

Direkt vor ihr sandte der Zwergstern wie eine Lampe im Zentrum einer Basilika ein warmes Glühen aus. Die Himmelsscheibe wirkte trüber und röter als zum Beispiel die Sonne, die Terra ihre Lebenskraft schenkte.

Doch die Erbauer der Fraktal-Welt hatten sich etwas dabei gedacht, als sie sich für eine solche Sonne entschieden: Der Zwergstern bot die perfekte Wärmequelle für die Hohlwelt, und er würde ihr an die hundert Milliarden Jahre sein Licht spenden. Außerdem konnte man in diese Sonne schauen, ohne daß die Augen Schäden davontrugen.

Doch jetzt wirkte ihre Plasmahaut voller Narben. Fragmente von Planetengröße flogen auf sie zu und prallten im Vergehen auf ihre Oberfläche.

Gillian erkannte, daß nur die allergrößten Brocken eine Chance hatten, die Sternhaut zu treffen. Kleinere wurden von der sengenden Sonnenhitze schon vorher verbrannt.

»Selbst wenn es ihnen gelingen sollte, alle Trümmerstücke zu pulverisieren«, erklärte die Niss-Einheit, »verschwindet deren Masse ja nicht einfach, sondern setzt sich als Gas ab. Die thermonuklearen und atmosphärischen Resonanzen der Sonne werden unweigerlich davon betroffen werden. Zumindest gelingt es dem Stern aber immer noch, die größten Zusammenstöße abzuwehren und damit die Gefahr von Eruptionen zu verringern.«

»Also ist das Erhaltungssystem noch intakt«, bemerkte Dr. Baskin und faßte wieder Hoffnung.

»Ja, aber das könnte nur noch eine Frage der Zeit sein; immerhin bricht das Gebilde auseinander, und das dürfte über kurz oder lang alle Systeme in Mitleidenschaft ziehen.«

Der Bildschirm zeigte nun einen anderen Abschnitt.

Blaue Skalpellstrahlen hatten hier wenig mit der Erhaltung der Hohlwelt im Sinn. Im Gegenteil, sie schnitten einen breiten Pfad durch die gezackte innere Oberfläche, trennten Streben und Verbindungen, zertrümmerten Fenster und ließen mächtige Dampfwolken aufsteigen.

Gillian stieß einen erschrockenen Schrei aus. »Mein Gott, das ist ja ein Holocaust!«

»Wir haben während dieser Expedition eine recht traurige Lektion gelernt«, schloß die Niss-Einheit, »die meine Tymbrimi-Herren sehr interessieren wird – falls wir sie je wiedersehen sollten.

Und diese Lehre lautet ungefähr so: Wenn eine sauerstoffatmende Rasse sich von der Galaktischen Tagespolitik zurückzieht, um Ruhe und Abgeschiedenheit in einer dieser Hüllen zu suchen, läßt sie damit nicht unbedingt auch ihre Vorurteile und Loyalitäten hinter sich zurück. Viele von ihnen suchen sicher die Erleuchtung und Einsicht, die für die Transzendenz vonnöten sind, aber einige können doch der Versuchung nicht widerstehen und halten immer noch die Fahne ihrer alten Allianzen aufrecht.«

Mit anderen Worten, Gillian war reichlich naiv gewesen, sich von den Alten Schutz und Neutralität zu erhoffen. Denn hier lebten auch die Patrone und Großpatrone der Klans, die die Erde bedrängten.

Voller Entsetzen sah sie zu, wie eine Stadt die Waffen, die zu ihrer Verteidigung dienten, gegen eine Festung ihrer Gegner umdirigierte.

»Bei Jafalls! Warum feuern sie ihre Raketen nicht auf uns ab?«

»Keine Ahnung, Dr. Baskin«, gestand die Einheit. »Vielleicht sind sie so damit beschäftigt, sich gegenseitig die Köpfe einzuschlagen, daß sie von unserer Ankunft noch gar nichts gemerkt haben.

Oder aber, sie lassen uns wegen der Zang in Ruhe.«

Auf dem Schirm war die große Kugel der Wasserstoffatmer zu erkennen, die in neunzig Kilometern Entfernung neben der *Streaker* herflog. Die flüssigkeitsähnliche Oberfläche zuckte unablässig, weil sie von heißen Winden und Partikeln getroffen wurde. Die Mechanoiden eskortierten die Zang immer noch.

»Ich habe gerade Rücksprache mit der Bibliotheks-Einheit gehalten«, erklärte das Niss-Hologramm. »Die Wasserstoffatmer koordinieren die Bemühungen der Ernteschiffe, die Fraktal-Welt wiederaufzubauen und zu stabilisieren.«

Gillian nickte. »Deswegen waren sie also bei Izmunuti. Sie haben dort Baumaterial besorgt. Dort läßt sich leicht Kohlenstoff beschaffen, und die Sonne liegt nur einen Transferpunkt entfernt.«

»Ja, unter normalen Umständen. Doch dann sind diese unvorhergesehenen Sonnenstürme ausgebrochen, vermutlich ausgelöst von den PSI-Wellen, die von Jijo kamen. Die Ernteschiffe, die wir dort gesehen haben, stellten wahrscheinlich nur einen Bruchteil der Flotte dar, die an diesem Bemühen Anteil hat.

Da die Galaxis Vier zur Brache erklärt wurde und seitdem von Sauerstoffatmern gemieden wird, erscheint es durchaus logisch, daß die Alten sich an jemand anderen gewandt haben. Aber das kann ich genauer in Erfahrung bringen, wenn ich den Datennexus dieser Welt anzapfe.«

»Nein, laß das lieber, ich möchte keine unnötige Aufmerksamkeit auf uns lenken.«

»Darf ich darauf hinweisen, daß sich einige Rentnergruppen vor einem Jahr nicht als feindlich erwiesen haben? Ohne ihre Hilfe hätten wir damals kaum entkommen können. Vielleicht sind diese Gruppen uns auch jetzt noch wohlgesonnen, wenn wir mit ihnen in Kontakt treten.«

Dr. Baskin schüttelte entschieden den Kopf.

»Nein, besser nicht. Ich mache mir immer noch Sorgen, daß die

Jophur hier auftauchen könnten und uns wieder ans Leder wollen. Wir sehen lieber zu, daß wir uns mit den Zang gütlich einigen, und dann verschwinden wir von hier. Haben wir noch etwas von ihnen zu hören bekommen?«

Sara, die mitgehört hatte, wußte, daß die Wasserstoffatmer noch alte Ansprüche an die Glaver hatten. Die Schuld mußte beglichen werden, auch wenn diese kuhähnlichen Wesen sich längst im Zustand der präsapienten Ignoranz befanden. Die Zang wollten die Glaver selbst haben.

Doch wie sollte eine Transaktion vonstatten gehen? Und war es für die Terraner moralisch vertretbar, den Wasserstoffatmern ohne Genehmigung durch die Institute eine Rasse von Mitbrüdern im Sauerstoff auszuhändigen? Und würden die Glaver in der Kugel überhaupt Bedingungen antreffen, die ihnen das Überleben ermöglichten?

Und wichtiger noch, würden die Zang die *Streaker* einfach ziehen lassen? Nach Auskunft der Bibliotheks-Einheit war den Wasserstoffatmern Ehre und Verpflichtung als Konzept bekannt. Nur befleißigten sie sich einer anderen Logik. Daher konnte alles möglich sein. Entweder würden sie die Erdlinge belohnen ... oder sie als Belästigung in ihre Atome zerblasen.

Wenigstens haben sie uns nicht hierher gebracht, um uns mit unserer Schuld zu konfrontieren und dann den Alten zu überstellen.

Sie spürte wieder ihr schlechtes Gewissen. Da machte sie sich Sorgen darum, wie sie mit ihrem vergleichsweise winzigen Schiffchen davonkommen und hundert Leben retten konnte, während rings um sie herum ganze Völker untergingen.

Ein weiterer Grund, der Niss-Einheit nicht zu gestatten, sich in das Netz der Fraktal-Welt einzuklinken. Lieber an nichts rühren, und am liebsten würde sie gar nicht erfahren, wie hoch die Todesrate hier bereits war.

Das ist nicht unsere Schuld!

Wir sind damals hierher gekommen, um Hilfe zu erhalten, wie sie uns von Gesetzes wegen zustand.

Gut, unser Schiff mag die furchtbaren Schätze mitgebracht haben.

Aber woher sollten wir wissen, daß selbst die abgeklärten und altersweisen Rentner der Gier verfallen würden?

Nein, das ist doch nicht unsere Schuld!

Tsh't

Der Zeitpunkt war perfekt. Alle starrten auf das Spektakel, das sich draußen abspielte. Mit dem Schiff lief im Moment alles nach Routine, und so brauchte der Lieutenant nicht ständig Dr. Baskin zur Verfügung zu stehen, die dann so tun konnte, als würde sie die Kommandogewalt mit anderen teilen, obwohl doch alle wußten, daß das Gegenteil der Fall war.

Viele Besatzungsmitglieder ignorierten die Möglichkeit, nach Schichtende ihren Privatvergnügungen nachzugehen. Jeder brachte eine andere Entschuldigung vor, um sich hier im Kontrollraum aufhalten zu können. Grüppchen standen herum und debattierten aufgeregt darüber, ob es den Millionen Mechanoiden gelingen würde, die Fraktal-Welt zu retten. Etliche hielten sich hier schon seit Stunden auf, und man mußte sie mit scharfen Befehlen dazu zwingen, sich schlafenzulegen, bis ihre nächste Schicht begann.

Als Tsh'ts Schicht zu Ende war, hielt sie hier nichts mehr zurück. Womöglich war dies ihre einzige Chance, nach unten zu gehen und den Verdacht zu überprüfen, der ihr gekommen war.

Ich weiß genau, daß Gillian jemanden oder etwas an Bord geschmuggelt hat. Damals, in dem kleinen jijoanischen Dorf der Hoon, die so gern mit ihren Schiffen das Meer befahren, obwohl sie alle Nichtschwimmer sind.

Ich erörterte gerade einige technische Probleme mit dieser ursischen Schmiedin. Und ich kenne Akeakemai. Er ist Gillians Liebling, ihr Schoßhündchen, und tut alles, was sie von ihm verlangt.

Entweder hat er gelogen, oder er hat sonst etwas zu verbergen. Irgend etwas hat er hinter meinem Rücken an Bord geschmuggelt, als ich gerade nicht hinsah.

Tsh't wurmte es sehr, im dunkeln zu tappen. Sie war die Erste Offizierin und hätte eigentlich Dr. Baskins volles Vertrauen verdient. Dieses Mißtrauen kränkte sie besonders, da sie das nicht verdient hatte.

Sie bewegte ihren Gehapparat durch einen der Hauptgänge des Schiffes und fühlte die Leere und Verlassenheit des Korridors.

Natürlich bleibt immer noch die Möglichkeit, daß Gillian mit ihren PSI-Talenten etwas aufgeschnappt hat. Vielleicht argwöhnt sie ja bereits, daß der Tod von Kunn und Jass kein Selbstmord war.

Der Lieutenant versuchte, das Bild von den beiden menschlichen Leichen aus ihren Gedanken zu verdrängen, und kämpfte auch das Nervenflattern nieder, das ihre feuchte Haut zittern ließ und ihre Flossen dazu bewegte, auf die Matte des Apparats zu schlagen.

Wie sehnte sie sich danach, wieder einmal richtig zu schwimmen. Aber man hatte bei dem Ausbruch von Jijo fast alles Wasser abgelassen, um das Schiff leichter zu machen. Dank des schweren Kohlenstoffmantels, den Izmunuti der *Streaker* verpaßt hatte, mußte die Besatzung auf andere Weise versuchen, dem Raumer Beweglichkeit zu verschaffen; deshalb hatte man alle Mannschaftsräume »trockengelegt«. Wenn man zu lange auf den Gehapparaten lag, hielt das weichste Feldkissen nicht mehr, und man fühlte sich, als sei man an einem kieseligen Ufer gestrandet.

Jetzt ist auch noch Dr. Makanee zusammen mit drei Krankenschwestern fort, zurückgelassen auf der Soonerwelt, und ich darf mir den Kopf darüber zerbrechen, wie ich das verbliebene medizinische Personal am besten aufteile, um eine halbwegs effektive medizinische Notversorgung zu sichern. Und es obliegt mir, trotz aller Krisen die Moral der Truppe hochzuhalten.

So etwas überläßt Dr. Baskin gerne mir. Ich kann mich mit den tausend Details abplacken, die nun einmal tagaus, tagein in einem

Schiffsbetrieb anfallen. Gillian hat damit um so mehr Zeit, sich mit so wichtigen Dingen wie der galaktischen Politik und dem Schicksal auseinanderzusetzen. Während sie die Drecksarbeit mir überläßt, führt sie uns mit ihren kühnen Gedanken von einer Katastrophe in die nächste.

Diese Bitterkeit entsprang eigentlich enttäuschter Liebe, denn in Wahrheit verehrte und bewunderte Tsh't die Kapitänin. Zwar hatte Dr. Baskin das Schiff oft genug in eine gefährliche Lage gebracht, es jedoch auch immer wieder aus ihr hinausgeführt. Auch hatte Tsh't nichts gegen die menschlichen Patrone einzuwenden. Ohne deren sicher verbesserungswürdige, aber gleichwohl gutgemeinte Bemühungen wäre den Delphinen niemals der Sprung von unschuldigen Tieren zu vielversprechenden Raumfahrern gelungen ... und Tsh't hätte nie den Starbow, den Herkules-Bogen oder den Shallow-Cluster zu sehen bekommen.

Terragens gewährte den Neo-Delphinen mehr Rechte und Respekt, als das in der Zivilisation der Fünf Galaxien normalerweise bei neuen Klientel-Rassen der Fall war. Die meisten neu Hinzugekommenen mußten erst einmal hunderttausend Jahre oder länger ihren Herren dienen.

Allerdings haben auch die Menschen ihre Grenzen. Nicht umsonst nennt man sie Wölflinge.

Die jüngste Episode belegte das deutlich. Nachdem sie sich gerade erst ein paar Stunden in der Fraktal-Welt aufhielten, hatte Gillian sich überlegt, daß man doch einmal ausprobieren müßte, ob die Zang die Erdlinge als Gefangene oder als Gäste ansahen. Die Wasserstoffatmer schienen gerade sehr damit beschäftigt zu sein, die Reparaturarbeiten der Mechanoiden zu beaufsichtigen, und so hatte die Kapitänin Kaa befohlen, die Maschinen halbe Fahrt machen zu lassen und das Schiff in Richtung Öffnung zu bewegen.

Die Zang hatten sofort alles stehen und liegen gelassen, Gas gegeben und sich vor die *Streaker* gesetzt, um sie an der Flucht zu hindern.

Da das Erdenschiff immer noch mit einer mehrere Meter dicken

Kohlenstoffschicht überzogen war, hatte es natürlich keine Chance, der großen Kugel zu entkommen. Gillian hatte wenden lassen und den Raumer an seine alte Position zurückbeordert. Dort befahl sie, alle Maschinen auf Stopp zu schalten, und schickte jeden in die Quartiere, der nicht gerade Wache hatte.

Das Schiff der Wasserstoffatmer nahm seine vorherige Tätigkeit wieder auf.

Die Menschen waren gerade mal ein paar tausend Jahre sapient, als sie uns den Großen Schub verpaßt haben. Im Grunde kann man ihnen also ihr Unwissen und ihre Unbeholfenheit nicht vorwerfen.

Mit anderen Worten, sie brauchen Hilfe. Auch wenn sie viel zu stur sind, darum zu bitten.

Der Aufzug führte sie in den Habitatring, der in Bewegung versetzt werden konnte, wenn es sich als erforderlich erweisen sollte, die Gravitation abzuschalten, und die Mannschaft nicht durch die Gegend fliegen wollte. Vor allem dann, wenn die *Streaker* nicht angepeilt werden durfte – zum Beispiel, wenn sie sich vor Verfolgern in einem Asteroidengürtel versteckte. Die Sache hatte allerdings einen Haken: Wenn das Schiff auf einem Planeten landete, konnte man die Räume im vertikal angebrachten Ring kaum erreichen. So etwas war nur jemandem möglich, der zu klettern vermochte.

Der Lieutenant erreichte die versiegelte Tür von Dr. Baskins Kajüte, hinter der sich die Schätze befinden mußten, die Creideiki an Bord gebracht hatte – die Ursachen für so viel Unruhe und Leid. Und sie zog weiter.

Wo immer die *Streaker* sich gerade befand, dieser Teil des Rings lag immer »unten«. Delphine kamen gern hierher, aber das entgegengesetzte Ende war für sie unerreichbar.

Wenn ich Gillian wäre, würde ich hier ein Geheimnis verstecken.

Das Rad drehte sich zur Zeit, und Tsh't kam gut voran. Doch immer wieder hob sie den Kopf, um zu lauschen, als erwarte sie, die Schritte von Toshio Iwashika oder Tom Orley zu vernehmen.

Doch diese Männer waren nicht mehr. Wie auch Creideiki und

Hikahi. Entweder tot oder auf dem giftigen Kithrup zurückgelassen – was so ziemlich aufs gleiche hinauslief.

Die Besten hat man uns genommen, als es mit den eigentlichen Schwierigkeiten noch gar nicht losgegangen war. Wieviel wäre wohl anders gelaufen, wenn der Kapitän bei uns geblieben wäre?

Statt dessen blieb niemand anderer als Gillian und ich übrig, das Schiff zu führen – eine Ärztin und die dienstjüngste Offizierin. Niemals hätten wir damit gerechnet, einmal eine solche Bürde tragen zu müssen.

Die Delphinin spürte ihre große Erschöpfung. In ihren Schlafphasen sang sie das Lied vom Traum der Wale und betete darum, daß jemand käme und die Last von ihren Schultern nähme.

Wir alle hier an Bord stecken bis zum Hals drin. Nein, eigentlich geht es dem ganzen Erd-Klan dreckig. In einem Punkt hat Gillian recht gehabt. Wir brauchen Hilfe und Rat.

Doch die bekommen wir wohl kaum von den Aliens. Und auch nicht von den Instituten. Und erst recht nicht von den Rentnern.

Dr. Baskin schien eine fundamentale Wahrheit vergessen zu haben, die fast jedes Kind, ob Mensch oder Delphin, kannte. Wenn du dich in Schwierigkeiten befindest, wende dich an deine Familie.

Tsh't rief das Erhaltungssystem des Schiffes und ließ sich eine Übersicht über alle Fremd- und Giftstoffe in der Luft geben. Raum für Raum ging sie so den Teil des Rings durch, der immer »oben« lag, und den Delphine in der Regel ignorierten.

Aha. Kohlenstoffdioxid, eine Spur Methan … und Alkohol … eindeutige Anzeichen, daß sich hier ein Sauerstoffatmer aufhält, aber kein Mitglied des Erden-Klans.

Sie hielt ihren Gehapparat vor einer Tür mit der Aufschrift: ACHTUNG – GEFÄHRLICHE ORGANISCHE MATERIE an – und kicherte über Gillians kleinen Spaß.

Ein Arbeitsarm fuhr aus dem Apparat und bohrte ein kleines Loch in den Türpfosten, wo es nicht gleich auffallen würde. Nur ein leises Surren ließ sich vernehmen. Der Bohrer saugte allen Staub auf, so daß keine Spur von seiner Arbeit übrigblieb.

Tsh't dachte an ihre immer länger werdende Liste von Verfehlungen. Angefangen hatte alles beim ersten Besuch der *Streaker* in der Fraktal-Welt, als den Erdlingen geschwant hatte, daß die Alten sie wohl verraten würden. Der Lieutenant hatte damals beschlossen, daß es nun höchste Zeit wurde, etwas zu unternehmen. Sie wollte eine Nachricht aussenden an die einzige Gruppe, auf die man sich noch verlassen konnte.

Während Gillian damit beschäftigt war, Drohungen und Verwünschungen abzuwehren, die die verschiedenen Parteien der Rentner dem Schiff sandten, gelang es Tsh't, eine geheime Botschaft abzusenden und auf ein bestimmtes Ziel zu programmieren. Während ihrer Reise quer durch die Fünf Galaxien verwischte sie selbständig alle Spuren hinter sich und erreichte schließlich eine geheime Zeitkapsel. Deren Koordinaten hatte die Delphinin schon in ihrer Jugend auswendig gelernt.

Zu jener Zeit hatte Dr. Baskin bereits beschlossen, aus der Criswell-Struktur zu fliehen und sich in die verbotene Galaxis Vier zurückzuziehen, um dort an einem roten Riesenstern vorbeizuschleichen und sich auf einer Welt namens Jijo niederzulassen.

Tsh't teilte die Koordinaten dieses Planeten in der Botschaft mit und schlug ein Rendezvous vor …

Der Bohrer war durch. Die Delphinin zog den Arbeitsarm wieder ein und schickte einen Fiberkommunikator durch die kleine Öffnung, dessen Ende sich wie ein Schlangenkopf drehen konnte.

Das winzige Gerät wand sich nach links und nach rechts, bis es einen schlanken Zweibeiner entdeckte, der vor einem kleinen Tisch auf einer Bank saß.

Der Mann hob den Kopf, als habe er ein Geräusch gehört. Dann drehte er, Tsh't den Rücken zugekehrt, halb den Kopf, und die Delphinin hielt den Atem an.

Ein schmales, längliches Gesicht ohne Kinn und mit großen, vorstehenden Zähnen.

Augen und Stirn hingegen wirkten wie die eines Menschen. Er entdeckte die Spionsonde und drehte den Kopf sofort wieder weg.

Seine breiten Schultern versperrten Tsh't die Sicht. Doch sie bekam mit, wie er nach einer Kiste griff. Eine Bio-Box, in der man Kleintiere unterbrachte, die man aus einem fremden Ökosystem mitgenommen hatte.

Der Rothen zog etwas Zuckendes aus der Kiste und hielt es sich ans Gesicht. Wollte er das Tier essen?

Nein. Die Schultern senkten sich, und er drehte sich zur Tür um.

Sein Gesicht sah jetzt ganz anders aus – wie das eines Menschen. Er wirkte amüsierter als ein Tymbrimi und gütiger und verständnisvoller als ein Gott.

Ja, das ist er, der Eine.

Das Rothengesicht zuckte noch an einigen Stellen, dort, wo der Symbiont sich erst zurechtfinden mußte. Dieses Wesen verlieh einem Rothen Kinn, feine Wangenknochen und Lippen, um die langen Zähne zu bedecken.

Der Missionar.

Die Delphinin erinnerte sich noch gut an seinen Besuch auf der Erde. Damals war sie ein Kind gewesen, konnte sich aber noch so gut an seine Predigt in der unterseeischen Höhle erinnern, als sei das erst gestern gewesen.

»Das Universum ist ein einsamer Ort«, verkündete er damals der kleinen Schar der delphinischen Konvertierten. »Doch birgt es nicht so viele Gefahren, wie es auf den ersten Blick den Anschein hat. Die gegenwärtige Erdregierung mag sich zwar aus Darwinisten und anderen Ungläubigen zusammensetzen, doch das soll uns im Moment nicht stören.

Vergeßt nie, daß ihr trotz aller Propaganda der stolzen Wölflinge nicht allein seid.

Wir, die wir die Gene der Menschheit in aller Heimlichkeit geformt und die Humanoiden über die Jahrtausende geführt haben, stehen immer noch zu unserem alten, glorreichen Ziel. Wir wirken weiterhin hinter den Kulissen und beschützen und bewahren, bis der große Tag gekommen ist.

So, wie wir unsere menschlichen Klienten ins Herz geschlossen haben, lieben wir auch euch. Denn wir bilden einen ganz besonderen Klan, den eine prachtvolle Zukunft erwartet. Die Delphine werden darin eine herausragende Rolle spielen. Vor allem die unter euch, die sich für den Danik-Weg entschieden haben.«

Tsh't hatte sich seitdem immer als auserwählt gefühlt. Schließlich wuchs sie als Mitglied einer exklusiven Sekte auf, die über eine große und schöne Wahrheit verfügte.

Der Terragens-Rat garantierte religiöse Freiheit, doch in der Praxis würden die Danik-Anhänger sich der Lächerlichkeit preisgeben, wenn sie sich öffentlich zu ihrem Glauben bekannten. Die meisten Delphine glaubten ohnehin eher dem Mythos von der Menschheit, die ohne Hilfe von außen, sozusagen aus eigener Kraft, Sapienz entwickelt habe. Für einen Danik eine absurde Vorstellung.

Unter Menschen und vor allem Neo-Schimpansen war der Danik-Glauben schon verbreiteter. Doch auch andere Richtungen konnten sich hier einer größeren Anhängerschaft sicher sein. Viele Religionen hatten sich einen eigenen Kandidaten auserwählt, der der Menschheit den Großen Schub verliehen hatte. Manchmal sprach man nur von einer »Mysteriösen Rasse«, ohne weiter ins Detail zu gehen. Andere benannten diesen oder jenen der Großen Galaktischen Klans. Doch alle Kulte waren sich in einer Frage einig: Die Rothen-Danik-Vorstellung sei mit Abstand die absurdeste und blödsinnigste.

Also hatte Tsh't es für ratsamer gehalten, ihren Glauben lieber für sich zu behalten und ihn während ihrer Ausbildung und später beim Eintritt in die Raumflotte verschwiegen.

Eines Tages dann, nach den Katastrophen von Morgan, Kithrup und Oakka, hatte die Delphinin erkannt, daß die Menschen es allein nicht schaffen konnten. Gillian mochte zwar Bedeutendes leisten, aber auch ihr waren Grenzen gesteckt.

Höchste Zeit, sich an eine höhere Instanz zu wenden.

Die Rothen würden einen Ausweg wissen.

Und jetzt stand sie verwirrt da. Tsh't wurde bewußt, daß sie sich vorher überhaupt keine Gedanken darüber gemacht hatte, wie es nun weitergehen sollte.

Das mit dem Symbionten habe ich gewußt. Die Jijoaner haben schließlich einmal einen Rothen ohne Maske gesehen. Aber ein Schock war es schon, das bloße Gesicht mit eigenen Augen zu erblicken.

Der Schrecken verging rasch, hatte Ro-kenn doch das gleiche warme Lächeln aufgesetzt, an das sie sich noch aus ihren Kindertagen erinnerte.

Warum setzen sie bloß den Symbionten auf? Aber so schlimm finde ich das eigentlich gar nicht. Wenn die Maske ihnen die Arbeit unter den Erdlingen erleichtert, dann ist sie sogar gerechtfertigt. Schließlich wollen die Rothen uns in eine strahlende Zukunft führen.

Ro-kenn trat auf die Tür zu und brachte die Hände wie zum Gebet zusammen. Er trug einen alten Bademantel. Die Weisen von Jijo mußten ihn heimlich zu Gillian geschickt haben, nachdem sie ihn auf dem Festivalplatz gefangengenommen hatten. Vermutlich war er der einzige Überlebende einer Expedition, die auf der Soonerwelt nur Verrat und Enttäuschung erlebt hatte – zuerst von der sogenannten Gemeinschaft der Sechs Rassen und dann von den Jophur.

Da stand das Objekt von Tsh'ts lebenslanger Sehnsucht, und die Frustration der vergangenen Jahre und die Schuldgefühle darüber, Dr. Baskin hintergangen zu haben, erwachten wieder in ihr.

Eigentlich war sie hierhergekommen, um Ro-kenn zur Rede zu stellen. Um von ihm zu erfahren, was wirklich auf Jijo geschehen war.

Die heimliche Nachricht, die ich damals ausgeschickt habe, war für die Rothen bestimmt. Ich habe euch darin verraten, wohin Dr. Baskin unterwegs war. Ihr solltet nach Jijo kommen und uns retten.

Doch wie man sich erzählt, sollt ihr statt dessen die Sooner bedrängt haben, sogar die Menschen unter ihnen. Und es heißt wei-

ter, ihr hättet Jijo an die Jophur verkauft. Man nennt euch Schwindler und Verbrecher, die Erdlingen allerlei vormachen, um sie dann für Schandtaten zu benutzen.

Ich habe zwei Personen getötet. Darunter den Piloten Kunn. Das geschah allein aus dem Grund, unser Geheimnis zu bewahren.

Doch heute bin ich mir gar nicht mehr sicher, ob ich das Richtige getan habe …

Aber es wollte der Delphinin nicht gelingen, auch nur ein Wort davon herauszubringen. Statt dessen rangen die unterschiedlichsten Emotionen in ihr.

Die Verzweiflung, die Tsh't seit langer Zeit beherrscht hatte, zerbrach schließlich und machte ihrer größten Feindin Platz.

Der Hoffnung.

Sie atmete mehrmals tief durch und konnte sich dann dazu zwingen, etwas zu sagen.

»Meister, ich muß dir etwas beichten.«

Zuerst wirkte der Rothen ein wenig verwundert, doch dann breitete sich das allerwärmste Lächeln auf seinen Zügen aus, und er erklärte mit sanfter, tiefer Stimme:

»Ja, du Kind der Meere, ich will dir zuhören. Nimm dir alle Zeit, die du dazu brauchst. Und sei versichert, daß Erlösung über den kommt, der alles beichtet, was ihm auf der Seele brennt.«

Lark

Ich wüßte zu gerne, wie lange ich schon hier bin. Gibt es denn keinen Hinweis, um festzustellen, ob es Stunden, Tage … oder sogar Monate waren?

Wenn diese Kreaturen die chemischen Prozesse in meinem Körper gut genug verstehen, um mich am Leben zu halten, dann können sie auch mein Bewußtsein wie eine Lampe an- und ausknipsen.

Sie könnten meine Wahrnehmung von Zeit verändern, indem sie einfach meinen Stoffwechsel manipulieren.

Das hörte sich nach einem weiteren Indiz an. Lark hätte gerne seine Notizen mit jemandem verglichen.

Mit Ling, so wie sie es früher getan hatten, zunächst als mißtrauische Rivalen, dann als Freunde und schließlich als Liebende. Er vermißte sie schrecklich. Ihre warme Haut und ihren angenehmen Duft, aber vor allem ihren regen Geist. In all ihren guten und schlechten Zeiten war es ihr unvorhersehbarer Verstand gewesen, der Lark am meisten faszinierte. Er hätte alles dafür gegeben, jetzt mit ihr zu sprechen.

Ich hätte eine Möglichkeit finden sollen, sie vor Rann und den Jophur zu retten. Jetzt bleibt mir nichts anderes übrig, als mir auszumalen, wie Ling in einem Raumanzug mit Laserkanonen in beiden Händen durch die Wand da hinten einbricht und mich aus dieser fürchterlichen Gruft befreit ... und wie wir dann gemeinsam in einem gekaperten Raumschiff ...

Der verführerische Tagtraum verflog, als er bemerkte, daß sich etwas verändert hatte. Ein Schauer lief ihm den Rücken hinunter ... als ob er beobachtet würde. Lark drehte sich um ... und zuckte zusammen.

Ein großes tropfenartiges ... *Ding* schwamm ganz in seiner Nähe. Es war fast kugelförmig, hatte aber Auswölbungen und Unebenheiten, die rhythmisch an- und abschwollen, was irgendwie *lebendig* aussah ... und vielleicht sogar so aussehen sollte. Gelber Nebel strömte vorbei, aber es blieb mit Hilfe einer Wolke winziger Fangarme in seiner Position.

Cilia, dachte Lark, als er das Prinzip der Fortbewegung erkannte, welches normalerweise von winzigen Organismen benutzt wurde, die man nur unter dem Mikroskop zu sehen bekam. Er hatte noch nie davon gehört, daß dieses Mittel von einem Makroorganismus in dieser Größe eingesetzt wurde. Als Biologe fand er das ziemlich beeindruckend.

Aber seine Neugierde verwandelte sich in Erstaunen, als die

Kreatur plötzlich alle schwebenden Cilia *einsaugte.* Ballonartig streckte sich das Wesen nach links und wurde zu einem Zylinder. An beiden Seiten entstanden Mulden, die tiefer und tiefer wurden, bis sie sich in der Mitte trafen und eine Röhre bildeten, die sich der Länge nach zu verbiegen begann. Eine gelbe Flüssigkeit schoß aus einer der Öffnungen und wurde zu einer Art Antrieb, so daß das Wesen um Larks kleine durchsichtige Zelle herum in Position kam.

Dreimal legte es sich so als Ring um Lark herum. Er hatte das Gefühl, daß es ihn von allen Seiten betrachtete.

Das ist kein normales Gas oder irgendein Dampf da draußen, fiel ihm auf. *Aber eine Flüssigkeit scheint es auch nicht zu sein.*

Er hatte den Verdacht, daß das Medium vielleicht etwas mit der Beweglichkeit der Wesen zu tun hatte – ihrer Fähigkeit, von Fangarmen auf Siphon-Jet-Antrieb umzuschalten.

Wo immer es sich entwickelt hat, sein Lebensraum muß seltsamer sein als alles, worüber ich in den Archiven jemals gelesen habe. Das heißt ... außer ...

Lark öffnete die Augen so schlagartig, daß seine Augenlider an kleine, durchsichtige *Becher* stießen, die über seinen Augenhöhlen angebracht waren. Bis zu dem Moment war er sich der Schutzhüllen gar nicht bewußt gewesen, aber als er sich bewegte und ein paar wenige aggressive Moleküle durch die Barriere drangen, bezahlte er für seine Unachtsamkeit mit brennenden Augen und ziehenden Kopfschmerzen.

Aber sein Gedankengang wurde davon kaum unterbrochen.

Wasserstoffatmende Wesen! Die alten Schriftrollen benennen sie als eine der wichtigsten Lebensformen. Sie teilen die Fünf Galaxien mit den Sauerstoffarten, sind aber völlig von unserer Zivilisation abgeschnitten und kümmern sich um ihre eigenen Angelegenheiten, ebenso wie wir uns nicht in ihre einmischen.

Das war natürlich eine grobe Vereinfachung. Sogar die wenigen Texte in Biblos, die Wasserstoffleben erwähnten, machten deutlich, daß jeder der unangenehmen Kontakte zwischen den beiden

Lebensformen äußerst gefährlich werden konnte. Diese Kontakte zu vermeiden war eine Hauptaufgabe des Migrations-Instituts, das die Mietrechte und -regeln erließ, um brachliegende Planeten zu schützen, aber auch um von beiden Ordnungen gemeinsam genutzte Gebiete zu minimieren, damit solche unbeabsichtigten Begegnungen kaum stattfinden konnten.

Jijo befindet sich in Galaxis Vier. Außer den offiziellen Schiffen des Instituts sollte eigentlich keiner unserer Art in diesen Spiralarmen unterwegs sein. Sicher ein Grund, warum Jijo ein so attraktives Ziel für die Sooner war.

Sein eines Auge sah immer noch verschwommen, aber er spähte durch das andere, als der Wasserstoffatmer langsam anhielt und wieder in seine Kugelform zurückfloß.

Ist das so etwas wie einer ihrer Polizisten? Oder ein Einwanderungsbeamter?

Etwas Lochartiges bildete sich unter der Oberfläche der Kreatur. Blasen stiegen auf und glitzerten mit einer seltsamen Oberflächenspannung. Lark mußte an einen Furz unter Wasser denken, aber es konnte sich ebenso um eine ausführliche Lektion über die Feinheiten der Kosmischen Gesetze zum Umgang mit fremden Lebensformen handeln.

Vielleicht möchte es wissen, was ich hier tue. Verlangt meinen Paß und mein Visum. Fragt nach meinem letzten Wunsch … oder ob ich mir die Augen verbinden lassen will.

Der Hohlraum innerhalb des Wesens wurde immer größer, als sich die Kreatur näherte. In der Höhle sah Lark mehrere Objekte schwimmen – und jedes sah ganz wie eine Miniaturversion des großen Tropfens aus. Sie nahmen verschiedene Positionen ein und begannen dann, sich zu verändern und neue Formen und Farben anzunehmen.

Aber das ist ja …

Eines färbte sich blau, etwas dunkler als der Himmel in seiner Heimat. Es hörte auf zu fließen und schien sich zu einer harten Schale zu verfestigen, die mit symmetrisch angeordneten Ausbuchtungen und Blasen übersät war. Lark konnte sogar sehen, wie ein Miniemblem hervortrat – ein spiralförmiges Zeichen an der Oberseite des abgeflachten Ovals. Schnell erkannte er die nahezu perfekte Darstellung des Jophur-Schlachtschiffes *Polkjhy.*

Jetzt verstehe ich. Kommunikation durch Animationsbilder. Und der andere Fleck … soll das vielleicht das Schiff der Wasserstoffatmer sein?

Seine Vermutung wurde bald bestätigt, als er einen Kampf zwischen den beiden Raumkreuzern sah – wobei sich alles in einem Areal abspielte, das nicht größer war als der oberste Ring eines Traeki. Lark beobachtete fasziniert, wie das Jophur-Schlachtschiff den gelben Fleck bombardierte. Zunächst wurden die Pfeile von plötzlich aufsteigenden, harmlos aussehenden Ballons aufgehalten. Aber dann drangen mehr und mehr Geschosse und Feuerschläge hindurch. Sie griffen ihren Feind erbarmungslos an, bis das gegnerische Raumschiff in Einzelteile zerfetzt wurde, die wie Fahnen im Wind flatterten. Aber einige dieser Fetzen schafften es dennoch, sich über Teile von *Polkjhys* hartem Rumpf zu legen.

So sind sie also an Bord gekommen. Diese Schlacht verlief anders als alles, wovon er je gehört oder geträumt hatte.

Nun breitete sich die blaue Schale vor ihm aus, und Lark konnte den Kampf *im Innern* weiter verfolgen. Gelbliche Gebilde breiteten sich von einem halben Dutzend Knotenpunkten aus, zunächst ungehindert, doch bald wurden sie mehr und mehr durch Widerstand abgebremst. In der Nähe der Frontlinie waren kleine, flimmernde Pünktchen zu erkennen, die wohl einzelne Jophur und ihre starken, kämpfenden Roboter darstellten.

Ab und zu fielen einer oder mehrere dieser Funken in einen gelben Fleck hinein. Anstatt zu erlöschen, wurden sie in Sammelstellen am Ende des Schiffes untergebracht.

Geiseln. Kriegsgefangene.

Als das mit einem weiteren Pünktchen geschah, spürte Lark plötzlich ein neues Gefühl in seinem Oberschenkel.

Das bin ja ich!

Außerdem wurde ihm noch etwas klar.

Die Kommunikation funktioniert nicht nur visuell. Sie benutzen auch chemische Botenstoffe. Ein Teil meines Verständnisses entsteht durch das Beobachten der Demonstration. Aber gleichzeitig senden sie Bedeutungen direkt durch den Nährstoffschlauch geradewegs in mein Blut hinein.

Dieses Wissen hätte ihn ängstigen und abstoßen sollen … aber da war diese merkwürdige Ruhe, die sich in Larks ganzem Körper ausbreitete. Wahrscheinlich auch eine Wirkung der molekularen Infusion. Der Biologe in ihm war fasziniert.

Die Wasserstoffatmer müssen mehr als eine Milliarde Jahre Erfahrung im Umgang mit uns Sauerstoffwesen haben. Das macht es aber kaum einfacher, die Schranke zwischen den beiden Lebensordnungen zu überwinden; denn sonst würden sie ja direkt mit hörbaren Worten zu mir sprechen. Aber sicher haben sie sich einige Tricks angeeignet.

Das rückte alles in ein neues Licht. Er hatte sein ganzes Berufsleben damit zugebracht, die unglaubliche Vielfalt des Lebens zu erforschen. Dabei hatte er sich auf einige Millionen sauerstoffatmender Lebensformen eines begrenzten Gebiets auf einem einzigen Planeten beschränkt. Nun wurde ihm klar, daß es Wesen gab, für die der Unterschied zwischen einem Jophur und einem Menschen verschwindend gering sein mußte.

Haben sie jemals vorher einen Erdling gesehen? Wahrscheinlich nicht. Und trotzdem können sie auf meiner Gefühlsskala spielen wie auf einer ursischen Geige.

Lark verspürte demütige Bewunderung … und fragte sich, ob das auch wieder eine künstlich erzeugte oder verstärkte Reaktion war.

Egal. Wichtig ist allein, daß sie wollen, daß ich lerne. Sie haben Interesse daran, mich am Leben zu erhalten und mir etwas beizubringen.

Im Moment zumindest kann ich mich damit ganz gut arrangieren.

Emerson

Mochte er auch kein Ingenieur mehr sein, so erkannte er immer noch gute Arbeit, wenn er sie vor sich sah.

Von seiner privaten kleinen Observationskuppel hinter der Brücke der *Streaker* hatte Emerson fast die ganze Schneekugel im Blick, von der Zentralsonne bis zu dem klaffenden Loch. Die Maschinenwesen gaben sich zwar die größte Mühe, den Schaden zu beheben, aber immer noch brachen zahllose Stücke aus dem Riß, purzelten nach draußen und lösten sich in Staub, Dampf oder Kometen auf.

Die Verwundung der Sphäre erinnerte ihn an seine eigene Verletzung, zu der es ja an eben diesem Ort gekommen war.

Vorsichtig berührte er das Loch hinter seinem linken Ohr. Eine dünne Kreatur erzitterte unter seiner Fingerspitze. Der Rewq, den er von Jijo mitgebracht hatte. Zusammen mit den Mitteln, die ein Traeki-Apotheker ihm verabreicht hatte, war es vor allem diesem Wesen zu verdanken, daß er seinen schweren Verletzungen nicht erlegen war.

Vor einem Jahr hatte man ihn in diesem Fraktal-System gefoltert und verstümmelt.

Er erinnerte sich, hier in sein kleines Aufklärungsschiff gestiegen zu sein, um die Flucht der *Streaker* zu decken und sich, wenn notwendig, selbst zu opfern.

Aus allen seinen wenigen Rohren feuernd, war er den Flotten entgegengeflogen, die bewiesen hatten, daß sie ihrem Ruf der abgeklärten Altersweisheit nicht gerecht wurden. Sein Wutgeheul hatte sich in Triumphgeschrei verwandelt, als eine andere Partei der Alten eingeschritten war und den Erdlingen um Gillian eine Tür in der Großen Hülle geöffnet hatte, um sie entkommen zu lassen.

Und seine Freude hatte ein rasches Ende gefunden, als sein Schiff von Kraftfeldern eingefangen worden war. Man hatte den

Piloten geradezu aus dem Gefährt herausgeschält und ihn dann einer Folter unterzogen, wie er sie niemals für möglich gehalten hätte.

Emerson wußte auch heute noch nicht so recht, was man eigentlich mit ihm angestellt hatte. Sie hatten sein Erinnerungsvermögen mit einer starken Konditionierung versehen, und das Jahr, das mittlerweile seit der Folter vergangen war, hatte er größtenteils im Zustand der Amnesie verbracht.

Als er diese Programmierung dann niedergerungen hatte, war das sein schönster Tag gewesen. Sein Gedächtnis gehörte jetzt wieder ihm, auch wenn nicht allzu viel davon übriggeblieben war. Und so ganz hatte er die Konditionierung nicht abschütteln können. Immer noch traten gewisse Barrierereflexe auf, wenn er sich auf etwas konzentrieren wollte, und andere Sperren hinderten ihn daran, zu gewissen Erinnerungen vorzustoßen. Aber wenn es ihm gelang, den dabei entstehenden Schmerz zu ignorieren, bedeutete dies einen neuen Triumph; denn Schmerz verwies darauf, daß er sich auf der richtigen Spur befand.

Da man ihm bestimmte Gehirnpartien entfernt hatte, konnte er sich nicht mit Worten äußern. Und so saß er in seiner Kuppel und betrachtete die Fraktal-Welt.

Eigentlich hätte er angesichts der Zerstörung in der Sphäre tiefe Befriedigung verspüren müssen. Und er hätte jedes Recht gehabt, den Schwärmen von Mechanoiden einen gründlichen Mißerfolg zu gönnen. Das wäre doch eine angemessene Rache gewesen – der Untergang seiner Folterknechte.

Doch statt dessen regte sich in ihm etwas, das älter und stärker war als alle Rachsucht.

Die Liebe, die man angesichts von wahrer Schönheit empfindet.

Das Bewundern von etwas Erhabenem.

Er konnte sich tatsächlich an den Tag erinnern, an dem die *Streaker* zum erstenmal in die Zuflucht der Alten gelangt war – und wie ihre naiven Hoffnungen schon allzu bald zerstört worden waren. Karkaett, Suessi und er hatten aufgeregt über den Sinn und

Zweck dieser gigantischen Struktur diskutiert, die ihnen wie das Paradies aller Ingenieure erschienen war.

Und dieses ehrfürchtige Staunen von damals erfüllte ihn auch jetzt wieder. Statt die Roboter zu verhöhnen, feuerte er sie an und wünschte ihnen den Erfolg. Emerson sagte sich, daß er schon seine Rache genommen hatte, indem er überlebt hatte und hierher zurückgekehrt war. Solange die *Streaker* noch herumfliegen konnte, mußten die Alten sich ärgern.

Er konnte sich auch an ihre kalten Augen erinnern, wie sie auf ihn heruntergeschaut und ihn dann mit ihren Instrumenten entstellt hatten, um Geheimnisse aus ihm herauszuholen, von denen er keine Kenntnis besaß.

Emerson schüttelte sich. Warum hatten die Rentner ihn nicht einfach getötet, nachdem sie mit seinem Gehirn fertiggewesen waren? Statt dessen hatten sie ihn durchs All geschickt (über die Art und Weise herrschte in seinem Gedächtnis immer noch Dunkel), bis er auf Jijo notgelandet war.

Warum hatten sie solche Mühen auf sich genommen? War er wirklich so wichtig, daß man ihn solcher Anstrengungen für wert erachtete?

Er beschloß, großzügig zu sein. Die Mechanoiden schafften gewaltige Trommeln mit Kohlenstoffaser heran, webten Netze, um die Fragmente einzufangen, oder hielten damit schwankende Zapfen an Ort und Stelle. Wie Mücken umschwärmten sie das Loch, während andere Riesenbrocken umlenkten, damit sie nicht bei einer Kollision noch mehr Schaden anrichteten.

Emerson dachte nicht an die Lebewesen hinter den unzählbaren Fenstern; denn für ihn war die Sphäre weniger eine Wohnstätte als vielmehr eine eigenständige Wesenheit, die hier schwer verwundet um ihr Leben rang.

Mit seinem Terminal holte er einzelne Ausschnitte näher heran. Man hatte den kleinen Computer so umprogrammiert, daß er nicht auf Stimmbefehle achtete, sondern auf Emersons Gesten und Mienenspiel reagierte. Auf jeden Fall stellte dieses Gerät eine deutliche Verbesserung im Vergleich zu seinen unbeholfenen Versuchen auf Jijo dar, mit Sara zu kommunizieren.

Doch trotz aller Schwierigkeiten dachte er gern an diese Monate zurück. Die Soonerwelt hatte ihm gut gefallen, und die Sechs Rassen hatten ihn mit ihrem fröhlichen Pessimismus tief bewegt. Um ihret- wie auch um Saras willen wünschte Emerson, er könne etwas für Jijo tun. Oder auch für Gillian und die Besatzung. Und für die fleißigen Mechanoiden. Doch ihm blieb nichts anderes übrig, als untätig dem Drama zuzusehen.

Emerson gefiel es nicht, nur Zuschauer sein zu können. Er ballte die Hände zu Fäusten, weil er sie nicht für etwas Sinnvolles benutzen konnte.

Die Szene kam ihm wieder in den Sinn, als Gillian und Sara im Kontrollraum mit den Jugendlichen vom Wuphon-Hafen zusammenkamen. Ein Stapel von dampfenden, wächsernen Ringen war bei ihnen gewesen, Tyug, der Traeki-Alchemist aus der Schmiede im Berg Guenn. Die junge Urs, Ur-ronn, hatte auf eine kleine Gruppe Glaver gezeigt, die stumpf dabeistanden, muhten und sich ableckten.

Diese Wesen, die erfolgreich den Weg der Erlösung gegangen waren, hatten etwas mit der Riesenkugel zu tun, die die *Streaker* hierhergeführt hatte.

Zang.

Die Wasserstoffatmer hatte sich zunächst damit zufriedengegeben, die Reparaturarbeiten zu beaufsichtigen, und ansonsten den Erdenraumer daran gehindert, sich von hier zu verdrücken. Doch nach einem Tag mußten die Zang ihre Aufmerksamkeit von den Mechanoiden abwenden, näherten sich doch aus mehreren Richtungen rätselhafte Objekte dem Schiff der Erdlinge, um dieses zu studieren.

Die Wasserstoffatmer verjagten die Neugierigen und ließen niemanden auch nur in die Nähe der *Streaker,* doch auf der anderen Seite beantworteten sie keinen der Funkrufe, die Dr. Baskin an sie richtete.

Offensichtlich glaubten die Zang, daß die Erdlinge noch etwas warten konnten, zumindest bis die Reparaturarbeiten beendet wären.

Er hörte jetzt, wie Gillian mit den Eingeborenen von Jijo diskutierte.

»Warum setzen wir die Glaver nicht einfach in ein Shuttle und schicken sie den Wasserstoffatmern?« fragte sie in die Runde. »Aber haben wir eine Garantie, daß die Zang sich damit zufriedengeben?

Einmal angenommen, die Antwort auf beide Fragen laute ja. Was schreibt das Galaktische Gesetz für solche Fälle vor? Müssen wir von den Zang eine Quittung verlangen?«

Auch wenn er die meisten Worte Dr. Baskins nicht recht verstand, klangen sie ihm doch wie Musik in den Ohren. Schon immer hatte er sie heimlich geliebt. Auch damals, als ihr Mann, Tom Orley, noch an Bord gewesen war. Zu jener Zeit hatte er seine Gefühle unter Kontrolle halten können. Das Leben kam ihm zwar unfair vor, aber wenigstens konnte er in Gillians Nähe sein.

Doch nachdem Tom auf Kithrup verschollen war, fingen die Gefühle an, sein Urteilsvermögen zu beeinflussen. Emerson ging unnötige Risiken ein und versuchte, Tom nachzuahmen, um in Dr. Baskins Augen besser dazustehen.

Auf Oakka kam ihnen das noch zugute, wo die Vertreter der Bibliothek und des Migrations-Instituts ihren Eid vergaßen und sich verschworen, die Schätze an Bord der *Streaker* ihren Geburts-Klans zugänglich zu machen. Dort warf Emerson sich mitten hinein ins Getümmel, wodurch das Schiff noch einmal entkommen konnte.

Nur hier, im Fraktal-System …

Emerson wußte, daß sein Opfer im Grunde unnötig gewesen war. Er hatte Gillians Befehle und Bitten ignoriert, wieder an Bord zu kommen. Wenn er ihnen nachgekommen wäre, hätte es ihn zwar auch nach Jijo verschlagen, aber er wäre niemals gefoltert worden und heute noch ein vollständiger Mensch.

Wieder konzentrierte er sich auf die Reparaturarbeiten, und sein Ingenieurverstand geriet immer mehr in Erregung. Die Roboter erschufen gewaltige Konstruktionen aus Eis und Kohlenstoffkabeln. Hatten je zuvor Sauerstoffatmer, Wasserstoffatmer und Maschinenwesen so einträchtig zusammengearbeitet?

Irgendwie erschien ihm der Kosmos in diesem Moment als angenehmerer Ort.

Emerson maß die Zeit nicht mehr nach Duras oder Miduras, sondern nach den Intervallen zwischen Hunger, Durst und anderen körperlichen Bedürfnissen. Bis ihn mit einem Mal ein merkwürdiges Gefühl überkam.

Irgend etwas stimmte nicht.

Zuerst wußte er nicht, was er mit diesem Gefühl anfangen sollte. Die Delphine, die auf der Brücke Wache hatten, wirkten ruhig. Auch auf seinen Schirmen war nichts Bedrohliches zu erkennen.

Im Kontrollraum ging gerade eine Besprechung zu Ende, und die einen kehrten an ihre Arbeit zurück, während die anderen sich an die Sichtfenster stellten. Keiner von ihnen machte einen beunruhigten Eindruck.

Emerson befahl einem Roboter, mittels der Sensoren die Hülle und die nähere Umgebung des Schiffes zu scannen. Als er noch immer nichts entdeckte, wiederholte er den Vorgang. Auch jetzt nichts, doch das unheimliche Gefühl blieb.

Er holte sich Gillian auf den Schirm und stellte fest, daß auch sie irgend etwas zu beschäftigen schien. Die Kapitänin betrachtete eine holographische Wiedergabe. Emerson sah, daß sie das Heck der *Streaker* studierte.

Der ehemalige Ingenieur gab seinem kleinen Computer per Fingerzeig Anweisung, ihm den hinteren Teil des Schiffes anzuzeigen. Während die Außenkamera über die rußbedeckte Hülle fuhr, beruhigte sich Emerson wieder. Er konnte sich immer noch auf seine Instinkte verlassen. Und wenn wirklich etwas Schlimmes anstand, hätte Dr. Baskin längst Gegenmaßnahmen ergriffen.

Als die Kamera nichts mehr vom Schiff und nur noch den Zentralstern anzeigte, fühlte Emerson sich bereits richtig gut.

Und das war der erste Hinweis.

Wohlbefinden löste bei ihm stets innere Unruhe aus.

Damals auf Jijo, als er im Delirium in Saras Baumhaus lag, hatte es für ihn immer ein Gefühl gegeben, das alle anderen bei weitem übertraf. Angenehmer als die Salben, die der Traeki-Apotheker ihm auftrug. Wunderbarer als die Stärke, die endlich in seine Gliedmaßen zurückkehrte. Schöner als all das, was es auf Jijo zu bestaunen gab …

Das Gefühl, wenn der Schmerz nachließ.

Wann immer der einprogrammierte Schmerz in seinem Gehirn aufhörte, geriet er in eine milde Form von Ekstase.

Der Schmerz entließ ihn immer dann aus seinen Klauen, wenn er aufhörte, das zu tun, was die Konditionierung ihm untersagte. Vor allem zu versuchen, sich an etwas zu erinnern. Wahrscheinlich war auch die Erleichterung Teil des Programms, die hedonistische Verzückung, wenn er sich wieder an das hielt, was man ihm befohlen hatte.

Und genau dieses Gefühl stellte sich gerade wieder bei ihm ein.

Nein, nicht ganz so intensiv wie früher; eigentlich sogar ziemlich subtil. Wenn er auf Jijo nicht immer wieder versucht hätte, an seine Erinnerungen zu gelangen, hätte er es vielleicht gar nicht bemerkt. Während der Rekonvaleszenz hatte er irgendwann angefangen, den Schmerz zu jagen, war er doch der Schlüssel zu seinem Gedächtnis.

Du mußt zurück.

Er ließ die Außenkamera zurückfahren und hatte das Gefühl, gegen den Strom zu schwimmen. Jedesmal, wenn das Kamerabild sich dem Bug näherte, ging etwas Merkwürdiges in ihm vor. So als sei dieser Teil des Schiffes für ihn verboten oder als versuche er, in die Fünfte Dimension zu schauen.

Dieser Widerstand schien sogar die Computer zu befallen. Sobald die Kamera die ersten Flossen hinter sich gebracht hatte, wich die Linse vom Kurs ab, hatte einen Drall nach links und stabilisierte sich erst wieder, wenn das Heck erneut ins Bild kam.

Emerson fluchte, was das Zeug hielt, und wunderte sich darüber, daß ihm soviele verschiedene Wörter einfielen, als wohnten Schimpfworte in einem Gehirnzentrum, das die Alten nicht manipuliert hatten. So ähnlich wie beim Gesang, der ihm ja auch mühelos über die Lippen kam.

Er gab es schließlich auf, sich auf die Instrumente zu verlassen, preßte die Nase gegen die Kuppelwand und starrte nach vorn, zum Bug.

Im ersten Moment befürchtete er, blind geworden zu sein. Doch dann konzentrierte er sich und bediente sich all seiner Erfahrung aus den inneren Kämpfen, die er auf der Soonerwelt geführt hatte.

Nach einer Weile gelang es ihm, in der Schwärze eine flackernde Bewegung auszumachen.

Der Rewq legte sich über seine Augen und verstärkte seine Sicht, bis der Stumme zufrieden grunzte.

Objekte flogen um den Bug. Roboter oder Kleinschiffe. Sie sausten dort herum und konzentrierten sich auf eine bestimmte Stelle.

Der Ingenieur glaubte sogar, so etwas wie eine Schneidbrennerflamme erkennen zu können.

Er verschwendete keine Zeit mehr mit seiner wiedergefundenen Fähigkeit zu fluchen. Auf Händen und Knien kroch er aus der für ihn zu engen Beobachterkuppel.

Wie sollte er seine Entdeckung weitergeben? Er konnte sie nicht über Interkom melden, denn da stand ihm seine Sprachbehinderung im Wege. Und wenn er in den Kontrollraum ging, Gillian an den Schultern packte und sie zwang, nach vorn zu schauen? Ja, irgendwann würde sie begreifen, aber nach wie langer Zeit?

Aber durfte er sie der Blockade aussetzen, mit der sie keine Erfahrung hatte? Dafür war die Sperre seiner Gehirnkonditionierung zu ähnlich. Wer immer auch für beides verantwortlich war, und Emerson hatte keinen Zweifel daran, daß die Alten dahintersteckten, würde dann sicher auch Dr. Baskins Gehirn manipulieren oder verstümmeln – und sich dabei ihrer PSI-Talente bedienen.

Aus dem gleichen Grund durfte er auch nicht Sara oder ihren Affen Prity, der ihn manchmal verstanden hatte, in Gefahr bringen. Oder sonst jemanden auf der *Streaker.* Ganz zu schweigen davon, wieviel kostbare Zeit er bei dem Versuch verlieren würde.

Manchmal mußte man eben selbst aktiv werden.

Also rannte er nach vorn, zu dem Hangar im Bug des Schiffes. Kaum ein Beiboot lag hier noch in der Verankerung. Bei den diversen Abenteuern der *Streaker* waren sie eins nach dem anderen verlorengegangen.

Nur ein paar thennanianische Aufklärungsboote fanden sich noch hier, die sich bereits an Bord befunden hatten, als die Erde dieses Schiff aus fünfter Hand gekauft hatte.

Emerson hatte schon einmal in einem solchen Boot gesessen und erinnerte sich gut an jenen Tag. Das Steuer, das so schwer zu erreichen und zu bedienen war, weil die Erbauerrasse offensichtlich über längere Arme verfügt hatte. Er mußte sich nur wieder hineinsetzen, die Schiene hinabrollen und in die Ausstoßröhre gelangen ...

Er unterdrückte die Erinnerung, weil ihn sonst aller Mut verlassen hätte. Beherzt stieg er ein, konzentrierte sich auf die Instrumente und Monitore, deren Aufschrift er nicht mehr lesen konnte, und hoffte, daß seine Flugerfahrung ihm ausreichend helfen würde.

Ein Lied kam ihm in den Sinn, eine rauhe Raumfahrerweise, aber er biß die Zähne zusammen. Er mußte sich jetzt konzentrieren und hatte keine Zeit zum Singen.

Wenn er in der Lage gewesen wäre, in klaren Sätzen zu denken, hätte er sich spätestens jetzt gefragt, was er eigentlich zu tun beabsichtigte. Oder wie er die Roboter aufhalten wollte. Der kleine Aufklärer besaß zwar Bordwaffen, aber schon vor einem Jahr hatte sich herausgestellt, daß er kaum mit ihrer Bedienung zurechtkam. Und heute konnte er nicht einmal deren Kontrollen lesen.

Aber wenigstens könnte er für einige Aufregung sorgen. Zwischen die Angreifer fahren und womöglich die Blockade durcheinanderbringen, so daß die Erdlinge endlich erkannten, was hier an ihrem Bug vor sich ging.

Er wußte nicht einmal, was die Roboter dort eigentlich trieben.

Aber damit konnte er sich jetzt nicht aufhalten. Sein Gehirn war nicht mehr in der Lage, komplexe Probleme zu lösen. Wenn es ihm irgendwie gelang, die Aufmerksamkeit der Zang auf den Bug der *Streaker* zu richten, mochte sie das vielleicht zum Eingreifen bewegen.

Die verwundete Fraktal-Welt drehte sich vor ihm, nachdem die Außenschleuse sich hinter ihm geschlossen hatte. Er startete die Seitenthruster, und das Boot bewegte sich langsam vorwärts. Schon stieß er auf Widerstände. Alles in ihm weigerte sich, dort hinauszuwollen. Ekel und Schmerz machten sich in ihm breit – und gleichzeitig Freude und Faszination, weil er auf der richtigen Fährte zu sein schien.

Emerson hatte schon auf Jijo gelernt, den Schmerz und das Unbehagen zu suchen – so ähnlich wie bei einem Kind mit einem losen Zahn im Mund, das an ihm wackelt, bis er mit einem Mal heraus ist.

Der Symbiont spürte, was in ihm vorging, und half auf seine Weise. Er wechselte die Farbspektren so lange, bis aus verschwommenen Formen etwas Konkretes, Faßbares geworden war.

Maschinen.

Der Ingenieur erkannte, daß bereits ein Dutzend Automaten an der Hülle klebten. Sie hingen wie Sauginsekten auf der Haut des Schiffes. Doch was wollten sie dort? Wenn es ihnen nur um Zerstörung ging, hätten sie die *Streaker* längst vernichtet.

Jetzt entdeckte er auch die Flamme eines Schneidbrenners. Entweder wollten sie sich auf diese Weise einen Weg in das Schiff verschaffen, oder …

… oder sie entfernten etwas von der Hülle. Eine Probe vielleicht?

Er rief sich das Aussehen des Raumers ins Gedächtnis zurück, auf dem er jahrelang gefahren war. In dieser Zeit hatte er die *Streaker* lieben gelernt, und so, wie ein Mann viele Details seiner Geliebten kennt, war er auch mit den Besonderheiten dieses Schiffes bestens vertraut.

Und schon fiel ihm ein, was sich an der Stelle befand, die von den Automaten bearbeitet wurde.

Ein Symbol.

Das Emblem, das alle Schiffe von sauerstoffatmenden Rassen trugen.

Die Spirale, durch die Strahlen fahren – das Zeichen der Zivilisation der Fünf Galaxien.

Im ersten Moment war Emerson wie erstarrt. Die Erkenntnis war ihm zu leicht gekommen, und er fragte sich, ob die Konditionierung dafür verantwortlich war und ihm etwas vorgaukelte. Immerhin betrieben die Roboter hier reichlich viel Aufwand, bloß um die Insignien der *Streaker* herauszufinden.

Wie dem auch sei, die Maschinen standen hier vor enormen Schwierigkeiten. An dem dicken Kohlenstoffmantel hatten sich schon Hannes Suessi und seine Crew die Zähne ausgebissen. Er flog etwas näher heran und entdeckte, daß die Automaten erst ein kleines Stück der Hülle freigelegt hatten.

Fast hätte er laut über die frustrierende Plackerei der Maschinen gelacht.

Dann sah er sich um und entdeckte ganze Schwärme von Robotern, die herangeflogen kamen. Offenbar Verstärkungen, weil die Arbeit zu langsam voranging.

Höchste Zeit, etwas zu unternehmen. Emerson aktivierte die Waffenkonsole und entschied sich für die schwächsten Geschütze, wollte er ja der *Streaker* nicht versehentlich Schaden zufügen.

Auf geht's.

Ich hoffe nur, es klappt.

Emerson konzentrierte sich so sehr aufs Zielen, daß ihm zuerst gar nicht aufging, was sich gerade in seinem Geist getan hatte.

Er hatte zwei Sätze ausgesprochen und damit seinem Galgenhumor und seiner Hoffnung Ausdruck gegeben.

Gillian

Die Erkenntnis kam wie ein Gewitter über sie, und sie stieß einen Befehl aus.

»Sicherheitsalarm!«

Alarmsirenen hallten in Gängen und Räumen wider und schickten die Delphine an die Kampfstationen. Das allgegenwärtige Summen der Triebwerke nahm einen anderen Klang an, als Suessi und seine Crew den Schutzschilden und Waffensystemen Energie zuführten.

»Niss, Bericht.«

Das sich drehende Hologramm antwortete sofort, und diesmal ohne Spott.

»Wir scheinen gerade einen kombinierten PSI-Kyber-Angriff erlebt zu haben, der darauf ausgerichtet war, die Besatzung des Schiffes, organische wie maschinelle, von etwas abzulenken. Der Umstand, daß du und ich simultan daraus erwacht sind, läßt darauf schließen, daß entweder der Sender zerstört wurde oder man ihn abgeschaltet hat.

Erste Berechnungen lassen darauf schließen, daß man eine hochentwickelte Logik-Entität gegen uns zum Einsatz gebracht hat, deren Memischer Level mindestens auf Klasse –«

»Schweben wir immer noch in Gefahr?« wollte die Kapitänin wissen.

»Ich entdecke weder gezielte Impulse noch irgendwelche Waffen, die auf die *Streaker* gerichtet sind. Aber in der Nähe des Bugs halten sich einige Automaten mit latentem Energielevel auf, die sich als Gefahr erweisen könnten.

Im Augenblick scheinen die aber damit beschäftigt zu sein, sich gegenseitig unter Beschuß zu nehmen.«

Dr. Baskin trat an den Schirm, auf dem der Bug des Schiffes zu sehen war. Sie hatte das andere Ende des Raumers inspiziert, weil sie eine Gefahr zu spüren glaubte. Gillians Herz schlug schneller, als sie erkannte, wie nahe die Bedrohung gewesen war. Wenn die Roboter nicht angefangen hätten, sich untereinander zu bekämpfen, wäre es vielleicht für die *Streaker* schon zu spät gewesen.

»Wo stecken denn die Zang, verdammt noch mal?« murmelte sie.

Dr. Baskin suchte den Sektor ab, in dem die Wasserstoffatmer sich bislang aufgehalten hatten, aber die Instrumente zeigten dort keine Kugel, sondern nur eine Wolke von treibenden Ionen an.

Vielleicht sind das nur Reste von ihrem Triebwerksausstoß. Sicher mußten sie dringend woanders hin und kehren jeden Moment zurück ...

In ihrem Geist hielt sich hartnäckig eine andere Möglichkeit – daß das Zang-Schiff von einer mächtigen Waffe zerstört worden war ... in seine Atome aufgelöst.

Der PSI-Angriff hat uns davon abgehalten, nach unseren Wächtern/Begleitern zu sehen. Jemand hat große Anstrengungen unternommen, um sicherzustellen, daß wir für eine Weile gar nichts tun.

Sie hörte, wie die Triebwerke aufheulten, als Kaa das Schiff aus der Kampfzone bringen wollte. Doch schon folgte der Schwarm sich beschießender Automaten, als seien sie untrennbar mit der *Streaker* verbunden.

»Hast du eine Ahnung, wer –«

»Bislang hat sich keiner der Kombattanten bei mir vorgestellt.«

»Aber was treiben die denn da?«

»Vermutlich hat irgendwer versucht, unseren Fahrtenschreiber zu stehlen.«

»Wie bitte?«

Sie schloß den Mund, als die Erkenntnis einsetzte.

Laut Gesetz war jedes Galaktische Schiff dazu verpflichtet, einen Fahrtenschreiber mitzuführen, ein Gerät, das alle Fahrten, Routen und Anlaufpunkte des betreffenden Raumers aufzeichnete. Diese Apparate zeichneten Daten auf, die aber niemals von irgendwem gelesen wurden und irgendwann in den gewaltigen Archiven der Galaktischen Zentralbibliothek verschwanden. Zu einem späteren Zeitpunkt würde sich vielleicht einmal irgendein Historiker dafür interessieren. Könnte doch sein, oder?

Und jetzt wurde Gillian alles klar.

»Die Alten wollten herausfinden, wo die *Streaker* gewesen ist. Vor allem, wo sie ihre Schätze aufgelesen hat.«

»Genau. Damit würden sie auf den Shallow-Cluster stoßen.«

Dr. Baskin empfand gemischte Gefühle. Sie ärgerte sich, daß jemand ihren Geist beeinflußt hatte, um so an die Schätze zu gelangen. Immerhin hatten Tom, Creideiki und viele andere dafür ihr Leben lassen müssen.

Auf der anderen Seite hätte die *Streaker* sicher ein paar Sorgen weniger, wenn die Diebe mit diesem Manöver Erfolg gehabt hätten. Irgendein mächtiger Klan wäre dann endlich in den Besitz der Geheimnisse gelangt und hätte diese genutzt, um sich für ein Galaktisches Zeitalter zum Beherrscher aller anderen Völker aufzuspielen – bloß um danach in neuen Verschwörungen und Bürgerkriegen unterzugehen.

Aber dann hätte sich vermutlich niemand mehr um die Erde gekümmert. Sie wäre vergessen worden und hätte sich erholen können.

»Eigentlich erstaunlich, daß man so etwas nicht schon früher versucht hat«, bemerkte sie, während sie die Mini-Schlacht am Bug verfolgte. Das Schiff befand sich immer noch auf dem Rückzug aus dem Fraktalsystem, aber die Automaten ließen nicht von ihm ab.

»Ja, im Grunde nur logisch, sich unseren Fahrtenschreiber unter den Nagel zu reißen. Ich kann nur vermuten, daß unsere früheren Feinde nicht in der Lage waren, unseren Kode zu knacken.«

Das wenigstens mußte man der Zentralbibliothek zugute halten: Nicht einmal die stärksten Klans waren in der Lage, ihre Siegel aufzubrechen. Eigentlich ein Beweis für die tatsächliche Neutralität der Institute. Vielleicht war es nur ein dummer Zufall gewesen, daß sie auf Oakka in die Hände von Verrätern gefallen waren.

Sollten wir es also noch einmal versuchen und uns an eine der großen Zentralstellen wenden? Vielleicht nach Tanith, um uns dort den Behörden zu stellen?

Das Niss-Hologramm verdrehte sich zum Zeichen seiner Nachdenklichkeit.

»Unser Besuch vor einem Jahr muß den Alten ganz schön in die Glieder gefahren sein. Sie haben offensichtlich ihren ganzen Einfluß spielen lassen, um sich in den Besitz der Kodes zu bringen, und –«

Seine Linien strebten für einen Moment auseinander.

»Ich glaube, das läßt unsere damalige wunderbare Flucht aus diesem System doch in einem etwas anderen Licht erscheinen.«

»Was meinst du damit?« fragte Gillian.

»Nun, wir glaubten, einige der Rentnerparteien seien doch so altruistisch, wie man ihnen nachsagt. Daß sie uns im Namen der Gerechtigkeit halfen, unseren Bedrängern zu entkommen. Aber erinnere dich bloß, wie lachhaft simpel uns die Flucht gelungen ist. Und wie wir dann auch noch geradezu über die Hinweise zum Sooner-Pfad gestolpert sind –«

»Moment mal!« unterbrach Dr. Baskin schon wieder. »Ich mußte die Bibliothekseinheit wie eine Zitrone auspressen, nur um an die –«

»Nein, das war alles zu einfach«, tat die Niss-Einheit es ihr gleich. »Wenn ich daran zurückdenke, wird mir so manches klar. Vermutlich haben sie uns wieder den Geist vernebelt und uns den Wunsch eingegeben, nach Jijo zu fliehen. Ein Ort, an dem wir uns relativ sicher fühlen konnten. Der aber für die Alten den Vorteil besaß, daß nur ein Weg dorthin und von dort fort führt. Sobald wir Jijo verließen, würden wir zwangsläufig wieder hier ankommen.«

Dr. Baskin starrte die Maschine an, weil sie jetzt ahnte, worauf diese hinauswollte.

Angenommen, unter den Alten gab es eine Partei, die sich in den Besitz des Fahrtenschreibers bringen wollte, aber wußte, daß einige Zeit vergehen würde, bis man den Kode geknackt hatte ... Flüchtige Wölflinge ließ man besser nicht unbeaufsichtigt herumziehen. Nachher würde jemand anderer schneller sein und an die Beute kommen.

»Wenn wir nicht selbst zufällig hierher zurückgekehrt wären«, fuhr die Niss-Einheit fort, »hätten sie uns sicher bald eine Nachricht nach Jijo geschickt und uns in die Fraktal-Welt zurückgelockt. Dieser Plan weist ein paar Züge wie Geduld und Selbstvertrauen auf, die auf die Alten schließen lassen.

Aber jetzt sieht es ganz danach aus, als sei für sie nicht alles nach Wunsch verlaufen. Die Partei, die sich das alles ausgedacht hat, muß immer noch mächtige Feinde besitzen. Und man braucht hier ja nur die Augen aufzutun, um überall Zerstörung zu erblicken.«

Gillian schaute auf den Schirm. Nicht nur vor ihrem Schiff prügelten sich die Roboter. Auch am Loch in der Criswell-Struktur schien es zu ähnlichen Scharmützeln gekommen zu sein.

»So wie hier alles kaputtgeschlagen wird«, murmelte sie, »muß man wohl davon ausgehen, daß bald irgendeine Seite die Geduld verliert und zu den großen Waffen greift. Gut möglich, daß wir dann auch unser Fett abbekommen. Am besten sehen wir zu, möglichst rasch von hier zu verschwinden.«

»Ja, darüber habe ich auch schon nachgedacht. Während unserer Unterhaltung habe ich mehrfach das Zang-Schiff angerufen, und als keine Antwort erfolgte, nach ihm gesucht. Aller Wahrscheinlichkeit nach ist es wohl zerstört worden.«

Dr. Baskin nickte.

»Nun, wenn unsere Wächter/Begleiter sich nicht mehr blicken

lassen, sehe ich nicht ein, warum wir noch länger auf sie warten sollen.«

Sie trat ans Interkom.

»Kaa, volle Fahrt. Wir brechen zum nächsten T-Punkt durch.«

Der Steuermann bestätigte mit einem traditionellen Haiku.

* Bedrängt von Orcas
* Rücken an Korallenbank
* Soll'n Plankton fressen!

Die *Streaker* beschleunigte, und der Strom der kämpfenden Roboter folgte ihnen. Die Detektoren zeigten an, daß immer neue Schwärme heranströmten.

»Dr. Baskin, mir ist da gerade etwas aufgefallen«, bemerkte die Maschine, »das dir sicher nicht gefallen wird.«

Die Einheit zeigte ihr einen Ausschnitt von der Schlacht, die draußen tobte. Explosionen, sich kreuzende Energielinien, ein einziger Wirrwarr. Die Sensoren zeigten nur Maschinen an, die hier miteinander rangen. Offensichtlich zogen es die Rentner vor, nicht den eigenen Hals zu riskieren, sondern Stellvertreter in den Kampf zu schicken.

Doch dann fiel Gillians Blick auf ein Objekt, ein pfeilförmiges Gebilde, das sich von den anderen unterschied. Sie brauchte nur einmal hinzusehen, um darin einen thennanianischen Aufklärer zu erkennen.

»Bei Jafalls!« stöhnte sie. »Er hat es doch wohl nicht schon wieder getan!«

»Wenn du damit Emerson d'Anite meinst, dann muß ich dir mitteilen, daß die Scanner ihn nirgends im Schiff orten. Ich fürchte, er ist mit dem Boot hinaus und ballert jetzt aus allen Rohren, obwohl er so gut wie nie etwas trifft. Organische Wesen sollten sich nicht mit Mechanoiden auf einen Nahkampf einlassen.«

»Das werde ich mir für die Zukunft merken«, murmelte die Kapitänin.

Emerson

Als ihm bewußt wurde, daß er ständig danebenschoß und niemand sein Feuer erwiderte, schaltete er schließlich die Waffenkontrollen aus. Wenn keiner der Roboter ihn als Gegner ernst nahm, ärgerte ihn das zwar, aber es erleichterte ihn auch. Die Partei, der die wenigen Maschinen gehörten, die er getroffen hatte, schien sich nicht darüber zu grämen.

Rings um ihn tobte die Schlacht, und er konnte nicht erkennen, worum es hier ging, wer gegen wen kämpfte oder wer zu wem gehörte.

Etwas später dämmerte ihm, daß der Kampf vor ihm nur ein Symptom von etwas viel Größerem war, das die ganze Fraktal-Welt umfaßte.

Und das verwirrte ihn.

Was ihn nicht weiter störte, war es ihm doch zur Gewohnheit geworden, nicht durchzublicken. Doch diesmal trat ein Gefühl der Desorientiertheit hinzu, und er hatte fast den Eindruck, an den Wolken des Deliriums vorbeischauen zu können. Er fühlte sich, als habe er sich die ganze Zeit in einem Fiebertraum befunden, aus dem er jetzt langsam erwachte.

Für einen Moment schien Licht in seine Finsternis zu dringen.

Zuerst vermutete er dahinter einen Trick, eine neue PSI-Attacke.

Aber nein, die Freude, die mit diesem Leuchten gekommen war, unterschied sich doch zu sehr von früheren Malen.

Unvermittelt kehrte die Helligkeit zurück, viel stärker als zuvor.

Etwas kam wieder zu ihm, das er lange vermißt hatte. Etwas unglaublich Wertvolles, das er erst zu schätzen gelernt hatte, als es ihm genommen worden war.

Ich … kann … wieder denken …

… in Worten und Sätzen denken …

Ich sitze in einem Aufklärungsboot … Hinter mir fliegt die

Streaker ... *und über, unter und neben mir erstrecken sich die Wände der Fraktal-Welt ...*

Sein Bewußtsein war von einem Moment auf den anderen angefüllt: mit dem, was er auf Jijo gesehen und erlebt hatte – mit dem, was er vor der Folter gewußt hatte, und vor allem mit Worten und ihrer Bedeutung.

Trauer überkam ihn, als ihm all das wieder einfiel, was er Sara während ihrer gemeinsamen Reise hatte sagen wollen. Oder Gillian, zu der er endlich zurückgefunden hatte.

Wie ist das möglich? Mein Gehirn ist doch beschädigt ... Sie haben mir das Sprachzentrum genommen ...

Als die Alten mit ihm fertig gewesen waren, hatten sie ihn zwar am Leben gelassen, ihm aber die Sprache genommen. Sie hatten seinem Gedächtnis entlockt, wie der arme Creideiki ums Leben gekommen war, und ihn auf gleiche Weise entstellt.

Was sie mit ihm angerichtet hatten, war ihm nun klar, aber eine Antwort fehlte noch. Welche brutale Logik steckte hinter einer solchen Tat?

Und unvermittelt ließ sich die Stimme wieder vernehmen, die er vergessen hatte und mit kalten, starrenden Augen verband.

»FALSCH. WIR HABEN NICHT TEILE DEINES GEHIRNS ZERSTÖRT, SONDERN NUR EIN PAAR GRAMM GEWEBE ENTNOMMEN. GLAUB MIR, SIE DIENTEN EINEM HÖHEREN ZWECK, UND WIR BEDURFTEN IHRER EHER ALS DU.«

Das freche Eingeständnis dieser Tat ließ Emerson vor Wut aufheulen. Nur durch allergrößte Selbstdisziplin gelang es ihm, eine Antwort zu formulieren. Als er seine Stimme zum erstenmal wieder hörte, fiel ihm daran ein eigenartiges Näseln auf.

»Ihr Schweine habt mich verstümmelt, damit ich niemals darüber Auskunft geben konnte, was ihr mir angetan habt!«

Die Antwort darauf erfolgte mit unüberhörbarem Amüsement.

»DAS WAR LEDIGLICH EIN ERFREULICHER NEBENEFFEKT. DIE GEWEBEPROBEN, DIE WIR DIR ENTNOM-

MEN HABEN, WAREN FÜR UNS VON SO GROSSER WICHTIGKEIT, WIE DU SIE ALS INDIVIDUUM NIE HÄTTEST HABEN KÖNNEN ... ALLERDINGS MUSS ICH ZUGEBEN, DASS ES UNS LIEBER GEWESEN WÄRE, DU HÄTTEST EINER ANDEREN SPEZIES ANGEHÖRT. ABER UNS STAND NUN EINMAL NUR EIN ERDLING ZUR VERFÜGUNG, UND SO WURDE DIR EBEN DIE EHRE ZUTEIL, DER SPENDER ZU SEIN.«

Diese Erklärung half ihm überhaupt nicht weiter. »Aber wie kommt es dann, daß ich jetzt wieder sprechen kann?«

»DAS HÄNGT MIT DER VERBUNDENHEIT UND DER NÄHE ZU UNS ZUSAMMEN. WIR HABEN IN DEINEM GEHIRN AN DER ENTNAHMESTELLE QUANTENRESONATOREN HINTERLASSEN. DIESE STEHEN MIT ANDEREN IN VERBINDUNG, DIE EINE SCHICHT UM DIE PROBE BILDEN. WENN BEIDE SICH NAHE GENUG SIND, KÖNNEN ALTE NEURALWEGE WIEDER IHRE ALTE FUNKTION ERFÜLLEN.«

Emerson beugte sich vor und spähte ins All hinaus.

»JA, GANZ RECHT, DIE KAPSEL BEFINDET SICH GANZ IN DER NÄHE. SIE VERHÄLT SICH UNAUFFÄLLIG, UM NICHT DIE AUFMERKSAMKEIT DER KÄMPFER AUF SICH ZU ZIEHEN.

DIE KAPSEL KANN SOGAR NOCH NÄHER HERAN. UND DAS GEWEBE KÖNNTE WIEDER DEIN SEIN – ALLERDINGS MUSST DU DAFÜR EINIGE BEDINGUNGEN ERFÜLLEN.«

Emerson wollte die eiskalte Stimme immer noch anschreien und ihr klarmachen, daß sie kein Recht besäße, mit ihm über die Rückgabe von etwas zu feilschen, das man ihm widerrechtlich gestohlen hatte. Doch er hielt sich zurück und war außerdem viel zu beschäftigt damit, die alten Sprech- und Denkwege zu erkunden und diese mit den Instinkten zu verknüpfen, die er auf Jijo entwickelt hatte.

»Wenn ich dir diene, bekomme ich also mein Sprachzentrum zurück? Was ist denn geschehen? Steht es so schlimm um eure finsteren Pläne?«

»VIELE VON UNS SETZEN IMMER NOCH VOLLES VERTRAUEN IN DEN PLAN. DOCH AUCH IN RUHIGEREN ZEITEN WAR ER MIT EINEM GROSSEN WAGNIS VERBUNDEN.

WIR WOLLEN JEMANDEN HIERHER LOCKEN, DER SICH WEIT ENTFERNT AUFHÄLT.

DOCH ENTGEGEN ALLEN ERWARTUNGEN BIST DU ZU UNS ZURÜCKGEKEHRT. DAMIT SIND DIE ERFOLGSAUSSICHTEN UNSERES PLANS DEUTLICH ANGESTIEGEN.«

»Ich kann es kaum erwarten, Näheres zu erfahren«, entgegnete Emerson voller wiedergefundenem Sarkasmus.

»ICH WILL ES IN EINFACHE WORTE FASSEN, DAMIT SELBST EIN WESEN VON DEINER NIEDEREN EBENE DAS KONZEPT VERSTEHEN KANN.

WENN DU DICH SPUTEST, KANNST DU AUF DAS ERDENSCHIFF ZURÜCK UND DORT DIE INFORMATION BESORGEN, DIE WIR BENÖTIGEN: DAMIT HÄTTEST DU DEINEN TEIL DES HANDELS ERFÜLLT UND WÜRDEST IM GEGENZUG DAS ZURÜCKERHALTEN, WAS DU DIR AM MEISTEN WÜNSCHST.«

Der Ingenieur konzentrierte sich und versuchte, an gar nichts zu denken. Alles, was sich in seinem Bewußtsein tat, wurde an sein Gewebe in der Kapsel weitergegeben, die hier irgendwo zwischen den Zerstörerstrahlen und Raumminen schwebte.

»Jetzt wollt ihr also plötzlich einen Handel abschließen. Vor einem Jahr noch habt ihr mich einfach aufgeschnitten. Warum habt ihr mich überhaupt nach Jijo geschickt, und wieso lebe ich noch?«

Die Stimme klang jetzt so, als würde sie seufzen, weil sie sich mit lästigen Erklärungen aufhalten mußte.

»ES EXISTIEREN GRENZBEDINGUNGEN FÜR DIE

UNIVERSELLE WELLENFUNKTION, UND DIE WIRKEN IN ALLE RICHTUNGEN. DEINE PHYSISCHE EXISTENZ IN EINER ZUKÜNFTIGEN ZEIT IST EINE DIESER GRENZBEDINGUNGEN. WIR SIND GEZWUNGEN, UNSERE HANDLUNGEN SOLCHEN GEGEBENHEITEN ANZUPASSEN.

ALLERDINGS SIND DIESE BEDINGUNGEN NICHT SEHR SPEZIFISCH ABGEFASST UND KENNEN VIELE AUSNAHMEREGELUNGEN. UNSERE BERECHNUNGEN HABEN ERGEBEN, DASS ES VOLLKOMMEN AUSREICHTE, DICH IN DIE NÄHE DEINER KAMERADEN ZU SCHICKEN, UM DAS UNIVERSELLE GLEICHGEWICHT WIEDERHERZUSTELLEN. DESWEGEN HABEN WIR DICH EINFACH IRGENDWO AUF JIJO ABGESETZT. DAS HAT VÖLLIG GEREICHT.«

Der Ingenieur schüttelte nur noch den Kopf.

»Wißt ihr eigentlich, was ich durchgemacht habe?«

Die Stimme hielt das nicht für beantwortungswürdig.

Emerson blickte auf die Instrumentenanzeigen seines Boots. Nun ergaben die Zeichen und Worte für ihn einen Sinn. Er entdeckte, daß die *Streaker* Fahrt aufgenommen hatte und sich entfernte. Gillian wollte anscheinend fort von hier.

»DAS HAST DU RICHTIG ERKANNT. DIR BLEIBEN ALSO NUR WENIGE DURAS, DEINEN TEIL DES HANDELS ZU ERFÜLLEN. WENN DU DICH WEIGERST, AN BORD ZU GEHEN, SEHEN WIR UNS GEZWUNGEN, DEN RAUMER MIT ALLEM LEBEN AN BORD ZU VERNICHTEN.«

Der Ingenieur lachte laut.

»Vorausgesetzt, ihr erhaltet eine Gelegenheit dazu. Was, wenn eure Gegner euch nicht lassen? Der anderen Seite ist es doch fast gelungen, unseren Fahrtenschreiber an sich zu bringen. Ich nehme stark an, daß sie ein Wörtchen mitreden wollen, wenn ihr euch entschließt, die *Streake*r zu beschießen.

Und hast du nicht gerade gesagt, ich sei wichtig für die Zukunft? Ihr müßt mir helfen, sicher und heil in dieser Zukunft anzukommen, und zwar mit meinen Freunden und Kameraden, sonst fällt euer ganzes schönes universelles Dingsbums wie ein Kartenhaus zusammen!«

»WIE ICH BEREITS ERWÄHNT HABE, ENTHALTEN DIE GRENZBEDINGUNGEN VIELE AUSNAHMEREGELUNGEN. ICH WÜRDE DIR ALSO DRINGEND RATEN, DEINEN EIGENEN WERT NICHT ZU ÜBERSCHÄTZEN UND VOR ALLEM UNS MIT RESPEKT ZU BEGEGNEN.«

Emerson lachte noch lauter.

»Oder was? Werdet ihr mich dann wieder bestrafen? Mir womöglich wieder weh tun?«

Die Stimme schwieg, aber der Ingenieur spürte, daß sein Spott nicht ohne Wirkung geblieben war. Zweifel zu äußern mochte die einzige Waffe sein, die ihm geblieben war, doch die konnte sehr effektiv bei Wesen sein, die daran nicht gewöhnt waren.

Auf der anderen Seite konnten die Alten sich ausrechnen, daß Emerson nicht viele Möglichkeiten blieben. Er hatte keine Lust, die *Streaker* ziehen zu lassen und allein zurückzubleiben. Und während er noch nachdachte, trafen seine Hände die Entscheidung für ihn. Sie zündeten das Triebwerk und ließen den Aufklärer dem Erdenschiff folgen.

Der Ingenieur bekam Angst. Wenn er nun außer Reichweite der Verbindung mit der Kapsel geriet, was würde dann aus ihm werden – oder von ihm übrigbleiben?

Die Stimme meldete sich wieder.

»WIR STATTEN DICH NUN MIT EINEM KODE AUS, ÜBER DEN DU UNS ERREICHEN KANNST, SOBALD DU BEREIT BIST, UNSEREM WUNSCH ZU ENTSPRECHEN.«

Eine Sequenz von Farbtönen entstand in Emersons Gehirn und brannte sich in seinem Gedächtnis ein. Er würde diesen Kode nie vergessen.

»OFFENBAR HABEN WIR DEINEN SAPIENZLEVEL

FALSCH EINGESCHÄTZT, INDEM WIR GLAUBTEN, EINE SIMPLE KONDITIONIERUNG KÖNNTE DICH DAZU BEWEGEN, DICH UNS ZU UNTERWERFEN. ICH BEGLÜCKWÜNSCHE DICH ZU DEINER ZÄHIGKEIT UND FLEXIBILITÄT.

DOCH SEI VERSICHERT, DASS WIR VOLLER OPTIMISMUS SIND, UNSER ZIEL AM ENDE DENNOCH ZU ERREICHEN.«

Damit verabschiedete sich die Stimme, aber Emerson war noch lange nicht mit seinen Peinigern fertig.

»Jetzt hörst du mir mal zu. Ich will dir nämlich sagen, wo du dir dein verdammtes Angebot hinstecken kannst, du Nachgeburt eines Schlickegels, du dreckfressender Hosenscheißer. Stürz dich in dein Klo, denn das ist für dich der einzige offene Weg zur Erlangung der Erlösung, du …«

Er hörte selbst nicht mehr hin, was ihm da alles an lange Verschüttetem über die Lippen kam. Dafür hatte er es viel zu eilig, die *Streaker* zu erreichen. Das Boot sauste durch die Roboterhorden, die nicht einen Schuß auf ihn abgaben und ihn auch sonst in keiner Weise behinderten.

Emerson fluchte noch, auch als sein Zorn längst verraucht war, bot ihm das doch die Möglichkeit festzustellen, ob ihm sein Sprachvermögen erhalten blieb.

Nach einer Weile stellte er fest, daß das Erdenschiff Fahrt zurücknahm, um ihn herankommen zu lassen. Und als das Docktor aufging, überkam ihn große Freude. Er strahlte angesichts solcher Freundschaft über das ganze Gesicht, fluchte aber immer noch hemmungslos weiter. Als ihm nichts mehr zum Charakter der Alten einfallen wollte, wechselte er auf ihre Abstammung über.

Erst als er sich vom Leitstrahl an Bord ziehen ließ, hielt er inne.

Fluchen zählte leider nicht.

Das hatte er, wie Singen und Zeichnen, schon auf Jijo vermocht.

Emerson atmete tief durch und versuchte, einen ganz normalen Satz zu sprechen – und hatte keinen Erfolg.

Verzweifelt durchstöberte er sein Gehirn und suchte nach einer Verbindung zu dem Sprachzentrum, die doch eben noch bestanden hatte.

Aber nur für einen kurzen Moment.

Einen viel zu kurzen Moment.

Wie ein gespenstisches Nachbild hing das Sprachvermögen noch im hintersten Winkel seines Bewußtseins.

Aber das Schlüsselelement war fort. Und mit ihm all die Dinge, die er Gillian und Sara hatte sagen wollen.

Er sank auf dem Sitz zusammen, und seine Hände rutschten von den Kontrollen. Emerson senkte den Kopf und ließ seinen Tränen freien Lauf. Er fühlte sich hilflos wie ein Neugeborenes.

Bislang hatte er geglaubt, sich an den Verlust gewöhnt zu haben. Doch jetzt wurde er eines Schlechteren belehrt.

Es konnte immer noch schlimmer werden.

Gillian

Tsh't meldete sich von der Brücke.

»Ingenieur d'Anite befindet sich wieder an Bord. Sollen wir jetzt beschleunigen?«

Gillian spürte die Last der Entscheidung wie einen Mühlstein am Hals.

»Haben die Sensoren schon irgend etwas von den Zang auffangen können?«

»Die Wasserstoffatmer sind vermutlich vernichtet«, brachte die Niss-Einheit ihre Sorge zum Ausdruck. »Doch selbst wenn sie gerade irgendwo beschäftigt sein sollten, werden die Roboter da draußen sich sicher zusammentun, um uns an der Flucht zu hindern.«

»Wir wissen doch gar nicht, warum sie sich bekämpfen. Oder welche Ziele die einzelnen Parteien verfolgen.«

»Nach dem, was ich von den Gefechten mitbekommen habe, lassen sich fünf verschiedene Fraktionen feststellen. Bei den Kämpfern handelt es sich ausnahmslos um Roboter, die ihre Befehle aus verschiedenen Sektoren der Fraktal-Welt erhalten.

Nein, Moment bitte, eben erkenne ich, daß auch eine sechste Gruppe mit im Spiel ist. Eine davon scheint gewillt zu sein, uns einen Fluchtweg zu öffnen. Anscheinend haben wir einen Verbündeten.«

»Das haben wir letztesmal auch geglaubt«, murrte Dr. Baskin. »Ist diese Partei denn stark genug, um uns entkommen zu lassen?«

»Das glaube ich kaum. Die Frage wird sich spätestens dann klären, wenn wir durch das Loch wollen. Jede der anderen fünf Gruppen könnte dann das Feuer auf uns eröffnen.«

Die *Streaker* erreichte jetzt die Randzone voller Eisfragmente und dampfender Kometen. Doch die kämpfenden Roboter waren immer noch mit von der Partie.

Sie befanden sich einen halben Kilometer von dem Loch entfernt, und Kaa mußte sich gehörig anstrengen, um einen Pfad durch die noch intakten Zapfen und die großen, herumfliegenden Brocken zu finden.

»Vielleicht zögern sie ja, die großen Geschütze auf uns abzufeuern, wo wir uns so nahe an der Hülle befinden«, bemerkte die Kapitänin.

Hier waren auch die Schiffe der Mechanoiden zu erkennen, die große Netze hinter sich herzogen, um sie am Loch anzubringen und unterwegs Fragmente einzusammeln.

Gillian stellte jedoch fest, daß die Spulen fast abgerollt waren.

Das Material geht ihnen langsam aus. Ihre Anstrengungen könnten umsonst gewesen sein, wenn die Zerstörung weiter in dieser Geschwindigkeit fortschreitet ... und wenn die Parteien der Alten nicht endlich aufhören, sich untereinander zu bekriegen.

Der freudige Ruf eines Delphins riß sie aus ihren trüben Gedanken. Emerson betrat gerade den Kontrollraum und ließ traurig die Schultern hängen.

»Na, da ist ja unser Held«, bemerkte Dr. Baskin. Sara eilte sofort zu ihm und umarmte ihn freudig. Prity tanzte um die beiden herum. Auch die Delphine und die Sooner-Jugendlichen bedrängten ihn, so daß bald nichts mehr von ihm zu sehen war.

Auch wenn er ihre Worte nicht verstehen konnte, so ließen doch ihre fröhlichen Mienen seine Bedrücktheit vergehen. Er sah Dr. Baskin an und lächelte zögernd. Sie erwiderte sein Lächeln.

»Zwei neue Schwärme treffen eben ein, Kapitänin«, meldete die Niss-Einheit.

»Kampfroboter?«

»Nein ... und das macht mir Sorgen. Das sind ... Baumaschinen. Mitglieder der Mechanoiden-Lebensordnung.«

»Zeig mir den Sektor.«

Beide Gruppen, die eine grün, die andere rot, schwebten aus entgegengesetzten Richtungen heran. Sie sausten durch das Kampfgebiet, und die Roboter gaben nicht nur keinen Schuß auf sie ab, sondern machten ihnen auch noch bereitwillig Platz.

Das gefällt mir gar nicht, dachte Gillian. Beide Gruppen besaßen einen Anführer, der die Form einer Seegurke aufwies und ein Zehntel der Masse ihres Schiffes besaß. Sie steuerten direkt auf die *Streaker* zu.

»Aufschlag in dreißig Sekunden«, rief der Lieutenant von der Brücke. »Sollen wir das Feuer eröffnen?«

»Nein!« rief Dr. Baskin zurück. »Bislang haben sie uns noch nicht beschossen. Ich habe nicht vor, als erster die Waffen sprechen zu lassen. Wir wollen erst abwarten, was sie vorhaben.«

Der erste Schwarm erreichte den Raumer und ließ sich achtern darauf nieder. Wenig später wurden die Wesen in ein helles Licht getaucht.

»Sie lösen das Schiff auf!« rief die Niss-Einheit. »Dreißig Tonnen in der Sekunde. Wir müssen sie abwehren!«

Tsh't meldete, daß einige der Mechanoiden von den Laser-Geschütztürmen erfaßt seien, aber die Kapitänin weigerte sich immer noch, den Feuerbefehl zu geben.

»Niemand gibt einen Schuß ab, bevor ich das nicht angeordnet habe. Akeakemai, ich will die Maschinen sehen, die hinter den bereits gelandeten im Raum schweben.«

Der vom Schiff aufsteigende Dampf erschwerte die Sicht, doch Dr. Baskin glaubte, einen Zylinder ausmachen zu können. Eine Art Spule.

»Wie sieht die Spektralanalyse des Materials aus, das sie vom Schiff ablösen?« verlangte Gillian zu wissen. »Es handelt sich um Kohlenstoff, nicht wahr?«

»Ja, das stimmt«, antwortete die Niss-Einheit kleinlaut.

»Und der Reinheitsgrad?«

»Purer Kohlenstoff. Keinerlei Metall von unserer Hülle darunter. Woher hast du das gewußt?«

Dr. Baskin klopfte das Herz im Hals, aber ihre Panik war vergangen.

»Diese großen Kerle interessieren sich einen feuchten Kehricht für das Gezänk der Sauerstoffer«, antwortete die Kapitänin. »Sie haben hier eine Arbeit zu erledigen, und ihnen geht das Material aus. Der Nachschub war bereits empfindlich gestört, als die Jijoaner irgendwie die Explosionen in Izmunuti ausgelöst haben.

Aber unser Schiff trägt eine dicke Kohlenstoffschicht, und genau dahinter sind sie her. Diese Mechanoiden hier müssen uns entdeckt und sofort ein paar Trupps losgeschickt haben, um das kostbare Material zu bergen.«

»Das kann ich nur bestätigen«, bemerkte die Niss-Einheit. »Sie bewegen sich konzentrisch über unsere Hülle, und die Maschinen hinter ihnen sammeln das gelöste Material auf, um es zu Kabeln zu verarbeiten.«

Hannes' Jubelschrei war aus dem Maschinenraum zu vernehmen. Er freute sich darüber, endlich die dicke Schicht loszuwerden, die ihm schon seit Monaten Kopfschmerzen bereitet hatte.

»Bei dem Tempo verlieren wir in kürzester Zeit Megatonnen«, sagte er. »Ihr glaubt ja gar nicht, wie flink und wendig unsere *Streaker* bald wieder sein wird.«

Der rote Schwarm erreichte jetzt den Bug des Raumers und landete darauf.

Gillian nickte.

»Ich glaube, sie schälen uns jetzt von zwei Seiten. Wollen wir hoffen, daß die Hülle dabei tatsächlich nicht zu Schaden kommt. Vielleicht sorgt die Anwesenheit der Mechanoiden ja auch dafür, daß man uns beim Austritt nicht beschießt.«

»Ich möchte auf eine andere Gefahr aufmerksam machen«, warf die Niss-Einheit ein. »Wenn Gesetz und Ordnung in der Fraktal-Welt tatsächlich zusammengebrochen sind, wer hindert die hiesigen Parteien dann daran, ihre jüngeren Vettern via Hyperwelle zu alarmieren?«

»Mit anderen Worten, die Flotten der Großen Klans könnten sich bereits auf dem Weg hierher befinden«, seufzte Dr. Baskin. »Dann sollten wir erst recht zusehen, von hier zu verschwinden.«

Die Einheit machte sich wieder bemerkbar.

»Draußen tut sich was. Beide Gruppen haben ihre Arbeitsweise verändert.«

Gillian starrte auf die holographische Abbildung. Die Maschinen hingen immer noch auf der Hülle und lösten die schwarze Schicht mit ihren Strahlen ab. Doch jetzt strömte kein Dampf den Sammlern hinter ihnen entgegen, und niemand wickelte Kohlenstoffasern auf.

Statt dessen veränderte sich die Schicht nach der neuen Behandlung durch die Mechanoiden. Sie glänzte wie ein Regenbogen und verdichtete sich.

Niemand sprach ein Wort, denn keiner wußte etwas dazu zu sagen.

»Sie entfernen den Kohlenstoff nicht mehr …«, stammelte Dr. Baskin.

»Nein, sie transformieren ihn«, belehrte sie die Niss-Einheit.

Suessi meldete sich aus dem Maschinenraum und erschien auf einem der Schirme.

»Der Ruß, mit dem Izmunuti uns eingehüllt hat, bestand größtenteils aus Kohlenstoff, aber darunter befanden sich auch sonstige Stoffe wie Bleicherde und sogar zu Diamanten verdichtete Materieteilchen. Wir sind darauf gestoßen, als wir auf Jijo versuchten, die Schicht zu entfernen, und –«

»Hannes«, unterbrach Gillian ihn, »komm endlich zur Sache.«

Der Kyborg nickte.

»Ich habe die Oberfläche gescannt, die die Mechanoiden jetzt auf unserem Schiff hinterlassen. Offensichtlich verdichten sie die anderen Materialien, und die sind jetzt noch viel härter als vorher.«

»Dann bekommen wir den Mist ja überhaupt nicht mehr ab«, beschwerte sich einer der Delphine.

»Was bezwecken sie denn damit?« wollte die Kapitänin wissen. »Wollen sie uns einschließen? Sozusagen versiegeln?«

Vielleicht blieb gerade noch Zeit genug, um das Schiff zu evakuieren. An Steuerbord waren die Arbeitsroboter noch nicht sehr weit gekommen.

»Unsere Lasergeschütztürme haben den Feind wieder im Visier«, meldete Tsh't.

Aber Gillian winkte nur ab. Sie war immer noch nicht gewillt, als erste das Feuer zu eröffnen.

Da meldete sich einer der Jugendlichen zu Wort. Die kleine g'Kek, die sich selbst Huck nannte und dank ihrer vier Augenstiele mehrere Monitore gleichzeitig studieren konnte.

»O-oh. Sieht ganz so aus, als würden unsere Besucher jetzt auch zur Waffe greifen.«

Schiffe der Roten und der Grünen bewegten sich aufeinander zu. Energiefunkeln zeigte an, daß ihre Geschütze einsatzbereit waren. Die Kampfroboter der Rentnerparteien zogen sich schleunigst aus der Region zurück.

Sie benutzen uns als Schlachtfeld? Verdammt, wie schlimm muß es eigentlich noch kommen?

Die Niss-Einheit drehte sich deutlich langsamer und klang resigniert.

»Wir werden nun von der Fraktal-Welt selbst erfaßt. Die großen

Desintegratorkanonen werden auf uns ausgerichtet. Gut möglich, daß wir bald den Weg unserer Zang-Freunde gehen.«

»Aber damit bringen sie doch ihre eigenen Habitate in Gefahr!«

»Offensichtlich gehen sie das Risiko gern ein, wenn sie uns damit zu packen kriegen. Vielleicht wollen sie auch das zerstören, was sie ohnehin nicht mehr bewahren können.«

Dr. Baskin hatte gesehen, wie solche Geschütze wirkten. Die *Streaker* würde binnen Sekunden aufgelöst sein.

Lark

Es war wie in der Hölle, aber für einen Biologen war es ebenso das Paradies. Sein Körper ertrug die Gefangenschaft – zusammengepfercht in einem stinkenden Plastiksack –, aber gleichzeitig verschlang Larks Gehirn den Lehrstoff, der seine beschränkte Sichtweise der unvorstellbaren Vielfalt des Lebens erweiterte.

Er wurde sehr geschickt in dieser neuen Form der Kommunikation. Optische Bilder wurden ihm gezeigt und durch Bedeutungen und Assoziationen ergänzt, die man direkt in seine Blutbahn speiste. Eine Sprache aus Hormonen und stimmungsbeeinflussenden Peptiden. Und sie funktionierte nach beiden Seiten. Wenn Lark etwas Neues verstanden hatte, mußte er nicht einmal nicken, geschweige denn sprechen. Der bloße Vorgang des Verstehens hatte Auswirkungen auf seinen Stoffwechsel – die Ausschüttung von Endorphinen, die mit innerer Befriedigung einherging –, und sein fremdartiger Tutor nahm dies sofort wahr. Ebenso folgten rasche biochemische Veränderungen, wenn er verwirrt oder frustriert war. Der Tropfen-Lehrer veränderte und wiederholte seine Demonstration so lange, bis Lark das Gezeigte verstanden hatte.

Eine recht eigenartige Art zu lernen. Aktiv und passiv zugleich.

Ob man das wohl als eine Art Telepathie bezeichnen könnte? fragte er sich.

Aber die Methode war auch langsam und primitiv. Die visuellen Darstellungen ähnelten einem Puppentheater. Teile des Körpers seines Lehrers teilten sich vom Ganzen ab und schwammen in den Hohlraum. Dort drehten und veränderten sie sich in lebende Modelle oder Comic-Figuren, die eine kleine Szene nachspielten. Die gleichen Bilder hätten wesentlich schneller und lebendiger gezeigt werden können, hätte man eines dieser Computer-Display-Geräte eingesetzt, die Ling an Bord des Jophur-Schiffs und sogar schon auf Jijo benutzt hatte.

Egal, wie umständlich dieser Unterricht vor sich ging, bald verstand Lark, warum seine Gegner diese Form der Verständigung verwendeten.

Dies ist ein wichtiger Aspekt des Unterschieds zwischen Wasserstoff- und Sauerstoffatmern, und er zeigt, wie andersartig ihre Sichtweise des Universums ist.

Auf den ersten Blick sahen die beiden Welten völlig verschieden aus.

Obwohl beide Arten auf Kohlenstoffmolekülen aufbauten, verwendete die eine die reaktive Chemie der oxidierenden Atmosphäre mit flüssigem Wasser als unersetzlichem Lösungsmittel. Eine solche Lebensform konnte nur in einer eng begrenzten Spannbreite von Temperatur und Druck entstehen. Normalerweise geschah dies in einer dünnen Schicht von Meer und Luft, die erdähnliche Planeten überzog. Wagten die Sauerstoffatmer sich aus diesen schmalen Nischen heraus, so mußten sie diese seltenen Bedingungen mit in den Weltraum transportieren.

»Reduzierende« Lebensräume gab es wesentlich häufiger, sie bedeckten kalte, riesige Planeten wie Jupiter, Saturn, Uranus oder Titan – man fand sie sogar auf eiskalten Kometen. Manche dieser Welten schwammen förmlich in Wasserstoff, während andere von Methangas, Ammoniak oder Zyanogen umgeben waren. Aber die meisten hatten trotzdem einiges gemeinsam: riesige, dichte Atmosphären und turbulente Gasschichten, die sie, so ähnlich wie Sonnenwind, umgaben. Die lebensspendende Wärme stieg meist von unten nach oben aus einem heißen Planetenkern. Manchmal gab es nicht einmal eine feste »Oberfläche«.

Deshalb waren die meisten Wasserstoffatmer Lebewesen eines großen, turbulenten Himmels. Oben und unten wurde zu *hoch* ohne Einschränkungen und fast gleichzusetzen mit den anderen beiden Dimensionen. Für ihre Fortbewegung spielte *fliegen* als Überwindung der Schwerkraft mit Hilfe von Flügeln kaum eine Rolle. Viel wichtiger war es, den Auftrieb zu kontrollieren und Nebelschwaden durchdringen zu können, in denen ein höherer Druck herrschte als am Meeresgrund der Erde.

In einem solchen Reich hatte schiere Größe gewisse Vorteile. Riesige Kreaturen schwammen mit träger Anmut durch die Nebelsuppe und suchten nach organischer Nahrung. Wenn starke Strömungen ein Wesen nach unten zogen, dann konnte nur ein Gigant sich freikämpfen und der glühend heißen, tödlichen Tiefe entgehen. Manche Wasserstoffatmer wurden so groß, daß man sie vom Weltraum aus wie gewaltige abgeschlossene Wolken sehen konnte.

So wären die Dinge wohl geblieben, wenn es lediglich nach den Regeln der organischen Chemie – dem Designerassistenten – gegangen wäre. Aber da gab es noch einen anderen Einfluß.

Den Kritiker.

Evolution.

Es war unvermeidlich, daß die Kombination aus Reproduktion und Anpassung neben den Lebensräumen mit Sauerstoff, wie beispielsweise die Erde, auch reduzierende Welten beeinflußte ... obwohl dies auf andere Art und Weise geschah.

Leben auf der Basis von Sauerstoff war nur möglich mit flüssigem Wasser als Medium für die komplexen chemischen Vorgänge zwischen Proteinen und Aminosäuren. Aber zuviel Wasser würde ebendiese Prozesse zu sehr verdünnen und nutzlos machen. Sogar im warmen Meer bedeutete das, kompakte Einheiten – Zellen – in exakt der richtigen Größe zu erschaffen und so die Entstehung von Leben in Gang zu setzen. Zwei Milliarden Jahre lang, in der

Frühzeit der Erde, war die Ausbreitung von Einzellern in den Meeren, die Sonnenlicht absorbierten und sich gegenseitig auffraßen, die Grenze des biologisch Machbaren. Nur langsam verfeinerten die Zellen ihre molekularbiologischen Techniken.

Bis eines Tages eine Zelle eine andere auffraß – und sie am Leben ließ. Ein primitiver Eukaryote nahm eine blaugrüne Alge auf und gab ihr eine Heimat, ein Tauschhandel, der einen sicheren Lebensraum gegen Zucker aus der Photosynthese bot. Diese Kooperation brachte beiden Partnern einen entscheidenden Überlebensvorteil gegenüber den anderen Zellen.

Es blieb nicht das einzige Joint Venture. Bald schlossen sich mehr und mehr Teams zusammen. Sie bildeten temporäre oder permanente Einheiten und versuchten, auf diese Weise Vorteile gegenüber anderen Gruppen herauszuschlagen. Komplexe Organismen entstanden, und die Evolution beschleunigte sich.

Manche nennen das die Nahrungskette oder das Rad des Lebens. Ich habe selbst gesehen, wie es sich auf Jijo dreht, in so vielen kleinen Teillebensräumen und Ökosystemen. Pflanzen speichern durch Photosynthese Energie aus ihrer Nahrung als Kohlenwasserstoffe. Fleischfresser ernähren sich von Pflanzenfressern und vervollständigen den Kreislauf, indem ihr eigener Körper wieder zu Erde wird, wenn sie sterben und schließlich verrotten.

Was wie eine gut geölte Maschine erscheint, in der jedes Einzelteil vom anderen abhängt, ist in Wirklichkeit voller Paradoxien. Alles, was zunächst nach Kooperation aussieht, gründet sich tatsächlich auf Konkurrenz. Und fast jede Konkurrenzsituation spielt sich in einem größeren, gesunden System ab, als gründete sich alles auf Kooperation.

Ganz so einfach verhielt es sich natürlich nicht. Manchmal kippte die Balance auch – durch eine Umweltveränderung, oder wenn eine Art den natürlichen Kontrollen entkommen konnte, die sie normalerweise in Schach hielten. Wie ein Krebsgeschwür konnte sie dann in Konkurrenz mit genau dem System treten, das ihm das Überleben zunächst ermöglicht hatte.

Trotzdem war das zugrundeliegende Muster auf fast allen der Millionen fruchtbaren Planeten gleich. Man braucht handliche Päckchen mit Wasser und ein paar Proteinen. Dann sorgt man für Sonnenlicht und Mineralien. Man beschäftigt sie mit Rivalitäten auf Leben und Tod. Nach einiger Zeit werden sich immer größere und komplexere Zusammenschlüsse bilden. Kooperative Gruppen, die Organe, Körper, Rudel, Herden, Stämme, Nationen, Planetengemeinschaften und so weiter bilden – und das alles führte zur zerstrittenen, aber doch erstaunlichen Zivilisation der Fünf Galaxien.

Die Geschichte des Lebens auf Wasserstoffbasis wies einige Ähnlichkeiten auf, aber die Entwicklung schlug trotzdem eine ganz andere Richtung ein.

Auf jupiterähnlichen Planeten war Größe an sich von Anfang an wichtig. Einfache Wesen von gewaltigen Ausmaßen schwappten und flatterten durch Himmel, in denen mehrere hundert Planeten wie Jijo Platz gehabt hätten. Die Evolution zwang diese Kreaturen zu Verbesserungen, aber wegen der niedrigen Temperaturen lief der Vorgang langsamer ab. Es war sogar so, daß Veränderungen nicht nur durch Reproduktion und Vererbung zustande kamen. Eher geschah es, daß ein *Teil* eines riesigen, fließenden Ungetüms einen neuen chemischen Trick oder eine neue Verhaltensweise entdeckte. Und diese Untereinheit breitete sich dann innerhalb des Ganzen aus, indem das angrenzende Gewebe verdaut und ersetzt wurde und sich dadurch nach und nach das ganze Wesen veränderte.

Auch der Tod spielte eine Rolle in der Entwicklung, wenn auch eine andere als auf der Erde.

Für uns bedeutet sterben entweder – oder. Ein Individuum kann Nachkommen haben oder nicht. Aber unabhängig davon lauert der eigene Tod das ganze Leben auf einen, und irgendwann gewinnt er, ganz gleichgültig, wie sehr man sich müht oder wie sehr man sich verbessert.

Aber für die Wasserstoffatmer ist alles qualitativ und unscharf.

Ohne diese klaren Trennungen ist auch der Tod relativ. So lange, wie die Veränderung langsam und harmonisch geschieht, seht ihr das Ganze mit ebensowenig Unbehagen, wie wenn sich einer von uns die Haare schneiden läßt.

Anstatt auf hart erkämpften Kooperationen zwischen winzigen Zellen aufzubauen, war das Leben auf den jupiterartigen Planeten von Anfang an groß. Es drehte sich viel weniger um Kooperation und Konkurrenz. Das *Selbst* und der Gegensatz des *Anderen* waren zwar bekannte Konzepte, aber der Unterschied zwischen den beiden spielte längst keine so große Rolle wie im Leben der Sauerstoffatmer.

Aber wie organisiert ihr euch dann? dachte Lark irgendwann frustriert. *Wie erkennt ihr Dinge, Ziele, Gegner oder Ideen?*

Larks Lehrer konnte seine Gedanken nicht lesen oder seine Fragen als direkte Sätze wahrnehmen. Aber offensichtlich drang irgendeine Form von Bedeutung in Form eines Sekrets, das Lark bei einer Frage aus seinem Gehirn absonderte, zu dem Wesen durch. Es war langsamer und umständlicher als Sprache, aber er hatte ja sonst nichts vor.

In der Vertiefung pulsierten Gebilde, die sich zunächst vom Elternkörper abspalteten, pulsierend den Raum überwanden und dann ineinanderflossen oder mit der größeren Einheit verschwammen. Bereits seit geraumer Zeit hatte Lark diese kleinen Dinger beobachten können, wie sie kleine Gebilde darstellten, die ihm zur Anschauung dienten. Jetzt wurde ihm schlagartig die zugrundeliegende Bedeutung klar.

Diese kleinen Untereinheiten. Sie sind …

Eine pochende Welle flutete durch sein Bein, das andere Bein hinunter und schließlich in seinen restlichen Körper. Das Gefühl war ganz anders als alle vorangegangenen, und plötzlich wußte Lark, daß ihm ein *Name* mitgeteilt worden war.

Ein Name, den er in keiner Sprache aussprechen, nicht einmal denken konnte – also übersetzte er ihn, so gut es ging.

Botenwesen.

In ihrem angestammten Lebensraum wandten die Wasserstoffatmer selten ihren Blick außerhalb ihres Selbst, um zu lernen oder Befriedigung zu erfahren. Traf eines der gewaltigen Wesen auf ein anderes, so konnte das Kampf oder Plünderung bedeuten – aber die Chance dauerhafter Gesellschaft war verschwindend gering. Die kräftigen Winde eines Jupiterhimmels zerstreuten schnell alle Bekannten. Ein nochmaliger Besuch oder gar eine Verabredung waren so gut wie unmöglich.

Echtes Wachstum braucht aber die Herausforderung. Suchten sie also das Gespräch, ein Lob oder Verständnis ... so wandten sie sich *nach innen.*

Umgeben von geräumigen Membranhäuten, bildete der Kern jedes natürlichen Wasserstoffatmers einen Hafen der Ruhe inmitten von planetengroßen Stürmen. Geschützte Kammern konnten ganz nach Belieben gestaltet werden, und kleine Untereinheiten traten hervor, um frei zu schweben und sich mit anderen auszutauschen. Genau wie die inneren Gedanken und Phantasien eines Menschen konnten diese Botenwesen sich zusammenschließen, einander bekämpfen und unzählige mögliche Szenarien zum Wohle des großen Ganzen ausarbeiten.

Simulationen.

Lark betrachtete das Tropfenwesen, das direkt neben seiner Membranhülle schwamm. Es hatte autonom gewirkt, aber nun wußte er, daß der Wasserstoffatmer lediglich ein »Botenwesen« von etwas noch Größerem war – vielleicht der ganzen Schiffseinheit, die sich im Vernichtungsfeuer der Jophur geopfert hatte, um hier einzudringen.

Plötzlich fiel Lark etwas ein, das er einmal gelesen hatte, in einem seltenen Galakto-Xenologie-Text über einen Typ von Wasserstoffatmer, den man Zang nannte.

Ihre große Leidenschaft ist die Simulation der Welt ... des Weltraums ... aber nicht mit Hilfe von Mathematik und Computern. Sie stellen lebende Nachbildungen, Modelle, Fälschungen innerhalb ihrer eigenen Körper her.

Das kam ihm bekannt vor.

Genau wie wir Menschen die Möglichkeiten in der Zukunft durch unsere Vorstellungskraft erforschen.

Aber da war noch mehr.

Weil wir unser Leben als kleine Behälter mit Wasser – als Zellen – beginnen, haben wir Sauerstoffatmer uns von ganz unten nach oben durchzuschlagen. Wir müssen ein komplexes System aus Konkurrenz und Kooperation aufbauen, Koalitionen eingehen und Gesellschaften bilden, bis wir allmählich dazu fähig sind, den Prozeß durch den Großen Schub selbst in die Hand zu nehmen. Unsere galaxienweite Zivilisation mitsamt all ihren Fehlern ist das Ergebnis all dieser Vorgänge.

Aus vielen … eins.

Wasserstoffwesen machen das anders. Sie sind am Anfang groß, aber die Einsamkeit zwingt sie dazu, sich aufzuteilen und Abwechslung im Innern zu suchen.

Aus einem … viele.

Diese Erkenntnis bescherte Lark ein berauschendes Glücksgefühl. Die Unterschiede und Gemeinsamkeiten einer völlig andersartigen Lebensform zu verstehen, war ein Geschenk, das zu erhalten er sich niemals hätte träumen lassen. Eine unvorhersehbare Gabe, um die er nie hätte bitten können.

Er hätte sie gerne geteilt, Ling alles erzählt und ihre begeisterten Kommentare gehört.

Traurigkeit spülte genau wie die Freude zuvor als plötzliche Flutwelle durch ihn hindurch. Die beiden Emotionen vermischten und verteilten sich durch den Herzschlag in seinem Kreislauf. Einen Moment später hatte die Mixtur den Schlauch in seinem Bein erreicht, und dann …

Die bei ihm schwebende Lehreinheit zuckte zusammen. Das Tropfenwesen bebte, als ob es über die chemischen Botenstoffe nachdachte, die Lark bei seinen Gefühlsschwankungen ausschüttete.

Verteilt über den ganzen kugelförmigen Körper öffneten sich

mindestens hundert kleine Vertiefungen. In jeder einzelnen erschien ein ganzer Schwarm mikroskopisch kleiner Einheiten, die sich austauschten, zusammenflossen, auseinanderdrifteten und sich teilten. Lark sah gebannt zu, wie der Zang direkt vor seinen Augen *»nachdachte«*. In Wirklichkeit handelte es sich dabei um einen komplexen und unglaublich schnell ablaufenden Vorgang.

Die blubbernde Unruhe endete ebenso schnell, wie sie begonnen hatte. Sämtliche kleinen Öffnungen schlossen sich, und die winzigen Botenwesen gingen im Hauptkörper auf. Der ganze Körper des Lehrers pochte …

Lark spürte, wie eine neue Welle stimulierender Stoffe in sein Bein eindrang, ein warmes Gefühl, das sich schnell in seinem Magen und seinen Adern verteilte. Diese Form der Verständigung war so intim, daß jeder Gedanke an Peinlichkeit verschwand. Es war einfach da.

Verständnis.

Zumindest war das Larks Interpretation der Gefühlswelle – und er hoffte, daß nicht nur sein Wunschdenken dahintersteckte.

Für Verständnis sind sie dankbar.

Das Verständnis ist gegenseitig.

Kurze Zeit später verlor er das Bewußtsein. Eine plötzlich einsetzende Schläfrigkeit sagte Lark, daß seine Gastgeber der Meinung waren, er solle ruhen – also schlief er.

So schnell, wie er eingeschlafen war, wachte er auch wieder auf. Er hatte keine Ahnung, wieviel Zeit vergangen war, konnte aber erkennen, daß man ihn an einen anderen Ort gebracht hatte.

Die große Kammer mit den anderen Gefangenen und offensichtlich giftigen Dämpfen war verschwunden. Statt dessen hatte man ihn mitsamt seiner durchsichtigen Schale in ein wesentlich kleineres Zimmer gebracht. Und es gab noch mehr Veränderungen.

Die Membranhäute, die ihn umgaben, hatten sich der Form seines Körpers angepaßt und lagen nun wie ein zu weit geschnittener

Anzug um seine Gliedmaßen. Außerdem stand Lark jetzt *aufrecht.* Vielleicht war er sogar hierher gelaufen, wie eine Marionette. Diese Vorstellung war zwar unangenehm, aber die neu gewonnene Freiheit, die es ihm ermöglichte, seine Arme und Beine zu strecken, machte das mehr als wett.

Der Biologe konnte immer noch nicht atmen, und seine Lebensfunktionen hingen von dem Katheter in seinem Oberschenkel ab, aber die Umgebung war weniger trübe, und es war auch nicht mehr so kalt.

Vorsichtig versuchte er, seine Füße zu bewegen und sich umzudrehen.

Ein Zang war in der Nähe, aber Lark konnte nicht erkennen, ob es sich dabei um seinen Lehrer handelte. Wahrscheinlich nicht. Dieser hier sah eher der Kämpfereinheit ähnlich, der er in den Gängen der *Polkjhy* begegnet war – der Kreatur, die durch die Wand gedrungen war, Rann in die Flucht geschlagen und Lark gefangengenommen hatte. Bei genauerer Betrachtung konnte man einige Vorrichtungen erkennen, die einen Wasserstoffatmer vor den ätzenden Einwirkungen einer Sauerstoffumgebung schützten. Dicke Schutzschichten schimmerten an seinem Körper, und das Wesen blieb in seiner runden Form, wodurch die Oberfläche möglichst klein gehalten wurde.

So stecken wir also beide in Raumanzügen. Gerüstet, um uns in der Mitte zu treffen. Abgesehen davon, daß ich noch immer über eine Nabelschnur ernährt werde und ihr mich ganz nach Belieben an- und ausknipsen könnt.

Lark sah an dem Zang vorbei und entdeckte etwas, was ihm zuvor entgangen war.

Ein Fenster … nach draußen!

Vorsichtig trippelte er näher, um die Sterne zu betrachten. Sein erster direkter Blick in den Weltraum, seit Ling und er an Bord des Jophur-Schiffes gestrandet waren, als es von Jijo abhob.

Aber anstatt von den unbekannten Sternbildern wurde seine Aufmerksamkeit sofort von etwas noch wesentlich Merkwürdigerem in Anspruch genommen: Da hob sich ein Gebilde von etwas Schwarzem ab. Es sah so ähnlich aus wie eine stachelige Heckenanemone, wie man sie hinter Felsen auf Gebirgswiesen in seiner Heimat fand. Aber dieses Gebilde hier war unglaublich groß. Irgendwie hatte er das Gefühl, daß das stachelige Ding ebenso groß war wie Jijo … oder sogar noch riesiger.

Bald erkannte er noch etwas. Der dunkle Teil war nicht geschlossen. Man sah glitzernde Funken, die in schwachem, rötlichem Licht schimmerten, das sich aus einer unregelmäßigen Öffnung quer über eine Hälfte ergoß.

Die *Polkjhy* schien sich sehr schnell dem klaffenden Loch zu nähern.

Vorhin schien es, als wolle der Zang sagen, es wäre ihnen nicht gelungen, das Schiff zu erobern. Vielleicht besitzen sie nicht genügend Kraftreserven. Betrachtet man die virtuellen Graphiken, so sieht es doch so aus, daß die Jophur noch immer die Maschinen, Waffen und lebenswichtigen Systeme kontrollieren.

Womöglich versuchen sie, einen Ort zu erreichen, wo man ihnen helfen kann, Eindringlinge wie die Zang loszuwerden … und mich gleich mit.

Oder vielleicht glauben die Jophur auch, daß sie dort ihre »Beute« finden werden, die Rann erwähnt hat – das Raumschiff der Erdlinge, nach dem sie alle suchen.

Lark drehte sich um und betrachtete den Krieger-Zang. War er aus einem bestimmten Grund an diesen Ort gebracht und mit dieser Szene konfrontiert worden? Hatten die Zang herausgefunden, daß Lark kein Freund der Jophur war? Vielleicht suchten sie Verbündete. Wenn das richtig war, so würde er mit Freuden mit ihnen kooperieren … unter einer Bedingung.

Ihr müßt mir helfen, Ling zu finden und zu befreien. Gebt uns ein Rettungsschiff oder einen anderen Weg hier raus, entweder zurück nach Jijo oder an einen anderen sicheren Ort.

Wenn ihr damit einverstanden seid, werde ich euch helfen und sogar Artgenossen aufspüren und jagen.

Larks Gedanken waren natürlich ironisch gemeint. Nur im Vergleich mit den Wasserstoffatmern konnte man die *Jophur* als seine »Artgenossen« bezeichnen. Aber wahrscheinlich war Sarkasmus zu subtil, als daß die Zang das aus seinem Blut hätten herausfiltern können.

Wenn wir zusammenarbeiten wollen, muß die Kommunikation noch entscheidend verbessert werden.

Er beobachtete den Tropfen und wartete auf Anzeichen einer Antwort oder des Verstehens. Statt dessen *sprang* die Kreatur einen Moment später förmlich auf vor Aufregung und Überraschung. Wellen nervöser Erregung erreichten Larks Körper durch den Schlauch.

Was! Was ist los?

Er drehte sich auf der Suche nach dem Grund für diesen Gefühlsausbruch um die eigene Achse. Dann fiel sein Blick wieder auf das Fenster.

Oh, Jafalls ...

Das Schlachtschiff war der riesigen, pulsierenden Kugel schon wesentlich nähergekommen und hielt offensichtlich auf die Öffnung an der Seite zu. Sofort fiel Lark auf, daß der Ball *hohl* zu sein schien, und im Innern konnte er das Glühen einer abgegrenzten, runden Flamme ausmachen. Er hatte keine Ahnung, was das zu bedeuten hatte oder um was für eine Flamme es sich handelte. Wie dem auch sei, seine Aufmerksamkeit wurde bereits wieder durch etwas anderes abgelenkt.

Auf einer Seite am Rande des Hohlraums konnte man prasselnde Explosionen erkennen. Mehrere riesige Stachel oder Zapfen lösten sich und glitten wie in Zeitlupe davon. Während die Öffnung sich so selbstzerstörerisch weitete, lösten die Nadeln sich langsam auf.

Der Hauptteil der Verwüstung schien von scharfen Lichtnadeln angerichtet zu werden, die aus dem Inneren des Gebildes kamen. Ein Dutzend oder sogar mehr dieser Spitzen sammelten sich an einem Punkt, einem Fleck in der Nähe des Wundrandes, und bildeten einen schmerzenden Lichtpunkt. Die Reflexionen von diesem Punkt beschädigten das Gebilde am meisten.

Der Lichtknoten schoß hin und her, und manchmal wich er den Blitzen aus. Sie mußten seinen schnellen Bewegungen vom Rand der Lücke weg nachjagen. Jedesmal, wenn ein Lichtstachel den Fleck erreichte, glänzte er so hell, daß Lark die Augen schließen und den Blick abwenden mußte.

Was ist da los? Was passiert da draußen?

Wieder einmal fühlte er sich als der unwissende Wilde, der er war. Die Weisheit war zum Greifen nahe – die Zang verstanden diese seltsamen Vorgänge sicher. Aber es würde womöglich mehrere Miduras dauern, auch nur die simpelsten Aspekte mit Hilfe der stummen Puppenspiele zu erklären.

Plötzlich schwankte donnernd der Boden unter Larks Füßen. Die Herren der *Polkjhy* waren aktiv geworden.

Er erkannte das Krachen feuernder Waffen.

Bald darauf war eine Handvoll glitzernder Objekte zu sehen, die aus ihrem Schiff heraus auf den sich teilenden Stachelball zuschossen. In atemberaubendem Tempo zogen sie einen weiten Bogen über den Himmel.

Sind das Raketen?

Lark dachte daran, wie die Gemeinschaft von Jijo die Jophur damit überrascht hatte, das Schiff selbst mit primitiven Geschossen anzugreifen. Er hegte den Verdacht, daß die hellen Pfeile da draußen wesentlich tödlicher waren.

Zunächst dachte er, die Waffen würden vielleicht ebenfalls den hellen Punkt angreifen. Aber sie fegten flackernd daran vorbei und folgten den grausamen Strahlen auf die Quelle zu.

Eine weitere Welle emotionsgeladener Bedeutungen spülte durch Larks Körper. Diesmal war der kritische Kommentar des Zang leicht zu verstehen.

Überstürzt.

Nicht weise.

Selbstmörderisch.

Seine Lehrer hielten das Verhalten der Jophur für unklug. Aber jetzt konnte man auch nichts mehr daran ändern. Die Raketen waren bereits in der großen Höhle verschwunden.

Da Lark nichts anderes zu tun hatte, beobachtete er nervös das Geschehen.

Kurz darauf erloschen die hellen Blitze langsam, einer nach dem anderen.

Ihr Ziel glühte noch immer und schoß in die Weiten des Alls davon, während die *Polkjhy* ihm entgegenflog.

Ewasx

Ganz ruhig, Meine Ringe.

Übt euch bitte in Ruhe und Gelassenheit.

Streichelt das Wachs.

Und respektiert die Weisheit eures Führers.

Zugegeben, der erhabene Meister-Ring war in letzter Zeit nicht mehr ganz er selbst. Einige Meiner Wülste erlitten Schaden, als das menschliche Ungeziefer in das Kontrollzentrum eindrang und mit einer primitiven Bombe Sabotage betrieb.

Zugegeben, eine weitaus schlimmere Pest hat unsere Besatzung in helle Aufregung versetzt und uns dazu gezwungen, mehrere Decks preiszugeben – an die widerwärtigen Zang.

Und zugegeben, unsere herrlichen Führer stoßen sonderbar riechende Gase aus und zwingen die Priester-Stapel, beruhigende Aromen auszustoßen, die außerdem dafür sorgen, daß sich die rebellischen Gedanken in unserer Besatzung nicht verbreiten können.

Dennoch seid versichert, daß Ich unserem Führer die Treue halten werde. Denn war nicht dieser Stapel von ungehörigen Ringen, den wir als Experiment zusammengesetzt haben, auf Wunsch unseres Obersten entstanden? Wenn ein anderer an seine Stelle tritt, befiehlt der womöglich, uns in unsere Einzelteile zu zerlegen.

Meine Ringe, Ich spüre, daß einige von euch über diese Vorstellung nicht die gebührende Empörung äußern!

Deswegen will Ich euch als euer geliebter Meister-Ring ins Gedächtnis zurückrufen – und ein wenig mit schmerzhaften Stromstößen nachhelfen –, daß es sich bei einem Jophur keinesfalls um eines dieser ohne erkennbare Ordnung zusammengefügten Wesen handelt wie euer früherer Asx.

Wir, und damit auch ihr, sind eine viel bedeutendere und gewaltigere Entität.

Seit die großartigen Oalie eingegriffen und unsere Rasse von ihrer verderblichen Trägheit gerettet haben, war es dem Jophur-Klan beschieden, unter den ständig im Wettstreit liegenden Klans der Zivilisation der Fünf Galaxien zu Macht und Einfluß zu gelangen.

Darauf möchten wir natürlich jetzt nicht mehr verzichten – vor allem dann nicht, wenn alle Anzeichen auf das Einsetzen der Zeit des Wandels hinweisen. Mit jeder vergehenden Jadura wird deutlicher, daß das Schicksal uns wohlgesonnen sein dürfte, wenn wir die Daten und Relikte an uns bringen, die sich an Bord des Erdenschiffes befinden.

DESWEGEN HABE ICH DER ENTSCHEIDUNG UNSERER HERRLICHEN FÜHRER AUCH SOFORT ZUGESTIMMT, UNS HIER EINZUMISCHEN!

Soll der Senior-Priester doch zetern und toben, wir dürfen nicht einfach außen vor bleiben und zusehen, wie die Wölflinge ungehindert ihres Weges ziehen können. Nach allem, was wir durchgemacht haben! Wir haben sie durch die Weiten des Alls gejagt und durch alle fünf Ebenen des Hyperraums.

Und jetzt, da wir den Feind in Reichweite vor uns haben, sollen wir da irgendwelchen vor Angst schlotternden Mitgliedern der Rentnerkaste gestatten, den größten Schatz des bekannten Kosmos zu zerstören?

Gut, legal ist unser Aufenthalt hier in der Galaxis Vier sicher nicht. Und rein formell betrachtet steht uns auch nicht das Recht zu, Raketen in die Fraktal-Welt da vor uns abzufeuern. Aber auf der anderen Seite haben die Alten selbst schuld daran. Warum zwingen sie uns auch dazu, Gewalt anzuwenden?

Das Erdenschiff und seine Fracht stehen allein unserer Lebensordnung zu, sind wir doch die rechtmäßigen Nachfahren der Progenitoren. Die Rentner sollten sich um ihre eigenen Belange scheren und ihrer obskuren Philosophie folgen, um sich auf die Transzendenz vorzubereiten, statt ihre Nase in Dinge zu stecken, die sie nichts angehen!

Eine nach der anderen treffen unsere Raketen ihre Ziele im Innern der Hülle ... und ein Desintegratorstrahl nach dem anderen erlischt.

Da, das war der letzte.

Erfolg auf der ganzen Linie!

Jetzt fliehen die Erdlinge mit Höchstgeschwindigkeit zum nächsten Transferpunkt. Sie glauben wohl, uns wieder einmal entkommen zu können. Doch diesmal wird ihre Hoffnung vergeblich sein.

Denn wir warten hier und sind gewillt, hart zuzuschlagen!

Wie ist das möglich?

Unser Zweiter Erkenntnisring stößt den Dampf der Neugierde aus.

Wir freuen uns, daß die Terraner diesen furchtbaren Zerstörungsstrahlen entkommen konnten. Doch wie ist ihnen das gelungen? Eigentlich hätten sie schon in den ersten Momenten des Beschusses verglühen müssen!

Die gleiche Frage stellen sich nun auch die anderen Jophur-Stapel, vor allem bei denen in der Abteilung für Taktische Einschätzung. Pastellfarbene Schatten huschen über Leiber, und der Dunst der Sorge entströmt ihrer Ecke im Kontrollzentrum. Spezialisierte Ringe glühen vor Anstrengung, von den Computern eine Antwort auf dieses Rätsel zu erhalten.

Wie konnten die Erdlinge einen so fürchterlichen Angriff überstehen?

Handelt es sich dabei um einen neuen Wölflings-Trick?

Haben sie etwa Hilfe von den Zang erhalten – in Verletzung des Grundsatzes, daß jede Lebensordnung sich aus den Angelegenheiten der anderen heraushalten muß?

Sind die Wasserstoffatmer wirklich gewillt, Armageddon wegen einer Angelegenheit zu riskieren, die sie nicht nur nichts angeht, sondern die sie noch nicht einmal verstehen können?

Der Senior-Priester geht unseren Kapitänführer nun direkt an.

Er schreitet voran auf seinem Beinring und erklärt in gerechter Empörung:

»Das ist unverantwortlich! Indem du diese Raketen ausgesandt hast, hast du uns um alles Wohlwollen gebracht, das diese Kolonie von Rentnern womöglich für unseren Klan gehegt hat.«

Unser Kapitänführer spürt den Ernst der Lage und entgegnet ruhig, sachlich und mit dem süßen Aroma des Selbstvertrauens:

»Nur wenige werden uns deswegen tadeln.

Von Gesetzes wegen kann man uns auch keinen Vorwurf machen, denn diejenigen, die die Zerstörungsgeschütze bedienten, haben eindeutig illegal gehandelt – gemäß den Vorschriften ihrer eigenen Lebensordnung.

Und schlußendlich haben wir die Raketen in dem Bemühen abgeschickt, einen Schatz zu retten, der für alle sauerstoffatmenden Zivilisationen von allergrößtem Wert ist.«

Viele auf der Brücke stoßen das Gas der Zustimmung aus. Aber so leicht läßt der Priester-Stapel sich nicht zufriedenstellen.

»Nur wenige werden uns tadeln? Auch jetzt noch erschüttern Explosionen die Stellen, an denen unsere Raketen aufgetroffen sind! Die gesamte Struktur der Fraktal-Welt ist dadurch in Gefahr geraten!«

Das läßt sich nicht abstreiten. Man könnte uns mit Klagen überziehen, und wenn die Gegenseite durch alle Instanzen geht, sind wir Jahrtausende, wenn nicht gar Jahrmillionen mit dieser Geschichte beschäftigt.

Doch das Selbstvertrauen unseres herrlichen Führers läßt sich durch solche Aussichten nicht erschüttern.

»Der soziale wie der physische Zusammenhalt dieses Habitats war vorher schon schwer beschädigt worden – und das durch die bloße Anwesenheit der Terraner.

Unsere Bibliothekseinheit hat uns die normalen und die aktuellen Bevölkerungszahlen dieses Schneeballs zur Verfügung gestellt. Die Mehrzahl der hiesigen Rentner hat sich bereits verdrückt.

Einige sind auf andere Seniorenwelten geflohen.

Wieder andere haben beschlossen, das gesegnete Altenteil zu verlassen und sich wieder ihren alten Klans anzuschließen, um noch einmal aktiv in das politische Tagesgeschehen eingreifen zu können.

Und eine dritte Gruppe hat den Umformungsprozeß beschleunigt und befindet sich bereits, wenn auch vorzeitig, auf dem Weg in die transzendentalen Regionen.«

Ehrfürchtiges Schweigen folgt auf die Worte des Kapitäns. Selbst in Meinem/unserem Stapel kommt es zu einem der seltenen Momente der Einmütigkeit. Angefangen vom Meister-Ring bis hinab zum niedersten und schmierigsten Wulst vom alten Asx vertreten alle die Ansicht, daß wir uns glücklich preisen dürfen, in solch ereignisreichen Zeiten zu leben, von denen man noch lange nach uns reden wird.

Zufrieden fährt der Kapitänführer fort:

»Und so ist diese Fraktal-Welt ähnlich der leeren Hülle eines Ouiut-Eis bei weitem nicht so wichtig, wie sie von außen den Anschein erweckt. Nur wenige Milliarden bleiben in dieser Struktur zurück.

Deswegen brauchen wir uns um deren weiteres Schicksal nicht mehr den Kopf zu zerbrechen. Und alle Schadensersatzforderungen, die man an uns stellen mag, können wir bequem von der Belohnung begleichen, die wir erhalten werden, sobald wir das Erdenschiff in Schutzhaft genommen und mit Jophur-Wachs versiegelt haben!«

Fast alle auf der Brücke jubeln ihm zu, und Wolken der Freude streben zur Decke. Nur der Beifall Meiner Ringe fällt etwas mäßig aus. Einige der Wülste, es handelt sich natürlich um die rührseligen des Traeki, sind traurig, weil sie an das Schicksal der armen paar Milliarden Zurückgebliebenen denken müssen.

Doch auch der Priester erklärt seinen Unwillen.

»Welch eine Narretei! Hast du schon vergessen, in welchen Schwierigkeiten wir stecken? Wir wollten hier Hilfe finden, die unser armes Schiff von der Pest der Erdlinge und der eingedrungenen Zang befreien sollte. Doch nach unserem Tun brauchen wir wohl nicht mehr damit zu rechnen. Hilfe wird uns hier niemand mehr gewähren!«

Zischend richtet der Kapitänführer sich zu seiner vollen Größe auf – ein Anzeichen dafür, daß er kurz davor steht, die Geduld zu verlieren. Einige Untergebene weichen erschrocken vor ihm zurück.

»Diese Gefahr haben wir längst unter Kontrolle gebracht! Die Zang-Eindringlinge sind isoliert! Und solange sich daran nichts ändert, besteht für uns nur noch ein vordringliches Ziel: die Erbeutung des Wölflingsschiffs!«

Fast alle sind restlos überzeugt, nur der Priester-Stapel läßt sich nicht von Gesten oder Gasabsonderungen beeinflussen.

»Und wie steht es mit den Funkverbindungen? Wir hatten doch vor, Hypermail an unseren Klan zu schicken. Doch die Möglichkeit dazu ist ja jetzt nachhaltig zerstört. Wie sollen wir unsere Führer von den Möglichkeiten informieren, die sich auf Jijo bieten? Oder Unterstützung bei der Jagd auf die Erdlinge erhalten?«

Auch dem letzten im Kontrollraum ist nun klargeworden, daß eine Konfrontation zwischen den beiden Stapeln unvermeidlich geworden ist, und alle bringen sich aus der Gefahrenzone.

Die beiden ehrwürdigen Persönlichkeiten stehen einander jetzt direkt gegenüber und blasen widerstrebende Gase aus, deren Gemisch alle benebelt, die sich nicht rasch genug entfernt haben.

Priester wie Kapitän recken ihre Stapel, um den anderen zum Aufblicken zu zwingen. Von Meiner Ecke aus, von der Ich alles gut im Blick habe, erkenne Ich, daß unser erhabener Führer plötzlich eine verborgene Waffe in der Hand hält.

Meine Ringe, wird er tatsächlich schießen?

Doch der Taktische Offizier beendet die Anspannung, indem er bekanntgibt:

»Das Erdenschiff kommt in unsere Reichweite. Bald wird es auf seiner Reise zum nächsten T-Punkt direkt an uns vorbeifliegen. Der günstigste Moment dürfte in neunzig Duras erreicht sein.«

Wie zwei Vulkane, die sich gerade entschlossen haben, doch nicht auszubrechen, lassen unsere beiden leuchtenden Persönlichkeiten voneinander ab – für den Moment.

Manche Dinge müssen nicht erst ausgesprochen werden. Wenn wir jetzt Erfolg haben, wird man die Besatzung mit allem belohnen, was sie sich wünscht, und sie mit keinem Vorwurf behelligen.

Die Sensoren zeigen an, daß der umliegende Raum mit allerlei Trümmern angefüllt ist. Doch auch eine Vielzahl Schiffe läßt sich erkennen, die sich aus dem Habitat lösen und versuchen, zum nächsten Transfer-Punkt durchzukommen.

Vorsichtig untersuchen wir alle Anzeigen nach möglichen Gefahren – mögen sie nun von einem Raumer oder etwas anderem ausgehen. Schließlich haben wir nicht vergessen, wie die Zang sich uns in den Weg gestellt haben, als wir das letztemal versuchten, die Wölflinge festzunehmen.

Doch keines der Schiffe da draußen ist stark genug, um uns nennenswert zu behindern.

Auch versuchen die Erdlinge diesmal nicht, sich zwischen den Flüchtenden zu verbergen. Anders als vor Jijo kann dieser Trick hier nicht gelingen, und das scheinen sie auch zu wissen, denn offensichtlich sind sie nun bestrebt, noch mehr Fahrt zu machen – um vor uns am T-Punkt zu sein.

Aber dazu müssen sie erst an uns vorbei. Das Glück scheint ihnen zum erstenmal nicht hold zu sein.

Vergessen wird nicht, bemerkt unser Zweiter Erkenntnisring, daß die Wölflinge sich nunmehr seit drei Jahren immer wieder hinauswinden konnten. Sie bedienten sich dabei Tricks, wie man sie sonst nur von den Tymbrimi gewohnt ist. Alle großen Militärmächte sind darauf hereingefallen.

Gerüchteweise sollen nun auch die moderateren Mächte aus ihrer Trägheit erwacht sein. Wenn es den Terranern gelingt, uns immer weiter zu foppen und immer noch etwas Zeit herauszuschinden, müssen wir damit rechnen, daß irgendwann die Pargi oder jemand anderer eingreift.

Ja, Meine Ringe, unser Wachs überzieht sich mit großen Sorgen. Aber stellt euch nur vor, wie unermeßlich unser Ruhm anwüchse, wenn die Jophur das vollbrächten, woran alle anderen gescheitert sind!

Die *Polkjhy* sendet ein Ultimatum an die Erdlinge aus:

»Ergebt euch, und liefert eure Schätze aus. Dann wird unsere mächtige Allianz die Erde nicht zerstören. Natürlich müssen wir die Delphinbesatzung festnehmen. Aber wir werden sie nur tausend Jahre lang in Tiefschlaf einfrieren. Danach entlassen wir sie in die neue und bessere Zivilisation der Fünf Galaxien.«

Wieder bekommen wir von den Terranern nur Schweigen zur Antwort.

Also aktivieren wir die Waffensysteme.

»Die Mobilität des Erdlingsschiffes ist immer noch eingeschränkt«, meldet der Taktische Offizier. »Es schleppt weiterhin zusätzliche Masse mit sich herum – den Ruß von der roten Sonne Izmunuti.«

Die *Polkjhy* hat diesen Stern ebenfalls passiert, aber im Gegensatz zum billigen Schiff der Terraner fliegen wir einen Superkreuzer, dessen Schutzschirme alle unerwünschten Atome abhalten.

Tatsächlich?

Wie ist es dann den Zang gelungen, an Bord zu kommen?

Schweigt, Meine Ringe!

Ich bedenke sie mit Elektroschocks und erinnere den Zweiten Ring der Erkenntnis daran, daß ihn das alles nichts angeht!

Trotz ihrer Behinderung saust unsere Beute dahin und wird von einem hervorragenden Steuermann gelenkt. Unser erster Warnschuß verfehlt das Ziel um Längen und wird von den Wölflingen nicht weiter ernstgenommen.

Währenddessen diskutiert die taktische Crew immer noch über die Frage, wieso das Erdenschiff überhaupt noch existiert.

Die eine Partei vertritt die Ansicht, daß hinter der Verheerung, die wir gerade mitangesehen haben, nur ein übler Trick steckte. Man veranstaltete eine gigantische Lichtschau, die bei uns den Eindruck erwecken sollte, die Erdlinge könnten da unmöglich heil herauskommen. Alle ihre Verfolger sollten zu dem Glauben gelangen, eine weitere Jagd lohne nicht.

Diese Meinung wird mittlerweile von der Mehrheit vertreten, auch wenn wir damit zugeben müßten, daß unser Raketenangriff ziemlich blödsinnig war.

Das Habitat leidet immer noch unter den Erschütterungen der Einschläge.

Aber die Minderheit mahnt zur Vorsicht. Wenn die Zerstörerstrahlen nun doch real gewesen sind, dann sollten wir besser auf der Hut sein.

Unser zweiter Warnschuß saust eine halbe Schiffslänge vor dem Bug unserer Beute vorbei. Schon besser!

»Es gibt da eine Merkwürdigkeit, die Anlaß zur Sorge geben dürfte.«

Dies meldet der Stapel, der damit beschäftigt ist, die Kondition unseres Gegners zu überprüfen.

»Das Hyperlichtprofil des Ziels entspricht nicht dem, das wir beim Roten Riesen messen konnten. Und die Hülle zeigt ganz ungewöhnliche Reflexionen.«

Auf Befehl unseres Kapitäns werden Sensorenstrahlen zum Erdenschiff ausgesandt. Diese bestätigen, daß wir immer noch denselben Gegner vor uns haben. Die Triebwerksemissionen sind identisch.

Doch dann untersuchen wir die Hülle.

Seht nur, Meine Ringe, wie sie glänzt!

Das Metall ist nicht länger von Ruß bedeckt, sondern strahlt jetzt so hell wie bei einem Raumer, der gerade die Werft verlassen hat.

Und wenn Sternenlicht von der gebogenen Oberfläche widergespiegelt wird, erscheint jede Reflexion zwar verzerrt, aber auch größer als das Original.

Was mag dafür verantwortlich sein?

Unser Priester-Stapel empört sich wieder.

»Nach all dem, was wir durchlitten haben, hätte nur ein vollkommener Trottel glauben können, daß keine neuen Tricks mehr zu erwarten seien!

Nur ein degenerierter, falsch zusammengesetzter Stapel könnte darauf verzichten, keine Verstärkungen anzufordern!«

Unser Kapitänführer sondert besorgten Rauch ab.

Endlich entschließt er sich zur Tat und befiehlt einen Feuerangriff auf das Zielobjekt, aber nur einen mäßigen, der das Schiff lediglich manövrierunfähig schießen soll.

Die *Polkjhy* zeigt, was in ihr steckt, und sendet ihre allmächtigen Zerstörungsstrahlen gegen drei der Flossen.

Das Ziel befindet sich genau im Fadenkreuz ...

Stellt keine Fragen, Meine Ringe, sondern tut nur das, was Ich euch sage.

Bewegt euch unauffällig zur Tür.

Gut so. Schreitet leise, gebt keine Farbschatten ab. Stoßt keine Gase aus.

Während alle im Raum von dem Drama abgelenkt sind, wollen wir uns wie der demütige Traeki, der wir einst gewesen sind, von hier verdrücken.

Die Luke öffnet sich auf unseren Geruchskode hin und weist uns den Weg nach draußen. Mit den rückwärtigen Augen erblicken wir, wie die Masse unserer Kameraden unter einem Nebel von Angststreßschwaden verschwindet.

Der schlimmste Rauch steigt aber von den brennenden Wachs- und Fettresten unseres ehemaligen herrlichen Kapitän-Führers auf.

Den Priester-Stapeln blieb keine andere Wahl. Als unsere Zerstörungsstrahlen keine Wirkung zeigten ... als ihre Energie von den Bildschirmen verschwand und von der glänzenden neuen Hülle des Wölflingsschiffes absorbiert wurde ... mußte es einfach zu einem Kommandowechsel kommen.

Natürlich ist die Jagd jetzt noch nicht zwingend vorüber. Wir befinden uns immer noch in einer hervorragenden Position. Das Erdenschiff kann uns nicht entkommen, und wir sind in der Lage, ihm überallhin zu folgen.

Außerdem besitzt die *Polkjhy* eine besonders große Bibliothekseinheit. In ihren großen Speicherbänken werden wir sicher eine Erklärung für den neuesten Trick der Wölflinge finden.

Doch das alles wird diesem Stapel von experimentell zusammengesetzten Ringen wenig nützen.

Während das Schiff vom Autopilot gesteuert wird und das Erdenschiff in seinem Schatten verschwindet, setzt sich der Kommandowechsel in der Besatzung fort. Es trifft alle, die so schlecht beraten sind, weiterhin dem exekutierten Kapitänführer die Treue zu halten. Einige von ihnen werden degradiert, bei anderen tauscht man den Meister-Ring aus.

Doch was wird aus dem armen Ewasx? Wir sind ein Geschöpf des Ehemaligen. Bestenfalls wird man uns auseinandernehmen und die Ringe den Soldaten geben, die beim Kampf mit den Zang Verwundungen erlitten haben. Schlimmstenfalls kommen wir in die Abfallpresse.

Nun bin Ich doch dankbar für die Künste der Wildheit, die ihr als Sooner-Traeki erlernt habt. Ihr versteht tatsächlich gut zu schleichen, Meine Ringe.

Offensichtlich wißt ihr auch besser als jeder Jophur, wie und wo man sich versteckt.

Die Luke schließt sich schon wieder hinter uns. Also nichts wie hin zu einem ruhigen, geschützten Ort, wo wir im Wachs über das Dilemma unseres Überlebens nachsinnen können.

Alvins Tagebuch

Keine Angst, daran werdet ihr euch schon noch gewöhnen.

So hatte Gillian gesprochen, und ihre Worte hallen immer noch in meinem Hohl-Rückgrat wider, während ich mir einen Moment Zeit nehme, um rasch ein paar Eindrücke von unseren letzten Momenten im Fraktalsystem zu Papier zu bringen.

Ich muß mich wirklich sputen, spüre ich doch bereits den Druck auf meinen Nerven, während die *Streaker* durch die Domänengrenzen innerhalb des neuen Transferpunkts hüpft. Bald wird mir davon so schlecht geworden sein, daß ich nicht mehr weiterschreiben kann.

Also rasch die Feder geführt.

Am merkwürdigsten erschien mir Dr. Baskins Stimme. Sie klang so resigniert, als wäre sie keine Sternengöttin, sondern eine von uns Soonern auf Jijo. Die Kapitänin hörte sich an wie ein Hochweiser, der aus den Heiligen Schriftrollen liest.

Ihr werdet euch schon noch daran gewöhnen.

Während sich das Transfer-Feld um mich schließt und die Übelkeit meine Haut zittern läßt, kann ich nur hoffen, daß ich mich nie daran gewöhnen werde.

Vor knapp einer halben Midura hatte Gillian das gesagt und dabei auf unser Werk zurückgeschaut.

Eine Lösung, die niemand an Bord beabsichtigt hatte.

Ein Desaster, ausgelöst durch unsere bloße Anwesenheit.

Diejenigen, die sich im Kontrollraum aufhielten, bekamen zwei Ansichten von der Fraktal-Welt zu sehen. Beide unterschieden sich voneinander, und doch war jede für sich »wahr«.

Als Jijo-Jugendlicher kannte ich mich nur aus der Lektüre alter irdischer Science-fiction-Romane mit der Raumfahrt aus. Wie es sich damit in Wahrheit verhält, war für mich doch reichlich verwirrend.

Zum Beispiel behaupten viele der alten Geschichten, es sei unmöglich, schneller als das Licht zu reisen. Oder aber, wenn einer dieser Schriftsteller sich doch des Überlichtfluges bedient, nimmt er ihn als gegeben an und erspart sich jede weitere Erklärung.

Doch jetzt mußte ich erleben, wie der linke Schirm die Zeit im Rückwärtsfluß anzeigte!

Mein Autoschreiber hat mir da einiges erklärt, und hoffentlich habe ich auch alles richtig verstanden.

Anscheinend prallen in jeder Mikrosekunde Photonen gegen das Achtern-Teleskop des Schiffes, durch das wir einen Blick auf die Fraktal-Welt werfen können. Da wir aber schneller als die Lichtwellen flogen, wurden die von uns empfangenen Bilder auch älter.

Nach der Logik von Herrn Einstein reisten wir gerade in der Zeit zurück.

Ich starrte fassungslos auf den Monitor, auf dem das Habitat wieder zusammenwuchs und stetig stabiler wirkte. Zerstörte Zonen fügten sich wieder zusammen, und die große Wunde schloß sich. Und die hellen Punkte, in denen sich die Myriaden von Flüchtlingen befanden, schienen nach Hause zu fliegen.

Ein wirkliches Spektakel.

Huck konnte sich vor Lachen nicht mehr einkriegen. Ur-ronn schniefte traurig, und Schere sagte nur: »Jungejungejunge ...«

Ich konnte sie alle drei gut verstehen. Das, was wir dort zu sehen bekamen, war ebenso traurig wie lachhaft absurd.

Sara und Dr. Baskin, die vor dem rechten Schirm standen, erblickten etwas, was mir gleichfalls den Magen verknotete. Dort konnte man nämlich verfolgen, was jetzt geschah und welche Wirkung unsere Flucht im Fraktalsystem heraufbeschworen hatte.

Natürlich ist das alles viel zu kompliziert, als daß ein hoonscher Jugendlicher das wiedergeben könnte. Das rechte Bild wackelte zum Beispiel andauernd, als sei das Schicksal noch unschlüssig, ob es dem Habitat das wirklich antun sollte.

Sara versuchte es mir zu erklären.

»Links sehen wir die Auswirkung der Photonen, Alvin, und die sind sehr langsam darin, die Wahrheit wiederzugeben. Und rechts erblickst du die Auswirkungen der Hyperwellen, die uns nur mögliche Wahrheiten, Probabilitäten, sehen lassen.«

Also, wenn ich sie recht verstanden habe, dann zeigt der rechte Monitor das wahrscheinlichste Szenario an, das sich hinter uns abspielte. Damit blieb demnach eine geringe Hoffnung, daß sich dort alles ganz anders entwickelte.

Bei Gott, Jafalls und dem Heiligen Ei, ich bete um diese geringe Hoffnung.

Was dort nämlich gezeigt wurde, war rasch fortschreitende Zerstörung.

Mehr als nur ein großer Riß durchlöcherte mittlerweile die Hülle, und alle dehnten sich rasend schnell aus und verästelten sich auch noch.

Hunderte Außenzapfen waren abgebrochen, überschlugen sich und rissen im Sturz durch das All weitere mit sich. Ich vermochte mir nicht auszumalen, wie schlimm es jetzt innerhalb der Hülle aussehen mochte. Inzwischen mußten doch mindestens Millionen Teilhabitate geborsten sein und ihren Inhalt dem Vakuum preisgeben – Wälder, Steppen und Ozeane.

Das Hyperwellenbild unterlag ständigen Veränderungen, als würden Fehler korrigiert und zusätzliche Elemente eingegeben. Zum Beispiel konnte es vorkommen, daß eine Zerstörungsszene einen Moment später etwas seitlich versetzt gezeigt wurde. Kein Detail schien vor Veränderungen sicher. Doch der große Gesamteindruck änderte sich nie.

Ich spürte scharfe Krallen an meinen Schultern, als der kleine Huphu und Schmutzfuß ihre gewohnten Plätze auf mir einnahmen. Sie rieben sich an meinem Hals, auf daß ich eines meiner Lieder summe, um sie zu beruhigen. In meiner Gelähmtheit fiel mir nur ein uraltes Lied ein, das vermutlich noch aus der Zeit stammt, in der wir Hoon noch nicht den Großen Schub erhalten hatten.

Dr. Baskin wurde auf mein tiefes Summen aufmerksam und betrachtete meinen vibrierenden Kehlsack. Mir ist bekannt, daß sternenfahrende Menschen uns Hoon nicht besonders mögen. Aber Sara flüsterte ihr etwas ins Ohr, und die Kapitänin nickte.

Offenbar verstand sie nun, was mich zu diesem Lied bewegte.

Als ich einige Duras später fertig war, tauchte die Niss-Einheit unvermittelt auf und schwebte als Hologramm in der Luft.

»Kaa meldet, daß wir noch zehn Minuten vom Eintritt in den T-Punkt entfernt sind.«

Die Kapitänin nickte.

»Und wie sieht es bei unserer Eskorte aus?«

Die Einheit verdrehte sich in der Mitte.

»Uns folgt ein Schwarm unterschiedlichster Schiffe. Robotische, Flüchtlinge aus der Fraktal-Welt und so weiter.

Aber alle halten respektvollen Abstand zu dem Jophur-Kreuzer.

Bist du dir ganz sicher, daß du wirklich Kurs auf Tanith setzen willst?«

Gillian zuckte die Achseln.

»Wenn jemand einen besseren Vorschlag hat, dann nur heraus damit. Mir kommt es so vor, als hätten wir alles schon ausprobiert, wir haben sogar den Versuch unternommen, uns im abgelegensten Winkel des Universums zu verstecken. Das ist nicht persönlich gemeint, Alvin.«

»Das habe ich auch nicht so verstanden«, entgegnete ich, denn sie hatte ja absolut recht mit ihrer Beschreibung von Jijo. »Aber was ist denn Tanith?«

Die Niss-Einheit antwortete mir.

»Ein kleiner Planet, auf dem sich ein Sektor-Hauptquartier der

Galaktischen Bibliothek befindet. Dorthin wollte Kapitän Creideiki auch unsere Funde bringen, wenn uns nicht Verrat und Gewalt dazwischengekommen wären. Dr. Baskin glaubt, daß wir nun, da wir so weit gekommen sind, mit dem ursprünglichen Plan weitermachen sollten.«

»Aber ihr habt doch schon einmal versucht, eure Schätze den Instituten zu übergeben, auf Oakka –«

»Ja. Vor zwei Jahren konnten wir die Verfolgerflotten für eine Weile abschütteln und machten uns gleich auf den Weg dorthin. Doch der Wahnsinn, der unsere Zivilisation erfaßt hat, bedrängte uns auch auf Oakka. Die dortigen Bürokraten der Bruderschaft haben ihre Eide vergessen und sich lieber ihrer alten Klans erinnert. Sie wollten uns gefangennehmen und unsere Fracht an sich bringen, um sie ihren alten Völkern zur Verfügung zu stellen.«

»Mit anderen Worten, den Instituten war nicht zu trauen. Was bringt euch denn jetzt zur gegenteiligen Ansicht?«

»Das dort, Alvin«, antwortete Gillian.

Sie zeigte auf einen Schirm, auf dem das Jophur-Schiff zu erkennen war. Die Stapelwesen folgten uns wie ein unangenehmer Geruch. Der Kreuzer hatte sogar zu uns aufgeschlossen, seitdem sein früherer Beschuß keine Wirkung gezeigt hatte.

Alle an Bord waren sich einig, daß wir ihnen nicht entkommen konnten, nicht einmal mit Kaa am Steuer. Eher wurde man seinen Schatten los als diese bösen Vettern der Traeki.

»Unsere Befehle sind eindeutig, junger Freund. Unter gar keinen Umständen darf unsere Fracht einem der Großen Klans allein in die Hände fallen.«

»Und deswegen fliegen wir auf geradem Wege zu einem der geschäftigsten Raumhäfen in der ganzen Galaxis Zwei«, bemerkte die Niss-Einheit.

Dr. Baskin ließ sich vom spöttischen Tonfall des Hologramms nicht beeinträchtigen.

»Ist das denn nicht die beste Chance, die uns bleibt? An einen Ort zu fliegen, wo sich genügend große Schiffe befinden, um die

Jophur aufzuhalten? Davon abgesehen, könnte es durchaus sein, daß wir auf Oakka durch einen dummen Zufall den Falschen in die Arme gelaufen sind. Die Beamten auf Tanith werden sicher ihren Diensteid befolgen.«

Die Niss-Einheit stieß ein unhöflich unkeusches Geräusch aus und meinte dann:

»Die Aussicht darauf ist verschwindend gering. Unser überraschendes Auftauchen in der Galaxis Zwei könnte dafür sorgen, daß noch mehr Klans, auch die, die sich bislang passiv verhalten haben, auf uns aufmerksam werden.«

»Genau das wäre unsere Chance. Wenn sich genügend Synthianer, Pargi und andere dort aufhalten, warum sollten sie nicht einschreiten, um Ordnung und Gesetz aufrechtzuerhalten?«

»Dein Optimismus gehört zu deinen charmantesten Charakterzügen, Gillian. Wer sonst könnte auf die Idee verfallen, daß die Neutralen, die sich bisher nur aus Unentschiedenheit zurückgehalten haben, sich durch unser Auftauchen eines Besseren besinnen würden?

Mittlerweile dürfte auch dem letzten Klan klargeworden sein, daß die Zeit des Wandels bevorsteht. Und jeder denkt jetzt nur noch an sein eigenes Überleben. Irgendwelchen Wölflingen Gerechtigkeit widerfahren zu lassen steht sicher nicht ganz oben auf der Prioritätenliste der Mächte.

Ich fürchte, unser Auftauchen wird eher folgendes auslösen: Alle werden sich über Tanith in die Schlacht stürzen, und was wir bei Kithrup erlebt haben, war dagegen nur ein harmloses Geplänkel.

Außerdem möchte ich an dieser Stelle auch daran erinnern, daß die Flotten, die gegenwärtig Terra belagern, nur zwei Raumsprünge von Tanith entfernt sind. In weniger als einem Standardtag könnten sie bei uns sein –«

»Und die Belagerung aufgeben? Das wäre mir jeden Einsatz wert.«

»Wir weichen dem eigentlichen Problem aus, Dr. Baskin. Die

Jophur werden nicht zulassen, daß wir Tanith erreichen. Darüber sollten wir uns alle im klaren sein.«

Sara meldete sich zu Wort.

»Können sie uns denn wirklich aufhalten? Ich meine, ihre Waffen haben sich doch als wirkungslos erwiesen.«

Das Hologramm drehte sich in ihre Richtung.

»Ich fürchte, Weise Sara, daß unsere Unverwundbarkeit kein Dauerzustand bleibt. Sicher, die Jophur haben eine Schlappe erlitten, aber ihre Computer arbeiten sicher schon daran, das Lindenblatt in unserer Siegfriedhaut zu finden.«

Damit meinte er die neue Schutzschicht, die unsere Hülle dank der Bemühungen der Mechanoiden bedeckte. Als unwissender Jijoaner hatte ich natürlich keine Ahnung, was an dieser Schicht so besonders sein sollte.

Aber ich erinnerte mich noch gut an die Zeit, als die Roboter auf unserer *Streaker* herumspazierten. Während sie am einen Ende den Kohlenstoff abtrugen, beschäftigten sie sich am anderen Ende damit, die verbliebenen Reste in eine Masse zu verwandeln, die wie der Spektralstrom funkelte.

Blitze flogen zwischen den Robotergruppen hin und her.

Die Niss-Einheit erkannte sie als Memen-Direktiven und warnte uns dringend, nicht in dieses Licht zu schauen, weil unser Sehnerv sonst Schaden nehme.

Dann schien die erste Gruppe fertig zu sein und half der anderen dabei, uns unverwundbar zu machen. Sie waren gerade fertiggeworden, als der erste Desintegratorstrahl uns traf.

»Wer sagt denn, daß der neue Schutzmantel eine Schwachstelle aufweisen muß?« fragte Dr. Baskin. »Allem Anschein nach können uns Fernwaffen nichts anhaben.«

Sie klang sehr überzeugt, aber ich erinnerte mich noch gut an ihren Schock, als wir nach den ersten Einschlägen immer noch heil und am Leben waren. Alle hatten es nicht fassen können – bis auf Emerson, der nur grunzte, als habe er genau damit gerechnet.

»Weil es keine perfekte Verteidigung gibt«, entgegnete die Einheit. »Jede Art von Waffe wurde irgendwann einmal in der Großen Bibliothek archiviert. Wenn heute eine Waffe neuartig oder revolutionär wirkt, dann vermutlich aus dem Grund, weil sie vor ein paar Milliarden Jahren aufgegeben wurde – meist aus sehr guten Gründen.

Sobald die Jophur die Ursache für diesen Schild herausgefunden haben, wird sich dieser Schutz rasch zu einer Last für uns entwickeln, wenn nicht sogar zu einer tödlichen Gefahr.«

Dem konnte man kaum widersprechen, aber den Menschen und Delphinen gefiel das trotzdem nicht. Selbst wir Sooner kennen einige der grundlegenden Wahrheiten in den Fünf Galaxien:

Wenn etwas nicht in der Bibliothek enthalten ist, dann gibt es das auch nicht.

Dennoch war es ein erhabener Anblick, als unser Schiff fertig war und funkelnd wie ein Edelstein ins All hinaustrieb. Wirklich ultracool.

Wir flohen durch das Loch in der Hülle, und plötzlich trafen uns mehrere Energieblitze gleichzeitig. Alarm wurde gegeben, aber die Treffer bewirkten nichts anderes, als daß sie uns mehr Schub zur Flucht verliehen.

An der Hülle entstand keinerlei Schaden. Statt dessen hörten wir ein merkwürdiges Geräusch, so wie das Grunzen eines Tiefsee-Ungeheuers. Huck rollte ihre vier Augenstiele zusammen, Schere zog alle fünf Beine ein, und Ur-ronn heulte, wie es nur ein Urs konnte.

Sämtliche Instrumente spielten verrückt, aber der *Streaker* entstand kein physischer Schaden.

Nach einer Weile stimmten fast alle Suessis Ansicht zu, daß es sich bei den Blitzen nicht um Waffen gehandelt habe, sondern um bloße Lichtspeere.

Ein Trick, um unsere Feinde zu täuschen und uns selbst die Flucht zu ermöglichen.

Ja, eine andere Erklärung konnte es nicht geben – bis uns wenig später die Jophur unter Beschuß nahmen und deren Todesstrahlen bis auf ein ähnliches unheimliches Stöhnen ebenfalls nichts bewirkten.

Dann ging uns ein Licht auf.

Jemand hatte uns einen großen Gefallen getan, und wir wußten nicht einmal, bei wem wir uns dafür bedanken sollten.

Oder ob dieser Segen sich im Endeffekt als Fluch erweisen würde.

»Erreichen Transfer-Punkt in dreißig Sekunden«, meldete ein Delphin.

Alle im Kontrollraum wandten sich dem Schirm zu, auf dem verwickelte Schwärze zu erkennen war. Durch dieses Loch würden wir aus der Galaxis Vier und in ferne Regionen gelangen, von denen ich und meine Freunde noch nie etwas gehört hatten – nicht einmal andeutungsweise in einer der alten Sagen.

Aber ich interessierte mich nicht sonderlich für den Anblick, denn schon stellte sich bei mir, der Zeit vorausgreifend, wieder der Brechreiz ein, und ich wünschte mir in diesem Moment, an Bord des Abfallschiffes meines Vaters zu stehen, wo mir warmer Wind ins Gesicht fahren würde.

So stellte ich mich vor den Hyperwellenschirm, und dort traf ich noch jemanden an, der weniger über unsere Zukunft als vielmehr etwas über das erfahren wollte, was wir hinter uns ließen. Emerson begrüßte mich mit einem breiten Grinsen, und ich wackelte zur Erwiderung mit den Falten meines Kehlsacks.

Die Fraktal-Welt glomm, als stünde sie kurz davor, heiße rote Masse auszuspucken. Rotes Sonnenlicht stieß durch zahllose Löcher und Risse, und überall blitzte etwas auf, als käme es innerhalb der Hülle zu weiteren Explosionen.

Der Stumme seufzte und überraschte mich dann mit einem Satz in Englik.

»Tja, wie gewonnen, so zerronnen.«

Schmutzfuß auf meiner Schulter klapperte mit den Zähnen, während die Triebwerke des Schiffes ächzten, um dem Transfer zu begegnen. Doch Emerson und ich richteten unsere ganze Aufmerksamkeit weiterhin auf die sterbende Welt.

Plötzlich erbebte die Hülle in ihrer Gesamtheit und brach dann in unzählige Fragmente auseinander. Die eine Hälfte flog ins All hinaus, während die andere auf die rote Zentralsonne zustürzte.

Erlöst von ihrem fünfhundert Millionen Jahre währenden Dienst, flammte die kleine Sonne sichtlich auf, als freue sie sich über jedes neue Bruchstück, das sich mit ihr vereinte.

Endlich wieder frei, machte der Stern den Kosmos auf sich aufmerksam.

Mein Kehlsack füllte sich, und ich sang das alte Hoon-Todeslied.

Dr. Baskins Worte kamen mir wieder in den Sinn.

»Ihr werdet euch schon noch daran gewöhnen.«

Ich schüttelte wie ein Mensch den Kopf.

Daran sollte ich mich jemals gewöhnen?

Jafalls, was haben die Erdlinge alles mitmachen müssen, wenn sie diese Himmelskatastrophe als etwas ganz Alltägliches ansehen?

Ich dachte daran zurück, wie ich sehnsüchtig zu den Sternen hinaufgestarrt und mich nach Abenteuern im All gesehnt hatte.

Und zum erstenmal begriff ich eine der Hauptlehren, die Jafalls uns erteilt.

In diesem Universum ist das eigene Überleben die größte Herausforderung.

Personenverzeichnis

➢ **Akeamakai** – delphinisches Mannschaftsmitglied der *Streaker.*

➢ **Alte** – eigene Lebensordnung (s. unter Glossar), Wesen, die sich von der Politik zurückgezogen haben und ihren Lebensabend beschaulich verbringen wollen, in der Hoffnung, den Zustand der Transzendenz (s. Glossar) zu erreichen, auch Rentner genannt.

➢ **Alvin** – Spitzname des Hph-wayuo, eines hoonschen Jugendlichen auf Jijo.

➢ **Asx** – Mitglied des Rats der jijoanischen Hochweisen, in dem er die Traeki vertritt – s. a. Ewasx.

➢ **Baskin, Gillian** – Terragens-Agentin, Mensch, zuerst Bordarzt, nach der Katastrophe von Kithrup Kapitänin der *Streaker*.

➢ **Creideiki** – Delphin, ehemaliger Kapitän der *Streaker.* Wurde notgedrungen mit einigen anderen Besatzungsmitgliedern auf Kithrup zurückgelassen. Ihnen steht lediglich ein kleines Boot zur Verfügung, um damit die Fünf Galaxien zu durchqueren.

➢ **D'Anite, Emerson** – Mensch, ehemaliger Bordingenieur der *Streaker,* der in der Fraktal-Welt von den Alten ergriffen, gefoltert und verstümmelt wurde, seitdem ohne Sprachvermögen.

➢ **Dwer** – Mensch, Sohn des Papiermachers Nelo Koolhan, Bruder von Lark und Sara (s. dort), inzwischen Oberpfadfinder der Gemeinschaft der Sechs Rassen auf Jijo.

➢ **Ewasx** – Jophur, Stapelwesen-Experiment, das größtenteils aus Ringen des Traeki Asx (s. dort) zusammengesetzt und mit einem Meisterring versehen wurde.

➢ **Gillian** – s. Dr. Baskin.

➢ **Harms, Harry** – Neo-Schimpanse, Aufklärer für das Navigations-Institut.

➢ **Harry** – s. Harms, Harry.

➢ **Huck** – Spitzname für eine g'Kek-Waise, die bei einer hoonschen Familie auf Jijo aufgewachsen ist, beste Freundin von Alvin (s. dort).

➢ **Huphu** – Noor, Alvins (s. dort) Schoßtier.

➢ **Kaa** – Delphin, Steuermann der *Streaker*.

➢ **Karkaett** – Delphin an Bord der *Streaker*.

➢ **Keepiru** – Delphin, ehemaliger Chefsteuermann der *Streaker*, zurückgelassen auf Kithrup (s. Creideiki).

➢ **Lark** – Mensch, Junior-Weiser der Gemeinschaften von Jijo, Bruder von Dwer und Sara (s. dort).

➢ **Ling** – Mensch, Danik und Biologin.

➢ **Makanee** – Delphin, Schiffsärztin der *Streaker*, zurückgelassen auf Jijo, um die erkrankten Besatzungsmitglieder zu pflegen.

➢ **Niss** – pseudosapienter Computer, den ein Tymbrimi der *Streaker* ausgeliehen hat.

➢ **Orley, Thomas** – Mensch, genetisch veränderter Terragens-Agent an Bord der *Streaker,* verheiratet mit Dr. Baskin (s. dort), zurückgelassen auf Kithrup (s. Creideiki).

➢ **Peepoe** – Delphinin an Bord der *Streaker,* Krankenschwester, auf Jijo gekidnappt.

➢ **Prity** – Neo-Schimpanse, Saras (s. dort) Assistent, besitzt mathematische Begabung, besonders auf dem Gebiet der mathematischen Imagination.

➢ **Rann** – Führer der Danik-Menschen.

➢ **Rentner** – anderer Name für Alte (s. dort).

➢ **Rety** – Mensch, Mädchen, das von ihrem Stamm Wilder auf Jijo zu den Soonern auf dem Hang geflohen ist und von dort aus mit einem Raumschiff weiter in den Weltraum, um den Luxus und die sonstigen Freuden der Zivilisation genießen zu können.

➢ **Ro-kenn** – einer der Rothen-Herren.

➢ **Sara** – Mensch, Tochter des Papiermachers Nelo, Mathematikerin, Sprachschülerin, Schwester von Dwer und Lark (s. dort).

➢ **Schere** – Qheuen, Jugendlicher auf Jijo, gehört zur Clique um Alvin (s. a. Huck und Ur-ronn).

➢ **Schmutzfuß** – Noor oder Tytlal, von Dwer gefunden (oder umgekehrt), der ihm seinen Namen gab.

➢ **Suessi, Hannes** – Mensch, Bordingenieur der *Streaker,* von den Alten (s. dort) in einen Kyborg umgemodelt.

➢ **Twaphu-anuph** – Hoon, Zollbeamter auf Kazzkark.

➢ **Tsh't** – Delphinin, Lieutenant an Bord der *Streaker,* teilt sich die Schiffsleitung mit Dr. Baskin (s. dort).

➢ **Tyug** – Traeki, Alchemist in der Schmiede im Berg Guenn, auf Jijo als Mannschaftsmitglied an Bord der *Streaker* aufgenommen.

➢ **Uriel** – Urs, Schmiedemeisterin im Berg Guenn.

➢ **Ur-ronn** – Urs, Mitglied der Clique um Alvin (s. dort), Nichte der Uriel (s. dort).

➢ **Wer'Q'quinn** – Harry Harms' (s. dort) Boß im Navigations-Institut.

➢ **Yee** – Urs, katzengroßer Hengst, aus dem Beutel seiner Frau geworfen, später mit Rety (s. dort) »verheiratet«.

Verzeichnis der Sapienten, Rassen und Spezies

➢ **g'Kek** – die erste Sooner-Rasse, die auf Jijo eingetroffen ist, genauer vor zweitausend Jahren. Den Großen Schub erhielten sie von den Drooli, und sie verfügen über biomagnetisch angetriebene Räder und vier Augenstiele, die direkt aus dem Gehirntorso wachsen. Die g'Kek wurden aufgrund von Spielschulden von ihren Feinden erbarmungslos verfolgt und sind heute, bis auf die Kolonie auf Jijo, in der Gesamtheit der Fünf Galaxien ausgelöscht.

➢ **Glaver** – die dritte Sooner-Rasse, die Jijo erreichte. Ihre Patrone sind die Tunuctyur, die ihrerseits den Großen Schub von den legendären Buyur verpaßt bekamen. Glaver, die ein kuhähnliches Aussehen besitzen, können sich, wenn erforderlich, aufrecht bewegen, sind etwa einen Meter groß und haben große Augen. Der lange, gegabelte Schwanz dient als Greiforgan, eine Aufgabe, die ihre schwach ausgebildeten Hände kaum wahrnehmen können.

Seit sie sich illegal auf der Brachwelt niedergelassen haben, haben sie sich von allen Sooner-Rassen am entschiedensten auf dem Pfad der Erlösung voranbewegt und sind in den Zustand der Präsapienz zurückgelangt. Damit gelten sie nicht mehr als ordentliche Mitglieder im Rat der Sechs Rassen auf Jijo, aber viele sehen in den Glavern leuchtende Vorbilder, weil sie das erreicht haben, was den anderen Soonern eigentlich noch bevorstehen sollte.

➢ **Hoon** – fünfte Soonergruppe auf Jijo, bei denen es sich um aufrechtgehende Allesfresser mit Schuppenhaut, Löwenmähne und wolligem Beinpelz handelt. Ihr kräftiges Rückgrat ist innen hohl und stellt einen Bestandteil des Kreislaufsystems dar. Des weiteren weisen sie einen aufblasbaren Kehlsack auf, der ursprünglich während der Brunftzeit eine besondere Rolle spielte. Heute nutzen die Hoon ihn nur noch für ihren kräftigen, tiefen Gesang. Seit sie von den Guthatsa den Großen Schub erhalten haben, kennt man sie in der Galaktischen Kultur als unfreundliche und muffige Bürokraten – ganz im Gegensatz zu denen, die es nach Jijo verschlagen hat.

➢ **Jophur** – Wesen, die sich aus mehreren Wülsten oder Ringen in Form eines Doughnuts zusammensetzen, wobei die Stapel sich nach oben verjüngen. Wie auch bei ihren Vettern, den Traeki (s. dort), besitzt jeder dieser Ringe seinen eigenen Verstand, der jedoch am besten im Verein mit den anderen zum Tragen kommt. Die spezialisierten Wülste verleihen dem Stapel seine Sinnes-, Verdauungs- und sonstigen Organe, aber auch die zum Teil exotischen chemosynthetischen Fähigkeiten.

In ihrer früheren Form als Traeki, die von den Poa mit dem Großen Schub versehen worden waren, kannte man sie als freundliche, wenn auch etwas langsame Wesen. Die fanatischen Oalie haben diese Traeki später mit einem Meister-Ring ausgestattet und sie so in Jophur umgewandelt, aggressive, unbeliebte und ehrgeizige Wesen.

➢ **Menschen** – die jüngste Sooner-Rasse, die Jijo erreichte, und das vor gerade erst dreihundert Jahren. Die Menschen auf der Erde entwickelten aus sich selbst heraus die Sapienz, bedurften also keines Großen Schubs, und solche Rassen werden in den Fünf Galaxien »Wölflinge« genannt. Viele aber, darunter auch Menschen, vertreten den Standpunkt, daß es sehr wohl eine Patronatsrasse gegeben habe. Und diese Frage löst kosmosweit immer noch hitzige Debatten aus.

➢ **Qheuen** – die vierte Sooner-Rasse auf Jijo. Sie erhielten den Großen Schub von den Zhosh und sind radial symmetrische Wesen mit fünf Beinen. Qheuen besitzen ein Exoskelett und Scheren. Das Gehirn befindet sich in einer ausfahrbaren Kuppel. Eine Rebellengruppe dieses Volkes ließ sich auf Jijo nieder, um ihr altes Kastensystem zu bewahren, in dem die Grauen die Herrscherschicht darstellen und die Roten und Blauen ihnen als Arbeiter zu dienen haben. Die Zustände auf der Brachwelt und vor allem das spätere Auftauchen der Menschen ließen das Kastensystem jedoch bald in sich zusammenbrechen.

➢ **Rothen** – eine mysteriöse, wenn auch nicht sonderlich bedeutsame Rasse. Eine Gruppe von Menschen, die sogenannten Daniks oder Dakkins, glauben, daß es sich bei diesen Rothen um die heimliche Patronatsrasse der Terraner handele. Rothen wirken humanoid, sind vermutlich Fleischfresser, größer als Menschen, und sie unterscheiden sich nur in den Gesichtszügen von diesen, weswegen sie Gesichtssymbionten tragen, die ihnen ein charismatisches Aussehen verleihen.

➢ **Traeki** – zweite Sooner-Rasse auf Jijo. S. a. Jophur. Die Traeki auf der Brachwelt sind die Nachkommen derjenigen unter ihnen, die sich nicht von den Oalie mit einem Meister-Ring nachrüsten lassen wollten.

➢ **Urs** – sechste Sooner-Rasse auf Jijo. Die fleischfressenden, Zentauren ähnlich sehenden Wesen leben vorwiegend in Herden in Steppengebieten. Sie besitzen einen langen, biegsamen Hals, schmale Köpfe und schulterlose Arme mit geschickten Händen.

Urs kommen als Larven auf die Welt, die nach einiger Zeit aus den Beuteln ihrer Mütter entfernt werden und von da an für sich selbst sorgen müssen. Diejenigen, die draußen überleben, werden später in eine Herde aufgenommen.

Ursische Stuten erreichen die Größe eines Hirsches und besitzen zwei Beutel. Wenn sie nicht gerade Nachwuchs haben, tragen sie darin ihre hauskatzengroßen Hengste mit sich. Stellt sich Nachwuchs ein, fliegen eines oder beide Männchen aus dem Beutel.

Urs beiderlei Geschlechts haben eine geradezu paranoide Furcht vor Wasser in jeglicher Form.

Glossar

➢ **Allaphor** – metaphorische Interpretation, die im Hyperraum der E-Ebene aus den Gedanken anwesender Betrachter entsteht.

➢ **Brache** – bestimmte Planeten werden für eine gewisse Frist vermietet. Nach Auslaufen des Mietverhältnisses wird die betreffende Welt für brach erklärt (für einen Zeitraum von bis zu zwei Millionen Jahren, in dem selbige sich von den Mietern und ihrer Zivilisation erholen kann.) Eine neuerliche Besiedlung einer Welt im Zustand der Brache gilt als schweres Verbrechen, für das die Rasse, aus der die Übeltäter stammen, zur Rechenschaft gezogen wird.

➢ **Buyur** – letzte legale Bewohner von Jijo. Diese froschartigen Wesen sind für ihren Geist, ihre Voraussicht und ihre Gentechnik bekannt, mit der sie eine Reihe von Tieren in Bio-Werkzeuge verwandelt haben. Sie zogen vor einer halben Million Jahren von Jijo fort, als ihr dortiger Mietvertrag auslief und die Welt zur Brache erklärt wurde.

➢ **Criswell-Struktur** – Fraktalhüllen, die zu dem Zweck geschaffen wurden, eine kleine rote Sonne zu umschließen, und die so aufgebaut sind, daß ihre zerklüftete Innenseite sämtliche Sonnen energie aufnehmen und einem Nutzen zuführen kann. Meist Zufluchtsstätte der Alten.

➢ **Daniks** – (s. a. Rothen) Verballhornung des Begriffs Danekeniten, einer Bewegung, die nach dem ersten Kontakt der Menschheit mit der Galaktischen Zivilisation entstand, sich aber nie breit durchsetzen konnte.

Daniks glauben, daß die Erdlinge von einer Galaktischen Patronatsrasse den Großen Schub verpaßt bekamen, die aus unbekannten Gründen unbekannt bleiben möchte. Eine Untergruppe dieser Sekte hält die Rothen für dieses mysteriöse Volk.

➢ **Dura** – Zeiteinheit, entspricht etwa zwanzig Sekunden.

➢ **Englik** – terranische Sprache, im einundzwanzigsten Jahrhundert entstanden, die auf dem Englischen basiert, aber auch Elemente anderer Sprachen aus der Zeit vor dem Erstkontakt enthält. Gleichzeitig wurde sie entsprechend neuer Erkenntnisse der linguistischen Theorie modifiziert.

➢ **E-Raum, E-Ebene** – gefährliche Hyperraumregion, in der sich die Unterschiede zwischen Denken und Realität verwischen. Konzepte oder Ideen können hier ohne Wirtehirn oder -computer existieren (s. a. Allaphor).

➢ **Erdklan** – eine eigene, wenn auch unbedeutende Familie im Galaktischen Konzert, die sich aus mehreren Rassen zusammensetzt. Oben an der Spitze steht die Patronatsrasse der Menschen, dann folgen die Klientenrassen (Neo-)Delphine und Neo-Schimpansen.

➢ **Ei** – s. Heiliges Ei.

➢ **Flosse** – Kurz- oder Kosename für die (Neo-)Delphine.

➢ **Fraktal-Welt** – Altenteil und Zufluchtsort für Rassen, die der Kultur der Galaktischen Zivilisation entsagt haben und nach der Transzendenz streben (s. a. Criswell-Struktur).

➢ **Galaktiker, Galaktisch** – Bürger, Rasse, Konzept oder Technologie, die der äonenalten Zivilisation der Fünf Galaxien entstammt.

➢ **Galaktische Bibliothek** – unendlich große Sammlung von Wissen, das im Verlauf von vielen hundert Millionen Jahren gesammelt und zusammengetragen wurde. Quasisapiente Außenstellen der Bibliothek finden sich auf allen größeren Galaktischen Raumschiffen und in jeder Ortschaft, die etwas auf sich hält.

➢ **Galaktische Institute** – verselbständigte, riesige und mächtige Behördenakademien, die sich selbst für neutral erklärt haben und über den Streitigkeiten der Klans stehen. Diese Institute regeln und regulieren verschiedene Aspekte der Galaktischen Zivilisation. Einige von ihnen sind über eine Milliarde Jahre alt.

➢ **Heiliges Ei** – mysteriöser, PSI-aktiver Stein auf Jijo, der sich vor hundert Jahren infolge eines Vulkanausbruchs aus der Erde geschoben und vielen Soonern Visionen beschert hat.

➢ **Izmunuti** – roter Riesenstern unweit von Jijos Sonne. Spuckt Kohlenstoffwinde aus und verbirgt so Jijo vor der Überwachung durch das Migrations-Institut.

➢ **Jadura** – Zeiteinheit, etwa dreiundvierzig Stunden.

➢ **Jafalls** – der Name, den Raumfahrer der Göttin des Glücks gegeben haben und der sich auf ihre Launenhaftigkeit bezieht; Spötter sehen in ihr die Personifizierung von Murphys Gesetz.

➢ **Jijo** – Planet in der Galaxis Vier und Heim für sieben Sooner-Rassen: Menschen, Hoon, Qheuen, Urs, g'Kek, Glaver und Traeki (s. jeweils dort).

➢ **Kazzkark** – Raumstation auf einem Planetoiden, auf dem Außenstellen mehrerer Galaktischer Institutionen angesiedelt sind.

➢ **Kidura** – Zeiteinheit, etwa eine halbe Sekunde.

➢ **Kiqui** – präsapiente Amphibienrasse auf Kithrup.

➢ **Kithrup** – Wasserwelt, reich an Schwermetallen.

➢ **Klient** – eine Rasse ehemaliger Tiere, die von einer Patronatsrasse den Großen Schub erhalten hat und diesen Herren nun für eine gewisse Frist dienen muß.

➢ **Lebensordnung** – bislang sind in den Fünf Galaxien sieben Typen sapienten Lebens bekannt, die sogenannten Lebensordnungen:

– – – *Sauerstoffatmer:* die Bürger der Galaktischen Kultur, unter ihnen auch die Menschen.

– – – *Wasserstoffatmer:* Bewohner von Gasriesen, auf denen sie zwischen den Wolken treiben und in ihrem Innern Simulationen ihrer Welt entstehen lassen; aufgrund dieser behäbigen Bewegungsart läuft in ihrem Metabolismus alles langsamer ab.

– – – *Rentner/die Alten:* frühere Patronatsrassen, die die Abgeklärtheit und Weisheit des Alters erreicht und sich aus dem täglichen Einerlei in den Galaxien zurückgezogen haben; streben der Transzendenz zu.

– – – *Maschinenwesen/Mechanoide:* selbstreproduzierende, sapiente Maschinenwesen, die sich meist in hochverstrahlten oder entlegenen Raumregionen niederlassen, um den anderen Lebensordnungen aus dem Weg zu gehen. Hin und wieder kommt es aber dank des Fleißes der Apparate zu Kontakten und Geschäftsbeziehungen zwischen den Lebensordnungen.

– – – *Transzendentale:* Rassen, die sich auf eine höhere Seinsebene begeben haben. In der Galaktischen Zivilisation findet man die unterschiedlichsten Glaubensrichtungen, die alle auf ihre Weise diese Ebene zu interpretieren oder zu erklären versuchen. Allgemein wird angenommen, daß die Progenitoren (s. dort) die ersten waren, die diese Ebene erreichten.

– – – *Memen:* Bizarre Gedankenorganismen, die hauptsächlich im E-Raum (s. dort) anzutreffen sind.

– – – *Quantenwesen:* Organismen, die erst in den letzten hundert Millionen Jahren entdeckt wurden. Sie bewohnen die Zwischenräume des Universums und haben nur selten Kontakt mit den anderen Lebensordnungen. Ihr Dasein scheint auf dem Mikroquantum der Unsicherheit zu beruhen.

➢ **Midura** – Zeiteinheit, etwa einundsiebzig Minuten.

➢ **Mitten** – tiefe unterseeische Schlucht oder Subduktionszone, die entlang des Hangs auf Jijo verläuft und ihre Entstehung der tektonischen Plattenverschiebung des Planeten verdankt. Die sapienten Bewohner werfen all ihren Abfall, von Knochen bis zu technischem Gerät, in den Mitten, dessen natürliche Kräfte ihn dann unter die Planetenkruste befördern, um ihn dort zu schmelzen.

➢ **Morgran** – Transferpunkt, an dem die *Streaker* zum erstenmal von den Flotten der fanatischen Klans angegriffen wurde.

➢ **Neo-Schimpansen** – die erste Klientenrasse der Menschen. Schimpansen, die den Großen Schub erhalten haben, sprechen, denken und handeln wie Menschen. Daneben existiert noch eine »unfertige« Variante, die mit den menschlichen Soonern nach Jijo flog (die terranische Technik des Großen Schubs steckte damals noch in den Kinderschuhen). Diese Wesen sind stumm, können sich aber mittels Zeichensprache verständigen.

➢ **Neo-Delphine** – Klientenrasse der Menschheit; Delphine, die den Großen Schub erhalten haben.

➢ **Noor** – auf Jijo gebräuchliche Bezeichnung für Tytlal, eine galaktische Spezies, die von den Tymbrimi den Großen Schub erhielt. Sie leben auf Jijo, ohne sich als sapiente Wesen zu erkennen zu geben, weswegen die Bürger sie auch für gescheite Tiere halten, allerdings auch für Tunichtgute.

Noor lassen sich nicht dressieren, und nur die geduldigen Hoon verstehen sich darauf, einige von ihnen auf ihren Schiffen zu beschäftigen. Die anderen Rassen hingegen möchten mit ihnen wenig zu tun haben.

➢ **Oakka** – regionales Hauptquartier des Migrations-Instituts.

➢ **Patron, Patronat** – galaktische Rasse, die mindestens einer Tierspezies mittels des Großen Schubs zu Sapienz verholfen hat.

➢ **Pidura** – Zeiteinheit, etwa vier Standardtage.

➢ **Progenitoren** – legendäre allererste raumfahrende Rasse, die vor zwei Milliarden Jahren den Zyklus des Großen Schubs in Gang setzte und so die Galaktische Zivilisation begründete.

➢ **Rewq** – Symbiont, der den sechs Sooner-Rassen hilft, die Gefühlslage und die Körpersprache der jeweils anderen zu verstehen.

➢ **Schub, Großer** – Prozeß der Verwandlung einer Tierspezies zu einer sapienten Rasse, die dann in der Galaktischen Gesellschaft aufgenommen wird. Der Prozeß wird von Patronen (s. dort) durchgeführt.

➢ **Sooner** – Wesen, die illegal Welten besiedeln, die vom Galaktischen Migrations-Institut zur Brache erklärt worden sind. Auf Jijo selbst bezeichnen Bürger der Gemeinschaft der Sechs mit diesem Begriff Wesen, die sich ihnen entziehen und außerhalb des Hangs neue, illegale Siedlungen gründen.

➢ ***Streaker*** – terranisches Schiff mit Delphin-Besatzung. Im Lauf seiner Reise stieß das Raumschiff auf einige Artefakte, die eine gigantische Verfolgung durch etliche der mächtigen Galaktischen Klans auslösten. Jede dieser Gruppen strebt danach, die Geheimnisse des Erdenraumers in ihren alleinigen Besitz zu bringen.

➢ **Streß-Atavismus** – Krankheit, die vor allem unter Rassen anzutreffen ist, die den Großen Schub erst vor kurzem erhalten haben. Die Befallenen neigen dazu, unter Streß ihre sapienten Fähigkeiten zu verlieren und sich zurückzuentwickeln.

➢ **Terragens-Rat** – die interstellare terranische Regierung, die vor allem die Angelegenheiten und Beziehungen zwischen der Erde und der Galaktischen Gesellschaft regelt.

➢ **Toporic** – Substrat eines Pseudomaterials aus organisch gefalteter Zeit.

➢ **Transfer-Punkt** – Raumregion, in der sich die Raumzeit verfaltet hat. Dieser Punkt ermöglicht den Raumschiffen, die im richtigen Winkel und in der richtigen Geschwindigkeit in ihn eindringen, einen überlichtschnellen Flug.

➢ **Trinarisch** – Sprache der sapienten Delphine. Normalerweise verständigen sie sich in der Dienstsprache Englik, aber untereinander bedienen sie sich gern des Trinarischen, das meist in Form von Haikus geäußert wird und sich vom Primärdelphinisch ableitet.

➢ **Tymbrimi** – humanoide Rasse, die für ihre Schläue und ihren teuflischen Humor bekannt ist. Beides ist wohl auch dafür verantwortlich, daß sie sich mit dem Erdklan angefreundet haben.

➢ **Tytlal** – s. Noor.

➢ **Umarmung der Gezeiten** – mythische Vorstellung, die Mitglieder älterer Rassen dazu bringt, Gravitationsgezeiten zu suchen und sinnlich wahrzunehmen; angeblich findet man diese nahe bei sehr dichten Sternen.

➢ **Wölfling** – abwertende Bezeichnung der Galaktiker für eine Rasse, die sich ohne Hilfe eines anderen Volks selbst zur Sapienz und zur Raumfahrt aufgeschwungen hat; auch Bezeichnung für Klientenrassen, die von ihren Patronen verlassen oder ausgestoßen worden sind.

➢ **Zang** – Rasse der Wasserstoffatmer, deren Mitglieder aus Einzelzellen bestehen, die sich manchmal zu großen Gebilden zusammenfinden und dabei ein tintenfischähnliches Aussehen annehmen. Zang leben in der Atmosphäre von Gasriesen.

Die Raumregion um Jijo ist vom Institut für Migration den Wasserstoffatmern vermietet worden.